Wali Farmer

Verborgene Kräfte

Zum Buch:

Thomas nimmt ungewollt die Emotionen anderer Menschen wahr. Was er in seiner Jugend nutzte, noch ohne tiefer nachzudenken, wird mit zunehmendem Alter immer mehr zu einer Belastung. Als sich nach einem Unfall diese Wahrnehmung noch verstärkt, gerät sein Leben endgültig aus den Fugen. Seine Probleme im Umgang mit anderen Menschen, vor allem im Freundeskreis, wachsen ihm über den Kopf. Als er gezwungen ist, sein bisher streng gehütetes Geheimnis gegenüber der Polizei preiszugeben, nimmt sein Leben eine krasse Wende. Wie er aus dieser verrückten Situation herausfinden und in ein normales Lebensumfeld kommen soll, ist ihm schleierhaft. Er sitzt in der Falle, kann sich nicht mehr selbst helfen, geschweige denn, sich schützen. Es beginnt ein Spießrutenlauf zwischen Behörden, Medien und seinem Freundeskreis. Dabei möchte er doch nichts weiter, als ein ungehindertes Leben mit einer lieben Partnerin und guten Freunden führen zu können.

~ ~ ~ ~ ~

Diese Geschichte ist ein Roman. Handlungen und Personen sind frei erfunden. Ähnlichkeiten mit lebenden oder toten Personen sind nicht gewollt und rein zufällig.

~ ~ ~ ~ ~

Der Autor:

Wali Farmer lebt mit seiner Frau im schweizerischen Wettingen. Seine beiden Kinder sind längst ausgeflogen. Das gibt ihm Zeit und Muße, unter diesem Pseudonym Geschichten zu erfinden und niederzuschreiben. Sein Ziel ist es, in unterhaltenden Romanen über Menschen zu schreiben, die in ihrem Dasein mit den üblichen Gepflogenheiten der Gesellschaft ihre liebe Mühe haben.

Wali Farmer

Verborgene Kräfte

Roman

Bibliografische Information der Deutschen Nationalbibliothek:
Die Deutsche Nationalbibliothek verzeichnet diese Publikation
in der Deutschen Nationalbibliografie; detaillierte
bibliografische Daten sind im Internet über http://dnb.dnb.de
abrufbar.

2. korr. Auflage

© 2018
Herstellung und Verlag:
BoD - Books on Demand, Norderstedt
ISBN: 978-3-7347-9999-0

Dieses Buch ist meiner geliebten
Maggie gewidmet, die, trotz ihrer
Krankheit, mir immer sehr großzügig
Zeit lässt für meine Schreibereien.

Eins

»Spiel, Satz und Sieg!«, schrie Peter den berühmten Tennissatz, stellte sich in Siegerpose und warf seinen Tennisschläger mit Schwung in die Höhe. Ihn gekonnt wieder auffangend lief er dann mit breitem Grinsen zum Netz vor.

Mit hängenden Schultern ging Thomas seinem Freund ans Netz entgegen. Er war froh, dass das Spiel zu Ende war.

Einmal mehr hatte er sich nicht richtig konzentrieren können. In seiner Freizeit empfand er das zwar als weniger schlimm, bei der Arbeit bekam er jedoch immer mehr Probleme deswegen. Es ärgerte ihn, dass er häufiger darüber in Grübeleien verharrte, warum sein Leben zunehmend unbefriedigender verlief. In was steigerte er sich da hinein? Und warum? In den letzten Wochen hatte ihn der Chef mehrmals zusammengestaucht. Leider jedes Mal zu Recht, wie er sich eingestehen musste. Er war häufig unkonzentriert, hatte dumme Fehler fabriziert. Diese blöden Empfindungen der Leute, mit denen er Kontakt hatte, verwirrten ihn. Dann hatte ihn auch noch Gerda versetzt. Hatte keinen Bock mehr, mit einem wortkargen Mann, ›einem stummen Fisch‹, wie sie meinte, auszugehen. Er sollte endlich mit seinem

Freund über seine Probleme reden. Vielleicht konnte ihm das helfen, aus seinem Dilemma heraus zu finden.

Mit einem gezwungenen Grinsen schlug er auf die Hand, die ihm Peter über das Netz entgegenstreckte.

»Gratuliere. Hast fix gespielt«, brummte er und wandte sich ab in Richtung seiner Sporttasche.

Peter lief neben ihm her ebenfalls aus dem Feld. »Danke für dein begeistertes Lob.«

Als Thomas darauf nicht reagierte, fügte er ironisch an: »OK. Gehen wir unter die Dusche. Vielleicht erwachst du dann.«

Als sie nach dem Duschen ihre Siebensachen einpackten, blickte Peter auf und musterte den stummen Thomas. »Was ziehst du heute nur für ein griesgrämiges Gesicht? Geht es dir nicht gut? Oder bist du derart niedergeschlagen, weil ich dich in unserem Tennismatch endlich wieder einmal besiegen konnte?«, sprach er nun seinen Freund an. »Du kannst mir diesen kleinen Erfolg gönnen, ich verliere ja oft genug wegen deines harten Aufschlages.«

»Ach vergiss es«, erwiderte Thomas. »Ich gönn dir doch den Sieg. Aber ... du siehst das richtig. Mich beschäftigt etwas, das ich gerne mit dir bereden möchte.«

»Dachte mir, dass da was im Busch ist. Du warst heute beim Spielen nicht so konzentriert wie üblich. OK. Also raus damit, wo liegt der Hase im Pfeffer?«

»Nicht hier. Gehen wir noch auf ein Glas ins Bistro? Ich möchte das nicht so nebenbei bereden.«

»Ja gut, warum nicht, ich bin fertig.«

Peter stand auf, ergriff seine Sporttasche. Thomas

packte seine letzten Kleidungsstücke ein und folgte Peter zum Ausgang.

Zum Glück war heute das Bistro nur schwach besucht, sodass sie einen Ecktisch fanden, an dem sie ungestört reden konnten.

Sie nahmen Platz und Peter blickte aufmerksam auf Thomas.

»Jetzt beginne ich neugierig zu werden«, sagte Peter. »Dass du es derart spannend aufziehst, kenne ich nicht von dir. Du machst doch sonst nie lange rum, sondern kommst direkt zum Punkt.«

Thomas ging nicht weiter darauf ein und winkte der Bedienung: »Zwei Bierchen bitte!«, rief er ihr zu. Sich Peter wieder zuwendend meinte er dann: »Dass du ein guter, verschwiegener Freund bist, wenn es um persönliche Dinge geht, weiß ich. Deshalb möchte ich das nur mit dir bereden, sonst mit niemandem.«

»Das ist klar, dafür sind gute Freunde da«, erwiderte Peter mit ernstem Gesicht. »Du machst mich aber langsam nervös. Was ist denn los? Bist du ernstlich krank? Hast du eine Bank ausgeraubt oder gar jemanden umgebracht?«

Thomas ergriff sein Glas, das die Bedienung soeben gebracht hatte. Nach einem tiefen Schluck daraus meinte er dann: »Ich habe noch nie in meinem Leben darüber geredet ... Komm, lass uns erst auf deinen Sieg anstoßen und darauf, dass wir immer gute Freunde bleiben.«

Peter hob ebenfalls das Glas und stieß mit verwundertem Gesicht an: »Prost, auf unsere Freundschaft.«

Nachdem sie getrunken hatten, räusperte sich Thomas und blickte den Freund ernst an. »Versprich mir bitte eines, lach mich bitte nicht aus, wenn ich dir von meinem Problem erzähle. Versprochen?«

»Versprochen«, erwiderte Peter ohne Zögern, »aber jetzt rück endlich raus damit, das ist ja nicht zum Aushalten.«

Thomas zögerte noch einmal einen Augenblick. Sollte er darüber reden, oder stellte er sich damit bei seinem engsten Vertrauten damit lächerlich hin. Das wollte er auf keinen Fall, aber er musste jetzt endlich mit jemandem darüber sprechen können, sich Luft machen. Also was soll es, entschied er sich schließlich, und begann zu erzählen.

»Ich nehme an, du weißt, was paranormale Fähigkeiten sind?«

»Ja, das sind abnorme Fähigkeiten, die Menschen nicht besitzen oder sich höchstens einbilden, sie zu haben. In Fantasy- und Zukunftsromanen wird so was gerne verwendet. Telepathie, Telekinese und so.«

Thomas zögerte nochmals kurz, blickte seinen Freund an: »Ich glaube, ich habe so etwas!«, platzte es endlich aus ihm raus. Im nächsten Augenblick fühlte er sich erleichtert, dass Peter nicht sofort loslachte.

»Du ... du meinst ... du ..., was kannst du denn?«, fragte Peter verwirrt.

»Ich weiß nicht, was es ist, oder wie man es nennen kann. Ich weiß nur so viel, dass ich bei einem Menschen, dem ich länger auf den Kopf blicke, etwas verspüre. Eine intensive Empfindung, wie sie von normalen Leuten, glaube ich, nicht gespürt oder mindestens nicht mit solcher Stärke gefühlt wird.«

»Du kannst die Gedanken lesen von einem ... nein!«,

brach Peter seine Worte brüsk ab, da ihm offenbar bewusst wurde, dass Thomas erkennen könnte, was er gerade dachte.

»Nein, nein! Ich kann keine Gedanken lesen, auf jeden Fall nicht wörtlich. Wie soll ich es erklären? Ich kann die Stimmung erkennen, eine Art von Gefühlsmuster spüren. Also, ich meine jetzt nicht nur das, was das Gesicht ausdrückt, sondern in meinem Kopf entsteht eine Art Bild von einem emotionalen Gefühl. Sozusagen die Stimmung des anderen. Zum Beispiel: Wärme, Kälte, Hass, Zuneigung, Aufregung, einfach all das, was derjenige im Augenblick fühlt. Gleichzeitig sehe ich vor meinem inneren Auge eine Art Lichtschein um dessen Kopf. Stärker oder schwächer und in verschiedenen Farbtönen leuchtend ...«

»Entschuldige,«, unterbrach Peter jetzt mit besorgter Miene, »aber du bildest dir das nicht einfach nur ein?«

»Nein, ich bilde mir das nicht ein. Ich bin nicht durchgeknallt. Ich habe das schon bei vielen Personen getestet. Einige Bekannte hatte ich, nachdem ich die Empfindung verspürt hatte, direkt darauf angesprochen, wie sie sich gerade fühlen. Und bei den meisten, abgesehen von denen, die sich nie hinter die Fassade gucken lassen oder darüber reden wollen, wurde mein Gefühl bestätigt. Bitte, glaube mir, ich spinne nicht irgendetwas daher.«

Peter starrte Thomas eine ganze Weile verwirrt an. »Und du kannst jetzt, in diesem Augenblick, meine Gemütsverfassung erkennen?«

Thomas blickte kurz auf seinen Freund, bevor er zu reden begann. »Abgesehen davon, dass ich als dein langjähriger Freund den Ausdruck deines Gesichtes ohnehin gut lesen kann, bräuchte ich diese sonderbare Fähigkeit nicht, um zu erkennen, dass du jetzt aufgewühlt und ratlos bist. Aber es ist schon so, dein Bild, das ich am Ende unseres Trainings, gesehen habe, hat sich verändert. Das vorher ruhige, schwach leuchtende Weizengelb deiner Aura hat sich gewandelt in ein leicht nervös waberndes, schmutziges Gelb. Besorgt und entgeistert fühlst du dich im Augenblick. Stimmts?«

Peter wollte etwas sagen, bekam jedoch nichts raus. Er schien richtig geschockt. Nach einem verlegenen Schluck aus dem Bierglas, um die gespannte Stille zu überbrücken, brachte er endlich seine Frage heraus. »Seit wann hast du die ... diese Fähigkeit an dir entdeckt?«

»Eigentlich schon so lange, wie ich mich zurückerinnern kann. Bereits als Kind hatte ich dieses Sehen, es aber als ganz normal betrachtet. Erst in der Schulzeit wurde mir nach und nach bewusst, dass meine Art, jemanden wahrzunehmen, eine andere zu sein schien als die meiner Schulkameraden. Doch damals habe ich das nicht als Problem empfunden. Im Gegenteil. Ich lernte so schnell, schlechte von guten Kameraden auseinanderzuhalten und hatte es damit leicht, nicht auf falsche Freunde hereinzufallen.«

»Jetzt beginne ich zu verstehen,«, sinnierte Peter, »weshalb du Personen, mit denen du sprichst, meistens nur kurz ansiehst. Eine eigentlich eher unhöfliche Eigenart von dir, die mich aber nie gestört hat.

Ich erinnere mich an jene Zeiten, als ich oft die Freizeit bei dir auf eurem Bauernhof verbracht hatte. Deine Eltern hatten mich sogar mal gebeten, herauszufinden, warum du immer so abweisend zu anderen warst. Aber ich habe mich nicht getraut, denn für mich war dein Verhalten normal. Obwohl mein Vater mich vor Leuten gewarnt hat, die anderen nicht in die Augen sehen können, weil er meinte, dass solche immer etwas zu verbergen haben. Bei dir hatte ich dieses Gefühl aber nie. Du warst eben einfach der Thomas mit seiner typischen Art.«

»Ich bin mir dessen bewusst, dass ich mir mit diesem Verhalten keine sehr höfliche Art im Umgang mit den Leuten angewöhnt habe. Dass viele Menschen mich deswegen für unhöflich halten. Das hat sich ganz allmählich eingeschlichen. Damit habe ich mir das eine oder andere Mal ganz schön Nachteile oder Unannehmlichkeiten eingebrockt. Aber auf diese Weise kann ich mich ein wenig schützen, denn die Gefühle anderer zu erkennen, ist nicht immer angenehm zu ertragen.«

»Was mich erstaunt, wie du mit dieser emotionalen Belastung als bald achtundzwanzigjähriger Mann umgehst. Du hast Informatik studiert, denkst und handelst vorwiegend in realen logischen Bahnen. Hast du damit keine Schwierigkeiten?«

Thomas überlegte einen Augenblick. »Bis vor einiger Zeit nicht. Ich hatte das Ganze nicht als Problem in meinem Leben angesehen. Doch jetzt, ich weiß nicht warum, vielleicht durch das Alter, grüble ich immer öfter darüber nach. Die Gedanken drängen sich unbewusst vor, beeinflussen mein Denken und Handeln zunehmend. Ich habe immer mehr Mühe damit, Sachprobleme bei meiner Arbeit effektiv und analytisch anzugehen. Meine Konzentrationsfähigkeit leidet darunter. Ich träume herum, bin immer häufiger zerstreut.«

»Aber gelegentlich ein wenig träumen, ist doch nicht schlecht. Das macht das Leben bunter und gehört dazu. Lass es geschehen, dass dich auch mal Emotionen anstelle der kühlen Logik beherrschen.«

»Wenn das so einfach zu handhaben wäre, müsste ich dich nicht um deine Unterstützung bitten. Ich kann gut mit meinen Gefühlen umgehen, aber die Emotionswellen anderer können ganz schön zur Last werden.«

»Entschuldige Thomas, ich wollte dein Problem nicht verharmlosen. War eine dumme Bemerkung in diesem Zusammenhang.«

»Ich dachte mir, dass wenn ich mit dir darüber reden kann, es mir vielleicht helfen könnte, alles besser in den Griff zu bekommen. Es fühlt sich jetzt schon leichter an, weil ich mir endlich meine Sorgen von der Seele reden und mit dir darüber diskutieren kann. Ich bin froh, dass du mein Problem nicht ins Lächerliche ziehst. Du bist echt ein guter Freund.«

~ ~ ÷ ~ ~

Gedankenversunken schlenderte Thomas den Bürgersteig entlang und genoss die wärmenden Strahlen der langsam untergehenden Sonne. Als er an einem Straßenkaffee vorbeikam, hielt er kurz entschlossen inne und suchte sich ein freies Tischchen. Da drüben, rechts vorne gab es ein Leeres, das noch schön in der Sonne stand. Hinsetzen, ein Glas guten Wein trinken und eine relaxte Stunde genießen, das war jetzt das Richtige.

Einmal mehr hatte er sich dabei ertappt, wie er mit seinen Gedanken auf Wanderschaft war, anstatt sie auf das Arbeitsproblem zu konzentrieren. Seit er mit Peter über sein Problem reden konnte, ging es ihm um einiges besser, aber noch immer gab es diese Zeiten der Zerstreutheit. Er versuchte, damit umzugehen, sie unter Kontrolle zu bringen, aber es gelang ihm immer schlechter. Er bekam langsam den Eindruck, dass, je mehr er sich gegen diese Wahrnehmungsgabe sträubte, diese Unkonzentriertheit zunahm. Heute hatte es ihn im Büro wieder erwischt. Es machte keinen Sinn mehr, weiter zu arbeiten. Er hatte gelernt, sich nicht dagegen aufzulehnen. Daher hatte er, sehr zum Erstaunen seines Bürokollegen, kurzerhand einen frühzeitigen Feierabend beschlossen.

Es tat ihm gut, einfach hier zu sitzen und den Vorbeigehenden, oder eigentlich eher Vorbeihastenden, nachzusehen. Gelegentlich blieb sein Blick etwas länger auf einem Gesicht haften. Sofort drang dann ein Gefühlseindruck herüber. Wie dort bei jenem lethargisch dahergehenden Mann mit der dunkelgrauen, fast schwarzen Aura. Er schien tieftraurig zu sein oder sich in einer schweren Depression zu befinden. Vielleicht war eine ihm nahe stehende Person gestorben oder schwer erkrankt. – Oder hier, diese stolz vorbeilaufende Dame, die sich gekonnt im Griff zu haben schien. Äußerlich wirkte sie selbstbewusst und souverän, ganz über den Dingen stehend. Doch ihre leicht wabernde Aura, von aggressiven blauroten Blitzen durchsetzt, sprach von etwas ganz anderem. In ihrem Empfindungsmuster spürte er kurz ein Gemisch von Wut, Aufregung, aber auch Ungeduld. Wer oder was sie in diese Gemütsverfassung gebracht hatte, konnte er nicht erkennen. Auf jeden Fall schien sie darin geübt zu sein, ihre emotionale Verfassung nach außen hin gut zu verstecken.

Thomas schreckte aus seinen Betrachtungen auf, als das Handy in seiner Jackentasche zu vibrieren begann. Sollte er den Anruf entgegennehmen oder einfach ignorieren? Er war doch grad so schön im Entspannungstrend. Das Vibrieren setzte sich hartnäckig fort. OK, er könnte ja mal darauf schauen, wer es ist. Vom Geschäft wollte er aber heute nichts mehr wissen. Thomas zog das Telefon heraus, blickte auf die Anzeige. 'Peter Winkler', stand da. Der Freund rief an.

»Hallo Peter, wie geht's dir?«, meldete er sich.

»Danke mir geht es bestens, und ich vermute mal, dir geht's auch nicht schlecht.«

»Ja stimmt, ich genieße soeben einen frühen Feierabend«, gab Thomas zurück.

»Lass mich raten. Du ... sitzt wahrscheinlich bequem in einem Restaurant und genießt ein Glas Wein.«

»Volltreffer!«

»Siehst du. Als dein Freund habe ich doch auch ein wenig so was wie einen siebten Sinn. Nicht nur du. Aber jetzt im Ernst: Was denkst du? Gibt es für mich auch ein Glas, wenn ich gleich bei dir bin?«

Thomas ahnte etwas und schaute sich um. Auf der anderen Straßenseite winkte ihm sein breit grinsender Freund mit dem Handy am Ohr zu.

»Hallo«, rief Thomas ins Telefon, »was stehst du noch lange rum, komm herüber, du Wahrsager, setz dich zu mir in die Sonne.«

Während Peter die Straße überquerte, bestellte Thomas bei der vorbeigehenden Bedienung noch ein zweites Glas Wein. Peter trat an den Tisch.

»Na setz dich, du Hellseher.« Schmunzelnd streckte Thomas seinem Freund die Hand entgegen und begrüßte ihn. »Ich habe dir ein Glas prickelnder Chardonnay bestellt. Den magst du doch auch gerne.«

»Au fein«, fand Peter und setzte sich neben Thomas in die Sonne. »Schön, dieses milde Herbstwetter. Man muss diese, vermutlich nur noch wenigen schönen Tage, ausgiebig nutzen.«

Nach einem kurzen Augenblick, in dem beide ihre Gesichter genüsslich in die Sonne gehalten hatten, wandte Peter sich Thomas zu. »Was ist geschehen, dass du schon so früh am Abend den Müßiggang pflegst? Ist doch sonst nicht so deine Art?«

»Ach, ich hatte bei der Arbeit mal wieder einen Hänger. Konnte mich einfach nicht richtig in das Problem eindenken. So habe ich kurzerhand Feierabend gemacht. Auf dem Nachhauseweg hat mich dann das schöne Wetter dazu verleitet, hier einen Zwischenstopp einzulegen.«

»Das sind ja ganz neue Seiten an dir, gute Seiten. Was hat dich Workaholic dazu gebracht, ein so stinknormales Verhalten zu pflegen?« Mit einer Kopfbewegung auf die vorbeigehenden Fußgänger ergänzte er: »Hast du etwa Spaß daran bekommen, die Gemütszustände der Passanten zu studieren?«

»Nein, mit Spaß hat das nichts zu tun. Es ist nach wie vor einfach nur lästig und lenkt mich ab. Irritiert mich. Aber es ist jetzt so, dass ich langsam lerne, etwas entspannter damit umzugehen. Seitdem ich mit dir über das Problem sprechen konnte, hat sich meine Einstellung dazu gelockert. Ich kann schon etwas unverkrampfter mit meiner Fähigkeit umgehen. Sie erschreckt mich nicht mehr so sehr. Ich hoffe, es bleibt so.«

Die Serviererin brachte den Wein und die beiden Freunde prosteten sich zu.

»Auf einen schönen Abend und darauf, dass es dir wirklich dauerhaft besser geht«, wünschte ihm Peter. »Wahrscheinlich ist es ja manchmal auch angenehm, zu spüren, dass man so angehimmelt wird. Die Bedienung da hat dich ja fast verschlungen mit ihrer mehr als dienstlichen Freundlichkeit.«

»Unangenehm ist so etwas tatsächlich nicht«, schmunzelte Thomas, »da kam eine sympathisch weiche und warme Empfindung aus ihrer leicht orangefarbenen Aura. Wenn es nur derartige Gemütszustände gäbe, wäre es wirklich nur zu genießen. Zu schaffen machen mir aber Emotionen wie Trauer, Verlorenheit, Wut, Hass oder gar Gewaltbereitschaft. Solche Emotionsfeuer können dann schon mal richtig schockieren. Vor allem, wenn sie einen unvorbereitet treffen. Aber wie gesagt, ich spüre, dass ich allmählich wieder besser damit umgehen kann.«

Für ein paar Augenblicke saßen die Freunde in Gedanken versunken da, nippten an ihrem Wein und blickten den vorbeieilenden Menschen nach.

»Weißt du was?«, nahm Peter das Gespräch wieder auf. »Ich lade dich für nächsten Samstag zum Abendessen ein. Das kommende Wochenende soll noch angenehm warm bleiben. Also könnten wir das auf meiner Terrasse doch nochmals so richtig genießen. Christa wird auch da sein. Wir könnten zusammen in der Küche etwas Feines zaubern. Was meinst du?«

»Klingt verlockend. Aber ich möchte euch beiden nicht das Wochenende verderben. Ich komme mir immer ein wenig wie das fünfte Rad am Wagen vor, wenn ich mit euch beiden zusammen bin.«

»Das bist du auf keinen Fall«, protestierte Peter energisch. »Meine Christa mag dich sehr und freut sich mit Sicherheit, wenn wir den Abend zusammen genießen. Also, du kommst. Abgemacht?«

»Abgemacht, ich freue mich. Aber ich bringe den Wein mit.«

»Super!«, freute sich Peter und rieb begeistert die Hände. »Du kannst übrigens ohne Weiteres eine Begleitung mitbringen. Hast du noch Kontakt mit dieser, wie hieß sie doch gleich, Gerda? Wäre noch perfekter zu viert.«

»Greta meinst du? Nein, hat nicht gehalten. Wir haben den Kontakt abgebrochen. Sie hat sich verabschiedet, ich sei ihr als Freund zu langweilig. Vermutlich habe ich ihr zu wenig oft und intensiv in die Augen gesehen. Du weißt ja, meine Unart mit dem Vorbeischauen. Es ist so schwierig. Sie sieht gut aus und ich musste sie doch immer wieder anschauen. Aber dann kommen diese Gefühlsbilder rüber.«

»Schade. Tut mir leid für dich. Aber jetzt wo du dich langsam besser in den Griff bekommst, könntest du dich wieder ernsthaft nach einer Freundin umsehen. Trau dich. Wäre schön, dich nicht mehr so allein zu wissen.«

»Langsam, mein lieber Freund«, wehrte Thomas ab, »ich will nichts überstürzen. Ich versauere schon nicht als Single.«

Eine ganze Weile und ein weiteres Glas Wein später verabschiedeten sich die beiden Freunde schließlich und begaben sich bei untergehender Sonne entspannt auf den Nachhauseweg.

~ ~ ÷ ~ ~

Als Thomas an diesem Abend ins Bett ging, tat er dies um einiges erleichterter als in den vergangenen Monaten. Er fühlte sich erleichtert, weil er endlich mit jemandem über seine Fähigkeiten hatte reden können. Seit seiner Kindheit hatte er sein Geheimnis behütet, weil er Angst vor Spott hatte und sich schämte, so tief in die Seelen anderer schauen zu können. Mit niemandem hatte er je darüber gesprochen, noch nicht mal mit seinen Eltern. Als er allmählich bemerkt hatte, dass das, was er beim Betrachten eines Menschen verspürte, sich bei ihm auf eine ungewohnte, intensivere Art zeigte, als dies bei anderen scheinbar üblich war, hütete er das Ganze konsequent als sein ganz persönliches Geheimnis. Er hatte große Angst davor, dass man ihn sonst als komischen Sonderling ausgrenzen würde. In der Schule hatte er jedoch schnell gemerkt, dass er sich das Leben so auch angenehmer einrichten konnte. Seine Schulkameraden suchte er sich danach aus, ob deren Ausstrahlung ihm zusagte. Es war wie eine Art Spiel, bei dem er unbewusst den Freundeskreis nach seinen Empfindungen aussuchte und dabei diejenigen mied, die zu seinen augenblicklichen Ansichten und Gemütsverfassungen nicht passten. Gut, jeder sucht sich doch seine Freunde aus, mit denen die Chemie stimmig ist, bei denen man sich verstanden und akzeptiert fühlte.

Was er aber als großen Vorteil empfand, war, dass er nicht mehrere Kontakte und Gespräche brauchte, um festzustellen, ob er mit jemandem auf der gleichen Wellenlänge war oder nicht. Ob er dem anderen vertrauen konnte. Ein einziger längerer Blick auf den Kopf genügte, um die Aura zu erkennen, und er wusste, ob sie gut miteinander auskommen würden.

Diese spielerische eher unbewusste Verwendung der besonderen Gabe benutzte er auch nach der Schulzeit, während der Ausbildung, ohne sich darüber weitere ernsthafte Gedanken zu machen. Erst seitdem er das Elternhaus verlassen hatte, eigenständig im Berufsleben stand, begann sich die Intensität der Empfindungen zu verändern. Immer stärker drängten sich die emotionalen Muster der Personen, mit denen er sich gerade unterhielt, in seinem Bewusstsein in den Vordergrund. Es fiel ihm immer schwerer, zumindest im beruflichen Umfeld, den Kontakt mit anderen Menschen selbst zu bestimmen. Nun war er gezwungen, mit Leuten umzugehen, die alles andere als ein angenehmes Emotionsmuster ausstrahlten. Es war nicht so, dass sich die Fähigkeit der Wahrnehmung verstärkt hatte. Viel eher schien es mit seiner persönlichen Entwicklung und der Art, wie er sein Leben einrichtete, zusammenzuhängen. Dadurch, dass er alleine lebte, außerdem kein vergnügungssüchtiger Mensch war, hatte er sehr viel mehr Zeit dafür, über das Empfundene der letzten Tage nochmals ausgiebig nachzudenken. Damit befasste er sich wohl mehr als notwendig auch mit den unangenehmeren Kontakten und Erlebnissen, die ihn ohnehin schon stärker belasteten. Vor allem, wenn er sich darüber nicht mit jemandem austauschen konnte, um es auf diese Weise vielleicht verarbeiten zu können.

Das war eindeutig das Richtige gewesen, sich Peter anzuvertrauen. Jetzt verstand er gar nicht mehr, weshalb er dies nicht schon vor Jahren getan hatte. Er fühlte sich heute deutlich leichter und freier.

Sollte er doch über seinen Schatten springen und, wie Peter es vorgeschlagen hatte, sich eine Freundin suchen? Sollte er vielleicht versuchen, den Kontakt mit Greta wieder zu aktivieren? Ihr zu zeigen, dass er nicht so ein Langweiler war, wie sie ihn sah? Aber irgendwas störte ihn an ihr, etwas in ihrer emotionalen Ausstrahlung hemmte ihn, war irgendwie nicht stimmig.

Verflixt noch mal, das war doch eigentlich gerade sein Hauptproblem. Ständig orientierte er sich an dem, was sein Gegenüber fühlte. Wie seine eigene Gefühlslage aussah, überging er einfach. So, als ob die Emotionen anderer seine eigenen Gefühle überlagerten. Das Empfinden anderer beeinflusste sogar seine persönliche Meinung und prägt sie ein Stück weit. Als ob seine Ansichten manipuliert würden, fühlte sich das an. Das störte und verunsicherte ihn. Vor diesem Hintergrund sperrte sich etwas in ihm immer stärker dagegen, eine engere Bindung mit einer Frau einzugehen. Sollte es eines Tages doch so weit kommen, dann müsste es sich aber wahrhaftig und echt anfühlen.

Auch wenn sich Thomas schwer damit tat, da musste er wohl noch tüchtig an seinem Gefühlsempfinden arbeiten. Immerhin hatte er den Eindruck, dass es aufwärtsging. Mal sehen, wie er diese emotionalen Einwirkungen irgendwie abblocken oder zur Seite schieben konnte.

Dann würde sich seine Beziehungsbremse vielleicht auch lösen. Irgendwie musste es schon weitergehen, die Zeit wird es zeigen.

~ ~ ÷ ~ ~

Als Thomas den Weinshop betrat, meldete sich sein Handy. Er blickte auf die Anzeige. Ach, der Peter.

»Hallo, Peter!«, meldete er sich. »Du willst hoffentlich nicht absagen für heute Abend. Ich freue mich nämlich drauf.«

»Hallo, Tomas! Nein, auf keinen Fall, Christa und ich freuen uns auch sehr. Ich habe nur eine kleine Bitte. Ich hoffe, dass du den Wein noch nicht besorgt hast.«

»Grade eben bin ich in den Weinladen hinein gegangen. Du scheinst doch so etwas wie einen siebten Sinn zu haben«, grinste Thomas vor sich hin, »Also, was hast du auf dem Herzen. Einen besonderen Wunsch?«

»Ja, hab ich. Weißt du, ich hatte mir gedacht, weil es doch heute noch dermaßen warm ist, könnten wir ein leichteres Mahl zusammenstellen. Aber kein Fisch, Christa mag ja das Seegetier nicht wirklich. Zu einer leichten Speise passt ein würziger Weißwein viel besser als ein schwerer Roter, der uns bei diesem Klima doch nur stark zu Kopf steigen wird.«

»Du hast recht, da lasse ich mich doch gleich mal fachlich beraten. Da werd ich sicher etwas Gutes finden.«

»Super. Dann gibt es da noch was ...«, klang die Stimme von Peter nun zögernder.

»Ja, was denn?«

»Nun, wir sind heute Abend zu viert.« Peter sprach

nicht sofort weiter, aber Thomas sagte nichts. »Es wird noch eine Frau da sein. Christa hat ganz überraschend eine alte Freundin von früher getroffen und hat sie kurzerhand eingeladen. Ich hoffe, das macht dir nichts aus. Du bist somit sicher kein fünftes Rad am Wagen, wie du gemeint hast. Oder bringst du doch diese Gerda mit?«

»Greta meinst du, nein. Ich hab dir ja gesagt, dass sie sich abgeseilt hat. Aber das ist kein Problem mit dieser Freundin von Christa.«

»Gut«, hörte Thomas einen erleichterten Peter. »Wer weiß, vielleicht passt dir ihre Aura und du bekommst Mut auf eine neue Beziehung«, frotzelte Peter und lachte.

»Du oller Kuppler, lass die Finger von solchen Spielchen. Wenn ich nicht will, kannst du gar nichts ausrichten. Aber ich lasse mich gerne überraschen. Wenn sie wirklich eine Freundin von Christa ist, kann sie ja eigentlich auch kein Drachen sein.«

»Super, dann besorge uns jetzt einen guten Wein. Bis heute Abend dann. Ich freue mich«, rief Peter nun wieder ganz aufgedreht und hängte ein.

~ ~ ÷ ~ ~

Vom Kirchturm gegenüber erklangen fünf Glockenschläge, als Thomas mit einer Tasche in der Hand an der Wohnungstür des Freundes läutete.

»Komm rein, es ist offen!«, ertönte von drinnen Peters Stimme. Thomas öffnete die Tür und trat ein.

Peter und Christa standen eifrig werkelnd an Rüsttisch und Herd. Thomas tippte den beiden auf die Schulter: »Hallo zusammen, hier kommt der Weinlieferant . Ich stelle die Flaschen in den Kühlschrank, dann ist er schön kühl zum Essen.« Er setzte die Tasche ab und versorgte die Weinflaschen.

»Grüß dich, mein Freund. Wir sind gleich soweit«, begrüßte ihn Peter.

»Erfreulich, dich wieder mal zu sehen«, Christa drückte ihm einen Kuss auf die Wange und meinte: »Du hast dich in letzter Zeit ziemlich rargemacht.« Sie zwinkerte ihm warmherzig zu.

Thomas blickte leicht verlegen zu Boden. »Man hat halt so seine Arbeit, die einem die Zeit stiehlt. Wie du ja weißt, bin ich kein großer Partyhengst. Schön, dich wieder mal zu sehen.« Er freute sich insgeheim einmal mehr über die herzliche Stimmungsaura von Christa. Etwas in der Art könnte ich mir bei einer künftigen Partnerin auch gut vorstellen, ging es ihm durch den Kopf.

»Komm, lenk meine Freundin nicht ab, die wird hier gebraucht. Nimm die Sektflasche aus dem Kühlschrank, der Kühlpott steht dort auf dem Tisch, und geh schon mal auf die Terrasse damit. Der Rest steht schon draußen. Wir kommen gleich nach«, forderte ihn Peter auf.

Thomas holte sich die Flasche und ulkte beim Verlassen der Küche: »Macht aber nicht zu lange, sonst müsst ihr eine zweite Flasche mitbringen.«

Auf der Terrasse stellte Thomas den Sekt auf den kleinen Tisch, auf dem die Gläser sowie allerlei Knabbereien bereitstanden. Einmal mehr genoss er die tolle Sicht von hier oben. Er war ja schon des Öfteren hier gewesen, aber die prächtige Lage dieser großen Terrasse im zweiten Stock überraschte ihn immer wieder. Über den ruhigen Hinterhof hinweg hatte man einen fast freien Blick auf den nahen Park. So richtig zum Ausspannen war es hier, vor allem an einem derart schönen Abend. Da beneide ich Peter darum, sinnierte Thomas, als er sich in den bequemen Korbsessel setzte.

Rechts vorne stand der große, stilvoll gedeckte Tisch. Thomas erkannte, dass hier Christas Hand am Werke gewesen war. Gleich hinten an der Außenwand gab es noch eine gemütliche Hollywoodschaukel. Einige große Blumentöpfe, geschickt verteilt, waren neu. Vermutlich ebenfalls auf Christas Einfluss zurückzuführen. Auch wenn die Frau bis jetzt immer nur besuchsweise hier war, bemerkte Thomas doch überall ihre Hand. Das ist schön, freute er sich für Peter.

Jetzt kamen Christa und Peter ebenfalls auf die Terrasse und setzten sich zu ihm.

»So, es ist alles bereit«, meinte Peter befriedigt und blickte auf die Gläser. »Aber du hast ja noch gar nichts getrunken. Komm, Flasche öffnen, wir sind durstig!«

»Ich musste erst mal wieder deine tolle Terrasse mit der schönen Aussicht bewundern«, entschuldigte sich Thomas, derweil er die Flasche entkorkte. »Und außerdem hattest du doch gesagt, dass noch jemand kommt.«

»Ja, diese Terrasse ist einer meiner Hauptgründe, warum ich so gerne hierher zu Peter komme«, bemerkte Christa mit einem schelmischen Lächeln.

»Ach, so ist das!«, konterte Peter sofort. »Der andere Hauptgrund ist dann wahrscheinlich die komfortabel eingerichtete Küche.«

»Dass du hier bist, ist natürlich auch sehr angenehm«,

schäkerte Christa, kniff Peter leicht in die Nase und gab ihm einen zärtlichen Kuss.

»Also dann ihr Turteltauben, Prost und herzlichen Dank für die Einladung. Wenn ihr ungestört sein wollt, nur melden, ich bin dann sofort weg. Aber erst nach dem Essen, vorher lasse ich mich nicht vertreiben.«

Die drei Freunde prosteten sich mit ihren Gläsern zu.

»Eine alte Freundin, Barbara Berghoff, wird noch kommen. Sie hat noch einen Besichtigungstermin, bei dem sie nicht genau wusste, wie lange er dauern wird.«

In diesem Augenblick läutete die Wohnungsglocke. »Das wird sie wohl sein. Ich mach auf«, sagte Christa und ging Richtung Wohnungstür.

»Dann lassen wir uns mal überraschen, ich habe sie auch noch nicht kennengelernt«, meinte Peter. Aus der Wohnung hörte man die Stimmen der beiden Frauen, wie sie sich herzlich begrüßten. Dann trat Christa zusammen mit einer attraktiven Frau auf die Terrasse.

Thomas erhob sich höflich und musste sich zusammenreißen, die schöne Frau nicht anzustarren. Wow, was für eine tolle Erscheinung! Braunes, halblanges gelocktes Haar. Klare leuchtende, blaugraue Augen, edel geschnittenes Gesicht mit einem sinnlichen Mund, eine schlanke, wohlgeformte Figur. Für Thomas kam da eine Traumfrau daher. Hingerissen bemerkte er den ruhig fließenden, fast golden schimmernden Glanz über ihrem Kopf. Was ihm jetzt als Emotionswelle entgegenkam, war ganz einfach nur traumhaft. Mein Gott, darin könnte er sich mühelos versinken lassen. Thomas war völlig begeistert von dieser Frau.

»Das ist Barbara Berghoff«, stellte Christa die Frau

vor. »Wir haben zusammen viele Jahre die Schulbank gedrückt, aber dann haben wir uns aus den Augen verloren. Erst vorgestern sind wir uns zufällig im neuen Kaufhaus am Marktplatz wieder begegnet.«

Peter stand jetzt ebenfalls auf, um Barbara zu begrüßen. »Ich bin Peter Winkler, der Hausherr und Christas Freund.« Er zeigte zu Thomas, der bewegungslos dastand. »Und das ist mein bester Freund, Thomas Feldmann. Ich schlage vor, wir sagen uns doch einfach du. Wir verzichten auf Förmlichkeiten. Einverstanden?«

»Ja, dann also: Hallo, Peter, guten Abend, Thomas«, grüßte Barbara mit einem warmen Lächeln, zu dem beim Anblick von Thomas eine leichte Verlegenheit hinzukam. Sie schüttelten sich gegenseitig die Hände.

Thomas hatte das Gefühl, als steckte ein Frosch in seinem Hals. Was für eine innige, erotische Stimme diese Frau hatte. Nach mehrmaligem Schlucken und mit einem verstörten Gesichtsausdruck bekam er doch noch eine Begrüßung heraus. »Gu... guten Abend, Frau Berghoff ... äh, nein, Barbara natürlich ... hakm ... entschuldige, ich ... ich habe mich an einem Nüsschen verschluckt«, versuchte er, sein Gestammel zu begründen.

Peter amüsierte sich über seinen fassungslosen Freund, kam ihm aber rasch zu Hilfe: »Komm Barbara, sei herzlich willkommen und setz dich hier neben Christa. Nimmst du auch ein Glas Sekt?«

Peter stellte ein Glas vor sie hin. Barbara nickte zustimmend und blickte danach sogleich etwas verlegen auf ihre Hände und bemerkten deshalb nicht, dass Christa und Peter sich beim Anblick der beiden verwirrten Freunde nur mit Mühe ein Schmunzeln verbeißen konnten.

Nachdem sich alle gesetzt hatten, entstand eine kurze Verlegenheitspause. Thomas sah betreten auf sein Glas, ärgerte sich ungemein, dass er sich dermaßen trottelig benommen hatte. Wie ein Erstklässler vor dem Herr Lehrer. Was soll das, ich bin doch kein grüner Junge mehr, der noch nass hinter den Ohren ist. Da habe ich mich ja gleich ganz tüchtig blamiert, ärgerte er sich. Diese Barbara wird sich insgeheim köstlich amüsieren über meine unbeholfene Dümmlichkeit, nicht mal ein paar wenige Begrüßungsworte fließend herauszubringen. Ich muss mich zusammenreißen.

»Und, hast du dich schon etwas eingelebt in unserer Stadt?«, brachte Christa das Gespräch in Gang. Zu den anderen gewandt: »Barbara ist erst seit zwei oder drei Wochen hier.«

»Ja, seit gut zwei Wochen«, bestätigte Barbara. »Ich habe zwar noch nicht sehr viel gesehen, aber das Wenige hat mir doch gut gefallen. Ich muss mich jetzt erst mal in meine neue Arbeit einfinden und dann auch noch eine Wohnung suchen.«

Was für ein schönes Timbre ihre Stimme hatte, da könnte ich stundenlang zuhören, schoss es Thomas wieder durch den Kopf.

»Dann hast du, bevor du herkamst, noch eine Wohnung besichtigt?«, versuchte nun Thomas, sein vermurkstes Image wieder aufzubessern.

»Ja, eine sehr schöne, ich hoffe, dass ich sie bekomme. Ich muss jetzt noch ein paar Tage warten, bis ich Bescheid bekomme. Der Vermieter will sich erst noch zwei weitere Interessenten ansehen. Aber er hat mir praktisch so gut wie zugesagt.«

»Aber wo wohnst du denn bis dahin?«, fragte Thomas neugierig. Er hatte sich etwas gefangen.

»In einer einfachen Pension. Aber das Leben aus dem Koffer ist nicht wirklich meins. Für länger wäre es mir auch zu umständlich, ganz abgesehen von den Kosten.«

»Falls du Hilfe brauchst beim weiteren Suchen oder beim Wohnungseinzug, sag's ohne Hemmungen, ich könnte dir helfen«, bot ihr Thomas an.

»Oh danke, da komme ich gerne darauf zurück. Ich kenne ja hier bisher noch niemanden, außer euch Dreien jetzt.«

»Und falls du mal Lust auf eine Stadtführung hast, stehe ich gerne zur Verfügung. Ich kenne mich aus in dieser Stadt, bin ja hier aufgewachsen«, ergänzte Thomas eifrig.

»Du bist vorgemerkt, komme auch bei Gelegenheit darauf zurück. Aber erst mal hat jetzt meine neue Anstellung Priorität und natürlich eine Wohnung.«

»Was machst du denn in diesem Kaufhaus? Bist du Verkäuferin?«, ließ Thomas das Gespräch nicht aus den Händen.

»Nein. Ich arbeite im Backoffice, ich bin gelernte Einkäuferin.«

Thomas und Barbara schienen völlig vergessen zu haben, dass sie nicht allein waren. Sie hatten nur noch Augen füreinander.

»Nur um es klarzustellen«, meldete sich nun Christa energisch zu Wort. »Peter und ich sind auch noch da. Barbara ist meine Freundin und heute Abend mein Gast. Du machst sie ja ganz konfus mit deinen vielen Fragen,

Thomas.«

Die beiden lehnten sich leicht beschämt zurück. Sie hatten sich offensichtlich schon ganz aufeinander eingestellt.

»Sorry, ihr zwei, auch dass ich dich, Barbara, so mit meinen neugierigen Fragen überfallen habe«, entschuldigte sich Thomas sofort. »Ich bin heute anscheinend kein sehr höflicher Gast. Ich reiß mich jetzt zusammen und halte mich zurück«, meinte er und blickte geknickt zu Barbara.

»Aber nur ein bisschen.«

Sie lächelte ihm herzlich, ja fast vertraulich zu.

Nun musste Thomas sich aber abwenden. Was da an Emotionen zu ihm überschwappte, haute ihn wahrlich fast vom Stuhl. Diesem Ansturm war er nicht gewachsen, noch nicht. Ganz einfach atemberaubend. Es kam überhaupt nicht dagegen an, es oder besser eigentlich sie, fühlte sich schlichtweg gewaltig, gigantisch an.

»Du brauchst dich gar nicht zu entschuldigen. Dein Interesse tut mir gut, ich finde es schön, hier neben Christa weitere sympathische Menschen kennenzulernen.« Wow, schoss es Thomas wieder durch den Kopf, während er Barbara kurz ins Gesicht schaute, sie ist so herrlich direkt, so unkompliziert. Das gefällt mir.

Peter räusperte sich: »Ja ... dann sollte ich mal nach dem Essen sehen. Kommst du mir helfen, Thomas?«, überspielte Peter die eintretende Pause und blinzelte ihm heimlich zu. An die Frauen gewandt fuhr er weiter: »Die Damen könnten ja schon mal zum Esstisch wechseln und einstweilen alte Erinnerungen auffrischen. Wir bringen dann die Vorspeise, wenn wir so weit sind.«

»Das lassen wir uns nicht zweimal sagen. Komm mit Barbara, verwöhnen ist angesagt. Nimm dein Glas, wir machen Platzwechsel«, kam es von Christa und erhob sich. Die beiden Männer standen ebenfalls auf und marschierten ab in Richtung Küche.

Kaum in der Küche angelangt, drehte sich Peter zu Thomas. »Hallo, mein Freund, da ist aber was in dich gefahren. So kenne ich dich gar nicht, so fahrig und aufgelöst. Mir scheint, diese Barbara hat dich ganz schön vom Sockel gehauen.«

Thomas strich sich mit der Hand über das Gesicht. »Das kannst du laut sagen. Diese Frau hat eine Ausstrahlung, die haut mich total um.«

»Sie sieht wirklich gut aus, kommt sehr sympathisch rüber. Das sieht man auch, ohne deine besonderen Fähigkeiten zu besitzen.«

»Ich finde sie bildhübsch, erfrischend direkt und herzlich. Vielleicht schwebe ich jetzt gerade ein wenig in den Wolken, aber ich spüre ganz deutlich, dass sie etwas ganz Besonderes ist. Ich weiß jetzt gar nicht, was ich machen soll. Wenn ich sie ansehe, rauscht es derart durch mich hindurch, dass ich mich kaum beherrschen kann, sie nicht einfach anzufassen, zu streicheln oder gar zu küssen. Sorry, ich klinge wahrscheinlich ganz schön einfältig, so gar nicht männlich überlegen, aber ich kann nicht anders. Ich möchte sie am liebsten pausenlos anstarren, aber ich stehe das nicht durch. Ich muss zum Entspannen wegsehen. Aber dann denkt sie womöglich, ich sei unhöflich oder würde mich langweilen. Sie sei nicht interessant genug für mich. Dabei ist es doch gerade umgekehrt. Bitte, hilf mir, Peter!«

»Ich möchte ja gerne, aber da kann ich dir leider kaum wirklich helfen, Thomas. Das musst du schon selbst in den Griff bekommen. Versuche, dich etwas herunter zu holen. Benutze deinen sachlichen, logischen Verstand. Vielleicht kannst du diese Gefühlsausstrahlungen von Barbara etwas abbremsen, in Grenzen halten. Genieße jetzt einfach den Abend mit dieser bezaubernden Frau. Danach schläfst du erst mal ordentlich zwei, drei Nächte darüber. Und dann diskutiere ich gerne mit dir, wie du fortfahren könntest.«

»Aber ich mache mich heute Abend sicher zum Trottel, so nervös, wie ich bin. So verkorkse ich mir alles, was vielleicht werden könnte zwischen uns.«

»Komm jetzt erst mal runter. Trink einen ordentlichen Schluck Wein, das lockert dich vielleicht ein wenig auf.«

»Diese verdammte Scheißantenne, die ich da habe, verdirbt mir noch mein ganzes Lebensglück.«

»Das passiert jedem, der vom Blitz der Liebe getroffen wird. Hör jetzt auf zu jammern«, herrschte Peter ihn an. »Hilf mir besser mal, die Vorspeisenteller bereitzustellen. Dann können wir endlich mit dem Essen beginnen. Hol bitte vier Teller aus dem Küchenschrank und stell sie hier auf den Tisch, dann können wir die Honigmelone und den Räucherschinken anrichten. Dann noch den Wein öffnen und es kann losgehen.«

Zur gleichen Zeit sprachen die beiden Frauen draußen auf der Terrasse mit gedämpften Stimmen. Sie genossen es, dass sie sich wieder getroffen hatten, und schwelgten in Erinnerungen. In einer Gesprächspause sah Barbara kurz zur Terrassentür, dann wieder zu Christa. Mit gesenkter Stimme meinte sie: »Bevor die

Männer wieder herauskommen. Sag mal, kennst du den Thomas schon länger?«

»Eigentlich schon so lange, wie ich den Peter kenne. Warum fragst du?«

»Er ist ein anziehender, liebenswürdiger Mann und sieht gut aus. Ist er in einer Beziehung?«

»Hallo, du willst es aber wissen! Nicht, dass ich wüsste. Er arbeitet sehr viel und hat aber sonst irgendwie ein wenig Probleme im Umgang mit Menschen. Mit Frauen, die er mag, ganz besonders. Ich weiß aber nicht, weswegen. Wenn es dich interessiert, kann ich ja mal versuchen, dem Peter ein paar Würmer aus der Nase zu ziehen. Sie sind nämlich alte, ganz dicke Freunde.«

»Nein, nein, musst du nicht. Ich frage mich eben nur, warum er so schüchtern und verkrampft immer irgendwohin schaut. Kaum hat man einen kurzen Moment Blickkontakt gehabt, schon geht sein Blick wieder woanders hin. Das passt irgendwie so gar nicht zum übrigen Verhalten von ihm. Auch wenn er zu Anfang doch etwas aus der Rolle gefallen war«, hängte sie den letzten Satz schmunzelnd an.

»Das hast du richtig bemerkt. Das ist so eine komische Verhaltensart, die er schon immer hatte, mal mehr mal weniger. Vor allem, wenn Frauen zugegen sind. Ich habe auch keinen Reim darauf. Peter sagte mir einmal, dass er ihn nie anders gekannt hätte. Davon abgesehen ist er aber ein sehr guter, verlässlicher Freund. Hilfsbereit und ehrlich. Eigentlich ein richtiges Schnäppchen für eine Frau, wenn eben diese Marotte nicht wäre«, endete Christa mit einem Grinsen.

»Also ich muss schon sagen«, sprach nun Barbara ihre

Gedanken laut aus, »ich bin ja nicht die Frau, die sich unbedacht in oberflächliche Abenteuer stürzt. Da bin ich mir, ohne jetzt überheblich sein zu wollen, zu schade dazu. Aber bei diesem Thomas, da ist so etwas, was mich reizt und fesselt, mich leichtsinnig machen könnte.«

»Dann lern ihn doch näher kennen. Nimm seine Hilfsangebote an. Wenn ihr zusammenkommen würdet, würde mich das mehr als nur freuen. Ich drücke dir beide Daumen, dass ...«

»Tatütata!, hier kommt die erfrischende Vorspeise à la Peter, verfolgt von einem wundervoll aromatischen, kühlen Wein aus dem Hause Thomas.«

Peter zelebrierte das Auftragen der Vorspeise und stellte die schön angerichteten Teller vom Tablett auf den Tisch, während Thomas die Gläser mit dem goldgelben Wein zu füllen begann.

»Der Wein kommt aus deinem eigenen Hause?«, staunte Barbara.

»Oh nein, ich habe ihn nur ausgesucht, beziehungsweise vom Weinhändler aussuchen lassen.« Thomas war froh, dass er einen legitimen Grund hatte, Barbara nicht anzusehen, sondern sich darauf konzentrieren musste, nicht daneben zu schütten. »Ich achte immer nur sehr darauf, dass es bei Peter einen trinkbaren Wein gibt. Wenn man es ihm überlässt, kann man nämlich nicht sicher sein, ob es sich nicht um einen leidlich guten Weinessig handelt.«

Er duckte sich schnell weg vor Peters ausholender Hand. Alle lachten.

Während des Essens wurde die Stimmung deutlich

gelöster, sogar Thomas gab sich, dem Rate des Freundes folgend und dem Wein zusprechend, allmählich zwangloser. Es wurde ein langer vergnügter Abend für alle. Erst weit nach Mitternacht verabschiedeten sich Thomas und Barbara in entspannter Stimmung und machten sich gemeinsam auf den Heimweg.

~ ~ ÷ ~ ~

Als Thomas am späten Sonntagmorgen beim Frühstück saß, dachte er voller Freude an den vergangenen Abend zurück. Barbara und er hatten sich ein Taxi gerufen, da sie auf der anderen Seite der Stadt wohnte. Unterwegs war er dann ausgestiegen und sich artig, aber herzlich, mit Küsschen auf beide Wangen, von Barbara verabschiedet. Sie hatten ihre Handynummern ausgetauscht. Jetzt hoffte Thomas, dass Barbara ihn wirklich um Hilfe bitten wird, oder mindestens einfach so mal anrief. Er hatte sich vorgenommen, sie anzurufen und nachzufragen, ob sie gut nach Hause gekommen war, falls sie sich bis zum Abend nicht gemeldet hatte. Thomas fühlte sich sauwohl. Er könnte Bäume ausreißen. Dabei hatte er dem Wein doch ganz schön zugesprochen. Eine supertolle Frau, diese Barbara. Christa und Peter hatten alles dafür getan, dass er sich nicht noch weiter vor Babs blamierte. Ja Babs, so nannte er sie jetzt heimlich. Sie ist seine absolute Traumfrau.

Eigentlich war Thomas alles andere als ein Handyfreak. Für ihn war es ein praktisches Werkzeug, mit dem er bei Bedarf rasch jemanden anrufen konnte, oder für seine Freunde schnell erreichbar war. Doch an diesem Tag verhielt er sich wie ein Kommunikationsjunkie.

Schon zahllose Male hatte er das Handy herausgeklaubt und nachgesehen, ob er einen Anruf oder eine SMS verpasst hatte. Aber nichts tat sich. Niemand hatte ihm etwas zu berichten, vor allem nicht die wunderbare Babs. Sie hätte sich doch melden können, dass sie gut nach Hause gekommen war, dass es ihr gestern Abend gefallen hatte oder was auch immer.

Unruhig lief er im Wohnzimmer hin und her und überlegte pausenlos, ob er sie einfach anrufen sollte. Sie getraute sich womöglich nicht, dachte vielleicht, dass es sich für eine Frau nicht schickt, den ersten Schritt zu tun. Aber sie schien doch eher eine modern denkende Frau zu sein.

Doch dann verließ ihn sein Mut wieder und er rief nicht an, wollte nicht aufdringlich erscheinen. Er wurde immer unruhiger. Wie ein verliebter Teenager lief er hin und her. Aber er wollte doch Gewissheit haben, ob es ihr gut geht, ob sie gut nach Hause gekommen war.

Als Thomas sein Abendessen zubereitete, hatte er noch immer keinen Anruf erhalten. So beschloss er, Peter anzurufen, ob der vielleicht etwas gehört hatte, und wählte die Nummer des Freundes.

»Winkler, wer stört meine Sonntagsruhe?«, erklang Peters Stimme gespielt mürrisch. Peter hatte vermutlich auf dem Display gesehen, dass es Thomas war.

»Hallo Peter, ich bin es. Um diese Zeit solltest du aber längst ausgeschlafen sein«, witzelte nun Thomas ebenfalls. »Hör mal, hast du oder Christa heute etwas von Barbara gehört?«

»Ach, um die tolle Barbara geht es! Nein, ich habe nichts gehört, aber warte mal, ich frage Christa.« Einen

Moment blieb es ruhig, dann meldete sich Peter wieder: »Nein, sie hat auch nichts gehört, aber Christa kann dir die Handynummer geben, wenn du willst.«

»Brauche ich nicht. Die habe ich ja. Ich ...«

»Warum rufst du dann mich an?«, unterbrach ihn Peter. »Das darf doch nicht wahr sein. Ruf sie an!«

»Ich weiß nicht. Ich möchte nicht aufdringlich erscheinen.«

»Ruf sie an! Ich glaub's ja nicht. Du verhältst dich wie ein Schuljunge, der zum ersten Mal gemerkt hat, dass es zwei verschiedene Arten von Menschen gibt.«

»Ich möchte ja nur wissen, ob sie gestern gut nach Hause gekommen ist. Meinst du, das ist zu aufdringlich?«

»Nein! Ist es nicht. Bestimmt wartet sie ebenfalls auf deinen Anruf und ist traurig, dass sie nichts von dir hört.«

»Gut, wenn du meinst. Dann rufe ich sie jetzt an.«

»Tu das, du verknallter Hammel! Und bestell ihr schöne Grüße von Christa und mir«, sagte Peter mit amüsierter Stimme.

Mit zittrigen Fingern und pochendem Herzen wählte Thomas die Nummer von Barbara. Er stand auf und ging durch den Raum. Gespannt horchte er auf das Rufzeichen. Tausend Gedanken schwirrten durch seinen Kopf. Hoffentlich empfand sie es nicht als aufdringlich.

»Berghoff?«, ertönte die melodische Stimme von Barbara. Thomas fuhr es wie ein Stromschlag durch den Körper. Er stand vom Sessel auf, in den er sich soeben gesetzt hatte, und begann, wieder im Wohnzimmer herumzugehen.

»Hier ... hier ist Feldmann, ... der Thomas«, meldete er sich.

»Oh, hallo Thomas. Schön dich zu hören. Wie geht es dir?«, kam die Stimme Barbaras noch um ein Stück wärmer aus dem Lautsprecher.

»Danke gut ... und dir? Bist du noch gut nach Hause gekommen?«

»Bestens. Und ich habe nach diesem angenehmen Abend wunderbar geschlafen. Das hat mir gestern mit euch drei, sehr gefallen.«

»Das freut mich aber sehr. Mir hat es auch sehr gut gefallen. Schade, dass der Abend so schnell vorbei war.« Thomas schwieg verlegen einen kurzen Moment. »Ich soll dir noch Grüße ausrichten von Christa und Peter.«

»Danke sehr. Es ist schön, dass ich Christa wieder gefunden habe. Und dein Freund Peter ist auch ein sympathischer Typ. Die beiden passen sehr gut zusammen.«

»Das finde ich auch«, bestätigte Thomas. Nach einer weiteren kurzen Verlegenheitspause nahm er all seinen Mut zusammen: »Barbara ... ich habe mir überlegt ..., könnten wir uns vielleicht nächste Woche mal zu einem Feierabendtrunk treffen? Ich bin am Mittwoch gegen Abend in der Nähe des Marktplatzes.«

Das war zwar überhaupt nicht wahr, doch Thomas war der Meinung, so eine harmlose Notlüge sei doch erlaubt.

»Am Mittwoch? Ja warum nicht, gerne«, kam die schnelle Antwort.

Thomas fühlte sich wieder wie im siebten Himmel. Er würde sich mit Babs treffen. Allein, nur sie zwei. Er freute sich wie ein kleines Kind auf Weihnachten. Vor lauter Glück breitete sich ein strahlendes Leuchten auf seinem Gesicht aus. Jetzt musste er sich noch bis Mittwoch gedulden. Dummkopf. Wieso hatte er eigentlich nicht Morgen Montag vorgeschlagen?

~ ~ ÷ ~ ~

Schläfrig stellte Thomas den rasselnden Wecker ab. Oje, erst sechs Uhr, noch dunkel draußen. Noch eine kleine Runde Schlaf gönne ich mir.

Ach Mist, schoss es nun Thomas durch den Kopf. Heute kam ein wichtiger Kunde ins Geschäft. Er soll ihm eine perfekte Präsentation zeigen, hatte der Chef gefordert. Darum wollte er frühzeitig genug ins Büro, um alles gut vorzubereiten. Er fühlte sich aber noch sehr müde. Es war recht spät geworden gestern. Aber das Abendessen mit Babs war wieder so schön und harmonisch gewesen. Thomas freute sich über die letzten Wochen. Sie trafen sich jetzt regelmäßig, unternahmen das eine oder andere zusammen und manchmal auch zu viert mit Christa und Peter. Daneben half er beim Einrichten ihrer neuen Wohnung. Sein Privatleben hatte richtig Farbe bekommen. Mit den Emotionsstürmen kam er mittlerweile schon viel besser zurecht. Babs und er waren nun gute Freunde geworden. Zu mehr hatte er sich aber noch nicht getraut, obwohl es schon mal die Gelegenheit dazugegeben hatte. Erst wollte er seine Empfindungsprobleme noch etwas besser in den Griff kriegen. Er wollte mit Babs keinesfalls etwas falsch machen, sie war ihm mittlerweile zu wertvoll geworden. Wohlig drehte er sich auf die Seite und war im nächsten

Augenblick wieder eingeschlafen.

Als ihn die hartnäckig sich wiederholende Melodie des Handys erneut aus dem Schlaf riss, war Thomas so schlaftrunken, dass er sich erst gar nicht zurechtfand. Der Wecker war doch noch gar nicht gegangen, oder etwa doch? Ein Blick auf die Uhrzeit riss ihn nun endgültig aus dem Schlaf. Was? Schon fast neun Uhr?

Er schoss aus dem Bett hoch, setzte sich auf die Bettkante und griff zum Handy. »Feldmann!«, knurrte er ins Telefon.

»Hier ist dein verwaister Arbeitsplatz. Dein Arbeitskollege Horst. Hast du zu gut geschlafen oder bist du krank?«, erklang die Stimme aus dem Telefon.

»Schei..., Scheibenkleister, Horst. Ich hab total verschlafen. Ich komme sofort!«

»Das möchte ich dir auch geraten haben. Unser Boss hat schon dreimal nach dir gefragt. Mittlerweile ist er, gelinde ausgedrückt, leicht verärgert.«

»Mist, heute Morgen kommt doch dieser Großkunde und ich soll unsere neue Variante der Software vorstellen.«

»Eben drum ist hier das große Nervenflattern ausgebrochen. Ein wichtiger Kunde kreuzt auf, aber unser Programmiergenie ist nicht da«, sagte Horst vorwurfsvoll.

»Sag dem Chef, ich bin auf dem Weg. In zwanzig Minuten bin ich da. Bis gleich.«

Thomas knallte das Handy unmutig auf das Nachttischchen. Verdammt noch mal, ärgerte er sich, während er in Windeseile ins Bad lief, eine Katzenwäsche vornahm und in die Kleider sprang. Schnell schnappte er sich noch einen Apfel und die Autoschlüssel. Für zu Fuß reichte es heute nicht. Und jetzt ab. Aus der Tür und in großen Sprüngen die Treppen runter gerast. Mist, Tür abschließen vergessen. Egal, keine Zeit für zurück. Haustür aufgerissen und mit einem Satz auf den Bürgersteig hinaus zum Auto.

Im letzten Augenblick sah Thomas den von hinten heranrasenden Skateboardfahrer. Er konnte nicht mehr reagieren. Mit einem harten Schlag wurde er auf die Straße geschleudert. Den Aufschlag mit dem Kopf voran auf die Bordsteinkante verspürte er nicht mehr.

~ ~ ÷ ~ ~

Zwei

Aus der Jacke, die am Bürostuhl hing, klingelte Peters Handy nun schon zum dritten Male kurz nacheinander. Seine Bürokollegin gegenüber blickte auf und schüttelte mit ärgerlichem Gesicht den Kopf. Ohne aber etwas zu unternehmen, wandte sie sich wieder ihrer Arbeit zu. Das Klingeln hörte auf.

Die Tür ging auf. Peter trat mit einem Stapel Papieren in der Hand ein, ging zu seinem Schreibtisch und setzte sich.

»Dein Handy nervt ununterbrochen«, murrte die Kollegin vorwurfsvoll. »Du kennst doch die Weisung vom Chef, dass während der Arbeitszeit keine privaten Gespräche geführt werden sollen. Warum stellst du es nicht einfach ab?«

»Ja, ich weiß es. Ich telefoniere aber doch praktisch fast nie. Du brauchst also gar nicht meckern. Da ist die Verlustzeit, welche du hier mit privatem E-mailen verbringst, schon deutlich größer.«

Seine Kollegin wandte sich brüsk ab.

Peter zog das Handy heraus und blickte auf die Anzeige. Tatsächlich, dreimal ein versuchter Anruf. Zuletzt noch eine SMS :

'Herr Winkler, könnten sie sich bitte sobald als möglich bei uns melden. Es liegt ein Notfall vor. Polizeistelle Zentrum.'

»Was? Die Polizei?«, murmelte er vor sich hin. Was ist geschehen? Ist Christa etwas passiert?

Sofort rief er die angegebene Nummer zurück.

»Stadtpolizei, Posten Zentrum. Polizeimeister Möller am Apparat!«

Die liebe Kollegin gegenüber von Peter konnte es nicht lassen. Vorwurfsvoll die Nase rümpfend blickte sie herüber. Peter winkte ärgerlich ab.

»Hier spricht Peter Winkler. Sie haben versucht, mich anzurufen?«

»Ja, das ist richtig. Einen Augenblick, ich verbinde Sie mit dem zuständigen Kollegen.« Für einen Moment blieb es ruhig, dann ein Knacken und eine neue Stimme meldete sich: »Polizeiobermeister Werner Zimmermann. Sind Sie Peter Winkler?«

»Ja, der bin ich, was ist passiert?«

»Ist ihnen ein Herr Feldmann, ein Thomas Feldmann bekannt? Wir haben die Info bekommen, dass Sie ein Bekannter von ihm seien.«

»Ja, das ist mein Freund. Seit vielen Jahren« gab er leicht erschrocken zur Antwort. »Was ist mit ihm?«

»Können Sie mir sagen, wer der nächste Verwandte von Thomas Feldmann ist?«

»Was ist mit Thomas geschehen? Er hat keine Verwandten mehr. Seine Eltern sind bei einem Unfall gestorben, er ist ein Einzelkind. Was ist mit Thomas?«

»Dazu darf ich Ihnen am Telefon leider keine Auskunft geben. Ist er verheiratet oder lebt er in einer Beziehung?«

»Nein, er ist alleinstehend. Genau genommen bin ich

die nächste Bezugsperson.«

»Wenn das so ist, möchte ich Sie bitten, so rasch wie möglich hier auf dem Revier vorbei zu kommen. Ginge das?«

»Ja natürlich. Ich komme sofort!«, rief Peter und unterbrach bestürzt die Verbindung. Blass saß er einen Augenblick bewegungslos im Sessel. Während des ganzen Telefonates hatte seine Kollegin mit gespitzten Ohren Peter aufmerksam beobachtet.

Neugierig fragte sie nun: »Polizei? Hat dein Freund was ausgefressen?«

»Keine Ahnung, aber das geht dich auch gar nichts an«, sagte er barsch und warf ihr einen unfreundlichen Blick zu. »Ich muss auf das Polizeirevier. Sie möchten mit mir sprechen, und ich will wissen, was da los ist. Weiß noch nicht, ob ich danach nochmals zurückkomme. Ich sag dem Chef schnell Bescheid.« Er packte seine Jacke und verließ mit eiligen Schritten das Büro.

~ ~ ÷ ~ ~

Peter betrat den Empfangsraum des Polizeipostens, schaute sich um und ging sofort zum Anmeldeschalter vor.

»Guten Tag, ich bin Peter Winkler. Ich soll mich bei Herrn Polizeiobermeister Zimmermann melden.«

»Einen Augenblick bitte, Herr Winkler«, erwiderte die Schalterbeamtin und griff zum Telefon: »Ein Peter Winkler ist da. Er soll zu dir kommen. – Ja, ja. – Gut.«

Sie wandte sich zu Peter: »Herr Zimmermann wird Sie in Kürze abholen, er ist noch belegt. Nehmen Sie doch einstweilen in der Warteecke Platz«, und zeigte zu einigen Stühlen in der Ecke des Empfangsraumes. Peter ging zur Ecke und setzte sich, blickte sich um. Schien ruhig zu sein an diesem frühen Nachmittag. Außer ihm saß da nur ein etwas zerlumpt aussehender Mann, der mit hängendem Kopf vor sich hin döste und ihn gar nicht wahrnahm.

Auf dem Tischchen zwischen den Stühlen lagen kleine Stapel verschiedener Informationsschriften. Peter ergriff sich eine davon. 'Tipps zum Einbruchschutz'. Ungeduldig blätterte er darin, während seine Gedanken zu Thomas wanderten. Was ist bloß los mit ihm? Seltsam, dass sie einen Verwandten suchen. Ist das so üblich? Wenn sie ihn verhaftet hätten, wüssten sie solche Sachen doch durch die Befragung. Das bedeutet doch aber, sie können wahrscheinlich nicht mit ihm reden. Aber das heißt dann auch, dass er ... Nein, das kann doch nicht sein, darf nicht wahr sein. Halt stopp, mach dich nicht verrückt. Peter! Vielleicht gibt es eine ganz einfache Erklärung.

»Herr Winkler?« Ein Mann kam mit ausgestrecktem Arm auf ihn zu.

»Ja, das bin ich«, antwortete Peter, stand auf und ergriff dessen Hand.

»Zimmermann. Kommen Sie bitte mit in mein Büro«, sagte der Beamte und deutete auf die offene Tür zu den Diensträumen.

»Setzen Sie sich doch, Herr Winkler«, forderte ihn der Mann im Büro auf und zeigte auf einen Stuhl vor dem Schreibpult.

»Bevor ich mit Ihnen über Herrn Feldmann sprechen kann, bin ich verpflichtet, erst Ihre Identität zu überprüfen. Verzeihen Sie, reine Vorschrift. Haben Sie einen amtlichen Ausweis bei sich? Personalausweis, Pass, Führerschein oder so?«

»Ja, habe ich.« Peter griff nach seinem Ausweisetui in der Jackentasche.

»Sie sind hier gemeldet?«

»Ja. – Und geboren«, ergänzte Peter, nicht ohne dabei etwas Sarkasmus in der Stimme vermeiden zu können, und streckte ihm den Ausweis entgegen. Diese penible Gründlichkeit reizte ihn manchmal, obwohl er sie auch verstand.

Der Polizeiobermeister reagierte nicht darauf und setzte sich vor dem Bildschirm zurecht, um die Identität zu überprüfen. Nach kurzer Zeit gab er ihm den Ausweis dankend wieder zurück.

»Leider müssen solche Formalitäten sein. Wir dürfen ja nicht einfach an irgendjemand unsere Informationen ausposaunen. Datenschutz, Sie verstehen.« Der Obermeister räusperte sich, blickte kurz auf eine Akte vor sich, um sich dann wieder Peter zuzuwenden: »Sie sagten mir am Telefon, dass Thomas Feldmann keine Verwandten mehr hat und auch in keiner Beziehung lebt. Sie beide sind aber seit Längerem befreundet? Können Sie das bestätigen?«

»Das ist richtig. Thomas ist Einzelkind und seine Eltern sind vor rund drei Jahren verstorben. Soviel ich weiß, hatten auch seine Eltern keine Geschwister. Wir zwei sind seit unserer Schulzeit sehr gut befreundet. Nicht dass Sie mich falsch verstehen, wir sind nicht homosexuell«, beeilte sich Peter klarzustellen. Das war ihm wichtig, klarzustellen. »Wir sind ganz einfach sehr gute Freunde. Aber können Sie mir jetzt endlich mitteilen, was denn mit ihm los ist? Was ist geschehen? Das Ganze hier macht mich höllisch nervös.« Peter lehnte sich vor und blickte den Beamten fordernd an.

Der hatte sich inzwischen Notizen in eine Akte geschrieben. Nun schaute er mit nachdenklichem Gesichtsausdruck auf. »Gut, ich denke, bei dieser Sachlage kann ich Ihnen Auskunft geben. Ich möchte aber auch zugleich darum bitten, dass Sie mir etwas behilflich sind.«

»Natürlich, aber was ...«, brauste nun Peter auf.

Der Beamte fiel ihm rasch ins Wort, hatte wohl bemerkt, dass er Peter nicht noch länger auf die Folter spannen durfte. »Herr Feldmann hatte heute Morgen einen Unfall und liegt zurzeit im Universitätskrankenhaus. Über den Unfallhergang laufen unsere Ermittlungen noch. Nach meinen letzten Informationen befindet sich Thomas Feldmann noch in bewusstlosem Zustand. Die Untersuchungen der Ärzte sind noch im Gange. Welche Verletzungen er erlitten hat, wissen wir noch nicht.«

Peter starrte den Beamten mit offenem Munde an. Thomas war verunfallt! »Hatte er einen Autounfall? Ist er in Lebensgefahr?«

»Wie schwer die Verletzungen sind und ob Lebensgefahr besteht, wissen wir, wie gesagt, noch nicht. Nein, es war kein Autounfall. Er wurde auf dem Bürgersteig, unmittelbar vor seinem Wohnhaus, von einem Skateboardfahrer mit offenbar großer Wucht gerammt. Herr Feldmann wurde dadurch mit dem Kopf voran auf die Bordsteinkante geschleudert. Er hat eine Kopfverletzung. Soviel wissen wir aus den ersten Zeugenaussagen, die nicht sehr genau sind, da alles sehr schnell ablief. Der Rollbrettfahrer befindet sich ebenfalls zur Abklärung im Krankenhaus, deshalb konnten wir auch ihn noch nicht näher befragen.«

»Mein Gott, eine Kopfverletzung, das klingt aber gar nicht gut. Ich geh sofort ins Krankenhaus.«

»Ich denke, Sie müssen sich nicht beeilen. Er wurde erst vor gut drei Stunden dort eingeliefert. Die Untersuchungen laufen sicher noch, man wird ihnen zurzeit noch nichts sagen können. Aber, vielleicht könnten Sie mir inzwischen weiterhelfen? Ich habe da nämlich noch ein kleines Problem mit der Identifizierung von Herrn Feldmann.«

»Was, wie ...? Identifizierung?«, stotterte Peter überrascht.

»Leider fanden wir bei Herrn Feldmann neben einem Autoschlüssel lediglich einen Firmenausweis. Der reicht aber für eine eindeutige Identifizierung nicht aus. Wir haben zwar festgestellt, dass ein Thomas Feldmann dort wohnt. Unser Beamte vor Ort hatte an der Wohnung geläutet, aber es wurde nicht geöffnet. Einen Hausmeister gibt es dort nicht. So haben wir mit seinem Arbeitgeber Kontakt aufgenommen. Man konnte uns aber auch nicht weiterhelfen, man war nur sehr nervös, weil man ihn schon dringend erwartet hatte. Zum Glück erhielten wir aber dann von Herrn Feldmanns Bürokollegen eine Information über Sie.«

»Ach so! Ja, ... also ... ich habe einen Schlüssel zu seiner Wohnung«, stotterte Peter verwirrt. »Wir haben uns vor langer Zeit mal gegenseitig einen Schlüssel gegeben. Für Notfälle. Aber was wollen Sie denn in der Wohnung von Peter?«

»Wir brauchen, wie gesagt, einen amtlichen Ausweis von ihm. Außerdem müssen wir noch klären, ob er eventuell bei der allgemeinen Aufregung am Unfallort auch noch bestohlen worden ist. Wie erwähnt, außer dem Firmenausweis und einem Autoschlüssel haben wir bei Herrn Feldmann weder Geldbörse, Brieftasche noch sonstiges gefunden.«

»Wer bestiehlt denn schon einen Verletzten?«, rief Peter entrüstet.

»Was glauben Sie, was es alles gibt. Das kommt leider öfter vor, als Sie denken.«

»Dann schauen wir doch in der Wohnung nach, vielleicht hatte er das gar nicht dabei. Vergessen einzustecken oder so.«

»Da wäre mir sehr geholfen. Wir könnten gleich jetzt zusammen dahin fahren. Sie helfen mir und Herrn Feldmann damit sehr. Haben Sie den Schlüssel zur Wohnung dabei?«

»Nein, den habe ich in meiner Wohnung hängen, aber wir können ihn holen.«

»Sind Sie mit dem Wagen da?«

»Nein, mit dem Taxi.«

»Gut, dann fahren wir zusammen, holen den Schlüssel und werfen einen Blick in die Wohnung von Herrn Feldmann. Danach kann ich Sie beim Krankenhaus absetzen. Bis dahin weiß man vielleicht mehr über den Gesundheitszustand des Verunfallten.«

~ ~ ÷ ~ ~

Peter und der Polizeiobermeister betraten nach einer halben Stunde den Hauseingang zu Thomas Wohnhaus und liefen die Treppen zum zweiten Stock hoch. Peter steckte den Schlüssel ins Schloss, doch der ließ sich gar nicht ganz einschieben. Verwundert schaut er den Beamten an: »Da steckt ein Schlüssel von innen.«

Peter drückte auf den Türgriff. Die Tür ließ sich öffnen! Verwundert stieß er sie ganz auf. Innen steckte tatsächlich ein Schlüssel. »Das ist Herr Feldmanns Schlüsselbund, ich erkenne ihn. Er hat vergessen, die Wohnung abzuschließen!«

»So sieht es aus. Lassen Sie mich vorangehen! Erst mal die Wohnung genauer inspizieren. Fassen Sie vorsichtshalber nichts an!«, drängte sich der Polizist vor.

Langsam, sich überall umsehend, betraten beide die Wohnung und gingen durch alle Räume. Nichts Verdächtiges war festzustellen. Alles sah ganz danach aus, als hätte der Bewohner überstürzt die Wohnung verlassen.

»So wie das hier aussieht, hat Herr Feldmann in sehr großer Eile die Wohnung verlassen. Bade- und Schlafzimmer sehen ziemlich chaotisch aus. Oder ist das normal bei Herrn Feldmann?«

»Nein, gar nicht. Das ist nicht seine Art.«

»Dann macht das alles hier für mich den Eindruck, dass er vermutlich verschlafen hat. Vom Arbeitgeber hatte ich erfahren, dass sie ihn längst erwarteten. Sie hatten ihn angerufen. Ein Handy liegt da auf dem Nachttischchen.«

»Das sieht wirklich ganz danach aus. Ich schau mal auf seinem Handy nach.« Peter überprüfte die Anrufe im Handy. »Tatsächlich, da gibt es gleich mehrere Anrufe aus dem Betrieb von Thomas, ich kenne die Nummer. Aber nur beim Ersten hat er das Gespräch entgegengenommen. Zwei Weitere danach dann nicht mehr. Da war er dann vermutlich schon weg.«

»So dürfte es sich wohl zugetragen haben. Endgültig wissen wir das erst, wenn wir mit Herrn Feldmann reden konnten. Ich habe jetzt noch nichts von Geldbörse oder Brieftasche gesehen. Wissen Sie vielleicht, wo er diese Dinge aufbewahrt?«

»Eigentlich nicht ... aber vielleicht hat er sie in seiner Jacke, die hängt im Flur, habe ich gesehen. Ist in der Eile ohne sie weggerannt. Ich schau mal«, meinte Peter und ging zum Garderobenständer. Er fühlte tastend über die Taschen. »Hier!« Er zog eine Brieftasche heraus. Gleich darauf auch eine Geldbörse. Er öffnete die Brieftasche und rief: »Hier, sein Personalausweis!«, und reichte ihn dem Polizisten weiter.

Der Polizeiobermeister zückte sein Handy und fotografierte den Ausweis. »So kann ich das zu den Akten nehmen. Dieser Mann auf dem Bild ist Thomas Feldmann?«, fragte er Peter und gab ihm den Ausweis zurück.

»Ja, das ist er. Sie wollen es aber genau wissen«, konnte sich Peter die Bemerkung nicht verkneifen .

»Das ist nun mal gefordert in meinem Beruf.« Der Polizist blickte sich nochmals um. »So! Dann habe ich, was ich im Augenblick brauche. Hier scheint so weit alles in Ordnung zu sein. Die offene Wohnung dürfte sich wohl noch klären lassen und der Verdacht auf einen eventuellen Raub am Unfallort kann ich auch ausschließen.«

»Dann nehme ich Börse und Brieftasche mit ins Krankenhaus«, meinte Peter und steckte sich die zwei Sachen ein.

»Das ist wohl sinnvoll, ich nehme an, dass das Krankenhaus auch ein paar Angaben über ihn braucht. Besten Dank für ihre Unterstützung. Dann können wir wieder gehen. Ich kann Sie also beim Krankenhaus absetzen, wenn Sie wollen.«

»Ja, gerne. Vielen Dank.«

Nach einem letzten Rundblick verließen beide die Wohnung, dieses Mal schloss Peter sorgfältig ab und steckte den Schlüsselbund ein. Vor dem Haus auf dem Bürgersteig bemerkte Peter verschiedene Kreidemarkierungen am Boden. »Ist ... ist es hier geschehen?«, wandte er sich an den Polizisten.

»Ja, gleich hier vor der Haustür. Er muss wohl eben auf den Bürgersteig herausgetreten sein, als der Skateboardfahrer von links heranschoss. Der muss ein flottes Tempo draufgehabt haben, dass es Ihren Freund so weit nach rechts vorne bis zur Bordsteinkante schleudern konnte.«

»Ausgerechnet bis zur Kante. Ich darf mir das nicht vorstellen. Kommen Sie, gehen wir«, wandte sich Peter schaudernd ab.

~ ~ ÷ ~ ~

Mit einem unbehaglichen Gefühl trat Peter an den Informationsschalter des Krankenhauses.

»Mein Name ist Peter Winkler. Ein guter Freund von mir, Thomas Feldmann, wurde heute Morgen als Verunfallter hier eingeliefert. Ich wüsste gerne, wie es ihm geht und wo ich ihn finden kann.«

»Einen Augenblick bitte«, erwiderte die Dame hinter der Scheibe und wandte sich einem Bildschirm zu. Nach einiger Zeit des Herumklickens schien sie etwas gefunden zu haben. »Ja, hier habe ich was, aber Sie können wahrscheinlich noch nicht zu ihm, er wurde ja erst vor etwa vier Stunden eingeliefert. Aber fragen Sie doch direkt am Aufnahmeschalter der Unfallstation, vielleicht kann man Ihnen dort bereits Auskunft geben. Einfach hier den Hinweisen nach.« Peter bedankte sich und machte sich auf den Weg.

Am Aufnahmeschalter lächelte ihn eine freundliche Dame an. Peter wiederholte sein Anliegen.

»Thomas Feldmann«, murmelte die Dame und wandte sich einer Kartei zu.

»Ja, der ist hier.« Sie kam mit einem Papier in der Hand wieder an den Schalter. »Sind Sie ein Verwandter von Herrn Feldmann?«

»Nein, Herr Feldmann hat keine Verwandten mehr. Ich bin seit vielen Jahren sein bester Freund, und wenn man das so bezeichnen kann, die einzige Bezugsperson. Sagen Sie, schwebt er in Lebensgefahr? Wie geht es ihm? Kann ich ihn sehen?«

»Ich kann Ihnen keine medizinischen Auskünfte geben, bei mir laufen nur die Aufnahmeformalitäten ab. Aber ich sehe hier in den Aufnahmepapieren, dass wir eigentlich noch so gut wie keine Informationen zum Patienten haben. Können Sie mir vielleicht einige Angaben machen?«

»Ja, kann ich. Ich habe hier seinen Personalausweis.

Ich muss nachsehen, ob er sonst noch irgendetwas Wichtiges in der Brieftasche hat. Ich habe die Sachen soeben zusammen mit der Polizei aus seiner Wohnung geholt«, ergänzte Peter, da die Mimik der Frau sich zu einem kritischen Erstaunen verzogen hatte. »Ah, hier hat er einen Blutgruppenausweis!«

»Das ist sehr gut, den gebe ich sofort an den behandelnden Arzt weiter. Einen Moment bitte«, sagte sie und verschwand kurz im Hintergrund. »Könnten Sie vielleicht noch auf diesem Aufnahmeformular ein paar Fragen beantworten?«, fragte sie, als sie zurückkam. »Sie können sich damit in den Warteraum setzen. Ich versuche in der Zwischenzeit, den zuständigen Arzt zu verständigen, aber Sie müssen wahrscheinlich etwas Geduld aufbringen. Der Patient wurde kurz nach zehn Uhr eingeliefert, jetzt haben wir vierzehn Uhr vorbei. Ich gehe davon aus, dass die Untersuchungen vermutlich noch nicht alle abgeschlossen sind.«

»Ja, ist gut, ich probiere mal das auszufüllen, was ich weiß.« Er wedelte mit dem Fragebogen und ging zum Warteraum hinüber. Beinahe voll besetzt war es hier. Peter schlängelte sich zu einem der noch freien Stühle durch. Eine Atmosphäre war das hier, kaum auszuhalten. Alle saßen stumm oder höchstens leise flüsternd und mit sorgenvollen oder ängstlichen Gesichtern da. Seufzend wandte er sich dem Formular zu und versuchte, möglichst viele Angaben einzutragen. Der Rest musste warten, bis Thomas wieder ansprechbar war. Er holte sich vom Automaten einen Kaffee und überlegte, was jetzt zu tun war. Als Erstes wollte er Thomas sehen oder mindestens mit einem Arzt sprechen. Er musste wissen, wie es um ihn steht. Danach musste er Barbara und auch Christa anrufen. Was weiter zu tun war, würde sich dann zeigen. Peter trat wieder zu dem Aufnahmeschalter und übergab der Frau das Formular. »Mehr kann ich im Moment leider nicht ausfüllen, aber wenn Sie noch dringend etwas Bestimmtes brauchen, kann ich versuchen, ob ich was bei ihm zu Hause finde.«

»Das Wichtigste haben Sie ausgefüllt, die fehlenden Informationen kann der Patient später selbst eintragen. Danke«, meinte sie nach einem prüfenden Blick über das Formular.

»Kann ich dann jetzt mit dem zuständigen Arzt sprechen?«

»Sie müssen sich noch ein wenig gedulden. Er hat versprochen zu kommen, sobald er sich freimachen kann. Der Patient geht natürlich erst mal vor. Bleiben Sie im Warteraum, er holt Sie dann dort ab.«

Besorgt kehrte Peter auf den Platz im Warteraum zurück, nahm eine der herumliegenden Zeitschriften und blätterte darin, ohne vom Inhalt wirklich etwas aufzunehmen. Zermürbendes Warten war angesagt. Nach einiger Zeit legte er die Zeitschrift wieder weg. Er konnte sich nicht konzentrieren, seine Gedanken kreisten um Thomas. Schließlich rief er Christa an.

»Hallo mein Schatz! Na, suchst du Gesellschaft zu einem späten Mittagsmahl?«, meldete die sich sofort.

»Nein, Christa, mir hat es im Moment den Appetit verschlagen. Ich sitze im Krankenhaus ...«

»Im Krankenhaus? Was ist geschehen?«, fiel sie ihm ins Wort. »Geht es dir nicht gut?«

»Mir geht es gut, aber Thomas hatte einen Unfall und

wurde bewusstlos hier eingeliefert. Die Untersuchungen laufen noch. Ich warte nun darauf, dass ich mit einem Arzt sprechen kann.«

»Oh mein Gott, was ist denn passiert?«

»Er ist von einem Skateboardfahrer auf dem Bürgersteig gerammt worden und Kopf voran auf die Bordsteinkante geknallt. So viel habe ich von der Polizei erfahren, ich musste aufs Revier. Aber ich erzähle dir später alles. Ich muss jetzt zurück ins Wartezimmer, sonst finden sie mich womöglich nicht.«

»Soll ich auch kommen, Peter?«

»Das macht wenig Sinn, er ist ja noch bewusstlos und ich vermute, dass man ihn noch nicht besuchen kann. Aber wenn du bitte Barbara informieren könntest. Sie soll aber nicht herkommen. Ich bleibe vorläufig hier. Wenn ich mehr weiß, melde ich mich wieder.«

»Gut, ich rufe sie sofort an. Drücken wir unserem Thomas die Daumen. Der arme Kerl! Ich warte auf deinen Anruf«.

Nachdenklich drückte er den Abbruchknopf am Handy und steckte es in die Tasche. Zurück im Warteraum setzte er sich und blätterte wieder abwesend in einer Zeitschrift. Zäh verging die Zeit. Nun saß er schon über eine Stunde hier und wartete darauf, dass endlich ein Arzt auftauchte.

Vor ein paar Minuten hatte Barbara ganz aufgeregt angerufen, aber er konnte sie ein klein wenig beruhigen. Thomas sei ja hier in guten Händen. Nicht gleich das Schlimmste denken. Na ja, halt so Redensarten, um die Nervosität etwas runter zu holen. Es geht mir ja auch nicht besser, dachte er bei sich, aber dass es so lange dauerte, empfand er allerdings nicht als ein gutes Zeichen.

»Herr Winkler bitte?«

Peter schoss aus dem Stuhl hoch: »Ja! Das bin ich.«

»Guten Tag. Würden Sie bitte ins Besprechungszimmer mitkommen«, forderte ihn der Arzt auf und ging voran.

Nachdem sie sich gesetzt hatten, legte der Arzt die Papiere, welche er in den Händen gehalten hatte, auf den Tisch, und blickte auf Peter: »Sie sind die nächststehende Person von Herrn Feldmann, lese ich hier.«

»So ist es. Können Sie mir Auskunft geben über den Zustand meines Freundes?«

»Ja. Ich muss aber vorausschicken, dass die Untersuchungen noch nicht vollständig abgeschlossen sind, ich kann Ihnen also noch keine endgültige Diagnose nennen. Außerdem befindet sich Herr Feldmann noch immer im Koma. Aber es lässt sich im Augenblick so viel sagen, dass wir, mit Ausnahme am Kopf, bis jetzt keine weiteren Verletzungen am Körper feststellen konnten. Die paar Prellungen vom Sturz sind nicht von Bedeutung. Ob allerdings Organe in Mitleidenschaft gezogen worden sind, ist noch fraglich, die bisherigen Abklärungen und Messungen zeigen jedoch keine Anomalien. Endgültige Aussagen können wir jedoch erst in ein paar Tagen machen ...«

»Das klingt doch schon nicht ganz so beunruhigend. Aber was ist mit dem Kopf?«, konnte sich Peter nicht zurückhalten, den Arzt zu unterbrechen.

»Der Kopf ist tatsächlich der noch kritische Bereich. Es hat sich ein großflächiges Hämatom gebildet und es gibt, knapp oberhalb des rechten Ohres, einen kleinen Riss in der Kopfhaut, den wir auch schon genäht haben. Offenbar ist der Patient fast flach mit dem Kopf am Bordstein aufgeschlagen. Das kann man als Glück bezeichnen, da sonst weitaus massivere Verletzungen möglich gewesen wären. Wir haben eine Computertomografie von seinem Kopf erstellt. Eine erste Sicht auf die Bilder lässt erkennen, dass wahrscheinlich keine inneren Blutungen, zumindest keine größeren, vorhanden sind. Der Spezialist ist aber noch an der endgültigen Auswertung. Welche Auswirkungen dieser Sturz nach sich zieht, können wir zurzeit noch gar nicht beurteilen. Er hat sicherlich eine massive Gehirnerschütterung erlitten. Die nächsten Stunden und Tage dürften das tatsächliche Ausmaß zeigen. Er wird nun in einer umfassenden Überwachung und Betreuung gehalten.«

»Wie lange kann es noch dauern, bis er wieder zu sich kommt?«

»Dazu kann ich keine Prognose abgeben. Das kann schon sehr bald der Fall sein, in schwereren Fällen kann das aber Tage oder gar Wochen dauern. Das hängt ganz davon ab, wie der harte Aufschlag sich auf das Gehirn ausgewirkt hat. Mehr kann ich im Augenblick nicht sagen und Sie können natürlich jetzt auch noch nicht zu ihm. Wenn Sie aber auf dem Laufenden bleiben möchten, hinterlassen Sie Ihre Kontaktdaten am Aufnahmeschalter.« Der Arzt erhob sich. »Wenn Sie keine Fragen mehr haben, entschuldigen Sie, dann muss ich wieder. Heute ist hier ziemlich viel los.«

»Ganz herzlichen Dank, dass Sie sich die Zeit genommen haben. Es wäre nett, wenn Sie mich auf dem

Laufenden halten könnten.«

»Das machen wir.« Damit verabschiedete sich der Arzt.

Nach dem Gespräch mit dem Arzt war Peter zwar noch besorgt, aber immerhin schwebte Thomas nicht in Lebensgefahr. Zur Arbeit mochte er heute nicht mehr gehen, daher machte er sich auf den Heimweg. Jetzt mal Barbara und Christa informieren und dann abwarten und Daumendrücken für Thomas. Ob der Unfall einen Einfluss auf die besondere Empfindungsgabe von Thomas gehabt haben könnte, fragte er sich.

~ ~ ÷ ~ ~

Ein intensiver Warnton drängte sich in sein Bewusstsein und ein dumpfes unangenehmes Brummen liessen Thomas erschauern. Er versuchte, zu erkennen, was das war. Schemenhaft nahm er Konturen wahr. Da waren auch Bewegungen zu erkennen. Jetzt meinte er, zu hören, dass jemand redet. Ein dunkler Schatten schob sich über ihn, dann wurde es gleißend hell. Er bekam Angst, wollte davonrennen. Es wurde wieder dunkel.

»Herr Feldmann!«, hörte er in gedämpftem Tonfall jemand rufen. Thomas erschrak, da rief jemand nach ihm. Nach einiger Zeit hörte er erneut eine leise Stimme, die aber ganz nah zu sein schien. »Herr Feldmann, hören Sie mich!«

Er strengte sich mit aller Kraft an, etwas genauer hinzusehen. Er wollte antwort geben. Ein Krächzen entwand sich seinem Mund.

Thomas schwebte durch einen endlosen Raum voller farbiger Wirbel. Einmal zog es ihn hierhin, dann dorthin.

Lichter flackerten grell auf, erloschen im nächsten Augenblick wieder. In einem Meer wild durcheinanderwirbelnder Farbstreifen segelte er ziellos dahin. Dort in der Ferne sah er jetzt ein helles, pulsierendes Licht. Er bewegte sich langsam darauf zu.

»Herr Feldmann!«, echote es undeutlich, vielfach widerhallend durch die wirbelnde Farbenwelt. Die Vibrationen schüttelten ihn durch und durch. Gleich danach glitt er wieder ruhig dahin.

»Herr Feldmann, hören Sie mich!«, hörte er erneut eine Stimme.

Dieses Mal etwas deutlicher, weniger vibrierend. Das ferne Licht wurde größer, schien näherzukommen.

»Ja?«, versuchte er zu sagen, aber irgendwie verlor sich seine Stimme in der wabernden Umgebung. Nun bewegte er sich immer schneller auf das helle Licht zu, schwebte mitten hinein. Ein Orkan von Geräuschen und Bewegungen überfiel ihn mit Gewalt. Panik erfasste ihn, mit aller Kraft sträubte er sich dagegen.

Urplötzlich schoss Thomas wie von einer Feder getrieben hoch, riss die Arme in die Luft. Doch jemand packte ihn blitzartig an den Schultern und drückte ihn sanft, mit beruhigender Stimme auf ihn einredend, wieder in die Kissen zurück.

»Na, da sind Sie ja wieder bei uns, Herr Feldmann«, sprach ein Mann ihn nun ganz leise an. Thomas Augen begannen zu zucken, dann öffneten sie sich. Verwunderung und Ratlosigkeit spiegelten sich auf seinem Gesicht, während seine Augen jäh nach allen Richtungen ruckten.

»Wawas ist ... wo ... wo bin ich ...«, lallte er undeutlich.

Augenblicklich überfielen ihn rasende Schmerzen. Ein wilder Orkan wirbelte durch seinen Kopf. Er schrie durchdringend auf.

»Entspannen Sie sich, Sie befinden sich im Krankenhaus. Ich bin die Krankenschwester und das hier ist Ihr Arzt, wir helfen Ihnen,« sprach ihn eine sanfte Frauenstimme an.

»Ahhh ... es schmerzt so ...« Thomas Gesicht verzerrte sich. Er versuchte, sich an den Kopf zu fassen, doch der Pfleger hielt ihm die Arme fest. Während die Schwester den zappelnden Thomas zu beruhigen versuchte, trat der Arzt an den Medikamententisch um eine Spritze aufzuziehen.

Zurück am Bett legte die Schwester den Arm des Patienten frei und der Arzt sprach Thomas leise an.

»Herr Feldmann, ich verabreiche ihnen jetzt ein Schmerz- und Beruhigungsmittel. Damit können Sie erst mal eine Weile schlafen und sich ein wenig erholen.« Thomas spürte überhaupt nichts, als ihm der Arzt die Spritze verabreichte.

Nach kurzer Zeit entspannte sich sein Körper, die Spritze tat ihre Wirkung. Sein Kopf neigte sich zur Seite und er entglitt in einen entspannenden Schlaf.

~ ~ ÷ ~ ~

Nachdem sie gemeinsam zu Abend gegessen hatten, saßen Christa, Barbara und Peter in gedrückter Stimmung im Wohnzimmer bei einem Kaffee. Peter hatte die beiden nach dem Spitalbesuch sofort zu sich eingeladen, ihnen alles, was er erfahren hatte, ausführlich erzählt. Nun hing jeder seinen Gedanken nach und hoffte, dass

Thomas bald wieder aufwachen würde. Dass sich seine Verletzungen als nicht gravierend herausstellen mögen.

»Der Arzt meinte, dass es wahrscheinlich nur ein leichtes Schädel-Hirn-Trauma sei. Es bestehen also gute Chancen, dass Thomas keine Folgeschäden hat.«, wiederholte nun Peter die Aussage des Arztes noch einmal. Zwar ein schwacher Versuch, um damit die zwei Frauen und auch sich selbst zu beruhigen, aber immerhin ein Lichtpunkt der Hoffnung.

»Eigentlich bin ich schuld daran, dass Thomas den Unfall hatte«, bemerkte Barbara nun etwas kleinlaut.

»Ach was! Wieso das denn?«, fragte Christa ungläubig.

»Wir waren doch am Vorabend zusammen aus und hatten einen wundervollen Abend. Thomas meinte zwar, dass er nicht all zu spät ins Bett gehen sollte, er hatte am nächsten Morgen eine wichtige Präsentation in der Firma. Aber es war ein so schöner Abend, ich wollte nach dem Essen einfach noch nicht sofort nach Hause. Ich hatte ihn bedrängt, noch auf einen Schlummertrunk einzukehren. So wurde es doch spät. Und deshalb hat er dann verschlafen.«

»Aber das ist doch Blödsinn. Deswegen brauchst du wirklich kein schlechtes Gewissen zu haben. Das geht doch jedem von uns mal so. Das war ganz einfach nur Pech«, meinte Christa. Peter pflichtete ihr bei.

Aus dem Korridor hörte man leise ein Handy klingeln. Es war wohl dasjenige von Peter, das noch in der Kitteltasche steckte. Peter zuckte zusammen und lief schnell hinaus. Die beiden Frauen setzten sich augenblicklich aufrecht, starrten angespannt, fast ängstlich, zur Korridortür. Für alle war sofort klar, das musste das Krankenhaus sein.

»Peter Winkler!«, meldete der sich und kam mit dem Telefon am Ohr ins Wohnzimmer zurück. »Guten Abend Herr Doktor.« Angespannt lauschte er den Worten des Arztes.

»Ja ... Ja ..., ist aufgewacht!«, die beiden Frauen atmeten hörbar durch. »Aha so ... gut. Noch eine kurze Frage: Hat sich noch etwas ergeben aus dem CT-Untersuch? ... Nichts. Das ist doch gut. Dann bis morgen. Herzlichen Dank für Ihren Anruf.« Peter ließ erleichtert die Hand mit dem Telefon sinken.

»Thomas ist vor einer Stunde aus der Bewusstlosigkeit aufgewacht. Man konnte ihn ansprechen und er hat darauf reagiert. Aber nur kurz. Offenbar hat er große Schmerzen. Sie mussten ihm sofort irgendwelche Mittel spritzen. Jetzt schläft er, das sei jetzt das Wichtigste für Thomas, meinte der Arzt.«

»Das zu hören tut gut. Bleibt jetzt noch die Frage, ob es zu Folgeschäden gekommen ist, das konnten sie jetzt wohl noch nicht sagen, oder?«, sinnierte Christa.

»Nein, aber die endgültige Auswertung des CTs hat keinerlei Blutungen im Gehirn gezeigt. Das ist schon mal ein positives Ergebnis.«

»Mir fällt ein riesiger Stein vom Herzen. Jetzt kann ich diese Nacht vielleicht doch etwas schlafen. Kann man ihn morgen besuchen?«, fragte Barbara mit noch hochrotem Kopf, begann sich aber allmählich zu entspannen.

»Nein, der Arzt meinte, mindestens die nächsten vierundzwanzig Stunden müsse Thomas in absoluter Ruhe verbringen. Je länger, umso besser für eine folgenfreie

Genesung. Ich soll den Arzt morgen Abend wieder kontaktieren, bis dahin hätten sie dann alle Untersuchungsergebnisse beisammen. Sie hoffen, bis dahin auch ein erstes Testgespräch mit Thomas führen zu können.«

»Ich denke, das sind doch schon mal ganz gute Nachrichten. Peter, wie wär's mit einem Beruhigungsschluck darauf aus einer deiner runden Flaschen?«, meinte nun Christa.

»Ja, einen Cognac können wir jetzt zur Entspannung brauchen und damit auf Thomas Genesung anstoßen. Kommt sofort.«

~ ~ ÷ ~ ~

Zwei Tage später. Thomas war wieder aufgewacht und blickte sich langsam im Zimmer um. Fast vollständige Stille und eine dämmrige Helligkeit herrschten im Raum. Ein schummriges, seltsam gefärbtes Licht, verursacht durch die vielen roten, grünen und gelben Lämpchen an den links und rechts vom Bett aufgereihten Geräten. Dem Licht nach zu schließen, das durch die Ritzen des Rollladens am Fenster durchsickerte, war es Tag. Wie lange er wohl geschlafen hatte?

Er meinte, sich zu erinnern, dass man ihn gewaschen hatte. Ich habe das unangenehme Gefühl, dass ich unten rum sehr eng eingepackt bin. Hat man mir Windeln angezogen? Schrecklich, aber wohl notwendig. Und dann habe ich mit einem Mann, ein Arzt war es, glaube ich, gesprochen. Schemenhaft erinnerte er sich, dass der Arzt ihm idiotische Fragen zu seiner Identität gestellt hatte. Wie mein Name sei, wann ich geboren bin, was ich arbeite, wo ich wohne und so weiter. Na gut, musste er wohl, um erkennen zu können, wie mein Kopf arbeitet, denke ich mir. Auch jetzt noch spürte Thomas alles nur wie durch einen dicken Nebel, hörte alles gedämpft wie in Watte gepackt. Wie lange bin ich schon hier?, fragte er sich nochmals. Das Letzte, woran er sich noch erinnerte, war, dass ein Mann auf einem Rollbrett auf ihn zu gerast kam. Im nächsten Moment erhielt er einen gewaltigen Stoß, der ihn davon schleuderte. Danach wurde es dunkel. Er konnte sich an nichts mehr erinnern. Er fühlte sich jetzt aber gar nicht schlecht, konnte sich überall am Körper spüren, ihn auch bewegen. Nur die Arme hatte man ihm offenbar angebunden, aber ein kleines Stück hin und her bewegen, das ging. Schmerzen verspürte er praktisch keine, aber der Kopf brummte ziemlich stark. Als ob er gestern nicht nur eines, sondern gleich mehrere über den Durst getrunken hätte. Hoffentlich geht das noch weg. Vielleicht können sie mir etwas dagegen geben.

Plötzlich öffnete sich die Tür und jemand trat leise ein. Thomas wandte langsam den Kopf und sah eine Krankenschwester hereinkommen. Bevor die verflixten Emotionsmuster auf ihn einstürmen konnten, wandte er sich rasch wieder ab. Das vertrage ich jetzt noch nicht, fühle mich zu schwach dazu.

»Guten Tag Herr Feldmann, Sie sind ja wach. Schön. Wie geht's uns denn heute?«

Thomas musste sich konzentrieren und flüsterte dann langsam: »Uns? Wie es Ihnen geht, weiß ich nicht ..., aber mir geht es gar nicht so schlecht, ... wenn Sie nicht so laut reden. Aber ziemlich beduselt fühle ich mich noch.«

»Aha, Sie hören aber schon sehr aufmerksam zu, dann geht es Ihnen wirklich schon viel besser. Das freut uns«, sprach die Schwester nun leiser.

»Können Sie mich ... nicht losbinden«, bat Thomas, sich windend in der Beengtheit der fixierten Arme. »Ich fühle mich wie gefesselt, so hilflos?«

Thomas bekam seine Stimme allmählich in den Griff.

»Ich muss jetzt erst mal den Arzt holen, damit er Sie untersucht. Dann können wir es vielleicht etwas angenehmer einrichten«, antwortete die Schwester, die sich in der Zwischenzeit die Anzeigen der verschiedenen Geräte betrachtet hatte und nun zur Tür zurückging. »Bis gleich.«

Ob Peter, Christa und Barbara wissen, was mir geschehen ist?, überlegte Thomas. Ach du große Sche..., die Firma ... die Präsentation! Die hatten doch auf mich gewartet mit diesem wichtigen Kunden. Das wird dem Boss aber gar nicht gefallen haben.

Nun ging die Zimmertür wieder auf und die Krankenschwester erschien zusammen mit einem Arzt. Dieser trat sofort zu Thomas ans Bett. »Wie mir Schwester Beate berichtete, sind Sie ja schon wieder ganz munter, Herr Feldmann. Wie fühlen Sie sich?« Er begann unverzüglich, Thomas zu untersuchen.

»Nicht so schlecht, nur einen Kopf habe ich, als ob ich gestern einiges über den Durst getrunken hätte. Ich habe einen totalen Brummschädel.«

»Das ist nicht verwunderlich, Ihr Kopf hat einen ganz schönen Schlag abbekommen. Auf der rechten Seite über dem Ohr haben Sie ein großes Hämatom. Außerdem haben wir Ihnen Medikamente verabreicht, um Sie etwas ruhig zu stellen. Das ist sehr wichtig für Ihre möglichst folgenlose Gesundung.« Der Arzt wandte sich nun den Geräten zu und betrachtete die verschiedenen Monitoranzeigen. Nach einiger Zeit drehte er sich wieder zu Thomas. »Alles, was ich hier erkennen kann, sieht eigentlich sehr gut aus. Ich denke, einige der Gerätschaften können wir jetzt abschalten. Und auf Ihre Fixierung können wir auch verzichten, zumindest tagsüber. Für die Nacht muss es sich noch zeigen, wie es ihnen heute Abend geht.« Er wandte sich nun der Schwester zu und orientierte sie, was sie alles abbauen konnte.

»Darf ich aufstehen, um auf die Toilette zu gehen?«, bettelte Thomas. Ihm war die Windel sehr unangenehm.

»Das Aufstehen sollten Sie unbedingt noch vermeiden. Ruhig liegen bleiben, ist wichtig. Sie dürfen sich höchstens kurz aufsetzen, mehr nicht. Eine migränefreie Zukunft wird die Belohnung für Sie sein. Schwester Beate wird Ihnen aber Nachttopf und Urinflasche bringen.«

»Danke Doktor. Übrigens, was ich gerne noch wissen möchte, ich habe da eine Erinnerungslücke: Wie lange bin ich eigentlich schon hier?«

»Man hat Sie am Donnerstagmorgen bei uns eingeliefert. Jetzt haben wir Samstagmorgen. Also zwei Tage. Und bereits wieder erstaunlich munter.«

Thomas hatte es bis jetzt vermieden, dem Arzt oder der Schwester richtig ins Gesicht zu blicken. Jetzt wollte er es doch mal versuchen, er fühlte sich zunehmend besser und stärker. Er musterte nun den Arzt konzentriert. Eine starke, selbstbewusste Gefühlswelle erreichte Thomas. Aber seltsam, sie verblasste ziemlich rasch wieder. An ihre Stelle trat eine Art Gemurmel. Was war das denn? Unverständliche Laute, als wenn man aus weiter Ferne jemanden reden hörte. Thomas versuchte, sich besser auf den Arzt zu konzentrieren, aber es gelang ihm, trotz Anstrengung, nicht. Er kam ins Zittern, begann zu schwitzen.

»Herr Feldmann! Was ist los? Ist Ihnen schwindlig?«, reagierte der Arzt sofort und beugte sich über ihn, fühlte den Puls, sah auf den angeschlossenen Blutdruckmesser.

»Nein, es geht schon. Ich hatte nur plötzlich einen starken Erinnerungseindruck. Der hat mich etwas überwältigt. Bin wohl doch noch nicht so stark, wie ich dachte«, murmelte Thomas.

Er durfte dem Arzt doch nichts davon erzählen, was er tatsächlich verspürte. Der könnte solche Empfindungen womöglich als Folge des Unfalles einschätzen und ihn für geistig geschädigt einstufen. Soweit durfte es auf keinen Fall kommen. Eine psychiatrische Betreuung brauchte er nun wirklich nicht. Da musste er alleine mit fertig werden.

Der Arzt betrachtete ihn konzentriert. »Ich glaube Ihnen mal«, meinte er offenbar nicht so ganz überzeugt. »Mir jetzt was vorzumachen wäre töricht, damit täten Sie sich selbst gar keinen guten Dienst. Entspannen Sie sich, Sie sind wirklich noch nicht so stark, wie Sie glauben.«

»Ja, ich merke schon, Bäume ausreißen geht wohl noch nicht«, versuchte Thomas die Skepsis des Arztes zu zerstreuen und schmunzelte dabei mit leicht verzerrtem Gesicht. »Aber dürfte ich wenigstens Besuch empfangen? Meinen Freund Peter muss ich unbedingt sprechen. Er muss ein paar Dinge für mich erledigen.«

»Heute noch keinen Besuch! Wenn sich bei Ihnen in den nächsten Stunden nichts Unvorhergesehenes ergibt, können Sie Ihren Freund morgen Nachmittag empfangen. Aber nur ihn alleine und höchstens eine Viertelstunde. Mehr nicht. Denken Sie daran, je besser Sie sich jetzt schonen, umso schneller erholt sich ihr malträtiertes Gehirn und umso geringer wird die Wahrscheinlichkeit möglicher Spätfolgen.« Die aufmerksam zuhörende Schwester Beate nahm diese Anordnung stumm nickend entgegen.

»Ach übrigens, die Polizei will unbedingt mit Ihnen reden, sie drängen. Ich habe zugesagt, dass Sie morgen Vormittag ein kurzes Gespräch mit Ihnen halten können, Ihr Einverständnis natürlich vorausgesetzt.«

»Das geht schon in Ordnung, kein Problem. Dann erst mal vielen Dank, Herr Doktor. Ich versuche, ein ganz braver Patient zu sein.«

»Dann haben wir uns ja verstanden, Herr Feldmann. Ruhe, Ruhe und nochmals Ruhe, das ist jetzt oberste Priorität«, mahnte der Arzt eindringlich, ergriff die Krankenakte und verabschiedete sich.

Schwester Beate trat jetzt heran und erlöste ihn endlich von den lästigen Armfesseln.

»Dann befreie ich Sie mal. Wenn Sie mögen, kann ich den Pfleger rufen, damit er sie wäscht. Er kann Sie von dem Packen im Intimbereich befreien und Sie waschen. Oder möchten Sie es selbst versuchen?«

»Ich möchte es selbst versuchen.«

»Dann bringe ich ihnen jetzt Wasser und Waschlappen und verschwinde. Falls Sie etwas brauchen, drücken Sie bitte hier auf diesen roten Knopf«, sagte sie und zeigte ihm den Schwesternruf.

Nachdem die Schwester gegangen war, versuchte Thomas, sich von seinen Windeleinlagen zu befreien. Ihm wurde etwas schwummerig bei der Anstrengung. Doch er schaffte es letztlich. Nachdem er sich auch noch ein wenig gewaschen hatte, fühlte er sich deutlich erleichtert, sank aber völlig entkräftet in die Kissen zurück.

~ ~ ÷ ~ ~

Am Sonntagnachmittag lehnte Thomas bereits wie ein kleiner König am steil hochgestellten Kopfteil des Bettes. Es ging ihm zunehmend besser, denn er wurde ganz fürsorglich vom Arzt, Schwester Beate und ihren Kolleginnen betreut. Jetzt konnte es nur noch bergauf gehen. Am Vormittag hatte ihn Herr Zimmermann von der Polizei besucht, um ihn zum Unfall zu befragen. Er hatte ihm erklären können, wie es zu seinem überstürzten Aufbruch an jenem Morgen gekommen war. Und nun freute er sich darauf, endlich mit Peter sprechen zu können. Man hatte ihm ausgerichtet, dass Peter zugesagt hatte, am Nachmittag zu kommen. Ab vierzehn Uhr war offizielle Besuchszeit. Zum Glück hatte Peter schon mal ein paar Sachen abgegeben, so konnte er endlich dieses schreckliche Krankenhaus-Nachthemd tauschen mit einem bequemen Schlafanzug. Den Morgenmantel konnte er leider noch nicht gebrauchen, da er noch immer nicht aufstehen durfte.

Als er nachdenklich vor sich hinstarrte, klopfte es an der Tür. Dann wurde sie langsam geöffnet und Peter trat leise zögernd ein. Als er Thomas erblickte, hellte sich sein besorgtes Gesicht auf. Ein Lächeln umspielte seine Mundwinkel.

»Hey, mein Freund ...«, rief er, um gleich erschreckt zu verstummen, da sich Thomas sofort mit schmerzhaft verzogenem Gesicht beide Ohren zuhielt.

»Bitte leiser, Peter«, flüsterte Thomas gequält. »Ich ertrage diese Lautstärke noch nicht. Auch helles Licht ist noch grässlich«, fügte er an, weil Peter das dämmrige Licht aufgedreht hatte, um seinen Freund richtig sehen zu können.

»Entschuldige, Thomas«, erwiderte Peter schuldbewusst, dimmte das Licht wieder runter, trat ans Bett und sagte nun leise: »Hey, du Pechvogel, wie geht's denn so. Fühlst du dich schon etwas besser? Du siehst ja fürchterlich aus mit deinen roten Augen. Fast wie ein Vampir.«

»Danke, geht eigentlich schon ganz gut. Man verwöhnt mich hier ganz toll. Und seit ich fast alle Schläuche losgeworden bin, kann ich mich auch wieder freier bewegen. Aber leider darf ich noch immer nicht aufstehen, vielleicht ab Morgen hat der Arzt gemeint.«

Peter, einen Blumenstrauß in der Hand und ein kleines Paket unter den Arm geklemmt, zog sich mit der anderen Hand einen Stuhl heran.

»Das klingt ja ganz erfreulich, dann kannst du vielleicht schon bald nach Hause kommen?«

»Darüber will der Doktor noch nicht reden. Er meinte, das könnte im besten Falle in fünf bis sechs Tagen zur Diskussion stehen. Aber sag, was bringst du mir denn da mit?«, erkundigte sich Thomas neugierig.

»Ah ja, hier ein Blumengruß von Christa und mir.

Und dieses Paket hat mir Barbara mitgegeben. Sie ist enttäuscht, dass sie nicht auch kommen durfte.«

»Leg die Blumen doch bitte auf den Nachttisch. Die Schwester wird eine Vase bringen. Danke vielmals. Das Paket wird aber gleich aufgemacht.«

Er öffnete die Verpackung, ein interessant aussehendes Buch lag darin, obendrauf eine Karte. Er las die Karte ganz versunken. Ein Aufleuchten ging beim Lesen über sein Gesicht.

Mein lieber Thomas,

Ich weiss zwar noch nicht, was du bei Büchern bevorzugst, aber ich könnte mir vorstellen, dass diese romantische Geschichte dir gefällt.

Ich hätte dich so gerne endlich besucht, doch der Arzt und deine Genesung verbieten es leider. Wir haben uns doch erst seit noch nicht lange kennengelernt, und schon sind wir gewaltsam getrennt. Ich möchte doch so gerne zu dir kommen, mit meinen Augen sehen, wie es dir geht und dir Trost und Kraft spenden. Ich sehne mich richtig nach deiner Gesellschaft, lieber Thomas. Aber die paar Tage will ich gerne noch ausharren und dann einen wieder gesunden Mann vor mir sehen. Ich mag dich doch so sehr, lieber Thomas.

Deine Barbara

Kommentarlos schmunzelnd legte er alles beiseite. Schön, dieser liebevolle Gruß von Barbara tat ihm richtig gut. Doch dann verdunkelte sich sein Gesicht wieder. War eine Beziehung für ihn mit seiner besonderen Wahrnehmungsgabe überhaupt möglich? Da waren doch die Probleme gleich vorgegeben.

»Was ist, freut es dich nicht? Du liest doch gerne?«, wunderte sich Peter über das bedrückte Gesicht von Thomas.

»Ich freue mich ja darüber, aber ich glaube, ich habe jetzt ein echtes Problem. Und ich bin mir völlig im Unklaren, wie es weitergehen soll. Ich meine, wie es zwischen Barbara und mir weiter gehen soll.«

»Warum, was ist denn los?«, fragte Peter, sich jetzt auf den Stuhl neben das Bett setzend, besorgt zurück. »Ihr seid doch wie geschaffen füreinander. Habt richtig zueinandergefunden.«

»Kann schon sein, aber ...«, Thomas suchte nach Worten. »... meine blöde Wahrnehmungsempfindung ist dir doch bekannt.«

Peter nickte bestätigend, »Ja, und jetzt?«

»Diese besondere Empfindung hat sich, so vermeine ich zu spüren, verändert, hat sich verstärkt. Ich bin mir noch nicht ganz sicher. Vielleicht bilde ich es mir nur ein. Könnte ja möglicherweise eine Folge der Gehirnerschütterung sein. Aber es scheint so, dass diese Emotionswelle, die ich bisher empfangen hatte, nicht mehr so stark ist. Wenn ich jemanden anschaue, kommt sie anfänglich deutlich herüber, schwächt sich dann aber sehr schnell ab. Dafür glaube ich, eine Stimme zu hören. Nicht deutlich, nur so ein verschwommenes Murmeln. Lach jetzt bitte nicht.«

»Vielleicht ist das nur eine vorübergehende Wirkung, ausgelöst durch deinen Sturz. Oder es könnte auch eine Wirkung der Medikamente sein. Hast du mit dem Arzt darüber gesprochen?«

»Bist du verrückt? Sicher nicht! Der steckt mich doch

gleich in die Klapsmühle, wenn ich mit so was komme. Ich muss mir erst sicher werden, was das ist. Entweder ist es eine vorübergehende Sache oder es ist tatsächlich eine Veränderung meiner Wahrnehmungsfähigkeit. Ich habe dieses Murmeln versucht klarer zu hören, aber ich hab's nicht fertiggebracht, weder beim Arzt noch bei der Schwester. Sogar bei dem Polizisten, der heute Vormittag hier war, habe ich es versucht. Nichts Verständliches, nur Gebrummel. Ich spüre irgendwie, dass ich es besser verstehen könnte, ich weiß nur noch nicht, wie ich das anstellen muss.«

»Mach dich aber jetzt nicht verrückt damit. Warte mal ab, wie sich das alles entwickelt. Du hattest einen Schock und das braucht sicher seine Zeit, bis sich dein Gehirn davon erholt hat. Und im Übrigen stehst du ja sicher auch noch unter starkem Medikamenteneinfluss.«

»Nicht verrückt machen«, erwiderte Thomas etwas bitter. »Das sagst du so leicht, aber es ist für mich alles andere als leicht, damit klarzukommen. Ich fühle mich noch ziemlich schwach, psychisch meine ich.«

»Dein Unfall ist ja auch erst drei Tage her. Jetzt erhol dich erst mal richtig, dann bist du auch wieder besser in der Lage, deine Situation richtig einzuschätzen. Und was Barbara betrifft, so brich jetzt nicht vorschnell etwas übers Knie. Genieße den Kontakt mit ihr, sie tut dir gut.«

»Du hast ja wahrscheinlich recht, ich sollte wirklich nichts überstürzen. Aber weißt du, wenn man hier Stunden um Stunden nur untätig herumliegen kann, kommen einem mit der Zeit die verrücktesten Gedanken und Ideen. Zum Glück darf ich ab morgen jeweils für kurze Zeit aufstehen. Wieder mal ein paar Schritte gehen. Allein diese Aussicht macht es mir schon wieder viel erträglicher.«

»Kopf hoch, mein Freund. So schnell geben wir doch nicht auf«, versuchte Peter nun, ihn aufzumuntern. »Kann ich irgendetwas für dich tun, brauchst du noch was?«

Die Tür ging auf und Schwester Beate kam herein. Den Arm mit der Uhr hochhaltend meinte sie mit ernster Miene: »Die Besuchszeit, die der Doktor zugestanden hat, ist mehr als um. Ich möchte Sie bitten, im Interesse der Gesundheit des Patienten, den Besuch zu beenden.«

»Nur noch zwei, drei Minuten bitte, ich muss ihm noch kurz erklären, was er für mich unbedingt erledigen muss. Ich habe ja kein Telefon, Sie haben es mir ja verboten«, bettelte Thomas.

»Gut, aber dann ist Schluss«, sagte Beate mit Bestimmtheit und ging wieder raus.

»Wau, mit der ist aber nicht zu spaßen«, meinte Peter beeindruckt.

»Halb so schlimm, sie ist sehr fürsorglich. Aber jetzt noch schnell zu ein paar Sachen, die du für mich besorgen sollst.« Hastig erklärte Thomas nun Peter schnell ein paar Dinge. Danach verabschiedeten sie sich eiligst, da Schwester Beate bereits wieder mit auffordendem Blick in der Tür erschien. Peter verließ mit raschen Schritten, und einer dankenden Geste zur Schwester, das Zimmer.

~ ~ ÷ ~ ~

Drei

Mein Gott, wie freue ich mich auf Zuhause, ging es Thomas durch den Kopf. Mehr als eineinhalb Wochen waren vergangen, seit ihn Peter das erste Mal kurz besuchen durfte. Jetzt ging es ihm zusehends besser, er konnte nun auch längere Zeit aufstehen und die Besuchsbeschränkung war vom Arzt aufgehoben worden. Natürlich hatten seine Freunde ihn sofort besucht. Sogar sein Chef war vorbeigekommen.

Nun wartete er im Korridor darauf, dass Peter ihn abholte. Die Lifttüre hinten im Korridor öffnete sich und da trat er auch schon heraus und kam mit freudigem Gesicht auf Thomas zu.

»Hier kommt der Transportdienst, darf ich bitte die ärztliche Reiseerlaubnis sehen?«, begrüßte Peter ihn breit grinsend. »Hallo, mein Freund, dann hauen wir mal ab hier, zurück ins gemütliche Heim.« Er packte das Gepäck von Thomas und hakte ihn unter.

Kurze Zeit später hielten sie vor dem Hauseingang zu Thomas Wohnung. Peter zögerte mit Aussteigen, hielt Thomas am Arm zurück. »Bevor wir hochgehen, muss ich dir noch was beichten.« Thomas blickte ihn erwartungsvoll an, bis Peter weitersprach: »Ich habe, ohne dich um Erlaubnis zu fragen, etwas veranlasst.«

»Dann mal raus mit dem Geständnis, du hast mir hoffentlich nicht hinter meinem Rücken die ganze Wohnungseinrichtung verkauft«, witzelte Thomas gut gelaunt.

»Nein nein, das steht noch alles an seinem Platz. Aber es ist etwas hinzugekommen. Um es kurz zu machen: Ich habe heute Nachmittag, bevor ich dich holen kam, Barbara in deine Wohnung gelassen. Sie wollte unbedingt dein Heim ein wenig auf Vordermann bringen, bevor du kommst. Außerdem wollen Barbara und ich zusammen jetzt gleich ein Abendessen zubereiten.« Peter zeigte auf die Einkaufstüten auf dem Rücksitz. »Für uns vier. Christa kommt auch vorbei nach dem Feierabend. Wir haben uns kurzerhand einfach bei dir eingeladen. Ich hoffe, du kannst mir meine Frechheit verzeihen?«

Thomas Gesicht erstrahlte freudig. »Solche Frechheiten lasse ich mir doch gerne gefallen. Das ist einfach toll, so von den guten Freunden, wieder im Leben zurück, empfangen zu werden. Dann gehen wir hoch, ich freue mich, Barbara zu sehen. – Auch wenn ich noch Bedenken habe«, fügte er leise für sich hinzu.

»Hör schon auf damit. Jetzt feiern wir erst mal deine Rückkehr und Gesundung, dann sehen wir weiter.«

Peter ergriff Thomas Koffer und die Einkaufstüten und ging hinter diesem die Treppen hoch in die Wohnung. Aus der Küche hörten sie Geschirr klappern.

»Wir sind da!«, rief Peter.

Barbara kam sofort aus der Küche und umarmte Thomas ganz fest.

»Herzlich willkommen zu Hause, Thomas! Es ist so

schön, dich wieder gesund hier zu haben«, strahlte sie und küsste ihn erst auf beide Wangen, dann kurzerhand innig auf den Mund. Thomas war total überwältigt. Hingerissen blickte er Barbara an und schon strömte eine intensive Gefühlswelle über ihn hinweg, verebbte ganz allmählich. Und dann kam dieses komische Gemurmel auf, »... gruma mu ... gut aus ... mmurn ... liebe ... erm ...« Was war das denn? Habe ich wirklich Worte gehört oder sie mir nur eingebildet? Sie hatte doch eben gar nicht gesprochen. Ich muss genauer hinhören. Thomas konzentrierte sich fest auf Barbara, aber nun hört er nur noch ein dumpfes Summen. Seltsam dachte Thomas irritiert.

Barbara betrachtete ihn erstaunt. »Hey Thomas, ist das so schlimm, wenn ich dich küsse, dass du sogleich in eine Starre verfällst?«, schüttelte sie ihn jetzt leicht amüsiert an den Schultern.

»Nein! Nein natürlich nicht. Ich ... ich bin nur etwas überwältigt. Es ist so schön, dass du da bist«, drängte er das eben Empfundene mit einer Notlüge beiseite und löste sich von Barbara.

»Dann setz dich erst mal in deinen bequemen Sessel oder leg dich aufs Sofa. Fühl dich einfach als Gast in deinem Zuhause«, schob ihn Peter nun sachte in das Wohnzimmer. »Wir zwei verziehen uns jetzt in die Küche und bereiten das Abendessen vor. Wenn Christa dann hier ist, gibt es einen Begrüßungstrunk. Für dich aber nur einen Kleinen, du darfst es noch nicht übertreiben. Wir bringen dir gleich etwas Wasser. Wenn du noch etwas benötigst, dann melde dich.«

Mit diesen Worten verschwanden sie in der Küche.

Thomas legte sich aufs Sofa. Wie schön das doch war, wenn man so gute Freunde hatte. Das brachte einen gleich doppelt so schnell wieder obenauf. Aber dieses Murmeln, diese Wortfetzen, die irritierten ihn. Habe ich doch einen Knacks abbekommen bei diesem Sturz und bilde mir nur etwas ein. Das gibt es doch nicht, die Gedanken eines anderen verstehen zu können. Aber für einen kurzen Moment hatte es sich bei Barbara eben schon fast deutlich angehört. – Ich glaube, ich habe Halluzinationen. Ich bin noch nicht wieder ganz auf dem Damm und brauche wohl noch etwas Zeit. Kommt Zeit, kommt Rat. Thomas grübelte noch kurz, kam aber zu keinem befriedigenden Schluss und schlief alsbald ein.

~ ~ ÷ ~ ~

Thomas schlief tief und fest, hörte noch nicht einmal das Läuten an der Wohnungstür bei Christas Eintreffen. Geräuschlos hatte Peter ihr die Tür geöffnet, ihr mit dem Finger auf seine Lippen gelegt angedeutet, leise zu bleiben. Still schlichen sie in die Küche, wo Christa am Hantieren war. Flüsternd unterhielten sich dort die drei Freunde, währenddessen sie das Essen zubereiteten.

»Hallo Thomas, das Abendessen ist bald fertig«, wurde er sanft an der Schulter geschüttelt. »Aufwachen mein Lieber, das Essen ist fertig«, flüsterte Barbara ihm ins Ohr. Thomas streckte sich wohlig, um sich dann aufzurichten. Seine drei Freunde setzten sich mit einem Glas in den Händen zu ihm. Peter ergriff sein halb volles Glas und sie prosteten sich zu.

»Willkommen noch mal zurück bei uns im Leben.

Weiterhin gute Besserung wünschen wir dir alle«, wurde er mit Peters Worten begrüßt.

»Danke vielmals, ihr seid einfach Spitzenfreunde. Schön, euch alle hier zu haben. Ich will aber nicht eure Wochenendpläne verderben. Ich denke, ich komme schon ganz gut alleine zurecht.«

»Tut uns leid, Thomas, aber dieses Wochenende hast du uns noch am Hals. Wir mussten das deinem Arzt versprechen, sonst hätte er dich erst am Montag entlassen«, gestand Peter. »Morgen wirst du den ganzen Tag die höchst unangenehme Betreuung von Schwester Barbara erleiden müssen«, dozierte er pathetisch. Alle lachten. »Christa und ich haben für morgen schon seit längerem eine Verabredung. Damit habt ihr zwei auch eure Ruhe. Am Sonntag hast du dann mich auf der Pelle. Da können wir wieder einmal ausgedehnte, wichtige Männergespräche führen«, schloss er schmunzelnd die Verkündung der Wochenendplanung.

»Das klingt ja ganz nach einem schönen, entspannten Wochenende. Und wenn ich mich gut geführt habe, darf ich ab Montag dann wieder in sturmfreier Bude leben?«, fragte Thomas lachend.

»Kannst du. Bei schlechter Führung kommt dann aber die Kindergartentante auf Hausbesuch«, scherzte Christa und deutete dabei auf Barbara, die ihn gespielt streng ansah.

Thomas prostete nochmals seinen Freunden zu: »Es ist mir fast peinlich, aber danke vielmals für eure Fürsorge.«

Der Reihe nach sah er seinen Freunden dankbar entgegen, um dann rasch wieder auf sein Glas herabzubli-

cken. Was ihm hier für eine Welle der Wärme entgegen-
brandete, war überwältigend. Und auch jetzt begann
nach dem Abklingen dieser Emotionswelle, ein unver-
ständliches Gemurmel auf ihn einzustürmen. Er ver-
meinte, das eine oder andere Wort erkennen zu können,
war sich aber nicht wirklich sicher. Sobald er sich
bemühte, genauer hinzuhören, wurde nur noch ein
dumpfes Rauschen daraus. Hoffentlich verschwand
dieses sonderbare Empfinden bald wieder, es irritierte
ihn gewaltig, verunsicherte ihn.

»So, jetzt gibt es was zu futtern, ich habe Hunger«,
entschied Peter, der gemerkt hatte, dass Thomas verlegen wurde. »Setzt euch an den Esstisch. Christa hilfst
du mir auftragen?«, stand auf und ging zur Küche.

~ ~ ÷ ~ ~

Sonntagmorgen, es klingelte an der Wohnungstür. Das
wird wohl Peter sein, freute sich Thomas und ging
öffnen. Er war schon eine ganze Weile auf und hatte sich
bereits einen Kaffee genehmigt, bis Peter zum Frühstück
erscheinen würde.

»Ah, der heutige Aufseher ist da. Aber der gestrige
hat mir deutlich besser gefallen«, empfing er den Freund
mit einem Grinsen. »Guten Morgen Peter. Kommst grad
richtig. Frühstück ist angerichtet. Komm herein und setz
dich«, bat er ihn mit Handzeichen, einzutreten.

»Morgen Thomas, wie geht's dir? Machst einen
munteren Eindruck.«

Er trat ein und folgte seinem Freund zum gedeckten
Tisch. Während er sich setzte, holte Thomas die Kaffee-
kanne und sie begannen zu frühstücken.

»Eigentlich spüre ich kaum mehr etwas vom Sturz. Nur wenn ich versehentlich etwas fester an die rechte Kopfseite greife oder im Schlaf lange darauf gelegen bin, verspüre ich noch einen dumpfen Schmerz. Aber ich habe ja Schmerzmittel mitbekommen, die sehr gut wirken.«

»Ja deine rechte Kopfseite schimmert da noch wie ein Regenbogen durchs nachwachsende Haar«, meinte Peter beim Betrachten von Thomas Kopf.

Da sich Thomas nicht weiter äußerte, sondern sich mit Appetit aufs Frühstück konzentrierte, fühlte Peter sich offenbar genötigt, nachzubohren. Er schien richtig neugierig zu sein.

»Na, hast du gestern mit Barbara einen schönen Tag verbracht?«, fragte er ohne seine Neugier zu verstecken.

»Einen ganz tollen, sehr angenehmen Tag. Ich war noch im Bad, als sie bereits mit frischen Brötchen ankam. Ich musste ihr die Tür mit dem Handtuch um die Hüften öffnen«, grinste er. »War mir etwas peinlich, du weißt ja, wir haben ... wir sind ... ja uns eben noch nicht so nah gekommen«, stotterte er verlegen.

»Aber das kommt hoffentlich noch, ich warte darauf. Ihr zwei gehört zusammen.«

»Du sollst mich nicht drängen Peter, das habe ich dir schon mal gesagt«, erwiderte Thomas etwas unwirsch. »Auf jeden Fall ging sie geradewegs in die Küche und hat das Frühstück gerichtet. Ich bin richtig verwöhnt worden von ihr, den ganzen Tag bis in den Abend hinein. Ich habe es natürlich nach Strich und Faden genossen. Sie hatte gekocht und ging auch noch einkaufen, weil ein paar Sachen fehlten. Dann räumte sie auf, was noch vom Freitag geblieben war. Mir drückte sie die Zeitung in die Hände und verbannte mich in den Polstersessel. Ich kam mir vor wie der Schah von Persien. Am Abend haben wir zusammen noch diese Wettsendung im Fernsehen geschaut. Danach ist sie dann nach Hause gegangen. – Ich habe wunderbar geschlafen diese Nacht.«

»Das klingt ja wie der Tageslauf eines lange verheirateten Ehepaares«, witzelte Peter. »Dann hast du ja schon einen kleinen Vorgeschmack darauf, wie es dir künftig ergehen könnte, wenn du endlich über deinen Schatten springst.«

Peter konnte es einfach nicht lassen.

»Ach hör endlich auf! Im Ernst, für mich ist das wirklich ein echtes Problem. Ich habe am Freitag mit euch zusammen und gestern mit Barbara verschiedene Male versucht, diese verstärkte Wahrnehmung, wenn ich euch ansehe, zu unterdrücken. Aber es gelingt mir nicht. Es ist, als ob ich einen Gedankenstrom höre. Mal stärker mal schwächer, mal gar nicht. Manchmal nur als dumpfes Brummeln, so wie jetzt gerade, wenn ich dich ansehe. Dann aber auch wieder Deutlicher. Ich meine, wirkliche Worte zu hören oder sie zu fühlen. Es ist mir nicht klar, wie ich es eigentlich wahrnehme«, bei diesem Wort deutete er mit dem Finger Anführungszeichen an. »Aber ich empfange immer öfter klarere Worte.«

»Wow, dann hast du jetzt echte telephatische Eigenschaften. Kannst Gedankenlesen, auch wenn du das Meiste nicht verstehst, oder noch nicht verstehst. Jetzt wirst du mir aber langsam unheimlich. Ich habe zwar dir gegenüber nicht viel zu verbergen, aber zu wissen, dass du vielleicht sogar meine intimsten Gedanken lesen könntest, ist alles andere als angenehm.«

»Siehst du! Das meine ich doch. Wie soll ich mit einem Menschen, vor allem mit Barbara, eng zusammenleben, wenn ich andauernd seine Gedanken lesen könnte? Das wäre für mich auf Dauer unerträglich, wenn ich mir das nur vorstelle ... Ich würde mich fühlen, als wenn ich Barbara fortwährend aushorche. Und wie würde sie dabei empfinden? Wahrscheinlich ganz ähnlich wie du eben, als du begonnen hast, mich für unheimlich zu empfinden.«

Thomas redete sich richtig in Rage. Man spürte, dass seine Gedanken heraus mussten. Was ihn innerlich so bewegte, bahnte sich einen Weg ins Freie. »Das geht für mich nicht, das könnte ich auf Dauer nicht verkraften, da ginge ich zugrunde daran. Und wenn ich sie einweihe, und das müsste ich ja wohl, da zerbräche sie doch gleich mit. Du siehst, wenn diese blöde Wahrnehmungsgabe so bleibt oder gar noch stärker wird, ist für mich eine engere Beziehung einfach unmöglich. Ich darf mich vorläufig nicht tiefer auf Barbara einlassen, muss auf Distanz bleiben. – Dabei zieht mich doch alles zu ihr«, fügte er geknickt hinzu. Thomas schwieg erschöpft unter dieser psychischen Last.

Peter hatte stumm dem Gefühlsausbruch seines Freundes zugehört. Am Kopf kratzend schien er mit gefurchter Stirn zu überlegen, wie er bei diesem Riesenproblem helfen könnte.

»Wirklich ein arges Dilemma.« Peter schien eine Idee zu haben. »Aber ... stell dir mal vor, wenn du in der Lage wärst, diese Wahrnehmungsfähigkeit, die nun mal da ist, steuern zu können? Sagen wir mal, dass du sie irgendwie bewusst blockieren oder ausblenden könntest? Damit sähe die ganze Sache dann doch wieder viel besser aus.« Peter war von seiner Idee begeistert und schaute erwartungsvoll auf den Freund.

Thomas grübelte über den Gedankengang seines Freundes nach. »Das wäre vielleicht eine Möglichkeit, durch die das Problem erträglich würde. Allerdings zweifle ich daran, ob ich so etwas zustande kriege. Ich habe ja noch nicht einmal eine Ahnung, warum ich das eine Mal kaum was höre, aber ein anderes Mal sogar einzelne Worte verstehen kann.« Sein analytischer Verstand schien allmählich wieder zu arbeiten. Thomas begann, sich zu ereifern. »Wenn ich herausfinden könnte, wie ich aus dem Gemurmel verständliche Worte herausfiltern kann, wäre es wahrscheinlich auch möglich, das Gegenteil zu bewirken.« Nach kurzem Nachdenken nickte er zaghaft mit dem Kopf und meinte: »Dann muss ich jetzt mal versuchen, diese Empfindungsmuster möglichst sachlich anzugehen. Das wird eine schwierige Sache. Mit Emotionen, die auf mich einstürmen, einfach so unbeeindruckt umzugehen, da habe ich große Mühe mit. Ich weiß nicht, ob ich das fertigbringe, aber es bleibt mir wohl nicht viel anderes übrig . Ich versuche es einfach mal.«

Gedankenverloren schenkten sie sich Kaffee nach. Nach einer kurzen Zeit der Stille, in der jeder seinen Gedanken nachhing, hob Peter plötzlich den Kopf. »Weißt du was? Versuche es doch mal an mir. Ich denke ganz stark an ein bestimmtes Wort und du versuchst, dieses zu verstehen. Was meinst du? So könntest du testen, wie es am besten geht. Du musst mir nur versprechen, nicht in meine hinteren unbewussten Gedanken zu horchen, falls du das könntest.« Peter wurde ganz aufgeregt.

»Das verspreche ich dir, auch wenn ich ja noch gar nicht weiß, was ich überhaupt empfange. So was will ich doch selbst nicht, zumindest nicht bei meinen Freunden. Ich brauche dazu ja nur wegzusehen, das hat sich ja zum Glück nicht verändert.« Thomas setzte sich zurecht: »Also los ... denk dir mal ein bestimmtes Wort«, und blickte voll auf seinen Freund.

Peter überlegte kurz und gab dann bewegungslos den Blick von Thomas zurück.

Thomas starrte konzentriert auf Peter. »Denkst du jetzt ein Wort?«

Peter nickte. Thomas empfand nur ein schwaches Gemurmel. Er konzentrierte sich noch stärker. Das Gemurmel wurde schwächer. Seltsam. Mit aller Kraft versuchte er, in den Kopf von Peter hineinzuhören. Nun wurde das Murmeln sogar kaum noch wahrnehmbar. Thomas versuchte zu entspannen und blickte ratlos auf seine zitternden Hände. »Ich habe gar nichts verstanden, im Gegenteil es wurde immer leiser und undeutlicher«, meinte er etwas enttäuscht.

»Nicht gleich aufgeben Thomas. Komm, versuch es noch mal. Ich denk mir jetzt ein anderes Wort.«

Thomas konzentrierte sich wieder auf Peters Kopf. Wieder war da nur ein Gemurmel. Er konzentrierte sich wieder mit aller Kraft, die er aufbringen konnte. Aber er hörte noch weniger. Das Murmeln ging in ein leises Raunen über. Thomas ließ die Schultern sinken und meinte enttäuscht: »Nichts, nur unbestimmtes Murmeln, und wenn ich mich extrem anstrenge, nur noch ein leises Raunen.«

Erschöpft lehnte er sich zurück.

»Schade«, meinte Peter ebenfalls enttäuscht. »Aber du strengst dich offenbar zu sehr an. Siehst ganz erledigt aus und hast Schweiß im Gesicht. Komm, mach eine Pause, leg dich etwas hin. Wir können es ja später noch mal versuchen.«

Thomas nickte und legte sich auf das Sofa, während Peter begann, den Frühstückstisch abzuräumen.

Nach einem kurzen Schlaf fühlte sich Thomas wieder völlig erholt. Die Enttäuschung über den missglückten Versuch verdrängend, begannen die beiden Freunde nun über allerlei, was seit dem Unfall von Thomas geschehen war, zu plaudern. Und so ging es auch schon allmählich auf Mittag zu und Peter bereitete ein Mittagsmahl vor, bei dem ihm Thomas zur Hand ging.

Genüsslich verputzten die beiden dann das Essen und strichen sich danach zufrieden über ihre gefüllten Bäuche.

»Ich denke«, meinte Peter, »jetzt würde uns ein kleiner Spaziergang durch den Park guttun. Was meinst du? Die Sonne scheint, und es ist ganz angenehm warm draußen.«

»Gute Idee. Ja, machen wir uns auf die Socken und bewegen meine faulen Glieder. Zehn Tage nur herumliegen hat mich Fitness gekostet. Dabei will ich doch so bald als möglich gegen dich wieder ein Tennismatch spielen und natürlich gewinnen. Täte meinem angeschlagenen Ego ganz gut.«

»Kein Problem, aber bei aller Freundschaft und Nach-sicht, leicht werde ich es dir aber nicht machen«, schmunzelte Peter.

~ ~ ÷ ~ ~

Nach dem Abräumen und dem Abwasch schlenderten die beiden gemütlich in Richtung Park. Es tat gut, sich an der frischen Luft zu bewegen. Im Park angekommen konnten sie feststellen, dass sie nicht die Einzigen waren, die es hinausgetrieben hatte. Die Parkwege waren gespickt mit Spaziergängern. Fast wortlos flanierten sie nebeneinander durch den Park und erfreuten sich an den in leuchtenden Herbstfarben stehenden Bäumen und Gebüschen.

»Komm Thomas, setzen wir uns doch für einen Augenblick auf die Bank dort und lassen uns von der Sonne verwöhnen.«

Die beiden gingen und setzten sich bequem auf die Bank. Entspannt betrachteten sie diese Farbenpracht der Bäume und Büsche, beobachteten die vielen Vögel und lauschten deren Gesang oder Gekrächze. Ihr Gesicht der warmen Sonne engegenstreckend, schlossen sie ihre Augen.

»Wenn dies nicht Entspannung pur ist«, meinte Peter genießerisch nach längerem Schweigen .

»Hmm«, gab Thomas entspannt von sich und betrach-tete jetzt die zahlreichen Parkgänger in der Umgebung.

»Siehst du diese alte Dame dort auf dem Weg, die mit der Handtasche schlenkert?«, sagte Thomas im Plauder-ton und zeigte zu einer Frau.

Peter sah dahin, wohin Thomas zeigte: »Ja, was ist mit

ihr?«

»Nichts Besonderes, sie denkt nur nach, was sie morgen dem Arzt erzählen soll.«

Peter schaute verblüfft auf Thomas. Dieser plauderte weiter, schien gar nicht zu bemerken, was er da eigentlich sagte: »Einige Meter hinter ihr, der junge Mann in der dreckigen Jeanshose, siehst du ihn?«

Peter blickte hin. »Ja sehe ich. Was ist mit ihm?« Stirnrunzelnd wandte er den Blick wieder auf seinen Freund.

»Dieser Schnösel überlegt, ob es sich lohnt, der alten Dame die Handtasche zu entreißen.«

»Was!«

Peter schaute verblüfft auf den Weg hinüber, wo die beiden gingen. In diesem Augenblick rannte der junge Kerl wie von einer Feder getrieben los. Bei der alten Frau angekommen, ergriff er mit beiden Händen deren Tasche und entriss sie ihr mit Schwung. Die Frau geriet ins Stolpern und fiel hin. Schrie auf. Der Dieb verschwand derweil blitzschnell zwischen den angrenzenden Büschen. Große Aufregung entstand. Passanten liefen zu der schreienden Frau und halfen ihr aufzustehen. Wild gestikulierend redeten alle durcheinander.

Peter blickte mit offenem Mund staunend auf Thomas. »Wie ... wie war das jetzt gleich? Du ... du gibst hier einfach mal so schnell den Livereporter? Hast du das wirklich gehört, was die beiden eben gedacht haben?«

Jetzt war es an Thomas, verblüfft zu wirken. Erschrocken setzte er sich aufrecht hin und versuchte, sich genau an die letzten Minuten zu erinnern. Es lief ja alles so schnell ab.

»Ich ... ja, ich glaube ... das haben sie wirklich gedacht, als ich die beiden nacheinander betrachtete und auf ihre Köpfe geblickt habe. Ich war mir dessen gar nicht bewusst, aber jetzt, wo du es sagst.«

»Das ist ja verrückt. Wie ist das möglich? Heute Morgen ist es dir doch nicht mal gelungen, ein Wort, das ich gedacht hatte, zu erkennen, und jetzt gibst du einfach so locker vom Hocker gleich ganze Gedankengänge wieder. Wie hast du das denn jetzt gemacht?«

»Ich verstehe das auch nicht. Ich saß völlig entspannt da, habe mich umgesehen, ohne mir dabei etwas zu denken. Da waren plötzlich ihre Gedanken in meinem Kopf, als ich sie angesehen habe. Eigentlich war es kein Gedankengang, den ich gehört hatte, eher so einzelne Bruchstücke, zwei, drei Wörter mit Lücken. Warum ich sie jetzt gehört und verstanden habe, aber bei dir heute Morgen nicht, ist mir unerklärlich. Was war denn jetzt eigentlich anders als am Morgen?«

Beide grübelten über das Erlebte nach. »Moment. Wie war das noch?«, nahm Peter den Faden wieder auf. »Am Morgen hast du dich sehr konzentriert und es hatte nichts genützt. Jetzt hast du locker entspannt herumge-guckt und die Gedanken erkannt. Kann es damit zusammenhängen?«

Thomas überlegte einen Augenblick und meinte dann: »Du hast recht, jetzt hatte ich mich eigentlich gar nicht auf mein Empfinden besonnen, sondern einfach nur beobachtet. Sollte das so ... so leicht ohne eine besondere Anstrengung möglich sein? Das muss ich gleich noch mal ausprobieren.« Er setzte sich wieder bequem und entspannt hin und begann, sich in der Umgebung umzuschauen.

Plötzlich drangen Gedankenfetzen von einem Mann, der gemessenen Schrittes drüben vorbei ging, zu ihm vor: »... morgen den Herren ... Meinung geigen, ... geht so nicht ... wer bin ich denn ...«

OK, zwar nur Bruchstücke, aber er überlegte offenbar, wie er morgen mit jemandem Klartext reden will, fasste er für sich zusammen. Der rechts vorbeilaufende Jogger, Kopfhörer über die Ohren gestülpt, hörte wohl Musik, summte in Gedanken mit: »... tarara, rororo ... nanana nana nimam ...« Naja, hat wohl nicht konkret an etwas gedacht, scheint wirklich in Gedanken mit der Musik mitgeträllert zu haben. Brauche noch einen besseren Beweis.

Hier diese junge Frau, welche in Gedanken ver-sunken, den Blick starr vor sich auf den Boden gerichtet, langsam an ihnen vorbeiging: »... niemals ... nicht akzep-tieren ... glaubt wohl ... nicht mit mir ...«

Thomas guckte weg von ihr. Ob sie Stress hat mit ihrem Liebsten oder bei der Arbeit, lässt sich aus dem Wenigen nicht beurteilen, aber Ärger scheint sie auf jeden Fall zu haben.

»Ach du meine Güte,« wandte er sich an Peter, »das scheint ja tatsächlich zu funktionieren mit dem Gedankenlesen. Zwar nicht lückenlos, aber immerhin. Jetzt bin ich aber geschafft, das schlaucht mich gewaltig«, meinte er erschöpft und erstaunt.

Peter hatte ihn aufmerksam beobachtet. Thomas blickte auf den Boden. »Puh! Verflixt und zugenäht. Peter, ich kann die Leute verstehen, zumindest Bruch-stücke habe ich empfangen, die etwas Konkretes ausdrücken. Und das, ohne mich zu konzentrieren. Bin aber wahrscheinlich zu aufgeregt für Genaueres. Ich kann aber nicht lange 'zuhören', das schafft mich gewaltig, ist ganz schön anstrengend«. Er richtete jetzt angestrengt seinen Blick hoch in einen Baum.

Peter, der in den vergangenen Minuten ganz verblüfft und still seinen Freund beobachtet hatte, schluckte erst mal .

»Du bist jetzt ein Telepath«, flüsterte er fassungslos. »Da ... das hast du vorher mit dieser Frau und dem Taschendieb ja beeindruckend bewiesen. Das ist ja nicht zu fassen. Aber wenn ich dich so betrachte, hat es dich wieder ganz schön hergenommen. Wie fühlst du dich, kannst du weiterlaufen? Dann machen wir uns auf den Heimweg. Wir können dann zu Hause noch über deine verrückte Fähigkeit reden.«

»Nur einen Augenblick noch. Ich muss mich ein wenig sammeln. Diese Erkenntnis hat mich jetzt arg erwischt. Mir schwirren die Gedanken, machen mich ganz konfus. Gut, gehen wir nach Hause, dann kann ich mich ein wenig hinlegen und versuchen, das alles zu verdauen.«

~ ~ ÷ ~ ~

Erschöpft legte sich Thomas aufs Sofa und schloss die Augen. Ich bin ja nicht wirklich müde, überlegte er, aber mein Kopf braucht Ruhe. Diese Erkenntnis vom Verstehen der fremden Gedanken hat mich mental ganz tüchtig mitgenommen. Und dies, obwohl ich ja schon aus den Zeiten vor dem Unfall gelernt hatte, mit der besonderen Fähigkeit einigermaßen gut umzugehen.

Aber das hier war jetzt noch um einige Stufen anstrengender. Zum Glück habe ich jetzt erst mal Zeit, mich mit der Problematik in Ruhe auseinanderzusetzen.

Peter ging hinüber in die Küche und traf Vorbereitungen für das Abendbrot. Als er etwas später zurück ins Wohnzimmer kam, um nach Thomas zu sehen, blickte ihn dieser schmunzelnd an.

»Da kommt ein sorgenvoller Gedanke von dir.«

Peter erschrak.

»Keine Angst,« beschwichtigte Thomas und blickte weg, »ich habe nur gerade diesen Eindruck empfangen, wobei es hier eigentlich nicht mal meine besondere Fähigkeit erfordert hätte. Man konnte es nämlich auch leicht von deinem Gesichtsausdruck ablesen.«

»Ich muss schon sagen, so richtig wohl ist mir in deiner Nähe im Moment nicht wirklich. Ich fühle mich so ... so bloßgestellt, so nackt«, äußerte sich Peter verlegen.

»Das brauchst du nicht. Ich glaube, da kann ich dich beruhigen. Es ist auch noch nicht so viel, was ich erkenne. Aber nach allem, was ich heute da draußen im Park feststellen konnte, kommt es mir vor, als ob ich nur das, was die Person im Augenblick gerade denkt, zusammen mit ihrem Gefühlszustand, erfassen kann. Mehr ist da nicht erkennbar. Wäre ja eine Katastrophe, wenn ich auch noch das Wissen, die Erinnerungen und inneren Gefühle erkennen könnte. Nicht auszudenken.«

Peter schien ein Stein vom Herzen zu fallen. Er glaubte den Worten seines Freundes und entspannte sich. Und so begann an diesem Spätnachmittag noch eine lange Diskussion mit vielen Spekulationen über

Thomas neue, veränderte Fähigkeit. Wie diese in den Griff zu bekommen wäre, er sie kontrollieren könnte, ohne dass er dabei auf ein normales Leben mit Freunden und Partnerin verzichten müsste. Zwischendurch nahmen sie das Abendessen ein, und nachdem Peter alles weggeräumt hatte, verabschiedete er sich spätabends von Thomas. Allerdings ging er erst, nachdem er Thomas das Versprechen abgenommen hatte, dass der ihn anrufen würde, wenn er Hilfe bräuchte.

~ ~ ÷ ~ ~

Christa und Barbara saßen am Sonntagnachmittag zusammen beim Tee in der Wohnstube der neuen Wohnung. Mit Stolz hatte Barbara der alten Schulfreundin ihre nun fertig eingerichtete Wohnung vorgeführt.

»Also ich muss dir ein Kompliment machen, du hast dir hier ein ganz tolles Zuhause geschaffen. Ich bin fast ein wenig neidisch«, lobte Christa mit anerkennendem Blick durch die geschmackvoll gestaltete Wohnung.

»Nicht zuletzt auch dank Thomas. Er hat mir dabei mit Rat und Tat sehr geholfen. Ohne ihn wäre es, glaube ich, nur halb so schön eingerichtet. Nur den Endspurt musste ich, wegen seines Unfalles alleine bewerkstelligen.«

»Dann hat also Thomas dein ganz fertiges Heim noch gar nicht gesehen?«

»Nein. Und ich bin mir im Augenblick auch nicht sicher, ob er mich besuchen will«, meinte Barbara nun mit bedrückter Stimme.

»Aber wieso denn nicht? Hattet ihr gestern Streit?«

Barbara blickte nur traurig auf ihre Tasse und gab

keine Antwort.

»Hallo, Barbara. Raus mit der Sprache! Was ist geschehen«, ließ Christa nicht locker.

Barbara hob den Kopf und lehnte sich seufzend zurück: »Nein kein Streit. Ich weiß gar nicht, was eigentlich los ist. Wir haben zusammen einen schönen friedlichen Tag verbracht. Aber irgendwie hat sich Thomas sehr zurückgehalten. Ist immer auf Distanz zu mir geblieben. So habe ich es jedenfalls empfunden. Er war zwar ausgesprochen nett und aufmerksam mit mir, aber gleichzeitig auch sehr förmlich. Gestern war er weiter weg von mir als damals, als wir uns kennengelernt haben. Ich hatte doch den Eindruck, dass er sich mir gegenüber seit damals zunehmend immer offener und freier verhalten hatte. Aber das gestern, nun, das war für mich wie ein Schlag ins Gesicht. Ich kam mir vor wie eine Fremde, wie eine Haushaltshilfe. Ich bin völlig ratlos. Bin mir überhaupt nicht bewusst, mit was ich ihn so verschreckt haben könnte.« In ihren Augen glitzerten Tränen in den Augenwinkeln und sie konnte sich offensichtlich nur mit Mühe beherrschen, nicht laut heraus zu weinen.

Christa setzte sich neben sie und legte ihr tröstend einen Arm auf die Schultern. »War er wirklich bewusst so förmlich oder ist das Verhalten vielleicht nur noch eine Auswirkung von seinem Unfall, die sich noch ergeben wird. Hast du dir das bewusst gemacht? Es könnte doch sein. Er war ja, wie wir am Freitag gesehen hatten, noch nicht wieder voll auf dem Damm. Er muss eine ziemlich schwere Gehirnerschütterung verarbeiten. Solche Dinge brauchen meistens einige Zeit, um sich auszuwachsen.«

»Da hast du vielleicht recht. Womöglich habe ich mich da in etwas hineingesteigert«, gab Barbara kleinlaut zu und wischte sich die Tränen aus den Augen. »Es war ja auch wirklich schön den ganzen Tag über. Aber ich bekam gestern immer mehr das Gefühl, dass ich von ihm nicht als Freundin, sondern eher wie eine liebe Schwester behandelt werde. Ich konnte dieses Verhalten fast nicht mehr verkraften und fühlte mich geradezu befreit, als ich mich verabschieden konnte.«

»Nimm das augenblickliche Verhalten von Thomas nicht so streng. Eigentlich braucht er noch viel Ruhe, wie der Arzt es uns doch eingeschärft hat. Und wir haben ihn am Freitagabend gleich mit einem gemeinsamen Abendessen belastet. Wer weiß, ob das eben nicht noch etwas zu viel war und er nun versucht, sich zu schützen, indem er sich etwas zurückhält.«

»So wie du das siehst, klingt es eigentlich ganz einleuchtend. Du hast recht. Ich darf das nicht so eng sehen. Danke, Christa. Du bist noch immer eine sehr gute, verständnisvolle Freundin.«

Barbaras Gesicht hellte sich merklich auf.

»Weißt du eigentlich noch, wie du mir damals beim Schulabgang den Kopf zurechtgesetzt hast, weil ich solche Angst hatte, alle Schulfreunde zu verlieren?«, wechselte Barbara bewusst das Thema. Christa ging nur zu gerne darauf ein und so plauderten sie noch munter bis weit in den Abend hinein über ihre Erinnerungen aus den früheren gemeinsamen Zeiten.

~ ~ ÷ ~ ~

Als Thomas nach einer unruhigen Nacht am Montagmorgen allein bei einem späten Frühstück saß, fühlte er sich alles andere als putzmunter. Die Erlebnisse des gestrigen Tages hatten ihn nicht zur Ruhe kommen lassen. Immer wieder drängten sich die Eindrücke, die er beim Betrachten der Leute bekommen hatte, in ihm hoch und wühlten ihn auf. Ich muss einen Weg finden, wie ich damit umgehen kann, überlegte er. Es muss doch einen Weg geben, wie ich diese starken Eindrücke auf Distanz halten kann. Ist doch eigentlich eine ähnliche Situation, wie sich dies für einen Psychiater oder einem Arzt ergibt. Die kommen doch auch andauernd in Kontakt mit schwerwiegenden Problemen, Erkrankungen, grässlichen Verletzungen und müssen lernen, damit fertig zu werden. Ja, das ist glaube ich kein schlechter Vergleich. Ich muss lernen, diese Emotionswellen und Gedankenströme nicht in mich hineinzulassen, sie auf Distanz halten. Vielleicht in etwa so, als ob es simpler, unbedeutender Small Talk wäre. Was sich in meiner Situation allerdings unterscheidet gegenüber der eines Arztes, ist, dass ich diesen Einflüssen permanent, und nicht nur während der Arbeitszeit ausgesetzt bin. Und dies verbraucht meine Kräfte doch massiv. Wenn es dann auch noch Kontakte sind mit Menschen wie Barbara, zu denen ich besondere Gefühle empfinde, ist das noch viel belastender.

Das Läuten des Handys unterbrach seine Gedanken. Thomas nahm den Anruf entgegen.

»Guten Tag, mein Freund!«, erklang die Stimme von Peter. »Wie ist dein Befinden heute Morgen? Geht's dir gut oder versinkst du in Grübeleien?«

Peter kannte ihn besser, als ihm manchmal lieb war, ging es Thomas durch den Kopf. »Was soll ich dir vorgaukeln, du kennst mich ja. Natürlich beschäftigt mich meine Situation, wäre doch sonst nicht normal. Schließlich bin ich ein Mensch mit Empfindungen und Gefühlen. Aber sag mir mal«, versuchte Thomas abzulenken, »bist du unterbeschäftigt, dass du Zeit hast während der Arbeit private Gespräche zu führen?«

»Ist grad Kaffeepause, und da mach ich mir halt auch Gedanken um meinen angeschlagenen Freund. Ist doch nett von mir, oder?«, frotzelte Peter.

»Ja, ja, ist natürlich nett von dir. Aber wie ich dich kenne, hast du sicher auch noch einen besonderen Anlass, weshalb du anrufst.«

»Ja das ist wahr. Du scheinst mich ja ebenfalls gut zu verstehen, bist ja schließlich Hellseher. Nein, jetzt Spaß beiseite, ich habe nicht viel Zeit. Christa hatte mich gestern Abend noch angerufen. Sie war bei Barbara zu Besuch. Es scheint, dass Barbara der Samstag bei dir nicht besonders gut bekommen ist. Sie war sehr niedergeschlagen und ratlos gewesen, hatte Christa den Eindruck. Was hast du denn angestellt mit ihr? Du hattest mir doch erzählt, dass es ein schöner angenehmer Tag gewesen sei.«

»Ja, war es doch auch. Gut, ich habe mich etwas zurückgehalten«, versuchte Thomas, zu verharmlosen. »Ich habe dir doch gesagt, dass es mir zurzeit sehr schwerfällt, eine tiefere Beziehung mit Barbara zu pflegen. Ich muss mich selbst erst mal in der neuen Situation zurechtfinden und lernen, mit dieser blöden Fähigkeit umzugehen. Barbara ist eine sehr feinfühlige Frau und hat wahrscheinlich bemerkt, dass ich mich etwas zurückgehalten habe. Jetzt wo du das sagst, erinnere ich mich, dass sie sich am Abend ziemlich förmlich verabschiedet hat.«

»Typisch der Herr Feldmann«, begann Peter jetzt zu wettern. »Verhältst dich unsensibel wie ein Sägebock und merkst nicht oder zu spät, wie sehr du dein Gegenüber deprimierst.«

»Ja, hack nur auf mir rum. Ich kann's ja verkraften. Okay, ich hatte mich offenbar etwas zu stark zurückgenommen. Da muss ich wohl was geradebiegen, ich möchte sie doch als gute Freundin behalten.«

»Ha ... etwas zu stark zurückgenommen ... gute Freundin behalten!«, rief Peter entrüstet. »Du verstehst es ausgezeichnet, dein verklemmtes Verhalten zu verharmlosen. Und von wegen 'gute Freundin behalten', es geht hier nicht einfach nur um eine gute Freundin, sondern um die Liebe deines Lebens! So sehe ich das! Und du musst jetzt wirklich sofort was unternehmen, ehe du alles hoffnungslos versaut hast«, donnerte Peters keinen Widerspruch duldende Stimme durchs Telefon.

Thomas war schockiert und antwortete erst nach einiger Zeit. »Wow, jetzt hast du es mir aber gegeben. Hast wohl, wie so oft in der Vergangenheit, recht. Ich bin ja froh, bei diesen für mich schwierigen Dingen dich als meinen Freund zu haben«, gab Thomas kleinlaut zu. »Ich gelobe feierlich, mich zu bemühen, mir etwas mehr Sensibilität anzueignen. Aber bleib jetzt friedlich und hör auf so zu motzen. Ich gebe mir ja Mühe.«

»Das will ich auch hoffen«, sagte Peter wieder ruhiger. »Und lade Barbara zum Abendessen ein, versuch

dann wenigstens, charmant und herzlich mit ihr umzugehen. Und zwar bald, heute oder morgen, nicht erst
nächste Woche!«

»Versprochen. Mache ich. Wie wär's, komm doch mit
dazu, kannst auch Christa mitbringen?«

»Du Hasenfuß! Kommt gar nicht infrage. Diese Suppe
löffelst du jetzt gefälligst ganz alleine aus. Nur du und
deine Babs, das ist jetzt angesagt, keine weiteren Gäste.
Und mich darfst du auf Mittwoch einladen. So hast du
was zu tun, grübelst nicht zu viel herum und kannst mir
dann außerdem meine Neugier stillen und erzählen,
wies gelaufen ist.«

»Ay ay, Captain. Dann halt auf ins Gefecht. Ich gebe
mein Bestes und du gehst jetzt wieder an deine Arbeit«,
wimmelte Thomas nun den Freund ab. Er hatte jetzt
genug auf die Mütze gekriegt. »Dann also bis Mittwoch
zum Abendessen. Tschüss bis dann.«

»Bis Mittwoch. Tschüss, halt die Ohren steif, reiß dich
zusammen und sei galant«, verabschiedete sich Peter.

~ ~ ÷ ~ ~

Gemütlich schlenderte Thomas durch die Einkaufsallee
und besah sich die Auslagen. Gelegentlich schweifte sein
Blick über die Menschen hinweg, die so wie er, entweder
gemächlich flanierten oder aber gehetzt von Laden zu
Laden liefen. Er vermied es, mit dem Blick allzu lange
auf den Köpfen zu verweilen, wollte sich nicht unnötig
belasten, bis er sich stark genug fühlte. Jetzt erst mal den
Einkauf erledigen, eine gute Flasche Wein oder zwei,
drei besorgen, schließlich kamen Barbara und Peter in
den nächsten Tagen zu Besuch. Wenn denn Barbara

überhaupt kam, nach dem, wie sie sich geäußert hatte, als er sie angerufen hatte. Sie war sehr zurückhaltend gewesen, hatte sehr unsicher geklungen. Bis er nachhakte und ihr erklärte, dass er unbedingt mit ihr reden müsse. Er wolle auf keinen Fall, dass sie je nochmals so traurig von ihm weg nach Hause gehen müsse. Dass er doch sehr gerne mit ihr zusammen Zeit verbringe. Schließlich hatte sie zögernd zugesagt. Da war ihm ein schwerer Stein vom Herzen gefallen.

Nachdem er sich im Supermarkt mit allem, was er brauchte, versorgt hatte, ging er den kleinen Umweg über die Weinhandlung. Schon mal den Wein mitnehmen, das Übrige, was er dann noch frisch brauchte, konnte er sich jeweils am Nachmittag vor den Besuchen holen. Er hatte ja Zeit und etwas Bewegung an der frischen Luft tat ihm nur gut. Nach einigen Minuten betrat er die in der Nebenstraße liegende Weinhandlung.

»Guten Tag, Herr Feldmann«, empfing ihn der Inhaber freundlich, denn Thomas war hier ein Stammkunde. »Kann ich Ihnen behilflich sein?«

»Danke, im Augenblick noch nicht. Ich möchte mich gerne erst mal umsehen.«

»Aber gerne, rufen Sie mich, wenn Sie Hilfe benötigen«, meinte er und wandte sich dann einem anderen Kunden zu.

Thomas ließ sich Zeit und betrachtete eingehend die verschiedenen Flaschen in den Regalen. Nahm gelegentlich eine heraus, um die Beschriftung genauer zu lesen. Schließlich entschied er sich, nahm drei Flaschen, ging damit zum Verkaufstresen und stellte sie vor dem Inhaber ab. »Ich nehme diese drei Flaschen.«

»Gerne, ein sehr leichter Wein«, bemerkte dieser. Das hatte Thomas bereits aus dessen Gedanken gelesen, aber das Weitere, was der dachte, wollte er offenbar nicht aussprechen: »... aber leider ... nur schwaches Bouquet ...«

So, so, dachte Thomas amüsiert und konnte sich jetzt nicht zurückhalten, nachzufragen. »Oder meinen Sie, dass ich eine schlechte Wahl getroffen habe?« Ihn ritt jetzt ein wenig das Teufelchen. Er versuchte, den Inhaber aus der Reserve zu locken.

»Aber nein, Herr Feldmann. Ein guter Wein zu einem leichten Essen«, ereiferte sich der Mann und dachte aber dabei: »... nur wenig aromatischer ... als Mineralwasser ...«

Du bist ja vielleicht ein Schlitzohr, dachte Thomas. Aber ich verstehe dich schon, du willst ja auch die Ladenhüter verkaufen, hätte er ihm am liebsten entgegnet. Stattdessen zückte er seine Kreditkarte, um zu bezahlen. Der Wein war nämlich gar nicht so schlecht, er hatte ihn schon mal gekauft hier. Während der Inhaber die Zahlung abwickelte und den Wein einpackte, betrat ein neuer Kunde den Laden. Der Inhaber hob den Kopf zum Eintretenden hin.

»... verdammt ... dieser Parasit ... schon wieder ...«, und wandte sich mit sichtlich verärgertem Gesicht wieder dem Verpacken der Flaschen zu. Thomas, der auf den Inhaber geschaut hatte, war jetzt sehr verblüfft. Der Schein der Aura beim Ladenbesitzer wechselte schlagartig von einem hellen Leuchten in ein dunkles Flimmern. Thomas blickte wie nach etwas suchend durch den Laden, um den neu eingetretenen Kunden zu sehen.

Ein großer kräftiger Mann mit selbstbewusstem Gesichtsausdruck kam daher. »... dann mal dem Essighändler ... Kasse erleichtern ...«, las er aus dessen Gedanken.

Hoppla, was ist das denn? Ein Überfall? Schutzgeld eintreiben oder was, ging es Thomas durch den Kopf? Darf ja wohl nicht wahr sein, so etwas in unserer beschaulichen Stadt.

»Herr Feldmann, da haben wir Ihren Wein. Ich wünsche Ihnen einen angenehmen Genuss«, leierte der Inhaber mit verkniffenem Gesicht nervös seinen Standardspruch herunter. Thomas ergriff die Flaschen und seine Einkaufstüten und schritt zum Ausgang. Bevor er durch die Tür nach draußen trat, hörte er noch, wie der große Mann zögernd zu reden begann. Der wartete offenbar darauf, dass er verschwand. »Ja, tschau Giovanni ... da bin ich wieder, ... ich hole die heutige Lieferung.« Mehr hörte Thomas nicht mehr, wollte er auch gar nicht und ging eiligen Schrittes aus dem Laden weg.

Wenig später saß er im Bistro und bestellte sich einen Espresso. Unglaublich, was sich da eben zugetragen hatte. Das musste er erst mal bei einem Kaffee verarbeiten. Er rief sich die eben erlebte Szene beim Weinhändler nochmals ins Bewusstsein. Hätte er dem Inhaber beistehen sollen? Ihm helfen, den unangenehmen Burschen zu verscheuchen? – Nein, das hätte kaum was gebracht, vermutlich für den Weinhändler eher nur zusätzliche Probleme bedeutet. So wie dieser bedrohliche Kerl sich geäußert hatte, ging es wahrscheinlich um Schutzgeld. Der kannte höchstwahrscheinlich kein Pardon.

Wenn ich jetzt nicht diese telephatische Fähigkeit

hätte, wäre mir bei diesem Weinkauf überhaupt nichts Absonderliches aufgefallen. Ausgenommen vielleicht, dass der Besitzer mich so plötzlich loswerden wollte. Und natürlich auch nicht, dass mein gekaufter Wein wohl überhaupt nicht zu seinen Bevorzugten gehörte, schmunzelte er nun vor sich hin.

Er begann, sich im Restaurant umzusehen. Ihm kam es vor, als bekäme er den Umgang mit der neuen Fähigkeit immer besser in den Griff. Einfach locker, ohne sich zu bemühen, die Gedanken ankommen lassen, das war offensichtlich das Rezept für ihn. Und wie er es eben im Weinladen erlebt hatte, konnte es auch mal amüsante Seiten haben, wenn man, auch das Unausgesprochene hörte, das der Verkäufer zu einem Produkt dachte. Er entschloss sich, daraus bei sich bietender Gelegenheit einen Vorteil zu ziehen.

»... und jetzt ... noch kurz Schuhladen ... super High Heels ...«, drängte sich ihm der Gedankenstrom einer jungen Dame, die eben ihre sieben Sachen zusammenpackte und sich erhob, auf. Er hatte nur beiläufig zu ihr hinüber geschaut, schon empfand er ihre gedachten Worte. Was er früher stärker gesehen hatte, diese farbige Aura, zeigte sich nur noch kurz und blass. Auch die Gefühlswelle kam nur im ersten Moment stark durch und flaute dann sofort ab. Das machte das Ganze doch um einiges erträglicher für ihn.

In der Ecke ganz hinten genoss eine dicke Frau ein großes Stück Sahnetorte. »... schmeckt fein ... diese Doktorin kann ... gönnt sich nichts ...«. Aha, da hatte die Frau Doktor beim letzten Besuch wohl was angesprochen, von wegen Gewicht und so, dachte sich Thomas amüsiert. Na ja, man sieht es auch deutlich.

Die soeben durch seine Blickrichtung laufende Bedienung mit einer dunklen, leicht schillernden Aura schien mit ihren Gedanken ganz woanders. »... mist ... schief gelaufen ... wollte doch ...«. Was ihr nicht gelungen war, konnte Thomas allerdings nicht erfahren.

Er hatte den Eindruck, dass das Gedankenhören zwar ohne bewusste Kraftanstrengung gelang, aber nicht konstant anhielt. Noch im Weinladen hatte er es recht deutlich, fast lückenlos verstanden, jetzt aber konnte er nur noch Bruchstücke verstehen. Zudem nur noch undeutlich. Er fühlte sich auch schon wieder ziemlich müde. Daher beschloss Thomas, mit der Gedankenleserei aufzuhören und sich auf den Heimweg zu machen.

~ ~ ÷ ~ ~

Thomas war in der Küche emsig dabei das Abendessen vorzubereiten, und ließ seine Gedanken in freudiger Erwartung des Gastes kreisen. Im Wohnzimmer lief bereits gedämpfte Musik, Bert Kämpfert spielte auf dieser CD in Hochform. Den Tisch hatte Thomas sorgfältig gedeckt und mit etwas Efeu und kleinen Blumen geschmückt. Seit der gestrigen Einladung hatte er nichts weiter von Babs gehört, also würde sie wohl jeden Moment eintreffen. Thomas war ganz nervös. Er hatte sich vorgenommen, ein aufmerksamer Gastgeber zu sein. Nichts falsch zu machen und vor allem, Babs nicht noch mal zu enttäuschen. Er wollte ihr zeigen, dass er sie mochte, sogar sehr mochte. Eigentlich, um ehrlich mit sich zu sein, spürte er da mehr als nur mögen. Aber sagen konnte er ihr das nicht, noch nicht. Ich brauche noch Zeit, muss mich mit meiner Situation erst einmal zurechtfinden. Meine psychischen Kräfte wieder voll aufbauen. Es braucht halt eben ... Seine Gedanken wurden durch das Klingeln an der Wohnungstür unterbrochen. Sie ist da, freute sich Thomas und lief in den Korridor.

Noch schnell das Hemd richtig in die Hose stopfen, mit der Hand die widerspenstigen Locken etwas glatt streichen. Nach einem kurzen Blick in den Garderobenspiegel öffnete er die Tür.

»Guten Abend Barbara, schön, dass du da bist. Bitte komm doch rein«, bat er, mit einer Handbewegung zur Seite tretend. Sie trat mit einem verlegenen Lächeln ein.

Er streckte ihr die Hand entgegen, hätte Barbara aber viel lieber zur Begrüßung einfach in die Arme genommen, traute sich aber nicht. Er wollte sie doch nicht einfach so überfallen.

»Guten Abend, Thomas. Vielen Dank für deine Einladung«, grüßte sie und übergab ihm eine kunstvoll verpackte Flasche. »Für den Fall, dass dir der Wein mal ausgehen könnte«, bemerkte sie schmunzelnd.

»Ich bin sehr froh, dass du gekommen bist, Barbara, und danke für die Vorsorge, aber damit komme ich eigentlich nur sehr selten in Not«, lachte er und stellte die Flasche auf das kleine Schränkchen. Mit beiden Händen ergriff er ihre noch vorgehaltene Hand. »Komm, setz dich doch. Das Essen ist fast fertig, ich hoffe, du hast Hunger mitgebracht«.

»Und ob, ich komme direkt von der Arbeit«, gab Barbara zur Antwort, während sie zum Wohnzimmer ging und sich an den Tisch setzte.

Thomas begann aufzutragen. Nacheinander stellte er eine schön dekorierte Platte mit einem glänzenden Filet in Soße, eine Schüssel mit schneeweissem Kartoffelpüree und eine bunte Gemüseplatte mit Karotten und speck-umwickelten Bohnenbündeln auf den Tisch.

»Wow! Das sieht ja fantastisch aus. Hast aber viel Aufwand gemacht, nur für mich. Kann ich dir behilflich sein?«, fragte Barbara.

»Danke, nein. Du bist doch heute mein Gast, nicht meine Betreuung. Ich hab's gleich. Noch Wein und Wasser, dann sind wir so weit.«

»Du scheinst dich schon ganz gut erholt zu haben. Wirkst wieder ganz aktiv und kräftig«, meinte Barbara erfreut.

»Ja, es geht wieder aufwärts mit mir. Bin froh darüber. – Darf ich dir auftun?« Barbara nickte und Thomas begann, die Teller zu füllen. Dann erhob er sein Glas.

»Ich wünsche dir guten Appetit. Hoffentlich schmeckt dir, was ich gekocht habe. Ich kenne ja deine Vorlieben noch nicht so richtig.«

»Zum Wohl«, antwortete Barbara und sie stießen mit den Gläsern an. »Ich bin da eigentlich ganz pflegeleicht. Ich esse fast alles. Es gibt nur weniges, was ich nicht mag.«

Beide begannen zu essen. Die anfängliche Nervosität war gewichen und in entspanntem Ton plauderten sie nun über dies und das. So, wie Barbara dem Essen zusprach, schmeckte es ihr, stellte Thomas erfreut fest. Nachdem er sie bei der Begrüßung einmal richtig ange-schaut hatte, ließ er das jetzt besser, auch wenn er Gefahr lief, dass sie das wieder als befremdlich auffassen konnte. Sie hatte wie gewohnt eine sehr schöne Aura, aber ihre Gedanken drückten Scheu und Unsicherheit aus. Er konnte das nachvollziehen, nach dem, wie er sich am Samstag benommen hatte.

Als sie später satt die Teller zusammenschoben, hatte sich eine angenehm warme Stimmung breitgemacht. Beide hatten es vermieden den vergangenen Samstag anzusprechen, aber Thomas war sich bewusst, dass er dies heute unbedingt noch tun musste. Dieser Misston in ihrer Beziehung musste unbedingt ausgemerzt werden. Aber erst mal stand er auf, um abzuräumen, und ließ es nicht zu, dass Barbara ihm dabei half.

»Nichts da, heute wirst du verwöhnt«, versuchte Thomas, langsam eine Brücke zum vergangenen Samstag zu bauen. »Es geht mir schon wesentlich besser und du hast im Gegensatz zu mir den ganzen Tag gearbeitet. Und wie steht's? Hast du Lust auf eine kleine Nachspeise?«

»Danke, aber nein«, hielt sich Barbara den Bauch. »So gerne ich etwas Süßes genieße, aber jetzt bin ich voll bis oben hin, da geht nichts mehr runter. Es hat so toll geschmeckt.«

»Danke dir für das Lob. Dann aber einen Kaffee zum Abschluss?«

»Ja, der passt immer. Du bist ein guter Koch, ist das eines deiner Hobbys?«, wollte nun Barbara wissen.

»Nein, Hobby nicht gerade, aber ich habe das als Alleinstehender eben im Laufe der Jahre gelernt und mache das auch ganz gerne. Außer den Abwasch« ergänzte er verschmitzt. »Zudem bin ich kein großer Kneipengänger und immer im Restaurant zu essen übersteigt doch mein Budget schnell mal. Ich habe natürlich vor allem von Peter viel gelernt, der als gelernter Koch sein Handwerk meisterhaft versteht, auch wenn er heute nicht mehr aktiv in seinem Beruf arbeitet.«

»Ich kann dir beim Abwasch helfen«, bot sie ihm sofort an. »Es sollte allerdings heute nicht all zu spät werden. Ich habe morgen früh eine sehr wichtige Präsentation vor der Geschäftsführung. Da möchte ich fit und präsent sein.«

»Dann entspann dich jetzt noch ein wenig. Den Abwasch schaffe ich gut alleine. Dazu ist auch morgen noch jede Menge Zeit. Jetzt trinken wir gemütlich einen Kaffee zusammen.« Er stand auf und holte ihn aus der Küche. »Ein Schnäpschen dazu?«

»Nein, heute nicht. Ich will morgen einen klaren Kopf haben. Dein Wein hat mir eh schon fast zu gut geschmeckt.«

Wenn du wüsstest, dass der Weinhändler diese Meinung so gar nicht mit dir teilt, schmunzelte Thomas in Gedanken, setzte sich wieder an den Tisch und gab sich einen Ruck. Und jetzt vorwärts Thomas, sonst geht sie nach Hause, eh du wenigstens um Verzeihung bitten konntest, forderte er sich selbst auf.

Er blickte Barbara kurz an. Ihre Wärme und Offenheit, die sie ihm entgegenbrachte, verunsicherten ihn wie einen unreifen Jungen. Nach Worten ringend begann er: »Barbara ... ich ... ich möchte mich bei dir ganz fest entschuldigen.«

Sie blickte ihn leicht verunsichert an.

»Entschuldigen dafür, dass ich dich am letzten Samstag so förmlich, fast wie eine fremde Hausangestellte behandelt hatte, statt wie eine sehr gute Freundin, die du für mich doch bist.«

So, das ist schon mal raus, entspannte er sich innerlich ein wenig und fuhr fort. »Es tut mir leid, wenn ich dich enttäuscht habe. Wenn du dich auf die Seite gestellt vorkamst.« Thomas beugte sich zu Barbara hin. »Ich kam ja erst tags zuvor aus dem Krankenhaus. Fühlte mich noch ziemlich erschöpft und in meinem Kopf lief noch nicht alles so klar ab, wie es sollte. Das hatte mich tüchtig geschafft. Ich hatte versucht, mich zu schonen, indem ich mich stark zurückzog. – Vor allem gegenüber dir, weil ... weil ich dich so intensiv spüre«, fügte er den letzten Satz, verlegen auf den Tisch blickend, an.

Über Barbaras Gesicht lief ein glückliches Lächeln. Ihr Blick senkte sich, ihren Arm über den Tisch streckend legte sie sanft ihre Hand in die von Thomas. »Ich glaube, ich kann jetzt verstehen, was du mir erklärst, und es macht mich echt glücklich zu hören, dass ich dich nicht mit irgendwas Dummem vergrämt hatte. Du bedeutest mir nämlich auch sehr viel«, erwiderte sie nun ebenfalls ganz verlegen.

Beide schwiegen eine ganze Weile, strichen sich nur sachte über die zueinander gestreckten Hände. Thomas zog sich mit Gewalt aus dem herrlichen Empfinden. Er wollte ein für alle Mal den schlechten Eindruck aus der Welt schaffen. »Ich hoffe sehr, du kannst mein schlechtes Benehmen vom Samstag wirklich vergessen. Es soll nicht wieder vorkommen. Ich fühle mich auch von Tag zu Tag stärker, bekomme meine Psyche allmählich wieder in den Griff. Der Arzt hatte mir ja eindringlich empfohlen, mich im emotionalen Bereich noch nicht zu weit vorzuwagen. Er hat recht, auch wenn ich physisch wieder voll da bin, braucht mein Kopf doch noch etwas mehr Zeit.«

»Ich war am Samstag, wie mir jetzt bewusst wird, etwas egoistisch und nur darauf fixiert, dass du mich ganz fest ... beachtest. Dass du dazu psychisch noch gar nicht in der Lage warst, hatte ich mir gar nicht klar gemacht. Ich dachte, indem ich dir die ganze Hausarbeit abnehme, sei es getan. Das war etwas sehr kurzsichtig von mir. Dabei hättest du sehr viel mehr verständnisvolle Anteilnahme gebraucht. Dafür muss ich mich jetzt bei dir entschuldigen.«

»Vergessen wir das doch. Wir verstehen uns doch gut. Es geht mir in deiner Gegenwart auch immer besser«, sagte Thomas mit weicher Stimme. »Du gibst mir Kraft und Zuversicht. Ich muss dich aber bitten, noch etwas Geduld mit mir zu haben. Noch bin ich nicht ganz obenauf.«

Barbara gab ihm wortlos mit einem bekräftigenden Nicken und Lächeln zu verstehen, dass er auf ihre Unterstützung bauen konnte.

Die beiden hatten wieder zueinandergefunden und redeten noch eine ganze Weile in leisem vertraulichen Ton darüber, wie sie künftig miteinander umgehen wollten. Auch wenn Thomas Barbara noch immer nur sehr selten und wenn, dann nur ganz kurz anblickte, schien sie sich nicht mehr allzu sehr über diese Angewohnheit zu wundern. Sie hatte ihm verziehen und schien sich mit seiner Verhaltensart abgefunden zu haben.

Mit leichtem Erschrecken blickte Barbara auf ihre Uhr. »Oh mein Gott, schon so spät! Bitte verzeih Thomas, aber ich möchte jetzt nach Hause ins Bett. Du weißt, diese Besprechung morgen früh. Ich will da nichts verpatzen. Es ist für meine weitere Arbeit an meinem neuen Arbeitsplatz ganz wichtig.«

»Aber natürlich, das verstehe ich doch«.

Sie standen auf und gingen langsam zum Ausgang. Vor der Tür drehte sich Barbara zu Thomas um, streckte ihm zögernd die Hand entgegen und küsste ihn spontan auf beide Wangen. »Gute Nacht, schlaf gut und erhol dich weiter, ich melde mich morgen bei dir.«

Thomas konnte sich nicht mehr zurückhalten und umarmte Barbara mit beiden Armen, hielt sie eine kleine Ewigkeit ganz fest gedrückt. Er fühlte, wie sie sich an ihn schmiegte, spürte ihren weichen Körper, sog ihren wundervollen Geruch in sich auf.

»Wunderbar, dass du mich besucht hast, komm gut nach Hause und pass gut auf dich auf«, verabschiedete Thomas sie mit belegter Stimme und ließ sie nur sehr ungern los.

~ ~ ÷ ~ ~

Energisches Läuten kündigte seinen Freund Peter an. Kaum hatte Thomas ihm geöffnet, wurde er mit Fragen überfallen.

»Na, wie war der Abend mit Barbara«, wollte der sofort wissen.

»Hallo, hallo, erst mal guten Abend der Herr. Du bist ja überhaupt gar kein neugieriger Mensch«, versuchte Thomas, ihn zu bremsen.

»Ja. Guten Abend, Thomas. Ich will jetzt aber wissen, ob du gekniffen, oder wie versprochen, die Verstimmung mit Barbara aus der Welt geschafft hast.«

»Komm herein und setz dich erst mal. Ein kleiner Aperitif gefällig? Das Essen braucht noch etwas Zeit«, ließ Thomas mit Absicht den Freund noch etwas zappeln. Peter nickte zustimmend, ließ ihn aber nicht aus den Augen, während er einen Drink serviert bekam.

»Nun komm schon, erzähl deinem Freund, was Sache ist«, ließ Peter nicht locker. Er schien heute nicht den entspanntesten Tag zu haben, stellte Thomas fest. Dann musste er wohl heute da durch. Kam zum Glück nur selten vor.

»Also dann, Papa«, witzelte Thomas. »Ich habe mich bei Barbara ganz nach deiner Anweisung und in aller Form entschuldigt. Danach verbrachten wir einen ausgesprochen schönen, harmonischen Abend. Sie ging zwar früh, aber, wie es schien, glücklich nach Hause.«

»Warum früh?«, reagierte Peter sofort mit skeptischer Miene. »Hast du wieder etwas versaut?«

»Nein gar nichts. Wir haben uns am Schluss mit herzlicher Umarmung verabschiedet und sie hatte mir sogar Küsschen auf die Wangen gegeben. Es ist alles bereinigt zwischen uns.«

»Aber warum ist sie früh nach Hause gegangen? Da stimmt doch was nicht.«

Thomas warf resigniert die Hände in die Luft. »Weil sie heute früh einen wichtigen Termin im Geschäft hatte und dafür ausgeschlafen sein wollte. Mensch, Peter, manchmal bist du eine richtige Nervensäge.«

Peter lehnte sich entspannter im Sessel zurück. »Dann hast du ihr also alles erzählt? Ich meine, das mit deiner Wahrnehmungsgabe. Wie hat sie darauf reagiert?«

»Überhaupt nicht. Ich bin doch nicht verrückt, ihr das zu erzählen. Was glaubst du denn.«

»Was?«, schnellte Peter wieder im Sessel vor. »Du hast ihr nichts davon gesagt? Keinen Ton, warum du so abweisend warst? Hast ihr wieder irgendetwas vorgeflunkert. Na prost, das ist ja eine ganz tolle Voraussetzung für eine Beziehung«, ereiferte er sich nun wieder.

Thomas blickte den Freund verständnislos an. »... was bist du ... eine Memme ...«, konnte er nun den Gedanken von Peter verstehen.

»Dann bin ich halt eine Memme«, entschlüpften Thomas die Worte und merkte im gleichen Augenblick, dass er einen dummen Fehler begangen hatte.

»Sag mal, geht's noch!«, schoss Peter aus dem Sessel hoch. »Du liest meine Gedanken, dabei hast du versprochen, das zu unterlassen! Hör sofort auf, sieh weg. Ich will das nicht!« Nun war er endgültig entnervt. »Was erlaubst du dir eigentlich? Belügst deine Barbara und mich horchst du einfach aus. So geht man nicht mit Freunden um! Was glaubst du ...« Peter wollte weiter schimpfen, doch Thomas fiel ihm ins Wort.

»Aber ich mach das ja gar nicht gewollt! Du weißt doch, dass ich diese blöde Gabe noch nicht unter Kontrolle habe. Deshalb halte ich mich ja auch so viel wie möglich zurück. Damit genau das, was mir eben unterlaufen ist, nicht zu Problemen führt.«

Peter setzte sich wieder, der Ärger schien sich abzuschwächen.

»Das ist doch auch mein Grund dafür, dass ich Barbara darüber nichts erzählen will. Ich bin mir fast sicher, wenn ich sie darüber aufklären würde, hätte ich sie im gleichen Augenblick verloren. Sie dürfte ziemlich sicher genau so schockiert reagieren, wie du eben. – Außerdem hat mir mein Arzt heute Morgen empfohlen, mich im emotionalen Bereich unbedingt noch ein paar Wochen zurückzuhalten, mein Gehirn brauche noch einige Zeit, bis es wieder robust genug sei.«

»Ah so. Du warst beim Arzt. Was meinte er sonst so?«, ließ sich Peter mit gepresster Stimme ablenken. Thomas bemerkte es mit Erleichterung.

»Er ist eigentlich sehr zufrieden mit mir, bis eben auf den Punkt mit der psychischen Belastbarkeit. Aber ich kann ab nächster Woche wieder zur Arbeit. Dann können wir auch wieder unser wöchentliches Tennismatch abhalten.«

»Sehr gut«, brummte Peter, »dann kann ich dich wenigstens dort endlich mal so richtig verkloppen. Wird mir ein wirkliches Vergnügen sein.«

»Hoho, da will ich aber noch ein gewichtiges Wörtchen mitreden. Ich fühle mich körperlich nämlich schon wieder topfit.«

»Das wird sich zeigen. Ich bin auch gut drauf. Aber jetzt nochmals und ganz ernsthaft, mir liegt sehr viel daran.« Peter richtete sich auf und blickte fordernd auf Thomas.

Schade, ging es Thomas durch den Kopf, eigentlich hätte ich es ja wissen müssen, wenn Peter sich etwas in den Kopf gesetzt hat, dann ist er nicht so leicht wieder davon abzubringen.

Mit ernstem Gesicht begann Peter, eindringlich auf Thomas einzureden: »Ich bin überzeugt, und Christa übrigens auch, dass mit dir und Barbara sich zwei Menschen gefunden haben, die ganz klar füreinander bestimmt sind. Das kann ein Blinder erkennen, wenn er euch zwei auch nur zusammen hört.« Thomas wollte etwas einwenden, doch Peter verhinderte es mit einer abwehrenden Handbewegung. »Aber eine Beziehung aufzubauen und zu pflegen, die mit einer Lüge, einer Unehrlichkeit von dir, belastet ist, das kannst und das darfst du nicht eingehen. Mit dieser Belastung wirst du niemals in deinem Leben wirklich eine dauerhafte, glückliche Beziehung leben können.«

»Deshalb sträubt sich ja alles in mir, mit Barbara eine wirkliche Beziehung einzugehen. Und zwar solange bis ich mir sicher sein kann, dass ich meine blöde Fähigkeit absolut unter Kontrolle habe und sie damit für eine gemeinsame Zukunft, keine Rolle mehr spielt. Dann wird es auch nicht mehr von Belang sein, ob sie was weiß davon oder nicht.«

»Ich glaube, da machst du dir etwas vor, lieber Thomas. So wie ich das sehe, wird deine Fähigkeit dich dein Leben lang, mal mehr, mal weniger, belasten. Klingt vielleicht hart, ist aber realistisch. Überleg es dir bitte noch einmal ganz genau. Ich bin der Meinung, du solltest Barbara die ganze Wahrheit erzählen, auch auf die Gefahr hin, dass sie sich vielleicht im ersten Schock eine Zeit lang von dir zurückzieht. Aber nur so bekommst du eine wirkliche Chance, mit ihr ein langes glückliches Leben führen zu können. Oder willst du das gar nicht?«

»Sicher möchte ich das. Seit ich Barbara kennengelernt habe, denke ich kaum mehr an etwas anderes.«

»Dann geh dieses Risiko einer eventuellen, vorübergehenden Trennung ein. Ich bin sicher, so wie ich Barbara kennengelernt habe, werdet ihr früher oder später eine glückliche gemeinsame Zukunft haben. Sie ist eine starke Frau, die so schnell nichts umhaut.«

Den ganzen Abend hindurch argumentierten sie das 'Für und Wieder', ohne zu einem befriedigenden Ergebnis zu kommen. Mit erhitztem Gesicht und über die Sturheit des Freundes verärgert, verabschiedete sich Peter schließlich. Auch die Beziehung der beiden Freunde stand jetzt unter einer starken Belastungsprobe.

~ ~ ÷ ~ ~

Nach Tagen des endlosen Hin- und Herüberlegens sowie unruhiger, schlafloser Nächte beschloss Thomas zermürbt, mit Barbara zu reden. Er hatte sich entschieden und wollte ihr die ganze Wahrheit über seine Besonderheit eingestehen. Von Peter hatte er seit der langen hitzigen Diskussion nichts mehr gehört. Der ließ ihn offensichtlich mit seinem Problem alleine schmoren. Schöner Freund. Barbara hatte ihn bereits mehrmals angerufen und sich nach seinem Befinden erkundigt. Dann hatten sie ein Treffen vereinbart. Thomas hatte ihr im Voraus am Telefon zu verstehen gegeben, dass er sie über eine ganz wichtige Sache informieren müsse.

Dieses Treffen fand dann statt und endete, wie Thomas es befürchtet hatte, in einem Fiasko. Er hatte sich alle Mühe gegeben, Barbara die Wahrheit über seine besondere Fähigkeit, wie diese sich seit dem Unfall bemerkbar machte, möglichst schonungslos zu erklären. Erst hatte ihm Barbara nur ungläubig zugehört, war scheinbar der Meinung, dass Thomas sich einen skurrilen Witz ausgedacht hätte.

»Komm, lass das, Thomas. Veräpple mich bitte nicht. Für diese Art von Humor kann ich nicht viel Verständnis aufbringen«, hatte sie missmutig reagiert.

Nach der anfänglichen Ungläubigkeit blieb Thomas letztendlich nichts anderes, als Barbara durch die Wiedergabe einiger ihrer Gedanken, von der Tatsache seiner besonderen Fähigkeit zu überzeugen.

Und darauf hin war das geschehen, wovon er inbrünstig gehofft hatte, dass es nicht passieren würde. Denn als er ihr bewiesen hatte, dass er die Wahrheit sagte, erfasste Barbara ein gewaltiger Schrecken. Ihre Augen weiteten sich, sie beugte sich vom Tisch weg, ihr Gesichtsausdruck veränderte sich zusehends. Eine immer größer werdende Angst vor dieser unheimlichen Fähigkeit von Thomas breitete sich auf ihrem Gesicht aus. Letztendlich verlor sie ihre Fassung vollkommen, hielt es schließlich nicht mehr in seiner Nähe aus.

»Mein Gott, was bist du für ein Mensch? Bist du überhaupt ein Mensch? Du machst mir Angst! Ich muss weg hier, ich halte das nicht aus.« Völlig aufgelöst schoss sie vom Stuhl hoch, raffte in Panik ihre Sachen zusammen und verließ das Lokal fluchtartig.

Seit jenem Treffen vor mehr als einer Woche, hatte er nichts mehr von ihr gehört. Er hätte sie gerne angerufen, versucht, ihr alles zu erklären, aber er traute sich einfach nicht. Es war hart gewesen von ihm, ihr seine Eigenart so direkt und schonungslos vorzuführen. So was konnte wohl niemand auf Anhieb verkraften. Er hatte Barbara zuvor noch nie so erlebt. So beherrscht und selbstbewusst, wie sie sonst stets war, hatte er ihr diese Reaktion nicht zugetraut. Bei der Heftigkeit, mit der Barbara reagiert hatte, war es jetzt mehr als schwierig, einen Ansatzpunkt für ein sachliches Erklärungsgespräch zu finden. Er wusste noch nicht einmal, wie er es bewerkstelligen sollte, damit er nicht in ein noch tieferes Schlamassel hinein stolperte.

Einen verdammten Blödsinn hatte er angerichtet. Niemals hätte er auf diesen beschissenen Rat von Peter hören sollen, ihr einfach rundheraus die Wahrheit zu sagen. Warten hätte er sollen, bis er alles im Griff gehabt hätte, das wäre das Richtige gewesen. Jetzt war alles verdorben. Eine wunderbare Freundschaft, aus der eine Verbindung für ein ganzes Leben hätte werden können, hatte er mit seinem ungeschickten Vorgehen zerbrochen. Seine geliebte Babs war ihm in Panik davongelaufen und der einzige Freund ging ebenfalls auf Distanz zu ihm, meldete sich nicht mehr. Er hatte keine Ahnung, wie er mit dieser verdammten telephatischen Fähigkeit, die ihm sein ganzes Leben versaute, zurechtkommen soll. Sie zerstörte sein ganzes Leben. Und er hatte jetzt wieder niemanden mehr, mit dem er darüber hätte reden können. Eine einzige Scheißsituation!

~ ~ ÷ ~ ~

Vier

Einige Monate nach dem Unfall, der Frühling begann sich deutlich bemerkbar zu machen, saß Thomas in Gedanken versunken auf der Wartebank im Kommissariat der Kriminalpolizei. Er wartete darauf, vom Leiter des hiesigen Landeskriminaldienstes, Hauptkommissar Bechthold, aufgerufen zu werden. Eine spontane, unbedachte Reaktion von ihm hatte dazu geführt, dass er vorgeladen war. Nun blieb ihm nichts anderes mehr übrig, als offen und ehrlich zu dem zu stehen, was er jahrelang für sich hatte behalten können, seine besondere Wahrnehmungsgabe. Nach seinem Unfall mit dem Skateboardfahrer gelang es ihm anfangs nur mit viel Mühe, später überhaupt nicht mehr, seine verstärkte telepathische Fähigkeit zu verheimlichen.

Vorerst hatte er alle erdenkliche Mühe gehabt, überhaupt mit seiner Fähigkeit umgehen zu können, sie zu verkraften. Einerseits musste er sich erst mal damit abfinden, dass er mit dieser speziellen Empfindsamkeit leben musste. Andererseits versuchte er alles Mögliche, diese Wahrnehmungen möglichst vollständig in den Griff zu bekommen. Er versuchte, nur dann etwas wahrzunehmen, wenn er dies auch bewusst wollte, ansonsten aber diese Einflüsse einfach abzuschalten oder mindes-

tens zu ignorieren. Das gelang ihm inzwischen zunehmend besser, zwar noch nicht bei jeder Gelegenheit, aber
er schaffte es immerhin schon oft, die Wahrnehmungsfähigkeit gezielt zu steuern. Mittlerweile konnte er,
wenn er sich bewusst darauf einstellte, ziemlich genau
empfangen, was eine Person gerade dachte, auch dann,
wenn es nur Satzbruchstücke oder gar nur einzelne
Worte waren. Warum es diese Unterschiede gab, hatte er
bis jetzt immer noch nicht herausfinden können, aber
das interessierte ihn gegenwärtig auch nur wenig.

Sehr viel wichtiger war für ihn, dass er eine Möglichkeit fand, diese Fähigkeit komplett abzuschalten, einfach
zu ignorieren. Die Belastung, die ein ständiges Empfangen von Gedanken und Gefühlsströmen bedeutete,
waren für ihn oft nur schwer zu verkraften. Wenn er
ihnen längere Zeit ausgesetzt war, ließ ihn dies schnell
ermüden. Dadurch, dass er es so oft als möglich, noch
viel öfters als früher, vermied, dem Gegenüber ins
Gesicht zu blicken, um damit den Eindrücken zu entgehen, handelte er sich allerdings immer mehr Probleme
ein. Vor allem im beruflichen Umfeld. Es ließ sich jedoch
nicht einfach vermeiden, wenn er sich schützen wollte.
So galt er deshalb in seinem Umfeld inzwischen als ein
Sonderling, den man einfach in seiner zwar seltsamen
aber harmlosen Verhaltensart tolerierte. Thomas wurde
dadurch allmählich zu einem Außenseiter gestempelt,
was ihn zusätzlich belastete, ihn noch einsamer werden
ließ.

Was ihn jedoch am meisten deprimierte, war die Tatsache, dass seine drei guten Freunde ihm gegenüber aus
Angst und Scheu auf Distanz gegangen waren. Und

zwar seit dem Zeitpunkt, als er ihnen über die telephatischen Fähigkeiten berichtet hatte. Mit Peter traf er sich zwar noch immer regelmäßig zum wöchentlichen Tennis, aber zu einem Schwatz oder gar einem Essen kam es nur noch sehr selten. Thomas konnte seinem Freund den damaligen, seiner Meinung nach falschen Ratschlag Barbara betreffend, noch immer nicht ganz verzeihen. Es ärgerte ihn, dass er ihn befolgt hatte. Sich Barbara anzuvertrauen, war ein riesiger Fehler gewesen.

Peters Freundin Christa hatte er schon länger nicht mehr gesehen. Was für ihn aber am schlimmsten war, Barbara, die er insgeheim über alles liebte, hatte sich nach seinem Geständnis vollständig von ihm zurückgezogen. Viele Male hatte er versucht, mit ihr wieder in Kontakt zu kommen, doch sie blockte ab, nahm seine Anrufe gar nicht mehr an.

Er fühlte sich zusehends einsamer, die seltsame Fähigkeit hatte ihn wirklich zum Außenstehenden gemacht. Das machte ihm sehr zu schaffen, bescherte ihm häufig schlaflose Nächte, in denen er immer öfter von Albträumen geplagt wurde. Doch mittlerweile hatte er sich an vieles gewöhnt, hatte gelernt, damit zu leben und sich damit zurechtzufinden. Auf irgendeine Weise würde er auch diese Phase der unruhigen Nächte wieder beseitigen können, versuchte er sich immer wieder, zu beruhigen. Auch mit all den unterschiedlichsten Begebenheiten, die ihn durch seine Wahrnehmungen beschäftigten. Seine Fähigkeit hinterließ ihm zum Glück allerdings nicht nur widrige Erinnerungen. Meistens vernahm er ohnehin Gedankengänge, die sich um Alltäglichkeiten drehten, wie: '... was brauche ich jetzt noch ...',

'... ich darf nicht vergessen meine Freundin anzurufen ...', '... warum war mein Mann gestern Abend nur so schlechter Laune ...', '... warum hat mein Freund noch nicht angerufen ...', und so weiter und so fort. Eben all das, was jedem Menschen im normalen Alltagsgeschehen laufend durch den Kopf geht.

Was ihn jedoch öfter reizte, ihn immer wieder in Versuchung brachte, war, in den Gedanken anderer amüsante, lustige Begebenheiten zu entdecken. Das reizte ihn. Das war oft so unterhaltsam, dass er schon das eine oder andere Mal darüber laut lachen musste. Da trafen ihn dann gelegentlich verwunderte Blicke, verbunden mit einem Stirnrunzeln, warum der Mann da, ganz allein war und auch nicht telefonierte, einfach laut auflachte. Der hat wohl nicht mehr alle Tassen im Schrank, dachten die wahrscheinlich mitleidig. Das störte ihn jedoch überhaupt nicht, er liebte mittlerweile diese lustigen Erlebnisse sehr. Er genoss es, als ob er in einer Aufführung sitzen und einer Kabarettnummer oder einem Sketch lauschen würde. Diese Erinnerungen waren das Salz in seiner sonst eher geschmacklosen tristen Erlebniswelt. Er erinnerte sich gerne daran zurück, was er vor etwa zwei Wochen erlebt hatte, als er durch den Markt geschlendert war. Er hatte sich an einer Imbissbude eine Wurst vom Grill gekauft.

~ ~ ÷ ~ ~

An das Stehtischchen gestützt genoss Thomas die heiße Wurst und beobachtete den regen Betrieb rund um den Marktstand. Der junge Mann hatte ganz schön zu tun mit den verschiedenen Würsten auf dem Grill und dem gleichzeitigen Verkauf von allem anderen, was er sonst noch anbot. Er müsste eigentlich noch eine Hilfe haben, dachte sich Thomas, aber der Bursche schaffte den Andrang mit Elan.

In einigem Abstand, außerhalb der Stehtische bemerkte Thomas eine junge Frau, die wie gebannt dem jungen Grillierer bei dessen Arbeit zusah. Ein leichter, rosa leuchtender Schein umgab ihren Kopf. »... oh, was für ein smarter Boy, ... echt süß ... voller Power ...«, empfing er ihre Gedanken. Sie stand da und bewunderte ihn, um dann sogleich Richtung Grill loszulaufen. »... muss ihn ansprechen ... Wurst kaufen ... sieht so gut aus ...«. Hoppla, da kam jemand gewaltig ins Schwärmen.

Der Mann blickte auf von seinem Grill und zur jungen Frau hin: »Eine heiße Wurst gefällig, schöne Frau?«, fragte er salopp. Was er aber dachte, war etwas anderes: »... ein klasse Käfer bist ... echter Lichtblick an diesem grauen Tag ...« Bingo, amüsierte sich Thomas, da könnten vielleicht zwei zusammenfinden.

»Bitte, was ist das für eine Wurst«, fragte die junge Frau lächelnd und zeigte auf den Grill. »... von nah bist du echt Spitze ...«, dachte sie und strahlte ihn jetzt unverhohlen an.

»Unsere würzige Bockwurst mit Knoblauch«, gab er bereitwillig Auskunft und dachte: »... solltest du doch kennen ... oder bist eine Vegitante ...«

»Mag ich nicht, man riecht dann so aus dem Mund«, rümpfte sie dazu ihre Nase. In Gedanken fragte sie sich: »... wie heißt du wohl ... schöner Mann ...«

»Dann empfehle ich Ihnen die Frankfurter«, und dachte sich seinerseits: »... stört dich wohl ... beim

Schmusen ...«

»Nein, die mag ich auch nicht, von denen krieg ich immer Schluckauf«, meinte sie. Aus ihrem Kopf drang jedoch: »... was für schöne Augen ... blaue hat er ...«

»... mein lieber Mann ... so hübsch ... aber so wählerisch ...«, ging es dem Wurstbrater durch den Kopf. Laut sagte er aber: »Dann wäre vielleicht eine schöne Bratwurst vom Kalb das Richtige.«

»Oh nein, da sind womöglich Hormone drin oder so, lieber nicht«, wehrte sie schon wieder naserümpfend ab. »... du lässt mich Hormone ... schon genug spüren ...«

»Ja dann weiß ich auch nicht so recht ...«, meinte der Griller jetzt etwas ratlos. Dabei dachte er bei sich: »... ganz schön etepetete ... verehrte Dame ...«

»Geben Sie mir doch bitte einen Hamburger«, entschied sie sich endlich und dachte dabei: »... was könnte ich tun ... er ist so förmlich ... bin ich nicht dein Typ? ...«

»Gerne«, nahm der Mann die Bestellung entgegen, dachte aber: »... glaub ich jetzt nicht ... in diesem Fleischmocken ... weiß der Kuckuck was zusammengemanscht ... stört dich jetzt nichts ...«, und bereitete den Snack zu.

Das lief zwischen den beiden, kaum begonnen, ganz rasant wieder auseinander, stellte Thomas amüsiert fest. Die junge Frau schien nicht zu bemerken, oder wollte es nicht merken, dass sie hier ins Leere lief. Hartnäckig versuchte sie weiter, Kontakt zu knüpfen.

»Sind Sie jeden Samstag hier?«, fragte sie nun. »... muss dich wiedersehen ... bist süßer Typ ...«, war nun das, was sie gleichzeitig dachte.

»Ja, jeden Samstag. Stets zu ihren Diensten« gab er geschäftstüchtig zur Antwort. »... auch wenn du Enttäuschung bist ... außen fix und innen nix ...«

»Wie heißen Sie denn, wenn ich fragen darf?«, drängte sie sich beim Bezahlen weiter auf, obwohl hinter ihr die Kundenschlange länger wurde. »... komm schon ... möchte Namen wissen ... zum Träumen ...«, und fühlte sich sichtlich ganz kribbelig dabei.

»Niklas, Niklas Obermeier«, antwortete er.

In diesem Augenblick tauchte aus dem Hintergrund des Imbissstandes eine junge Frau auf. Eiligen Schrittes kam sie auf den Grillmann zu und küsste ihn ungeniert auf den Mund: »Da bin ich wieder, mein lieber Niki. Jetzt kannst du dich wieder ganz auf deinen Grill konzentrieren. Ich kümmere mich um die Bestellungen.«

Die junge Kundin hatte soeben den Hamburger entgegengenommen und starrte jetzt mit offenem Mund auf die Zwei. »... wa ... was ist das jetzt ... Scheiße, der ist schon ...«, schoss es ihr durch den Kopf. »... darf nicht wahr sein ... wie kann ich nur so blöd ...«, ärgerte sie sich insgeheim, warf den Kopf auf, drehte ohne Gruß ab und lief energischen Schrittes davon.

»Auf Wiedersehen, vielen Dank,«, rief ihr der Grillmann nach und schmunzelte dabei leicht vor sich hin. Bei sich dachte er: »... nana schöne Frau ... das lief wohl nicht ... nach deinem Köpfchen ...«, und wandte sich wieder seinem Grill zu.

Er bemerkte nicht mehr, wie die junge Frau einige Meter weiter, den Hamburger mit ausholendem Schwung wütend in eine Mülltonne schmetterte.

Gebannt hatte Andreas die beiden belauscht. Seine Wurst war mittlerweile kalt geworden. Er hatte das Weiteressen ob dieser Vorstellung völlig vergessen, war nur noch gebannt dem amüsanten Dialog mit den Gedanken der beiden gefolgt. Nun ja, für diese kleine, unterhaltsame Episode, nahm er allemal eine laue Wurst in kauf.

~ ~ ÷ ~ ~

Solche Begebenheiten der leichten, humorigen Art waren für Thomas das, was ihm seine Last immer wieder mal versüßte. Ließ ihn die belastende Empfindungsfähigkeit leichter ertragen. Vielleicht war es nicht gerade die feine Art, aber schließlich hörte man ja auch oft genug, gewollt oder ungewollt, Gespräche anderer Menschen mit an. Dass er zusätzlich noch einige Gedankenfetzen mitbekam, machte es für ihn nur unterhaltsamer. Immer wieder staunte er, wie viel Widerspruch oftmals zwischen dem was gesprochen und dem, was gedacht wurde, bestand. Häufig war allerdings das Gedachte alles andere als schön anzuhören. Er musste schon das eine oder andere Mal an sich halten, sich zusammenreißen, um sich nicht einfach spontan mit einer Bemerkung einzumischen. Das hätte sich vermutlich ziemlich fatal auswirken können. Ob nun für die beiden, die miteinander sprachen, oder aber für ihn selbst.

Exakt wegen einer spontanen Bemerkung, die er sich nicht hatte verkneifen können, saß er jetzt hier und wartete geduldig darauf, dass ihn der Polizeichef aufrief. Er erinnerte sich ungern an seinen Bankbesuch vor zwei Tagen, als er wartend in der Schlange zu einem Schalter stand.

~ ~ ÷ ~ ~

Soeben war die nächste Person an den Schalter getreten, um seine Angelegenheiten zu erledigen. Thomas war nun der Nächste und blickte sich um. Hinter ihm befanden sich noch drei weitere Bankkunden. Alle warteten mehr oder weniger geduldig darauf, dass es vorwärtsging. Er wollte sich soeben wieder nach vorne drehen, als er eine dunkle, sich wild bewegende Aura bei der letzten Person in der Reihe bemerkte. Sein Blick blieb an einem Mann, der eine Wollmütze trug, hängen. Was Thomas hier als Gedankengang empfing, ließ ihn geschockt abwenden.

»... hoffentlich kommen nicht mehr Leute ... Mühe, alle zusammen mit meinem Revolver in Schach zu halten ... hab nur sechs Schüsse ...«, hörte Thomas mit entsetzen dessen Gedanken. Er wagte, sich nochmals leicht umzudrehen, um einen weiteren Blick auf ihn zu erhaschen. »... einfach blöd nur zu zweit ... aber einer muss im Wagen warten ... schnell abzuhauen ...«, hörte er nun noch weitere Gedankenfetzen. Die Gedanken von Thomas wirbelten. Was sollte er unternehmen? Den Mann am Schalter warnen? Würde er ihm glauben oder ihn für verrückt halten? Wahrscheinlich eher Letzteres. Allerdings kannte man ihn hier seit Langem, immerhin war er ein langjähriger Kunde, vielleicht nahm man ihn doch ernst. Jetzt blieb keine Zeit mehr für weitere Überlegungen, er war an der Reihe.

»Guten Tag, Herr Feldmann, auch wieder mal bei uns«, begrüßte ihn der Schalterbeamte sehr freundlich. »Was kann ich für Sie tun?«

Thomas überlegte fieberhaft: Wie konnte er ihm das Gehörte weitergeben? Einfach reden ging doch nicht, seine Worte konnte man vielleicht verstehen. Schreiben! Er brauchte was zum Schreiben!

»Hallo Herr Färber. Ich ... ich habe etwas vergessen aufzuschreiben. Könnten Sie mir vielleicht erst mal ein Stück Papier geben?«, bat er den Schalterbeamten.

»Aber selbstverständlich«, erwiderte der und legte ihm dienstbeflissen ein Blatt hin. »Falls Sie länger brauchen, können Sie dort drüben ans Stehpult gehen. Wenn Sie fertig sind, geben Sie mir ein Zeichen, dann nehm ich Sie dazwischen«, war er bemüht, die Wartezeit der weiteren Kunden kurz zu halten.

Das war nun gar nicht das, was Thomas wollte. »Es geht ganz schnell. Sie können mir schon mal diese Auszahlung erledigen«, sagte er und übergab ihm einen Check. Schnell schrieb er nun eine Nachricht.

Achtung, Vorsicht!!
Der Mann mit Wollmütze hinter mir in der Schlange will Sie überfallen. Er ist mit Revolver bewaffnet. Hat draußen im Auto einen Gehilfen. Das ist kein Witz! Unternehmen sie etwas. Ich kann es Ihnen nachher erklären.
Thomas Feldmann

Er schob nun das Blatt Papier mit ernstem, auffordernden Blick dem Schalterbeamten entgegen.

Der zog das Blatt zu sich und las es. Jetzt schaute er ganz kurz an Thomas vorbei auf die Wartenden, um sich dann mit ungläubigem Gesicht an Thomas zu wenden: »Wollen Sie das tatsächlich, Herr Feldmann? Sind Sie sich da sicher?«, sprach er leise und zweifelnd.

»Aber natürlich bin ich sicher«, antwortete er eindringlich.

Der Schalterbeamte zögerte noch, blickte auf den

Zettel, dann wieder zu Thomas und nochmals in die Warteschlange. Thomas nickte ihm mit Bestimmtheit zu. Nun schien er sich entschieden zu haben, denn er stand auf. »Nur einen Augenblick, Herr Feldmann. Dazu muss ich die Einwilligung meines Vorgesetzten einholen. Bin gleich wieder da.«

Thomas Nerven waren zum Zerreißen gespannt, er hätte sich am liebsten umgedreht, um zu sehen, ob der Mützenmann etwas bemerkt hatte, getraute sich aber nicht. Außer ungeduldigen Schnaufern aus der Reihe hinter ihm war nichts zu hören. Dann kehrte der Schalterbeamte in Begleitung eines anderen Herrn zurück.

»Es ist ein wenig ... außergewöhnlich, was Sie von uns erwarten, Herr Feldmann«, richtete dieser Mann sich nun an Thomas. Ganz beiläufig strich dabei sein Blick über die Wartenden hinter ihm. »Aber in Anbetracht dessen, dass Sie ein langjähriger Kunde bei uns sind, vertrauen wir Ihnen. Wir akzeptieren Ihren ... Antrag.« Der zweite Mann verschwand wieder im Hintergrund.

»Gut, dann habe ich für Sie schon mal diese Auszahlung hier«, schob ihm der Schalterbeamte mit zittrigen Fingern das Geld entgegen. »Ich muss Sie bitten, sich kurz zu gedulden, bis wir Ihren Antrag gerichtet haben. Nehmen Sie doch einen Augenblick dort in der Wartenische Platz. Wir melden uns dann.« Etwas blass und sichtlich nervös war er nun bemüht, Thomas vom Schalter wegzuschicken.

Thomas ging weg und setzte sich ganz hinten in die Ecke, von wo er gerade noch einen knappen Blick auf die Wartenden vor dem Schalter hatte. Alle verhielten sich ganz normal, auch der Wollmützenmann. Der schien also nichts bemerkt zu haben. Mit Spannung wartete er darauf, was nun geschehen würde. Der nächste Kunde war an den Schalter getreten. Danach kam noch einer, bevor der Mützenmann an der Reihe war, und dann seinen Überfall durchziehen wollte. Zum Bankbeamten hinter dem Schalter trat nun ein Angestellter mit einem Papier in der Hand. Kurz zeigte der auf das Papier. Sie sprachen einige Worte über das, was da stand. Thomas konnte aber leider nichts verstehen. Dann entfernte sich der Mann rasch wieder im Hintergrund.

Aus einer Seitentür, links von den Schaltern, trat jetzt eine junge Frau heraus, ein Tablett mit Wasserflaschen in den Händen tragend, und ging damit unsicher zwischen dem Schalter und den Wartenden quer durch. Ausgerechnet auf Höhe der Wartenden gerieten ihr die Flaschen ins Rutschen. Sie konnte es nicht mehr verhindern, dass zwei davon zu Boden fielen und splitternd zerbrachen. Wasser und Glasscherben verstreuten sich am Boden vor der Warteschlange. Mit hochrotem Gesicht und sich entschuldigend, drehte sie sich um und verschwand eilig wieder hinter der Tür, aus der sie gekommen war. War das jetzt Zufall oder Absicht gewesen, fragte sich Thomas sofort.

Der Kunde am Schalter war inzwischen fertig und entfernte sich in Richtung Ausgang. Der Nächste trat nun mit gezielten Schritten, möglichst den Scherben und dem Wasser ausweichend, an den Schalter. Der Mützenmann war jetzt der Einzige noch wartende.

Die Tür links wurde wieder geöffnet, und es trat ein Mann in Hausmeisterschürze mit Besen, Schaufel und einem Eimer in den Händen heraus. Unmittelbar hinter ihm erschien eine Putzfrau einen Wischmob und Eimer hinter sich her ziehend. Mit einer Entschuldigung begann der Hausmeister die Glasscherben vom Boden aufzufegen. Dabei ging er langsam an dem Mützenmann vorbei, immer sorgfältigst nach den Scherben Ausschau haltend. Hinter ihm packte die Frau den Wischmob und begann, das Wasser vom Boden aufzunehmen und im Kübel auszuwringen. Thomas schwante, dass das doch kein Zufall sein konnte, sondern inszeniert war. Dann schienen die hier aber ganz schön auf Zack zu sein. Deshalb hatten die nicht einfach den Alarmknopf gedrückt, sondern im Hintergrund schnell alles veranlasst.

Am Stehpult vorbei konnte er einen Blick auf den Wollmützenmann erhaschen. Der war alles andere als erfreut über diese Putzaktion.

»... scheiße, muss das jetzt sein ... hoffe, der Mann am Schalter braucht länger ... bis die zwei hier wieder abhauen ...«

Der Kunde am Schalter schien tatsächlich länger zu brauchen. Oder war es der Schalterbeamte, der die Abwicklung hinauszögerte? Thomas konnte es nicht erfahren, er befand sich nicht in seinem Blickfeld, war vom Kunden verdeckt. Wie auch immer; mittlerweile suchte der Hausmeister auf der rechten Seite des Wartenden die Scherben zusammen und die Putzfrau wischte, großflächig den Lappen schwingend, auf dessen linker Seite.

Nun war auch der Kunde am Schalter bedient und entfernte sich. Jetzt bekam Thomas direkten Blick auf den Schalterbeamten, empfing dessen Gedanke: »... gut, die zwei sind dort, wo sie sein sollen ... kann losgehen ...

Gott steh uns bei ...«. Nach einem kurzen Zögern rief er: »Der Nächste bitte!«

Als ob dies ein Zeichen gewesen wäre, überstürzten sich jetzt die Geschehnisse. Der Schalterbeamte schloss mit schneller Bewegung die Schutzscheibe und verschwand unterhalb der Brüstung in Deckung. Gleichzeitig ließen sowohl der Hausmeister wie auch die Putzfrau ihre Arbeitswerkzeuge fallen, und stürzten sich auf den Wollmützenmann, der mit der rechten Hand soeben in seine Jacke gegriffen hatte, um die Pistole herauszuziehen. Jeder packte auf der jeweiligen Seite den Arm des Mannes und bogen ihn auf dessen Rücken. Die Pistole fiel zu Boden. Der Wohlmützenmann stieß einen überraschten Schrei aus, musste sich gezwungenermaßen stark nach vorne bücken. Durch einen Stoß fiel der Mann nun vornüber auf den Boden, unfähig sich bei den schmerzhaften Armgriffen wehren zu können. Laut schreiend und fluchend lag er da, wurde mit schnellen Griffen von den beiden systematisch abgetastet. Zwei soeben eingetretene Kunden stoppten völlig verblüfft und starrten verwundert mit großen Augen auf das, was sich hier direkt vor ihnen abspielte. Dann wichen sie mit erschreckten Ausrufen zurück bis an die Rückwand.

Die Pistole wurde sichergestellt und ein langes Messer aus den Taschen des Wollmützenmannes zutage gefördert. Die scheinbare Putzfrau zog Handschellen aus ihrem Arbeitskittel und fesselte damit den Möchtegernräuber. Dann stellten sie ihn auf die Beine, fassten ihn mit festem Griff an beiden Armen und führten ihn kommentarlos durch die Tür, aus welcher sie zuvor hereingekommen waren, weg.

Die Anwesenden in der Schalterhalle blickten noch immer verständnislos auf die Szenerie. Die ganze Aktion war derart schnell abgelaufen, dass man daran zweifeln konnte, ob sich das hier nun wirklich abgespielt hatte. Doch die Putzutensilien, die noch verstreut auf dem Boden herumlagen, bedeuteten unzweifelhaft, dass sich dies soeben wahrhaftig ereignet hatte.

~ ~ ÷ ~ ~

So war das damals abgelaufen in der Bank. Thomas hatte aus einem Reflex heraus reagiert, und sich damit unbeholfen verraten. Es war ja auch kaum Zeit, lange zu überlegen. Zum Glück hatte man ihm dann, wenn auch nur zögernd, geglaubt. Er hatte sich heimlich, leise verdrücken wollen, um so sein Geheimnis bewahren zu können. Doch ein Bankmensch tauchte plötzlich vor ihm auf und bat höflich, aber bestimmt, ihn zu begleiten. Er wurde dann von den Sicherheitsleuten der Bank ganz tüchtig in die Mangel genommen. Man konnte verständlicherweise nicht logisch nachvollziehen, wie er von diesem Überfall wissen konnte. Man glaubte eher, dass er eventuell ein Komplize der beiden sei. Den zweiten Täter hatte man draußen im wartenden Fahrzeug bereits ebenfalls festgenommen. Man vermutete, dass Thomas vielleicht kalte Füße bekommen hätte und im letzten Moment aussteigen wollte, indem er das Vorhaben verriet.

Es blieb ihm letztlich nichts anderes übrig, als die Wahrheit über seine Fähigkeit preiszugeben. Natürlich glaubten sie ihm dies nicht, meinten, dass er sie verschaukeln wolle. Es brauchte längere Zeit und viel Überzeugungskraft, bis sie ihm schließlich, wenn auch nur sehr zögernd und nicht wirklich voll überzeugt, Glauben schenkten. Sie gaben sich erst zufrieden, nachdem er ihnen gezwungenermaßen einen Beweis erbrachte, dass er Gedanken verstehen konnte. So hatte er also sein über viele Jahre gut gehütetes Geheimnis, das bisher nur seine drei Freunde kannten, preisgeben müssen. Jetzt war Thomas überzeugt davon, dass sein Dasein eine schmerzhafte Veränderung erfahren würde. Der Traum von einem glücklichen, freien Leben mit Partner und Freunden konnte er in den Wind schießen. Ab jetzt würde er mit Sicherheit nicht mehr so unbeachtet wie bisher leben können.

»Herr Feldmann? Thomas Feldmann?«, wurde er aus seinen Erinnerungen gerissen.

»Ich bin Kriminalhauptkommissar Bechthold, guten Tag. Würden Sie mich bitte in mein Büro begleiten?«, forderte ihn der Mann mit einer Handbewegung auf, ihm zu folgen.

~ ~ ÷ ~ ~

Nachdem Thomas dem Kommissar gegenüber vor dem Schreibtisch Platz genommen hatte, blätterte der noch kurz in einer Akte und blickte dann auf. Thomas erkannte beim kurzen Blick auf ihn, eine kräftige blaue Aura um dessen Kopf. Die Zweifel im skeptischen Gesichtsausdruck des Polizisten signalisierten, dass der noch alles andere als überzeugt von seiner besonderen Gabe des Gedankenlesens war. Nach dessen Gedanken ordnete er das als Mumpitz, als dumme und dreiste Blasphemie ein. Thomas senkte seinen Blick auf den

Schreibtisch, wollte nicht weiter dessen Gedanken hören. Er wurde sich schnell bewusst, dass er schon sehr bald dazu gezwungen war, dem Kommissar einen Beweis von seiner Fähigkeit zu liefern.

»Besten Dank, dass Sie sich bereit erklärt haben, zwecks letzten Klärungen bezüglich des versuchten Raubüberfalles auf die Holdingbank vor zwei Tagen, hier bei mir zu erscheinen«, eröffnete der Polizist nun förmlich das Gespräch, oder wahrscheinlich eher einer Art Verhör. »Nachdem ich die Berichte, sowohl den des Sicherheitsdienstes der Bank als auch den unserer Einsatztruppe, eingehend studiert habe, gibt es für mich, ... na sagen wir mal, noch ein paar Unklarheiten. Ich habe Zweifel, dass das was Sie ausgesagt haben, auch der vollen Wahrheit entspricht«, kam er sogleich zur Sache und dachte aber dabei: »... meinst wohl ... kannst Märchen erzählen ... hinters Licht führen ...«, fing Thomas einen Gedankenfetzen auf.

»Glauben Sie mir, Herr Kommissar, ich habe ganz sicher keine Märchen erzählt. Was ich zu Protokoll gegeben habe, entspricht der absoluten Wahrheit.« Für einen kurzen Augenblick schaute ihn der Kommissar leicht verwundert an. »... habe 'Märchen' nur gedacht ... nicht gesprochen ... war wohl Zufall ...«, dachte der sich und verwarf die Überlegung rasch wieder.

»Sie sagten aus, dass Sie durch das Lesen der Gedanken des Räubers von dessen Absicht, die Bank zu überfallen, erfahren haben. Dass Sie den Bankbeamten gewarnt haben, spricht zwar für Sie, aber Sie haben doch sicher auf irgendeinem anderen Weg davon erfahren. Warum wollen Sie uns nicht die Wahrheit sagen? Wollen

Sie damit jemanden schützen?«

»Was sollte ich denn für einen Grund haben etwas zu verheimlichen, ich kenne diese Männer doch überhaupt nicht«, versuchte Thomas nun, sich zu verteidigen. Er wollte, wenn irgendwie möglich verhindern, diesem Polizeichef seine besondere Fähigkeit beweisen zu müssen.

»Aber ich bitte Sie, Herr Feldmann. Wollen Sie mich tatsächlich glauben machen, dass Sie über, wie Sie zu Protokoll gegeben haben, telepathische Kräfte verfügen? Das sind doch Hirngespinste von Romanschreibern, um damit ihre Fantasie- oder Zukunftsgeschichten möglichst spannend auszustatten. Das gibt es in unserer realen Welt gar nicht.«

»... und mich verarschen ... geht gar nicht ...«, vernahm Thomas gleich hinterher.

Er gab seinen lauen Widerstand auf und beschloss, den Kommissar von der realen Tatsache zu überzeugen. War wohl besser, ehrlich zu sein. Er wollte sich doch nicht mehr als notwendig Schwierigkeiten einhandeln. Vielleicht konnte er ja den Kommissar zur Verschwiegenheit bewegen. Musste der doch eigentlich. Amtsgeheimnis oder so.

»Ich will Sie keinesfalls verarschen, wie Sie das gerade dachten. Es ist wirklich so, dass ich das, was mein gegenüber denkt, erkennen kann«, gab er deshalb zur Antwort.

Der Kommissar schaute ihn verblüfft an, sagte kein Wort, dachte aber bei sich: »... ist doch Zufall ... nur sehr geschickt ... vorzustellen, was andere denken ...«, konnte Thomas jetzt dessen Gedankengang empfangen.

»Was andere gerade denken, kann ich nicht erraten, da hätte ich eher wenig Geschick darin, vor allem bei völlig fremden Menschen. Das sind keine Zufälle, ich will Sie ganz sicher nicht hinters Licht führen, wie Sie das zu Beginn unseres Gespräches dachten«, entgegnete Thomas und erreichte damit, dass der Kommissar ihn nun völlig entgeistert anstarrte.

Nach einiger Zeit schien der sich vom Schock zu erholen. Kopfschüttelnd beugte er sich Thomas entgegen und meinte schließlich: »In meiner Tätigkeit bin ich gewohnt, mich an Realitäten, an Fakten zu halten. Oft genug habe ich es bei meiner Arbeit mit Lug und Trug zu tun, indem uns ideen- und trickreich was vorgegaukelt wird. Aber so was wie Ihr Gedankenlesen ist mir noch nie untergekommen.« Nach einer kurzen Überlegungspause fragte er: »Wären Sie bereit, einen Test durchzuführen, damit ich mich vollständig von Ihrer besonderen Fähigkeit überzeugen kann? Ich denke mir etwas aus und Sie wiederholen, was ich gedacht habe. Einverstanden?«

»Einverstanden. Wahrscheinlich geht es nicht haargenau, aber mindestens sinngemäß«, bestätigte Thomas. »Sagen Sie mir einfach wann.« Dieses Spiel begann, für ihn langsam zur lästigen Gewohnheit zu werden. Er konnte nur hoffen, dass diese Beweisübungen bald ein Ende hatten. So spaßig war es nun auch wieder nicht.

»Also dann. Jetzt!«, sagte der Kommissar und zeigte nun ein unbewegliches, ausdrucksloses Gesicht, dachte dabei aber: »... unsere Nationalmannschaft ... heute Abend zwei zu null gewinnen ...«

»Ja, das hoffe ich auch, dass unsere Nationalmannschaft heute Abend zwei null gewinnen wird«, wiederholte Thomas sofort ohne Verzögerung.

Jetzt war der Kommissar endgültig fassungslos. Eine ganze Weile schüttelte er nur immer wieder den Kopf, sah auf Thomas, dann wieder irgendwo in den Raum. Er tat sich wirklich schwer mit dem Offensichtlichen, das er soeben erlebt hatte. »... ist ja Sicherheitsproblem ... kann meine Gedanken ...«, ging ihm nun durch den Kopf, brach erschrocken den Gedanken ab und schaute wiederum auf Thomas.

»Das kann ich wirklich, aber ein Sicherheitsproblem bin ich nicht. Um es genauer zu umschreiben: Ich kann nur das verstehen, was Sie grad eben in diesem Augenblick überlegen. Nicht exakt Wort für Wort, nur bruchstückhaft. Gar nichts weiter, weder Ihr Wissen noch Erinnerungen, nur einfach eine kurzzeitige Momentaufnahme des aktuellen Gedankens, wenn man das so bezeichnen kann.«

»Nun ja, immerhin gibt Ihnen diese Fähigkeit die Möglichkeit an die Hand, die Kenntnisse anderer Menschen in krimineller Form zu Ihrem Vorteil zu nutzen. Entschuldigen Sie, wenn ich Ihnen das so direkt auf den Kopf zusage, ist wohl bei mir so was wie 'deformation professionell'. Berufliche Sensibilität.«

»Das wäre natürlich möglich, ist aber mit Sicherheit kein Thema für mich. Mir wäre überhaupt nicht wohl in meiner Haut bei solcherlei Tun. Ich lebe zu gerne in Frieden, Ehrlichkeit und Harmonie mit meiner Umgebung. Obwohl ich zugeben muss, dass es für mich schon gelegentlich Unterhaltung pur ist, die Gedanken des Gegenübers zu erkennen. Festzustellen, wie ehrlich zum

Beispiel ein Verkäufer bei seinen Empfehlungen ist. Ihn daraufhin mit dem Empfundenen zu verunsichern. Ein etwas diebischer Spaß halt, aber das ist ja nicht strafbar.«

»In dieser Form lässt sich gar nichts dagegen einwenden. Aber erzählen Sie mir mal: Besitzen Sie diese ... diese besondere Fähigkeit schon immer?« Thomas erkannte nun aus den Gedanken des Kommissars, dass der sich vorgenommen hatte, über ihn nochmals genauere Informationen einzuholen. Er hatte in der üblichen Überprüfung keinerlei Unregelmäßigkeiten gefunden, schien einen einwandfreien Leumund zu haben, aber es konnte nicht schaden, nochmals unter diesem besonderen Aspekt nachzuforschen, überlegte jetzt der Beamte.

»Ich habe diese besondere Empfindungsgabe, allerdings in schwächerer Art, schon immer gehabt, soweit ich mich zurückerinnern kann. Ich konnte Emotionen, Gefühlszustände erkennen, mehr nicht. Vor knapp einem halben Jahr erlitt ich dann eine Kopfverletzung. Seitdem hat sich mein Empfinden verändert und verstärkt. Ich verstehe jetzt tatsächlich die Gedanken einer Person. Ich höre nicht die genauen Worte als solche, sondern sie bilden sich, eben meist in Bruchstücken, irgendwie in meinem Kopf. Ich weiß nicht, wie ich es genauer beschreiben könnte«, versuchte Thomas, möglichst präzise zu erklären. »Und dass Sie nochmals meinen Leumund genauer abklären wollen«, konnte er sich nicht verkneifen mit belustigtem Gesicht zu ergänzen, »dagegen habe ich gar nichts. Es gibt nichts in meinem Leben, was zu verheimlichen wäre.«

Der Kommissar schnitt nun eine ärgerliche Grimasse. »Können Sie dieses Gedankenhören nicht irgendwie abschalten? Es ist alles andere als angenehm zu wissen, dass jeder Gedanke den man soeben hat, einfach mitgehört wird.«

»Leider nicht, noch nicht. Ich versuche verzweifelt, eine Möglichkeit zu finden, weil es für mich auch sehr belastend ist. Wenn ich einer Person nicht auf den Kopf blicke, höre ich nichts. Aber ich kann ja nicht immer irgendwohin ins Blaue schauen, wenn ich mit jemandem rede. Das wird nicht gerade als freundlich empfunden, vor allem im beruflichen Umfeld.«

»Ach deshalb. Ich hatte mich schon etwas gewundert über ihr sonderbares Verhalten beim Gespräch«, nickte der Kommissar verstehend.

»Womit Sie sehen können, dass meine besondere Gabe nicht wirklich eine schöne Gabe ist, auch wenn sie sich so fantastisch anhört. Man gewinnt und erhält damit nicht gerade viele Freunde.«

»Das kann ich nachvollziehen, keine leichte Situation für Sie. Dann möchte ich mal festhalten, dass ich diesen Fall, abschließen kann – zumindest was Ihre Rolle darin betrifft. Sie haben mich überzeugt.«

»Danke vielmals für Ihr Verständnis.« Thomas richtete sich im Sessel auf und blickte mit ernstem Gesicht auf den Kommissar: »Ich hätte jetzt aber noch einen großen Wunsch.«

»Ja bitte?«

»Wäre es möglich, dass Sie die Informationen, die meine besondere Fähigkeit betreffen, streng vertraulich behandeln. Ich habe riesige Angst davor, dass wenn es publik würde, ich keine ruhige Minute mehr hätte.«

»Nun, ich kann es Ihnen nicht mit absoluter Sicherheit versprechen, aber ich veranlasse alles, was in meiner Macht steht, damit nichts davon nach außen dringt. Im Übrigen hat jeder Beamte bei uns strikte Schweigepflicht über die dienstlichen Informationen.« Der Kommissar stand nun auf, Thomas erhob sich ebenfalls.

»Danke also nochmals für Ihr Erscheinen und für Ihre Offenheit.«

Thomas ergriff die Hand des Polizeibeamten und verabschiedete sich: »Ich bedanke mich für Ihr Verständnis, auf Wiedersehen.«

»Herr Feldmann!«, hielt ihn die Stimme des Kommissars zurück. Thomas drehte sich wieder zu ihm um, ohne ihm ins Gesicht zu schauen.

»Was meinen Sie ...«, dem Kommissar schien ein Gedanke gekommen zu sein. »Könnten Sie sich eventuell vorstellen, mithilfe ihrer besonderen Fähigkeit, eine spezielle Überwachung für uns durchzuführen? Selbstverständlich eine absolut rechtmäßige Aufgabe und gegen Entgelt natürlich. So eine Art Sondereinsatz.«

Nach kurzem Nachdenken meinte Thomas: »Warum nicht, wenn ich Ihnen in irgendeiner Art helfen kann. Ich habe allerdings einen Vollzeitjob, daher müsste das am Abend oder am Wochenende sein, ich kann mich aber richten. Ich bin ja allein und unabhängig außerhalb des Arbeitsplatzes.«

»Sehr gut. Dann muss ich mir das noch genauer überlegen. Ich rufe Sie in den nächsten Tagen deswegen an. Vielen Dank und eine gute Zeit wünsche ich Ihnen«, verabschiedete er sich, nun schon nicht mehr so dienstlich betont.

~ ~ ÷ ~ ~

Sein Handy vibrierte in der Hosentasche. Thomas holte es heraus und nach einem kurzen Blick durch den Raum, man sah es ja nicht gerne, wenn die Angestellten während der Arbeitszeit private Anrufe tätigten, nahm er den Anruf entgegen.

»Thomas Feldmann!«, meldete er sich.

»Kriminalpolizeilicher Dienst, Hauptkommissar Bechthold am Apparat. Guten Tag Herr Feldmann, kann ich Sie einen kurzen Augenblick stören?«, erkannte er die Stimme des Kommissars. Es war erst zwei Tage her, seit er bei ihm in der Nachbefragung gewesen war.

»Guten Tag, Herr Kommissar, sicher. Kurz geht immer.«

»Sie erinnern sich, dass ich Sie am Ende ihres Besuches bei mir, bezüglich einer besonderen Arbeit angesprochen hatte?«

»Ja, ich erinnere mich, Sie sprachen von einer Überwachungsaufgabe.«

»Genau. Ich hätte da jetzt etwas Konkretes und möchte Sie gerne um ihre Mitarbeit anfragen, aber ich kann das Ganze nicht am Telefon erläutern. Wenn es Ihnen möglich wäre heute oder morgen, je eher umso besser, bei mir vorbei kommen zu können?«

»Ja ..., ich denke, es wäre nach Arbeitsschluss schon heute möglich. Also so gegen achtzehn Uhr?«

»Ausgezeichnet, dann erwarte ich Sie gegen sechs. Sie brauchen sich nicht zu beeilen, mein Dienstschluss ist offen. Ich erkläre Ihnen dann alles ausführlich und Sie können sich natürlich danach entscheiden, ob Sie sich wirklich zur Verfügung stellen wollen oder nicht. Allerdings gibt es dabei Auflagen und Vorschriften, an die Sie sich zu halten hätten. Aber ich kann Ihnen alles genau erläutern.«

»Gut. Abgemacht. Ich komme heute Abend vorbei«, bestätigte Thomas und Sie verabschiedeten sich.

Eine ganze Weile saß Thomas danach in Gedanken versunken vor dem Bildschirm. Aber nicht der Programmcode vor sich beschäftigte ihn, sondern das, was er heute Abend zu hören bekommen würde. Was er tun sollte im Namen der Polizei. Auf was würde er sich da eigentlich einlassen? Wollte er das wirklich? Wenn es Aufgaben mithilfe seiner Fähigkeit waren, und das war sicher der Fall, dann würde es für ihn auch zusätzliche unangenehme Erlebnisse bringen. Eigentlich hatte er solche in seinem normalen Alltag schon mehr als genug. Andererseits war er nicht abgeneigt, der Polizei bei ihrer Arbeit gegen die Kriminalität zu helfen. Das brachte sicher ein wenig Abwechslung in sein zurzeit eintöniges und einsames Leben. Und Zeit hatte er, ohne Partnerin und die Freunde, die sich rarmachten. Ich höre mir mal an, was dieser Kommissar zu sagen hat. Ich kann immer noch ablehnen, wenn es mir nicht in den Kram passt.

~ ~ ÷ ~ ~

Und schon saß er, rascher als er es sich vorgestellt hatte, wieder vor dem Schreibtisch im Büro des Kommissars. Thomas war sehr neugierig und aufgeregt, zu erfahren, was ihm der Kommissar in den nächsten Minuten vortragen würde. Er musste gleich bei der Ankunft im Büro das Versprechen abgeben, auf das Lesen der Gedanken möglichst zu verzichten. Dem Kommissar schien es alles andere als angenehm zu sein, zu wissen, dass das, was er gerade dachte, derart offen für seinen Gegenüber dalag. Das konnte Thomas verstehen und gab sich Mühe, dem Kommissar nicht auf den Kopf zu schauen, und wenn, dann nur ganz schnell darüber hinweg. Er hatte in der letzten Zeit festgestellt, dass er Gedanken immer erst zu empfangen begann, nachdem er mit dem Blick zwei bis drei Sekunden auf dem Kopf der Person verweilt war. So begann er, diesen Umstand im Umgang mit den Leuten, gezielt anzuwenden. Das verbesserte den Eindruck über sein Verhalten immerhin ein wenig, da er zwar meistens immer noch irgendwohin blickte, aber jetzt häufiger einen kurzen Blickkontakt mit dem Gesprächspartner herstellte.

»Nun, Herr Feldmann! Bevor wir beginnen können, muss ich Sie zuerst mit einer Formsache behelligen. Wir brauchen eine Unterschrift, mit der Sie uns Ihr Einverständnis bestätigen, über alles, was Sie während Ihres Einsatzes bei uns erfahren, Stillschweigen zu bewahren.«

»Es ist zwar eine Formalität, aber Sie dürfen Informationen über Gesehenes oder Gehörtes aus ihrer Tätigkeit für uns, an niemand Außenstehenden weitergeben.«

»Kein Problem«, erwiderte Thomas und unterschrieb das Formular.

»Danke. Dann kann ich Ihnen jetzt mein Anliegen erläutern. Ich beschränke mich auf das Wesentliche, was Sie unbedingt wissen müssen. In unserer Amtsstelle hier gibt es eine Abteilung, die zuständig ist für alles, was mit Drogen, Prostitution, Mädchenhandel und Ähnlichem zu tun hat. Bei dieser Aufgabe ist es häufig notwendig, mit Fahndungsaktionen illegale Handlungen aufzudecken.

Die kriminellen Gruppen und Organisationen sind teilweise sehr gut organisiert und bedienen sich dazu aller erdenklichen Möglichkeiten, die ihnen den notwendigen Spielraum für ihre gesetzeswidrigen Aktionen ermöglichen.« Jetzt schob der Kommissar etwas nachdenklich die vor ihm liegenden Papiere zurecht.

»Nun ist es aber leider so«, fuhr er nach einer kurzen Pause fort, »dass vor allem die von dieser Gruppe vorbereiteten Polizeikontrollen, seit mehreren Monaten häufig ergebnislos im Sande verlaufen. Es macht den Anschein, als ob die Kriminellen von den geplanten Operationen Kenntnis bekommen hätten.«

»Eine undichte Stelle also, ein Informant?«, meinte Thomas.

»Ich befürchte, ja. Die leitende Führungsperson dieser Abteilung kam nach den immer häufigeren Fehlschlägen zu dieser Vermutung. Daraufhin hatte sie Testaktionen geplant und abgewickelt, welche im Ergebnis tatsächlich deutlich darauf hinweisen, dass diese Aktionen dem Milieu im Voraus bekannt gewesen sein mussten. Wir müssen davon ausgehen, dass es einen Maulwurf in unserem Hause gibt. Eine äußerst unangenehme Tatsache.« Der Kommissar legte wiederum eine kurze Pause ein, um dann fortzufahren: »Und hier sehe ich nun eine Chance, mit Ihrer Hilfe und Ihrer Fähigkeit zu einer Aufklärung zu kommen.«

»Ich nehme an, Sie haben sich ein bestimmtes Vorgehen ausgedacht, denn ich kenne mich ja mit Polizeiarbeit nicht aus.«

»Natürlich. Die Situation ist heikel. Ich muss Sie unauffällig in diese Gruppe einschleusen, ohne dass dabei der oder die Informanten Verdacht schöpfen. Dazu muss ich jedoch die Person, welche die Einsatzleitung hat, darüber einweihen, wer Sie sind und warum gerade Sie als Privatperson, eingesetzt werden sollen. Das läuft zwar Ihrem Wunsche nach einer Geheimhaltung entgegen, lässt sich aber leider in diesem Falle nicht vermeiden.«

»Das verstehe ich, wenn ich auch nicht begeistert bin. Aber, ... was ist mit dieser Führungsperson, die Sie einweihen wollen? Sie könnte doch auch die gesuchte undichte Stelle sein?«

»Theoretisch ja, praktisch bin ich aber überzeugt, dass Sie es nicht ist. Ich kenne diese Mitarbeiterin schon mehrere Jahre sehr gut. Mit ihrer initiativen Führungsarbeit will sie beruflich vorwärtskommen, aber die jetzige Pleitenserie ist dazu natürlich alles andere als förderlich. Außerdem wiegt auch der Umstand, dass sie es war, die als erste den Verdacht überhaupt aufgebracht hat, doch stark.«

»Okay, und wie sähe das im zeitlichen Aufwand für mich aus?«

»Ich möchte Sie vorerst für drei Tage einsetzen. Aber es geht nicht am Abend oder am Wochenende. Sie sollten ja allen Beamten begegnen können, um deren Gedanken zu hören. Was denken Sie, könnten Sie sich dazu freimachen?«

»Da muss ich mit meinem Arbeitgeber reden. Wird vielleicht schwierig. Ich kann es ja kaum damit begründen, dass ich für Sie arbeiten will. Müsste also Urlaub beantragen oder sagen, dass ich Überstunden abtragen möchte. Genug von beidem hätte ich. Und wann sollte das ablaufen?«

»So rasch als möglich. Ideal wäre nächste Woche, sagen wir Dienstag bis Donnerstag?«, wurde der Kommissar sogleich konkret.

»Wir haben jetzt Mittwoch, das ist sehr knapp. So Kurzfristiges mag mein Chef nicht besonders. Ich versuche es aber. Vorausgesetzt, ich entscheide mich, mitzumachen. Ich habe doch noch ein wenig Bedenkzeit?«

»Sicher. Aber seien Sie sich bewusst, dass Sie den Anweisungen der jeweiligen Vorgesetzten zu gehorchen haben, Sie sich also voll integrieren müssen. Und wenn Sie sich entschieden haben, Sie nicht mehr einfach aussteigen können, weil es Ihnen nicht mehr zusagt. Außerdem muss ich noch betonen, dass das Ganze nicht gefahrlos ist. Sie nehmen mindestens an einem Außeneinsatz teil, da könnten im Extremfalle auch Waffen zum Einsatz kommen.«

»Aber meine Aufgabe wäre, die Gedanken der Leute zu lesen, nichts weiter?«

»So ist es. Ich denke, wir teilen Sie direkt der Einsatzleitung zu, um zu vermeiden, dass Sie aktiv agieren müssen, da Sie ja keine polizeiliche Ausbildung besitzen.«

»Gut, dann überlege ich mir das. Oder gibt es noch was Wichtiges, das ich außerdem zu bedenken habe?«, fragte nun Thomas mit leicht nachdenklicher Miene.

»Ich denke, nein. Außer dem Umstand, dass Sie sich, wenn Sie zusagen, zur Vorbereitung ein wenig in die Rolle eindenken müssen. Also so, als wären Sie tatsächlich ein Polizist. Ich lege Ihnen einen kleinen Steckbrief zurecht, damit Sie auf eventuelle Fragen der anderen, eine Antwort hätten«, beendete der Kommissar die Besprechung und stand auf.

Ziemlich nachdenklich verließ Thomas das Kommissariat. Er hatte sich das Ganze ursprünglich einfach als kleines interessantes Spiel vorgestellt. Ein kleines Abenteuer? Wenn er das Gehörte jetzt aber genauer überdachte, war ihm nicht mehr so leicht zumute. Das konnte rasch ernst und gefährlich werden. Er musste Peter anrufen und fragen ob der Zeit hätte für ein Gespräch. War ohnehin längstens Zeit, wieder mal zusammenzusitzen. Kurz entschlossen zog er sein Handy heraus, um seinen Freund anzurufen.

~ ~ ÷ ~ ~

»Ich danke dir, Peter, dass du dir für mich Zeit nimmst.« Sie saßen in ihrem Stammlokal. »Wir hatten die letzten Wochen, außer den Tennisabenden, leider nicht mehr sehr viel Kontakt. Aber ich brauche jetzt den Rat eines Freundes, der du ja noch immer für mich bist.«

»Ja, ich habe mich nach deinen damaligen Vorwürfen, wie eine beleidigte Leberwurst, ein wenig zurückgezogen. Das war nicht fair, tut mir ehrlich leid. Wir sind Freunde in guten wie in schlechten Zeiten«, entschuldigte sich Peter und man sah ihm die Erleichterung an, dass die Verstimmung damit behoben war. – »Was ist los? Du machst es mal wieder sehr spannend«, meinte Peter weiter, als Sie sich an den kleinen Tisch gesetzt und der Bedienung ihre Bestellung zugerufen hatten. »Mit dir als Freund wird es einem wahrlich nicht langweilig. Was hast du für ein Problem? Muss dringend sein, dass es nicht warten kann bis nach unserem morgigen Tennisabend.«

»Ich hatte dir doch von dem versuchten Überfall erzählt, als ich letzte Woche auf der Bank war«, begann Thomas zu reden.

»Ja, hast den tapferen Pfadfinder gegeben und bist dafür verdächtigt worden, etwas mit der Sache zu tun zu haben. Hat dich die Polizei am Wickel?«

»Die hatten mich tatsächlich Anfang Woche vorgeladen. Musste zu einem Hauptkommissar Bechthold. Der wollte mir meine Aussagen von wegen meiner Empfindungsgabe nicht abnehmen. Habe ihm das Wohl oder Übel beweisen müssen, bis er es dann wirklich geglaubt hatte. Zum Schluss war er so von meiner Fähigkeit überzeugt, dass er mich nun in seiner Truppe einsetzen möchte.«

»Was ..., wie denn?«, staunte jetzt Peter.

»Eigentlich darf ich dir rein nichts darüber erzählen. Du musst unbedingt für dich behalten, was ich dir jetzt erzähle. Ich musste unterschreiben, dass ich eine absolute Schweigepflicht akzeptiere. Amtsgeheimnis und so. Aber dir zu sagen, dass ich bei der Polizei bei irgendwas mithelfen soll, fällt wohl noch nicht darunter. Also, dieser Kommissar möchte mich gerne für ein paar Tage in einer Gruppe dabei haben, damit ich mit meinem Gedankenlesen vielleicht zu einer Aufklärung weiterhelfen kann.«

»Das klingt doch spannend. Wann machst du das?«, wollte Peter sofort wissen.

»Ich habe mich noch nicht entschieden, ob ich ihnen helfen will. Habe Bedenkzeit. Ich wollte es mir gründlich durch den Kopf gehen lassen und mit dir darüber reden.«

»Was spricht schon dagegen? Mach das doch. Springt dabei vielleicht eine kleine Prämie für dich raus. Wird schließlich eine legale Sache, oder?«

»Ja klar. Aber ich habe trotzdem so meine Bedenken, weil dadurch noch mehr Leute von meiner Fähigkeit erfahren könnten. Das schmeckt mir ganz und gar nicht. Ich will auf keinen Fall eines Tages plötzlich von den Medien als Mutant oder was weiß ich was, vermarktet werden. Das wäre grauenhaft und das Ende eines freien Lebens für mich.«

»Ach was, das siehst du zu schwarz. Die haben doch, wie du gesagt hast, strenge Schweigepflicht. Dann sollte eigentlich kein Risiko dabei sein. Und solange du deine Fähigkeiten auf der Seite der Guten anwendest, ist schon gar nichts dagegen einzuwenden«, fand Peter.

»Hast wahrscheinlich recht, aber ich gehe damit auch ein gewisses Risiko ein. Der Kommissar hat mich extra darauf aufmerksam gemacht, dass man einen Waffeneinsatz nicht ausschließen kann. Da hört bei mir der Spaß auf.«

»Komm schon. Heutzutage kann doch jedem und jederzeit ein Unfall zustoßen oder in einen Überfall verwickelt werden. Mit einer gewissen Gefahr leben wir alle. Stell dich zur Verfügung. So kommst du ein wenig unter die Leute. Hockst mir ohnehin zu viel alleine rum und grübelst über deinem Problem. Das ist nicht gut für dich und deine Psyche«, forderte ihn Peter in seiner forschen Art auf.

»Ich müsste im Geschäft ein paar Tage freinehmen, bin mir aber nicht sicher, ob ich die so auf die schnelle bekomme. Ich klopfe morgen deswegen mal beim Chef an.«

»Ja, mach das. Ich finde das richtig. Oder gibt es noch was zu bedenken?«

Thomas schüttelte verneinend den Kopf und trank einen Schluck. Für eine kurze Weile hingen beide ihren Gedanken nach, bis Peter die Stille unterbrach.

»Ich habe da im Übrigen auch noch was. Wollte es dir morgen beibringen, aber da wir heute schon zusammen-sitzen, bereden wir das gleich jetzt«, wechselte Peter jetzt das Thema. »Wir, Christa und ich, möchten dich gerne auf nächsten Sonntag zum Mittagessen bei mir ein-laden.«

»Kein Problem, da komme ich gerne«, erwiderte Thomas erfreut.

»Und wir möchten Barbara ebenfalls einladen«, ergänzte Peter, dabei aufmerksam die Reaktion von Thomas beobachtend.

Der schaute ihn erst überrascht an und meinte dann: »Das wäre eigentlich sehr schön, aber ich denke, sie wird nicht kommen, wenn sie weiß, dass ich ebenfalls da bin. Wenn ich zurückdenke, wie extrem sie damals reagiert hat, als ich ihr von meiner blöden Fähigkeit erzählt hatte. Sie hat auf all meine Anrufe nicht reagiert, daher habe ich es aufgegeben. Ich habe es seit einiger Zeit aufgege-ben, an sie herankommen zu können. Was ich auch ver-suchte, es hatte nichts genützt. Ich schätze, sie wird dir absagen.«

»Das lass mal meine und Christas Sorge sein. Ich denke, das werden wir hinbekommen. Wir haben lange genug euer Gejammer angehört. So kann es nicht weiter gehen mit euch beiden, jetzt muss was geschehen.«

Peter hatte heute offensichtlich wieder mal seine dominante Phase, stellte Thomas fest. Eine rötliche Aura waberte jetzt ganz schön intensiv um Peters Kopf.

»Ihr zwei gehört zusammen, das schleckt keine Kuh weg, deine Gedankenlauscherei hin oder her. Für was hat man schließlich Freunde?« Und gab gleich die Antwort dazu. »Um den anderen aus der Scheiße zu ziehen, wenn der nicht merkt, dass er drin steckt.«

»Wenn das alles nur so einfach wäre, wie du das hinstellst. Ich habe dir doch immer gesagt, dass meine Fähigkeit in einer echten Beziehung nur Probleme bringt. Und wie du gesehen hast, kommt Barbara damit nicht zurecht. Ich habe seitdem nichts mehr von ihr gehört, und das schmerzt mich am meisten von all dem verdammten Schlamassel mit meiner Empfindungsgabe.«

»Aber wir haben von Barbara gehört, und zwar mehr, als du ahnst. Wenn ich all das richtig verstanden habe, was mir Christa über Barbara erzählt hat, dann habe ich ganz stark den Eindruck, dass sie seit einiger Zeit auf eine Gelegenheit hofft, um mit dir den Kontakt wieder aufnehmen zu können. Also, kommst du oder muss ich dich dazu zwingen?«

»Wenn das so ist, dann brauche ich keinen Zwang und komme sehr gerne«, meinte Thomas noch leicht zögernd. »Ich könnte den Wein mitbringen«, hängte er noch, schon etwas hoffnungsvoller, an.

»Abgemacht. Sonntag, elf Uhr zum Aperitif bei mir. Und neben dem Wein bringst du Zuversicht und gute Laune mit. Ich warne dich gleich vorneweg. Wir lassen es nicht zu, dass du Barbara nochmals vergraulst.«

~ ~ ÷ ~ ~

Aufregende Tage lagen hinter Thomas, als er am Sonntagvormittag mit einem feinen Wein bewaffnet, unterwegs zum Mittagessen bei Peter war. Nicht die Belastung wegen seiner Fähigkeit, sondern die Freude auf das kommende Wiedersehen mit Barbara hatte die Zeit im Nu verstreichen lassen. Endlich würde er seine Babs wieder sehen, mit ihr sprechen können. Das machte ihn ganz zappelig. Zusätzlich stand ihm dieser geheime Einsatz nächste Woche bei der Polizei bevor. Denn er hatte zugesagt.

Deswegen musste er, nachdem er sich entschieden hatte, der Polizei zu helfen, erst seinen Chef darum bitten, ihm kurzfristig Freitage zu gewähren. Er hatte ihm natürlich nicht erklären können warum. Er brauche sie einfach für eine dringende private Angelegenheit, hatte er ihm vorgeflunkert. Sein Chef hatte ihm schließlich brummend frei gegeben, wenn auch nur widerwillig. Der konnte allerdings kaum anders in Anbetracht seines hohen Überstundenkontos. Letztlich kam es dem Chef ohnehin entgegen, da der immer sehr ungern Bar auf die Hand auszahlen wollte.

Nun hatte er also auch eine Polizistenlaufbahn vorzuweisen.

Wie hatte Peter einmal zum Besten gegeben: 'Wer nichts wird, wird Wirt, und wer dann nichts wird, der geht zur Polizei'.

So war er nun also dort gelandet, schmunzelte er vor sich hin. Somit würde er nächste Woche für drei Tage

Polizeidienst schieben. Er war gespannt darauf, was ihn dort erwartete.

Jetzt freute er sich aber erst mal unbändig darauf, nach trüben Monaten endlich Barbara wieder zu treffen. Oft hatte er sich dazu aufgerafft, wollte wieder versuchen, sie anzurufen, sie um ein Gespräch zu bitten, doch jedes Mal hatte ihn der Mut verlassen. Er hatte den Mumm einfach nicht aufgebracht, sich zu entschuldigen und seine Situation besser zu erklären. Und wenn er doch mal den Mut aufbrachte, nahm sie seinen Anruf gar nicht an. Aber heute, wenn Barbara wirklich kommen sollte, gab es vielleicht die Gelegenheit, sie davon zu überzeugen, dass sie nochmals in Ruhe miteinander reden sollten.

Hoffnungsvoll drückte er die Klingel an Peters Wohnungstür. Als hätte der nur darauf gewartet, ging sofort die Tür auf und Peter hieß ihn mit herzlichem Händedruck willkommen.

»Du kommst goldrichtig, Thomas. Ich habe soeben den Aperitif bereitgestellt. Gib mir den Wein, kannst gleich durchgehen zur Terrasse. Wir haben Glück, das Wetter spielt heute mit, wir können also draußen essen.«

Thomas ging auf die Terrasse hinaus und da saß sie, seine Babs. Obwohl er sie eigentlich erwartet hatte, blieb ihm trotzdem die Luft weg. Wie hatte er sie vermisst! Zögernd ging er auf sie zu. Was war sie doch für eine wundervolle Erscheinung. Selbst jetzt, wo sie eher verschüchtert schien und offensichtlich nicht richtig wusste, wie sie sich verhalten sollte. Sie stand zögernd von ihrem Stuhl auf, streckte Thomas ihre Hand entgegen. Er hatte sie bewusst nur ganz kurz angesehen, um dann sofort den Blick auf ihre Hand zu senken. Er wollte nicht ihre Gedanken sehen, sie ein weiteres Mal damit verunsichern. Am liebsten hätte Thomas sie einfach in seine Arme geschlossen und geküsst. Aber dazu traute er sich nun wirklich nicht.

»Bleib doch bitte sitzen!«, bat er. Er ergriff ihre leicht zitternde Hand. »Schön, ... dich zu sehen ... Barbara ... schon länger her ...«, stotterte er unbeholfen. Wie erstarrt stand er da, nicht richtig wissend, was er tun, was er reden sollte. Barbara setzte sich wieder, legte verlegen ihre Hände auf den Tisch.

»Ja, ... ich freue mich ... dich wieder zu sehen«, antwortete sie mit gedämpfter Stimme. Eine peinliche Verlegenheitspause machte sich breit. Beide sahen wiederholt ganz kurz zum anderen, um sogleich den Blick wieder abzuwenden. Schließlich gab sich Thomas einen Ruck und drehte sich leicht ab, den Ausblick in den Park betrachtend.

»Tolles Wetter. So können wir Peters schöne Terrasse genießen«, meinte Thomas nun im Bemühen, der Befangenheit zwischen ihnen beizukommen. Genial, ärgerte er sich im nächsten Augenblick über seine banale Small-Talk-Fähigkeit. Das war ja nun klassisch gekonnt gewesen, vom Wetter zu reden.

»Ja, die Wohnung ist schön gelegen. Jetzt, wo im Park alles wieder Grün wird, ist es einfach herrlich.« Barbara schien das nicht zu stören und nahm das Thema offensichtlich gerne an.

Christa trat mit dem Aperitif auf die Terrasse heraus, damit die Blockade der Zwei unterbrechend: »Hallo, Thomas. Bitte setz dich hier neben Barbara.« Alles auf dem Tisch abstellend meinte sie dann: »Peter kommt auch gleich«, und nahm gegenüber von Barbara platz. Christa versuchte offensichtlich, die Situation angenehmer zu machen, wenn die beiden sich nicht direkt ansehen mussten, weil sie nebeneinandersaßen, ging es Thomas durch den Kopf. Jetzt kam auch Peter heraus und setzte sich Thomas gegenüber.

»Dann also«, begrüßte Peter die Zwei verlegen Dasitzenden: »Herzlich willkommen ihr beiden. Superschön ist das, freut mich ganz besonders, dass wir endlich wieder einmal zusammensitzen«, er hob sein Glas.

»Und ich gehöre zum Inventar«, spottete Christa mit gespielter Empörung.

Peter bog sich sofort hinüber, um Christa einen dicken Kuss zu geben. »Aber nicht doch, was denkst du denn?«, tröstete er sie übertrieben. »Du bist ganz besonders willkommen. Außerdem sind wir zwei die Gastgeber.« Alle schmunzelten. Allmählich löste sich die Anspannung am Tisch.

»Und, Thomas, klappt es mit deinem Einsatz? Hast du zugesagt?«, fragte Peter. Zu Barbara gewandt sagte er sogleich: »Er wurde von der Polizei gefragt, ob er ihnen mit seiner speziellen Fähigkeit helfen könnte.«

Barbara blickte ganz erstaunt zu Thomas. »Wieso wissen die von deiner ...«, begann sie zu fragen, brach aber verlegen ab.

»Ja, weißt du«, ergriff Thomas die Gelegenheit, sich frei zu reden. Und daraufhin erzählte er Babara die ganze Geschichte mit dem Vorkommnis in der Bank. Wie er danach von der Polizei vernommen wurde bis hin zu deren Anfrage für eine Mithilfe. Barbara hörte ganz beeindruckt zu. Jetzt schien das Eis zu brechen. Es begann eine lockere Diskussion über das 'Für und Wieder' einer Mithilfe bei der Polizei.

Letztendlich erklärte Thomas, dass er sich entschieden hatte, der Polizei zu helfen. Er hätte auch schon Anweisungen erhalten für den bereits nächste Woche stattfindenden Einsatz. »Aber mehr darf ich euch nicht verraten, mir wurde Schweigepflicht aufgebrummt. Ihr drei wisst natürlich von rein gar nichts! Klar?«

»Klar«, sagte Peter, »dann wünschen wir dir alles Gute für deinen Einsatz. Wir hoffen allerdings, dass du Zeit findest, uns wenigstens ein ganz klein bisschen darüber zu erzählen, was da gelaufen ist. Kannst ja die Details weglassen, einfach so allgemein von wegen Schweigepflicht«, meinte er neugierig.

»Wie wär's mit nächstem Samstag bei mir?«, nutzte Barbara sofort die Gelegenheit. »Dann könntest du auch meine eingerichtete Wohnung besichtigen. Du hast sie im fertigen Zustand ja noch gar nicht gesehen«, und blickte fragend zu Thomas. Zwischen Christa und Peter lief sofort unauffällig ein vielsagender Blick mit entsprechender Mimik.

Christa reagierte sofort. »Das ist eine gute Idee, aber Peter und ich können erst am späteren Abend dazukommen. Aber das spielt ja keine Rolle, ihr zwei habt sicher genügend zu reden über die Wohnung ... und so«, schwindelte sie mehr schlecht als recht. Es war unschwer erkennbar, dass sie den beiden damit zu einer ungestörten Zusammenkunft verhelfen wollte.

Es schien als ob Barbara und Thomas, einander wieder zugewandt, das Geflunker nicht erkannt hatten.

Falls doch, so ließen sie sich nichts anmerken, lief es doch ganz in ihrem Sinne. Das Treffen war schnell vereinbart. Man konnte deutlich sehen, wie sich bei Thomas und Barbara die Erleichterung breitmachte.

Vor diesem Hintergrund für die Zwei, die sichtlich bemüht waren, wieder zueinanderzufinden, verlief er restliche Nachmittag in herzlicher und unverkrampfter Stimmung. Das Bemühen von Christa und Peter für eine erneute Zusammenführung der Zwei schien zu fruchten.

~ ~ ÷ ~ ~

Fünf

Kurz vor acht am Dienstagmorgen traf Thomas auf dem Polizeipräsidium ein und wurde sofort von Hauptkommissar Bechthold in dessen Büro geholt.

»Dann wollen wir also Ihren Weiterbildungs-Kurzbesuch bei uns starten«, sagte er und blinzelte Thomas verschwörerisch zu. Während er zum Telefon griff, eine kurze Nummer wählte, sagte er dann ganz dienstlich ernst: »Als Erstes möchte ich Sie mit unserer Einsatzleiterin bekannt machen.« Ins Telefon sprach er: »Herr Feldmann ist da«, und hängte ein.

»Frau Sontheim wird sofort kommen. Sie bleiben für diese Aufgabe ausschließlich in ihrer Begleitung. Ich habe Frau Sontheim über Ihre besondere Fähigkeit informiert. Sie weiß also Bescheid.«

Die Tür öffnete sich. Eine schlanke, attraktive Frau in einem dezenten Hosenanzug, die lockigen dunkelbraunen Haare mit ein paar Klammern gebändigt, trat in den Raum und kam zum Besprechungstisch.

Thomas besah sich seine temporäre Chefin genauer und empfing sogleich einige kurze Gedankensplitter von ihr: »... sportlicher Typ ... muss nicht auf Händen getragen werden ... eigentlich ganz ansehnlich ...« Thomas musste ein Schmunzeln unterdrücken und dachte: 'Soso, ansehnliche Erscheinung, findet mich Okay. Gut, dann könnte der Einsatz sogar ganz angenehm verlaufen.

Der Kommissar stellte die beiden einander vor, sie schüttelten sich die Hände und setzen sich an den Tisch. »Frau Sontheim ist die Einsatzleiterin und kümmert sich direkt um Sie. Sie dürfen ihr nicht von der Seite weichen. Über das was Sie aus den Gedanken erfahren, werden Sie ausschließlich bei ihr Bericht erstatten. So bleibt Ihr Geheimnis bewahrt und wir können den weiteren Mitgliedern der Einsatzgruppe Ihre Anwesenheit als Weiterbildungsbesuch glaubhaft vermitteln, ohne dabei beim Informanten Verdacht aufkommen zu lassen.«

»Frau Sontheim ist vollständig informiert über meine besondere Eigenschaft?«, fragte Thomas zum Kommissar gewandt, nochmals nach.

Die Einsatzleiterin räusperte sich und kam mit der Antwort dem Kommissar zuvor. »Ich wurde von Herrn Bechthold eingehend orientiert und habe auch die Berichte zum versuchten Banküberfall gelesen. Um offen zu sein, das klingt für mich alles ein wenig utopisch, was Sie für eine Sinnempfindung besitzen sollen.« Spricht's und denkt: »... hoffentlich kein Kuckucksei ... das wir uns ins Nest ...«

»Ich versichere Ihnen, dass ich kein Kuckucksei bin, das Ihr Nest beschmutzt«, gab Thomas zur Antwort und amüsierte sich über ihr verdutztes Gesicht, als sie erschreckt vom Stuhl aufstand. Er liebte es mittlerweile, Leute auf diese Art ein wenig zu verunsichern. Das war für ihn wie das Salz in der Suppe, die er zu löffeln gezwungen war.

»... kann das wirklich! ... wird schwierige Sache ... unangenehm, ständig belauscht ...«, erkannte Thomas, was der Leiterin jetzt durch den Kopf schoss. Jetzt hatte die Frau ein wenig von ihrer Selbstsicherheit eingebüßt.

»Nun, ich habe keine andere Möglichkeit, als Sie zu bitten mir Glauben zu schenken, dass ich Sie, nicht wie Sie das soeben dachten, ständig belausche. Ich hielt es lediglich für sinnvoll, Ihre Zweifel zu zerstreuen, indem ich Ihnen meine Fähigkeit demonstrierte.«

»Uff, ich muss schon sagen, damit haben Sie sehr nachdrücklich meine Bedenken in den Wind geblasen«, meinte Petra Sontheim und setzte sich leicht verunsichert wieder an den Tisch.

»Ich verspreche Ihnen, Ihre Gedanken möglichst selten zu lesen. Sie können es daran erkennen, dass ich Sie kaum direkt ansehe, auch wenn das unhöflich ist. Ich kann Gedanken nur empfangen, wenn ich für eine kurze Zeit auf den Kopf blicke. Glauben Sie mir, es ist eher selten unterhaltsam, die Gedanken anderer Leute zu erfahren. Deshalb halte ich mich damit auch sehr zurück.«

»Uns genügt es, wenn Sie uns die Möglichkeit eröffnen, mithilfe Ihrer Fähigkeit den Verräter in unseren Reihen zu finden«, schaltete sich der Kommissar wieder ins Gespräch ein.

»Ich tue, was mir möglich ist. Allerdings muss ich erwähnen, dass ich bei intensiver Gedankenlauscherei manchmal schnell an meine Grenzen komme, einer Art Überlastung. Ich brauche in so einem Augenblick einige Zeit, mich von den Eindrücken wieder zu lösen. Es ist nicht immer gleich, das hängt von der Intensität und

Denkart ab. Intensive, brutale oder gemeine Gedanken schlauchen mich weit mehr als beispielsweise die romantischen Vorstellungen einer verliebten Person.«

»Gut, dann könnten wir die Aktion anlaufen lassen. Ich bin sehr gespannt«, meinte die Einsatzleiterin und schaute zum Kommissar. Nach einem Blick auf seine Uhr nickte der, ergriff ein paar Akten und stand auf.

»Dann will ich Sie jetzt allen Anwesenden vorstellen. Wir haben in ein paar Minuten den täglichen Rapport, bei dem über neue und laufende Untersuchungen, informiert wird. Dort stelle ich Sie vor und werde nebenbei erwähnen, dass Sie ein erfolgreicher Mann mit einem ausgezeichneten Riecher seien. Das wird nicht verräterisch sein, da gar manche bei uns mit nicht wenig Stolz den Ruf einer besonderen Spürnase pflegen.«

»Und danach«, ergänzte die Einsatzleiterin an Thomas gewandt, »sprechen wir zwei erst mal alles durch, was wir in den nächsten drei Tagen alles abwickeln wollen. Auch müssen wir über einige Verhaltensregeln reden, die der Sache und nicht zuletzt auch Ihrer Sicherheit dienen. Sie kennen ja die Arbeitsweise der Polizei nicht.« Die Frau Einsatzleiterin hatte offensichtlich ihre Unsicherheit schnell wieder abgelegt, war wieder ganz die Selbstbewusste.

Im großen Sitzungsraum angekommen, standen schon mehrere Männer und Frauen plaudernd beisammen. Seine Chefin Sontheim, gemäß ihrem Namensschild am Büro mit Vornamen Petra, lenkte ihn sogleich zur ersten Stuhlreihe, wo sie auf der rechten Seite platz nahmen. Der Hauptkommissar war hinter uns ebenfalls eingetreten und ordnete seine Akten am Stehpult vor den Sitzreihen.

»Guten Tag, Kolleginnen und Kollegen«, rief der Kommissar in den Raum, worauf die Gespräche sofort abbrachen. Alle setzten sich hin. Nachdem die Putzfrau ihren Putzwagen aus dem Raum geschoben und die Tür geschlossen hatte, begann der Kommissar mit dem Rapport.

Für Thomas war das alles neu und so beobachtete er interessiert das Ganze. Gleich als Erstes stellte der Kommissar ihn vor, umschrieb in kurzen Worten die Anwesenheit des Gastes und dass dieser in Obhut der Einsatzleiterin Sontheim die Weiterbildungstage absolvieren würde. Sofort ging es weiter im Ablauf und Thomas verfolgte interessiert, wie das hier so ablief. Jedes Team informierte in wenigen Worten über den augenblicklichen Stand seiner Ermittlungen, die jeweils durch zusätzlich Fragen des Kommissars oder Ratschlägen der anderen Kollegen, unterbrochen wurden, um danach das weitere Vorgehen zu bestimmen. Nach den Berichten vergab der Kommissar neue Aufgaben an verschiedene Gruppenchefs und schloss die Besprechung nach knapp einer Stunde.

Thomas hatte aufmerksam zugehört und versucht, den einen oder anderen ins Blickfeld zu bekommen. Doch er konnte sich nicht andauernd umdrehen, um nicht gleich als lästiger Gaffer eingestuft zu werden. Er sollte sich möglichst unauffällig verhalten, hatten Sie abgesprochen.

Nach der Sitzung informierte er Petra Sontheim über das, was er aufgeschnappt hatte.

»Ich habe geringfügig ein wenig von den ersten

dreien in der Reihe ...«, begann Thomas zu berichten.

»Nicht hier bitte, wo alles mitgehört werden kann. Warten Sie, bis wir in meinem Büro sind«, unterbrach sie ihn sofort.

Im Büro angekommen berichtete er dann darüber, was er von den dreien in der vordersten Reihe empfangen hatte. Es handelte sich aber ausschließlich um Gedanken im Zusammenhang mit dem, was soeben berichtet worden war. Er verschwieg, ihr darüber zu berichten, dass der eine überhaupt nicht zugehört hatte, sondern überlegte, wie er seine Frau, die er heute Morgen mit einer dummen Bemerkung verärgert hatte, wieder beruhigen konnte.

»Ich hatte nicht erwartet, dass Sie gleich auf Anhieb etwas finden«, meinte die Leiterin. »Ich möchte Ihnen jetzt erst etwas genauer die Situation beschreiben und einige Empfehlungen zu ihrer Mitarbeit geben. Danach gehen wir zu allen Kollegen unserer Abteilung, soweit diese da und nicht auf Außeneinsatz sind. Da haben Sie Gelegenheit, in Ruhe die Gedanken aufzunehmen. Im Verlauf des nachmittags werde ich eine Hausdurchsuchung vorbereiten, an der Sie ebenfalls teilnehmen sollen. Ich erläutere Ihnen den Ablauf später noch genau.«

Da Thomas nichts erwiderte, fuhr Sie in ihren Ausführungen fort. »Sie sind bereits von Hauptkommissar Bechthold über unseren Verdacht in Kenntnis gesetzt worden, dass manche der geplanten Razzien im Vergnügungsmilieu, durch einen Informanten verraten wurden. Egal, ob wir nach Drogen, Waffen oder nach illegal im Land lebenden Liebesdienerinnen suchen, wir laufen seit geraumer Zeit immer ins Leere. Das ist völlig anormal. Es muss eine Lücke geben bei uns, und die hoffe ich, mit Ihrer Hilfe zu finden.«

»Ich bin zwar kein ausgebildeter Kriminologe und will hier auch nicht besserwisserisch rüberkommen, aber ...«, leitete Thomas zögernd seine Frage ein. »Wenn anlässlich des Rapportes, wie gerade eben, der Einsatz verkündet wird, hätte die Person doch genügend Zeit, Informationen weiterzugeben.«

»Da haben Sie absolut recht. So was hatten wir zuerst vermutet. Ich habe deshalb das Vorgehen geändert. Jetzt erfahren die Teilnehmer an der Razzia den Ort und Zweck des Einsatzes erst, wenn sie bereits unterwegs sind. Aber trotzdem scheinen die Kriminellen gewarnt zu sein. Wir stehen vor einem echten Rätsel.«

»Also überprüfe ich alle Mitarbeiter auf ihre Gedanken hin. Allerdings ist das eine Glückssache, denn wie Sie wissen, kann ich nur die Gedanken erkennen, die jemand in dem Augenblick gerade denkt. Ob er gerade dann an die Weitergabe von Informationen denkt, wenn ich vor ihm stehe, ist mehr als fraglich.«

»Das ist ein Punkt, den ich noch näher besprechen möchte. Es ist sehr wichtig, dass Sie mir den möglichst genauen Wortlaut weitergeben, den eine Person gedacht hat. Ich habe Erfahrung damit, aus scheinbar harmlosen Bemerkungen, mögliche Hinweise herauszuhören. Das ist mein tägliches Brot, kann man sagen. Also bitte verwenden Sie exakt die Worte, die gedacht worden sind.«

Nun bekam Thomas noch eine ganze Reihe weiterer Verhaltensregeln zu hören, die er unbedingt beachten sollte.

Nachdem die Leiterin ihm in grober Übersicht den

generellen Arbeitsablauf in der Abteilung erläutert hatte, brachen sie auf, um nach und nach jeden Anwesenden kurz zu begrüßen. Dieser Durchgang dauerte, mit Unterbrechung durch die Mittagspause, bis weit in den Nachmittag hinein. Thomas war es nicht gewohnt, über solch lange Zeit und in diesem Ausmaße Gedanken aufzunehmen. Schon gar nicht in der geforderten wörtlichen Exaktheit. Mehrere Male musste er um eine Entspannungspause bitten, was das Ganze zusätzlich in die Länge zog.

Als sie, endlich zurück im Büro der Einsatzleiterin, Platz nahmen, war Thomas gründlich geschafft. Die Tatsache, dass sie keinerlei Hinweise, auch nicht andeutungsweise, bekommen hatten, hob seine Stimmung auch nicht. Während Thomas versuchte, sich ein wenig zu erholen, nahm Petra Sontheim vor dem Computer Platz und begann daran zu arbeiten.

Etwa eine Stunde später, Thomas war beinahe eingeschlafen im bequemen Sessel der Besprechungsecke, wandte sich die Leiterin von ihrem PC ab, blickte auf ihre Armbanduhr und verkündete: »In zehn Minuten haben wir Abendbesprechung bei Kommissar Bechthold. Wir sollen ihm über die Ergebnisse des Tages berichten. Normalerweise ist diese Besprechung mit allen fünf Leitern gleichzeitig. Wegen unseres speziellen Auftrages mit Ihnen sprechen wir aber gesondert mit ihm.«

So gingen sie, sich an der Putzkolonne vorbeischlängelnd, die wie jeden Tag gegen Abend putzend durch die Räume zogen, zum Büro des Kommissars. Die Besprechung dauerte nur kurz. Es gab einzig zu berichten, dass bisher keine Anhaltspunkte gefunden worden waren. Morgen sollte eine Hausdurchsuchung stattfinden, die Petra Sontheim heute Nachmittag vorbereitet hatte.

~ ~ ÷ ~ ~

Pünktlich um acht Uhr des zweiten Tages traf Thomas im Büro der Einsatzleiterin Petra Sontheim ein. Müde war Thomas am gestrigen Abend nach Hause gekommen. Es hatte ihn tüchtig geschafft, seine Fähigkeit über dermaßen lange Zeit einzusetzen. Die Nacht verlief unruhig und von wirren Träumen unterbrochen, aus denen er immer wieder aufgeschreckt war. Aber nach zwei starken Kaffee zum Frühstück fühlte er sich dennoch wieder wach.

Bis in einer halben Stunde der Tagesrapport stattfand, besprachen sie das, was an diesem Tag geschehen sollte und was die Leiterin dabei von Thomas erwartete.

Am Rapport verlief das Ganze wieder genauso, wie es Thomas schon vom Vortag her kennengelernt hatte. Petra Sontheim informierte ebenfalls, erwähnte aber selbstverständlich nichts über seine Gedankensondierungen.

Zum Schluss erhob sie sich nochmals, um bekannt zu geben, dass sie heute einen Sondereinsatz führen wird. Dazu benannte sie sechs Personen, die daran teilnehmen sollten. Diese müssten auf Abruf einsatzbereit sein. Der genaue Zeitpunkt stehe noch nicht fest.

Danach spazierten Thomas und Petra Sontheim gemächlich durch die verschiedensten Arbeitsräume der

Abteilung. Begrüßten weitere Mitarbeiter, die Thomas überprüfen sollte. Sie benahmen sich dabei, als ob die Leiterin ihm Erläuterungen zum Betrieb vermittle.

Aber auch heute konnte Thomas nichts Verdächtiges erfahren. Langsam verloren sie die Hoffnung, auf diesem Wege zu einer Spur zu kommen. Den Rest des Vormittags verbrachten sie schließlich damit, dass ihm die Einsatzleiterin nochmals genau erläuterte, wie der Einsatz am Nachmittag ablaufen wird. Er, Thomas, müsse stets bei ihr bleiben, um bei Befragungen sofort verfügbar zu sein.

Nach dem Mittagessen ging es los. Die Leute der Einsatzgruppe kamen zusammen und bestiegen einen Kleinbus. Thomas war total nervös, durfte das aber nicht zeigen. Er kam sich vor wie in seinen Kindheitsjahren, als sie 'Räuber und Gendarm' gespielt hatten. Nur heute war sein Einsatz echt. Hier saß er also, zusammen mit der Einsatzleiterin, unterwegs zu einem Einsatz. Vier Männer und zwei Frauen, voll ausgerüstet, gehörten ebenso zur Einsatzgruppe wie zwei Hunde. Kaum dass sie losgefahren waren, begann die Einsatzleiterin zu informieren, wohin der Einsatzbus unterwegs war. Ziel war der Vergnügungstempel 'Zur wilden Sau'. Ein Haus mit Restaurant und Nachtklubbetrieb sowie Prostituierten in den oberen Stockwerken. Das Haus sollte durchsucht werden, vor allem nach Drogen sowie illegalen Angestellten. Gäste sollten zu dieser Zeit keine vorhanden sein, da der Betrieb erst gegen Abend öffnete. Ein kleiner Übersichtsplan wurde herumgereicht. Jeder bekam seine Aufgabe zugeteilt. Nach einem kurzen Test der Funkgeräte war alles bereit. Nach ein paar Minuten, während denen jeder schweigend an seine Aufgabe dachte, fuhren sie am Ziel vor. Thomas hatte die Zeit genutzt und die Teilnehmenden auf ihre Gedanken geprüft. Er fand nichts als Verdächtiges, lediglich Gedankensplitter zu dem, was jetzt dann gleich zu tun war.

Plötzlich lief alles in rasantem Tempo ab. Die Autotüren wurden aufgestoßen, die sechs Einsatzleute mit den beiden Hunden verließen das Fahrzeug und schritten auf das Haus zu. Verschwanden darin. Thomas blieb zusammen mit der Einsatzleiterin im offenen Fahrzeug vor dem Gebäudeeingang. Aus dem Funkgerät im Wagen waren jetzt zunehmend Meldungen und Weisungen zu hören. Gelegentlich ordnete die Einsatzleiterin etwas an. Das Ganze lief dermaßen schnell ab, dass Thomas keine richtige Vorstellung davon bekam, was da eigentlich genau geschah. Hinten im Hof hatte man jemanden aufhalten müssen, der sich absetzen wollte. Im Haus begann man die Leute zu sammeln. Nach etwa zehn Minuten wurde es ruhiger.

Die Einsatzleiterin und Thomas verließen das Fahrzeug jetzt ebenfalls. Im Restaurant trafen sie, bewacht von zwei Einsatzleuten, mehrere Personen an den Tischen sitzend. Die zwei Beamten mit den Hunden waren noch irgendwo im Haus unterwegs.

»Diese junge Dame wollte das Haus etwas eilig durch den Hintereingang verlassen«, meldete ein Polizist und deutete auf eine junge, leicht bekleidete Frau. »Sie kann sich nicht ausweisen.«

Thomas versuchte, ihre Gedanken zu lesen, aber er verstand die Worte nicht. Sie dachte keine Sprache, die er verstand. Irgendeine Ostblocksprache schien es zu sein. Er flüsterte der Einsatzleiterin seine Vermutung zu.

»Sprechen Sie deutsch?«, befragte diese jetzt die junge Frau.

Die mimte ein verständnisloses Gesicht, stotterte: »Nix deutsch«, um sogleich wieder zu verstummen.

»Festnehmen, kommt aufs Amt zur Überprüfung«, wies Petra Sontheim an.

Thomas hatte sich mit den Gedanken der anderen anwesenden Personen beschäftigt und wurde jetzt ganz aufgeregt. Beim ersten, einem bulligen Mann vom Typ Rausschmeißer, empfing er: »... dumme Zicke ... wohl zu blöd ... einem Befehl zu folgen ... rumhängen statt verschwinden ...« Der ärgerte sich scheinbar, dass die junge Frau, trotz Aufforderung, nicht früh genug geflohen war? Thomas schob den Gedanken weg, nahm jetzt Kontakt zu einem weiteren Mann auf, der den Eindruck vermittelte, als ob er hier der Chef sei. »... die eifrige Tante Petra wieder ... läufst halt wieder ins Leere ... wirst nichts finden ...«, dachte der in überheblicher Art. Gleich darauf wurde er jedoch noch ärgerlicher: »... diese verdammte Tusse ... kann nicht gehorchen ... gibt Ärger ... muss mir was einfallen lassen ...« Bei allen anderen war nur gelangweilte Gedanken zu spüren. Sie schienen solche Polizeibesuche zu kennen und machten sich darüber keine Sorgen.

Thomas zupfte die Einsatzleiterin am Ärmel. Die beiden gingen ein paar Schritte weg von den versammelten Leuten. Rasch orientierte Thomas sie über das Empfangene und sagte ihr, wer was soeben gedacht hatte. »Ich habe den Eindruck, die wussten, dass wir kommen«, flüsterte Thomas.

»Das sehe ich genauso«, ärgerte sich die Einsatzleiterin. »Wir warten, bis die Hundeteams fertig sind, dann brechen wir ab.« Sie kehrten jetzt wieder zu den versammelten Personen zurück.

Petra Sontheim blickte entschlossen auf die Dasitzenden. »Einige von euch müssen zur Einvernahme mitkommen zum Revier. Die anderen können wieder gehen, wenn wir fertig sind«, ordnete sie an. Mit dem Finger auf die Personen zeigend, bestimmte sie, wer mitzukommen hatte.

Einige Minuten später erschienen die beiden Beamten mit den Hunden, ohne dass sie etwas Verdächtiges gefunden hatten. Die Einsatzleiterin befahl den Abmarsch. Der jungen Frau und zwei Männern legte man Handschellen an. Sie wurden zu einem inzwischen angekommenen zweiten Wagen gebracht. Der Einsatz war beendet, alles fuhr zurück ins Kommissariat.

~ ~ ÷ ~ ~

Der Nachmittag verging mit Verhören und Überprüfungen. Die junge Frau war illegal eingeschleust worden und nun zur Prostitution gezwungen. Aber das mussten weitere Befragungen mit einem Dolmetscher erst genauer zeigen. Thomas konnte ihre Gedanken nicht entziffern.

Weitaus interessanter verlief die Vernehmung mit dem Chef des Etablissements, der sich abschätzig über die Eifrigkeit der Polizei amüsiert hatte. Bei der Befragung war Thomas natürlich dabei. Sie konnten den kaltschnäuzigen Mann, dank dem, was Thomas aus dessen

Gedanken lesen konnte, sehr schnell in die Enge treiben. Er war zwar der Boss, aber mit seiner Intelligenz war es nicht weit her. Schon nach kurzer Zeit brach seine Überheblichkeit zusammen und er gab schließlich zu, vom Einsatz gewusst zu haben, weigerte sich jedoch hartnäckig, mehr darüber auszusagen. Leider dachte er auch nicht daran, wie er an die Information gekommen war. Thomas konnte lediglich erkennen, dass der Mann eine Meldung bekommen hatte, mehr nicht.

Inzwischen war es Abend geworden. Die übliche Besprechung beim Kommissar stand an. Rasch löste sich die Einsatzleiterin vom Computer und verließ mit Thomas zusammen das Büro, der soeben herankommenden Putzfrau die Tür offenlassend.

Als die Besprechung begann, fiel Thomas ein, dass er vergessen hatte, seine Notizen über die gehörten Gedanken, mitzunehmen. Er entschuldigte sich kurz und lief eilig zurück. Vor der offen stehenden Tür zum Büro der Einsatzleiterin angekommen, hörte er, dass drinnen das Putzpersonal am Werk war. Die Putzfrau machte sich, einen Putzlappen in der Hand, am Schreibtisch zu schaffen. Als Thomas eintrat, schrak sie sichtlich zusammen. Peter entschuldigte sich sofort, dass er so brüsk hereingeplatzt war, ergriff seine Notizen vom Besprechungstisch und eilte wieder aus dem Büro.

Mit dem Kommissar besprachen sie dann alles, was sich am heutigen Tage ergeben hatte. Vom Ziel, den Informanten zu entdecken, waren sie leider nach wie vor weit entfernt. Immerhin hatte sich durch Thomas Gedankenlesen bestätigt, dass ihr Einsatz tatsächlich verraten worden war. Bisher hatten sie dies nur vermutet, nun war es zur Gewissheit geworden. Nachdem alles so weit durchgesprochen war, verschoben sie alles Weitere auf den morgigen Tag. Thomas ging, tüchtig aufgewühlt von dem Erlebten, müde nach Hause.

Schon auf dem Nachhauseweg und später beim Abendessen zu Hause, ließ Thomas nochmals alles, was er an diesem Tag gesehen, gefühlt und gehört hatte Revue passieren. Aber es gelang ihm einfach nicht, einen Anhaltspunkt zu erkennen, der zur undichten Stelle führen könnte. Müde und erschlagen von den Eindrücken des Tages legte er sich, enttäuscht über die Erfolglosigkeit seines Einsatzes, ins Bett.

~ ~ ÷ ~ ~

Die Besprechung am Morgen des dritten Tages im Büro von Petra Sontheim begann in einer eher gedrückten Stimmung. Die Leiterin hatte nochmals alle Berichte und Verhörprotokolle gesichtet und schüttelte enttäuscht den Kopf.

»Ich kann einfach nicht verstehen, wie meine Planung derart schnell verraten werden kann. Sie haben es doch gestern miterlebt. Ich habe die Infos über das Wo und Was erst unterwegs im Einsatzwagen bekannt gegeben. Da konnte niemand mehr was weitergeben.«

»Ich hatte die Leute dabei überprüft, aber gar nichts abnormes erkennen können.« Thomas versuchte mit seinem logischen Denkvermögen, das er bei seiner Programmiertätigkeit trainierte und brauchte, eine Lücke zu erkennen. Stumm grübelten beide vor sich hin, suchten nach der berühmten Nadel im Heuhaufen. Plötzlich hatte Thomas eine Idee.

»Wie ist das eigentlich, Frau Sontheim. Wie genau bereiten Sie einen solchen Einsatz vor? Komplett im Kopf, oder machen Sie Notizen auf einem Papier oder im Computer?«, wie versprochen blickte er sie aber nicht an. Er wollte sie nicht verunsichern.

»Natürlich im Computer«, antwortete sie, ahnungslos, worauf er hinaus wollte. »Dazu muss ich in der Datenbank auch Personal und Mittel reservieren. Das hatte ich für den gestrigen Einsatz vorgestern gegen Abend gemacht, als Sie sich hier vom Gedankenlesen erholten.«

»Und dort geben Sie alle Daten ein? Auch die Zeiten, Einsatzorte und all das?«, bohrte Thomas nach.

»Das ist notwendige Pflicht. Unser Chef und die anderen Einsatzleiter müssen über die verfügbaren Mittel und Personen jederzeit informiert sein, sonst könnte keiner von uns Planen.«

»Und ihre Einsatzplanung hatten Sie vorgestern Abend in den Computer eingetragen und an den Chef und die anderen Leiter gesandt?«

»Nein, das braucht es nicht. Das wird alles in der Datenbank gespeichert. Die Berechtigten können das jederzeit daraus abrufen.«

»Also fassen wir zusammen.« Thomas wurde ganz aufgeregt: »Alle Fakten für den geplanten Einsatz stehen demnach seit Dienstagabend auf dem zentralen Rechner, jederzeit über das Netzwerk abrufbereit. Gestern lief dann der Einsatz ab. Aber nur ihre Einsatzleiterkollegen und der Chef, Hauptkommissar Bechthold, haben darauf Zugriff, konnten demzufolge davon wissen. Richtig?«

»Richtig«, bestätigte ihm Petra Sontheim. »Aber Sie

wollen mir jetzt nicht glauben machen, dass der Verräter unter diesen vier zu suchen ist. Das wäre absurd.«

»Na, ich denke, die Fakten lassen eigentlich zwingend darauf schließen«.

»Den Chef können wir mit Sicherheit ausschließen und für die drei Kollegen, durchweg langjährige, bewährte Einsatzleiter, lege ich meine Hände ins Feuer. Da sägt doch keiner an dem Ast, auf dem er sitzt. Es muss eine andere Erklärung geben«, entrüstete sich die Einsatzleiterin.

Thomas überlegte weiter und erinnerte sich jetzt daran, dass er gestern Abend die Putzfrau im leeren Büro der Einsatzleiterin gesehen hatte. Ihm kam eine neue Idee. »Wie ist das eigentlich genau, ... das Reinigungspersonal ..., ist das täglich hier?«

»Ja, die Büros werden täglich gewischt, Papierkörbe geleert und so weiter. Das Übliche eben. Was ist damit?«

Thomas überlegte. »Ich hatte doch gestern Abend meine Unterlagen zur Abendbesprechung vergessen und bin zurück in ihr Büro gegangen, um sie zu holen. Jetzt erinnere ich mich, dass da eine Putzfrau in ihrem Büro war.«

»Das ist absolut üblich. Um möglichst wenig zu stören, richten sich die Reinigungszeiten nach einem abgestimmten Zeitplan, da nach Arbeitsschluss aus Sicherheitsgründen keinerlei Hilfspersonal mehr im Hause sein darf. Sie wollen damit andeuten, die Putzfrau könnte da ...«, erkannte nun die Einsatzleiterin, worauf Thomas hinaus wollte.

»Ihr Computer, der ist sicher mit einem Passwort für den Zugriff gesichert, oder?«, fragte Thomas gedehnt.

»Ja, natürlich. Der Zugriff wird automatisch nach einer bestimmten Zeit, wenn man länger nicht mehr daran gearbeitet hat, gesperrt. Eine etwas mühselige Sache, wenn man zwischendurch überlegen oder was aus den Papieren heraussuchen muss. Schon ist es wieder notwendig, das Passwort neu eingeben.«

»Und dann haben Sie die Zeiteinstellung für das Ablaufen vielleicht ein wenig verlängert?«, vermutete Thomas.

»Aber nur geringfügig«, meinte sie etwas erschrocken und verlegen, »ich habe es auf, glaube ich, fünfzehn Minuten gesetzt. Aber wenn ich für länger weggehe, schalte ich die Sperre manuell ein.«

»Und zum Beispiel für die kurze Abendbesprechung bei Herrn Bechthold?«

Die Einsatzleiterin sah mit anwachsender Bestürzung im Gesicht zu Thomas: »Mein Gott. Dann eigentlich nie«, sagte sie und wischte sich fahrig durch die Haare. »Wenn das Reinigungspersonal sofort nach meinem Weggehen kommt, wäre ausreichend Zeit, sich im Computer ein wenig umzusehen. Und der Computer ist meistens freigeschaltet, da ich mich vor der Besprechung noch über das Aktuellste informieren muss.« Sie wurde jetzt ganz blass, ihre Hände begannen zu zittern. Ihr Telefon begann zu klingeln. Sie nahm ab und legte, ohne ein Wort gesagt zu haben, sofort wieder auf.

»Man wartet auf uns zum täglichen Morgenrapport«, sagte sie, ergriff mit leicht zitternden Händen einige Unterlagen und lief los. Thomas hinterher.

Als die beiden nach dem Rapport, der heute zum Glück eher kurz ausgefallen war, mit einem Becher

Kaffee in den Händen zurück ins Büro kamen, waren sie noch immer sehr aufgeregt. Sofort berieten sie die Wahrscheinlichkeit, ob die Putzfrau tatsächlich die Möglichkeit hätte, solche Informationen so schnell abzurufen. Am Ende kamen sie zum Schluss, dass dies mit der übersichtlichen Menüführung der Verwaltungssoftware, für jemand der sich mit Computerarbeit ein wenig auskannte, absolut machbar wäre.

Nun gab es für die Einsatzleiterin kein Zurückhalten mehr. Sie tätigte sofort mehrere Telefonate, gab Anweisungen und Befehle. Das gesamte infrage kommende Reinigungspersonal vom Dienstagnachmittag sollte, sobald sie alle eingetroffen seien, in das Besprechungszimmer zusammengerufen werden.

»Können Sie sich an das Gesicht der Putzfrau, die Sie gestern hier gesehen hatten, erinnern?«, fragte sie Thomas.

»Eigentlich nicht. Ich hatte sie in der Eile nur ganz kurz mit einem Seitenblick gestreift«, meinte er bedauernd.

»Wir machen das jetzt folgendermaßen. Wir berufen die Zusammenkunft als Instruktionsmeeting getarnt auf. Solche werden ohnehin in loser Folge abgehalten, um den Hilfskräften die Regeln und Vorschriften wieder in Erinnerung zu rufen. Sie kommen mit und setzen sich auf einen Platz, von dem aus Sie alle im Sichtfeld haben. Dann können Sie in Ruhe die Gedanken aufnehmen. Glauben Sie, dass Sie das schaffen, es dürften wahrscheinlich knapp ein Dutzend Leute sein.«

»Ich versuche es, aber ich kann nicht alle gleichzeitig abhören. Weiß man nicht, welche Personen am Dienstagabend in diesem Gebäudeteil waren? Da könnten wir vielleicht die Anzahl einschränken.«

»Gute Idee, natürlich«, meinte die Einsatzleiterin und griff wieder zum Telefon. Nach kurzer Zeit legte sie auf. »Ich bekomme vom Hausdienst sofort die Namen genannt, die unserem Trakt zugeteilt waren. Allerdings haben wir keine Gewähr dafür, dass nicht noch jemand anders hier war.«

Der Plan für das Zusammentreffen sah vor, dass Petra Sontheim die Reinigungskräfte bat, dass sie bei der Reinigung der elektronischen Geräte sehr sorgfältig vorgehen sollten, da es sonst zu ungewollten Einstellungsänderungen kommen könnte. So hofften sie, dass die gesuchte Person dabei an ihre Manipulationen am PC denken würde. Zudem hatten wir zwei Namen von Personen bekommen, die am Dienstagabend unserem Trakt zugeteilt waren. Er konnte sich also hauptsächlich auf die Zwei konzentrieren. Damit er wusste, um welche es sich handelte, würde die Einsatzleiterin zu Beginn einen Namensaufruf durchführen.

Petra Sontheim trat vor die Versammelten und Thomas setzte sich auf einen Stuhl schräg hinter sie und gab den Assistenten, damit sich niemand wunderte, wer den dieser Mann da sei.

Dann begann er, die Gedanken der Frauen zu lesen, wobei er sich auf die beiden aus seinem Trakt konzentrierte. »... ist ja ganz angenehm ... einfach herumsitzen und trotzdem bezahlt ... könnten die öfter machen ...«, dachte die eine ganz entspannt und freute sich, eine unverhoffte Arbeitspause zu bekommen. Bei der Zweiten kamen aber ganz andere Gedanken hervor: »... was wollen diese Scheißbullen wieder ... niemals und nirgends in Ruhe lassen ... können mich mal ...«. Aber hallo, war das eine angenehme Zeitgenossin, dachte Thomas und ging jetzt auch alle anderen durch. Alle hatten nur wenige harmlose Gedanken, die vor allem von Neugier und bei einigen wenigen von starkem Desinteresse, geprägt waren. Ich konzentrierte mich wieder auf die unfreundliche Motzerin. »... ob das Dämchen so gut putzt ... wie reden schwingen ...«, hatte sie soeben gedacht. Die andere erfreute sich nach wie vor über die bezahlte Arbeitspause.

Jetzt begann die Einsatzleiterin wie abgesprochen, über die Vorsichtsmaßnahmen bei der Reinigung von elektronischen Geräten zu sprechen. Thomas konzentrierte sich auf die Motzerin. »... was glaubst du denn, wie vorsichtig ich deinen PC bediene ... ganz zart wische ich nachher die Tasten ab ... brauchst doch nicht zu wissen, dass Mutti dran war ...«, dachte diese gerade und kicherte teuflisch in ihren Gedanken. Sofort stand er auf, flüsterte der Einsatzleiterin den Namen der Frau zu. Die sei es möglicherweise. Sie rief sofort den Namen auf.

»Frau ... Kalowski?« Die Motzerin hob leicht erschrocken den Kopf.

»Ja, was gibt's?«, antwortete diese, betont gelangweilt, dachte aber: »... willst dich aufspielen, Häschen ... die große Macherin markieren ...«

»Würden Sie bitte zu mir nach vorne kommen«, forderte sie die Putzfrau auf und sprach flüsternd mit dem Hausmeister, der ebenfalls anwesend war.

Als die Frau Kalowski sich endlich bequemt hatte, nach vorne zu kommen, bat die Einsatzleiterin sie freundlich, aber bestimmt: »Würden Sie mich bitte begleiten, Frau Kalowski. Ich habe Wichtiges mit Ihnen zu besprechen«, sie führte sie sanft schiebend aus dem Raum, während der Hausmeister die Besprechung übernahm.

Der Kalowski schien der Groschen jetzt zu fallen und sie begann sofort, sich resolut zu wehren. Doch die beiden vor der Tür wartenden Beamten packten sie und führten die zeternde Dame, der Einsatzleiterin folgend, zu deren Büro. Thomas schloss sich ihnen an .

Im Büro angekommen, wurde sie vor den Schreibtisch gesetzt, links und rechts flankiert von den beiden Beamten. Thomas setzte sich seitlich zum Schreibtisch, um die Frau im Blickfeld zu haben.

»Frau Kalowski«, begann die Einsatzleiterin. »Sie haben gestern Abend in diesem Büro hier sauber gemacht?«

»Kann schon sein. Wenn Sie es sagen«, erwiderte die Kalowski frech.

Jetzt richtete sich Petra Sontheim noch etwas mehr auf, blickte scharf auf die Putzfrau und erhob ihre Stimme: »Veranstalten Sie hier keine Spielchen! Waren Sie in diesem Büro? Ja oder nein?«

»Ja«, kam es leicht erschrocken zurück, sie dachte aber dabei: »... hoho ... Püppchen kann ganz energisch werden ... werd mir gleich in die Hose machen ...«

»Und Sie haben sich an meinem Computer zu schaffen gemacht?« Der Ton wurde noch eine Stufe schärfer.

»Nein, darf ich doch nicht, nur vorsichtig abgewischt. Wie sie's doch wünschen«, kam die halbherzige, lahme Antwort. Die Gedanken die Thomas jetzt empfing, klangen jedoch ganz anders: »... was glaubst du denn, ... werd dir das nicht auf die Nase binden ... hin und wieder reinzuschauen ... muss auf dem laufenden bleiben ...«

Das war deutlich, dachte Thomas, schrieb die soeben gehörten Worte auf ein Papier und schob es der Einsatzleiterin zu. Die las mit einem Seitenblick das Geschriebene, streckte sich in ihrem Sessel hoch und brüllte jetzt die Kalowski an: »Sie haben sich in meinem PC umgesehen. Geben Sie es zu!«

»Das darf ich doch nicht und er ist ja auch abgesperrt«, meinte die Kalowski sehr darum bemüht, ein unschuldiges Gesicht zu machen. Doch ihre zitternden Hände und wirren Augenbewegungen zeigten deutlich, dass sie sich am Rande des Zusammenbruchs befand.

Petra Sontheim überlegte kurz, mit was sie noch etwas mehr Druck ausüben könnte, vielleicht eine kleine Notlüge. Sie lehnte sich vor gegen die zitternde Putzfrau: »Gemäß Analyse unseres Informatikdienstes wurden genau zu der Zeit, als Sie in diesem Büro waren, eine Reihe von Informationen von diesem Computer aus abgerufen. Gestehen Sie endlich.«

»... Scheiße, verdammt ... musste doch ... nur das bringt Knete ... nicht die doofe Putzerei hier ...«, vernahm Thomas ihre Gedanken, die er sofort auf einem Zettel weitergab. Die Kalowski schüttelte nervös den Kopf und wollte aufstehen, doch die zwei Beamten neben ihr drückten sie sofort wieder in den Stuhl.

»Und Sie haben diese Informationen verkauft! Bringt mehr Knete als Putzen, nicht war?«, brüllte die Einsatzleiterin so laut, dass alle im Raum, nicht nur die Kalowski, zusammenzuckten.

Jetzt sank die Putzfrau wie ein geprügelter Hund in ihrem Stuhl zusammen. Nur unartikulierte Laute kamen aus ihrem Mund. In ihrem Kopf wirbelten die Gedanken unkenntlich durcheinander. Verängstigt senkte sie den Blick auf den Boden.

»Ich verhafte Sie wegen dringenden Verdachts auf Diebstahl von geheimen Amtsdaten. Sie haben Zeit sich über Nacht zu überlegen, ob Sie mit uns kooperieren oder die volle Härte des Strafmaßes auf sich nehmen wollen. Überlegen Sie sich's gut. Ich mag Sie nicht mehr sehen heute, wir sprechen uns morgen früh wieder«, knallte sie der Kalowski die Worte um die Ohren. »Abführen!«, befahl sie den Beamten in scharfem Tonfall.

Eine Stunde später bei der Abendbesprechung, die Einsatzleiterin hatte den Computer abgeschaltet, konnte Petra Sontheim mit großer Genugtuung vom erfolgreichen Aufgreifen der Daten klauenden Putzfrau berichten. Bei allem Lob des Kommissars an sie beide blieb doch ein Wermutstropfen, nämlich ihre lasche Handhabung der PC-Sicherheit. Aber dies dürfte wohl ein gesondertes Thema werden. Wesentlich war erst mal, dass die undichte Stelle endlich gefunden war. Und dies war vor allem dank der tatkräftigen Mithilfe von Thomas gelungen. Sie verabschiedeten sich heute Abend deutlich befriedigter als die Tage zuvor. Der Kommissar versprach, sich in den nächsten Tagen bei Thomas bezüglich der erfreulichen Aufklärung, zu melden. Petra Sontheim zeigte angesichts ihrer peinlichen Nachlässigkeit eine eher getrübte Freude.

Auf dem Heimweg fühlte sich Thomas wohl und entspannt. Er war sehr zufrieden darüber, dass es ihm gelungen war, die entscheidenden Ereignisse richtig zu deuten. Auch wenn er kein Polizist war, hatte er sich doch ganz gut geschlagen. Wenn sie ihm jetzt, wie der Kommissar angedeutet hatte, eventuell eine Entschädigung zahlen würden, auf eine Belobigungsurkunde konnte er leicht verzichten, waren es drei sinnvoll geopferte Urlaubstage gewesen. Im Vorbeigehen holte er sich eine Flasche Wein beim Händler. Der Erfolg musste gefeiert werden.

~ ~ ÷ ~ ~

Thomas wollte soeben die Wohnung verlassen, als sein Handy zu klingeln begann. Er holte es aus der Tasche und sah, dass es Peter war.

»Hallo Peter. Na, willst du kontrollieren, ob ich auch wirklich zu Barbara gehe?«

»Nein, nein, aber schaden kann es nicht, dich daran zu erinnern«, hörte er die abwiegelnde Stimme von Peter.

»Bin gerade auf dem Weg zu Barbara. Was gibt's? Ich vermute stark, ihr Schlitzohren sagt ab für heute Abend.«

»Ja du, ... das läuft ganz, ganz blöd bei uns. Wir schaffen es wahrscheinlich nicht, noch bei euch beiden vorbeizuschauen«, begann sich Peter nicht gerade überzeugend zu entschuldigen.

»Ja ja, so was hatte ich mir schon gedacht. Mein Freund lässt mich im Regen stehen. Wenn man für einmal seine Unterstützung braucht, hat er keine Zeit. Die lieben guten Freunde«, maulte Thomas gespielt sarkastisch.

»Du brauchst uns doch heute Abend sowieso nicht. Im Gegenteil, wir stören nur. Und von wegen im Regen stehen lassen. Ich sehe dich da eher im strahlenden Sonnenschein, wenn du bei Barbara bist. Aber ich wollte eigentlich was anderes wissen. Wie ist es dir bei deinem Polizeieinsatz ergangen? Ich höre zum Glück, dass du wohlauf bist«, lenkte Peter neugierig ein.

»Ich kann es so zusammenfassen: Operation gelungen, Patient verhaftet. Das war eine tolle Erfahrung in einer anderen Welt. Aber das ginge jetzt viel zu lange, dir alles zu erzählen. Und am Telefon schon gar nicht. Wenn du Zeit hast, könnten wir uns morgen treffen, dann erzähle ich dir von dem, was ich überhaupt berichten darf.«

»Gut, ich rufe dich morgen an, sobald mich Christa nicht mehr braucht. Ich muss ihr was helfen in ihrer Wohnung. Dann kannst du mir auch gleich verraten, wie es mit Barbara gelaufen ist.«

»Einverstanden. Ich glaube, ich kenne keine neugierigere Person als dich. Und jetzt Schluss mit quatschen, ich muss los. Ich will nicht zu spät kommen, das macht einen schlechten Eindruck.«

Als Thomas kurze Zeit später bei Barbara läutete, hörte er aus der Wohnung sofort deren Stimme: »Komm bitte rein Thomas, ich kann grad nicht weg aus der Küche!« Thomas öffnete also die Tür und trat ein. »Ich bin gleich soweit, setz dich ins Wohnzimmer!«, rief sie.

»Hallo Barbara, ja mach ich.« Sich neugierig umsehend, ging er langsam zum Wohnzimmer. Als er das letzte Mal hier gewesen war, gab es fast nur leere

Räume und Wände. Aber jetzt hatte Babs ihre Wohnung supergemütlich eingerichtet. Sie schien ein gutes Händchen zu haben dafür.

»Entschuldige, ich konnte grad nicht weg, hatte beide Hände voll«, kam Barbara mit leicht gerötetem Gesicht aus der Küche gelaufen. »Jetzt habe ich aber Zeit. Herzlich willkommen Thomas in meinem Heim«, sagte sie und küsste ihn ohne Scheu auf beide Wangen. Thomas war leicht überrumpelt, hatte er eher befürchtet, dass sie beiderseitig nicht richtig wussten, wie sie aufeinander zugehen sollten. Aber Barbara überraschte ihn angenehm mit ihrer direkten, unkomplizierten Art.

Nach kurzem Zögern wurde ihm bewusst, dass er noch einen Blumenstrauß umklammerte. »Ich ... ich dachte, ein Frühjahrsgruß könnte dir gefallen. Ein zusätzlicher Schmuck für dein schönes Heim. Aber wie ich schon feststelle, braucht dein Heim keinen weiteren Schmuck mehr. Die Wohnung sieht toll aus.« Etwas unbeholfen stand er da.

»Oh wie schön, vielen Dank Thomas«, nahm Barbara den Strauss entgegen. »Blumen sind immer schön. Komm, setz dich, ich hole uns einen Aperitif.«

Thomas setzte sich in einen Sessel. Er musste erst mal tief durchatmen, um sich zu beruhigen. Er nahm sich nochmals fest vor, Barbara in keiner Art zu bedrängen. Sie nicht unnötig anzusehen und wenn, dann nur ganz kurz. Sie sollte nicht den Eindruck bekommen, dass er sie aushorchen wollte. Er musste ihr das unbedingt zu verstehen geben.

»So, mein Aperitif, ein Barbara-Spezial. Nichts Besonderes, aber ich liebe fruchtig, spritzige Drinks.

Danke, dass du gekommen bist.« Mit einem Lächeln stießen sie an.

»Mhmm, schmeckt hervorragend. Ich bin gerne gekommen, um zu sehen, wie du dich eingerichtet hast. Aber vor allem, um mich nochmals zu entschuldigen, dass ich dich mit meinem ungeschickten Geständnis derart geschockt habe«, sprach Thomas sofort das für ihn Wichtigste an. Er wollte diese Hürde so schnell wie möglich aus der Welt schaffen.

»Ach was, du brauchst dich nicht zu entschuldigen«, wischte Barbara das Thema rasch weg. »Komm, ich möchte dir gerne meine fertig eingerichtete Wohnung zeigen. Sonst hätte ich vergeblich einen großen Hausputz veranstaltet«, schlug sie lachend vor.

Der kurze Gang durch die ganze Wohnung zeigte deutlich, dass Barbara alle Räume genauso sorgfältig wie das Wohnzimmer und den Eingangsbereich, eingerichtet hatte. Geschmackvoll, mit viel Liebe zum Detail war alles hergerichtet. Da und dort standen oder hingen Dinge, wahrscheinlich Erinnerungsstücke oder Geschenke, aber ohne dass es überladen wirkte. Thomas war echt beeindruckt und bedachte sie mit Komplimenten. Als sie wieder zurück im Wohnzimmer saßen, konnte Thomas nicht mehr länger warten. Er gab sich einen Ruck, er wollte jetzt einfach das leidige Thema endgültig beseitigen.

»Entschuldige bitte Barbara, wenn ich nochmals damit beginne, ich kann es nicht länger hinausschieben. Ich möchte mich jetzt wirklich bei dir in aller Form entschuldigen, damit das Thema endgültig vom Tisch ist«, er hob die Hand, um sofort weiter zu sprechen, da Barbara etwas entgegnen wollte. »Bitte, lass mich erklären. – Ich habe mich damals von Peter überreden lassen, dir offen alles zu erläutern. Es sei nur fair dir gegenüber, fand er. Ein Verschweigen von einer solchen Eigenheit wäre keine gesunde Basis für eine Beziehung, war seine Meinung. Damit hatte er sicher recht. Deshalb habe ich dich derart überfallen, obwohl ich zu jener Zeit mit mir selbst noch überhaupt nicht im Reinen war. Es war zu früh für mich, um mit dir darüber vernünftig sprechen zu können. Dich zu diesem Zeitpunkt damit zu überfallen, war ganz einfach ein unbedachter Schnellschuss von mir. Ich wusste ja selbst noch nicht so recht, was ich von der verstärkten Form der Wahrnehmung halten sollte.«

Barbara legte sacht eine Hand auf seinen Arm. »Ich muss schon gestehen, das war wie ein Donnerschlag für mich. Nicht zuletzt deshalb, weil ich was ganz anderes erwartet hatte.« Sie schwieg einen Augenblick leicht beschämt, um danach fortzufahren: »Aber als du mir dann sehr deutlich deine Fähigkeit demonstriert hattest, warf mich das völlig aus der Bahn. Ich bin eigentlich keine übersensible Person, die rasch den Kopf verliert, aber das konnte ich nicht verkraften. So aus dem Nichts kommend knallhart an den Kopf geknallt, das war zu viel für mich.«

»Ich kann das mittlerweile gut nachvollziehen, weil ich in der letzten Zeit eine ganze Reihe solcher Konfrontationen herbeiführen musste und dabei dann erlebt habe, wie starke, selbstbewusste Menschen darauf reagierten. Aber mir war das damals einfach noch nicht klar. Deshalb die Entschuldigung für mein unüberlegtes Vorgehen.«

Barbara strich leicht verlegen, langsam mit der Hand über Thomas Arm. »Ich habe in den vergangenen Wochen mehrmals mit Christa und auch einmal auch mit Peter, über dich und deine Besonderheit geredet. Dadurch haben sich bei mir die Sicht und meine Gefühle darüber verändert. Ich denke, ich kann heute mit dem Wissen um deine Fähigkeit, viel besser umgehen. Es schockt mich nicht mehr. Zu wissen, dass du meine augenblicklichen Gedanken lesen kannst, stört mich nicht mehr, weil ... wie soll ich dir's sagen ... weil du in mir bist. Weil ich einfach nur möchte, dass wir zusammen sind. Da spielt es überhaupt keine Rolle mehr, ob du mich so verstehst wie normale Menschen, die sich begegnen, oder ob du mein Fühlen und Denken zusätzlich noch wörtlich wahrnehmen kannst.« Barbara hielt mit hochrotem Kopf atemlos inne. Sie schien über ihren Mut und ihren Gefühlsausbruch selbst überrascht zu sein.

Thomas blickte nach dieser Offenbarung fassungslos auf das Tischchen vor ihm, zwang sich mit aller Kraft, Barbara nicht anzuschauen. Eine endlos scheinende Weile blieb es absolut still. Dann begann Thomas, langsam aber hörbar aufgewühlt zu reden: »Ich hatte es ... mir verboten, dich zu betrachten. – Aber ... jetzt möchte ich dich gerne ansehen. – Dich am liebsten in meine Arme schließen. – Dich küssen, dich spüren und fühlen.«

»Dann ... dann tu's doch endlich«, hauchte Barbara kaum hörbar.

Thomas sah zögernd auf, drehte sich langsam zu Barbara. Im nächsten Augenblick versanken sie eng umschlungen in einem innigen Kuss. Die Welt um sie schien zu versinken. Sie schwebten gemeinsam in einen leeren Raum, losgelöst und unbehindert von allem Irdischen.

Die Zeit schien stehen zu bleiben. Doch plötzlich dröhnte ein lautes Piepsen aus der Küche, das sie aus ihrer Umarmung riss. Das Essen war fertig. Sie wären wohl noch Stunden so intensiv miteinander beschäftigt gewesen, wenn die Küche nicht gerufen hätte. So aber mussten sie, endlich zueinandergefunden, sich wohl oder übel vorübergehend voneinander lösen. Sich kurz darum kümmern, dass ihr erstes gemeinsames Essen zu zweit, nicht im Backofen verdarb.

Dass das Liebesmahl an diesem Abend sich sehr in die Länge zog, war mehr als verständlich. Viel, sehr viel, hatten sie sich zu sagen, zu fragen und zu erklären. Über all das, was seit vielen Wochen, ja Monaten, sich in ihren Gedanken entwickelt hatte, zur Gewissheit gereift war. Für beide schien sich eine Welt zu öffnen, in die sie staunend eintraten, um sie zu entdecken, in sich aufzunehmen. Vor allem für Thomas öffnete sich eine unbekannte neue Welt, in die hineinzugehen er sich in seinem bisherigen Leben nie getraut hatte. Jetzt hatten endlich zwei zueinandergefunden, die wirklich füreinander bestimmt schienen.

~ ~ ÷ ~ ~

Thomas machte es sich gemütlich am Tisch neben dem Fenster, nippte genüsslich an einem Glas Weißwein und wartete auf seinen Freund Peter. An diesem frühen Abend saßen nur wenige Gäste im Lokal. Auf der gegenüberliegenden Seite, ebenfalls am Fenster, saß eine geschmackvoll gekleidete blondhaarige Frau, trank Tee und knabberte an einem Gebäck. Ihren Gedanken nach zu urteilen, wälzte sie irgendwelche Probleme aus dem Arbeitsumfeld, freute sich jedoch darauf, dass ihre Freundin demnächst kommen würde.

Unweit von ihr, zwei Tische entfernt im Hintergrund, starrte ein dandyhaft aufgemachter Mann mittleren Alters, reichlich ungeniert auf die blonde Frau. »... na Blondchen ... siehst ganz passabel aus ...«, konnte Thomas dessen Gedanken empfangen.

Die blonde Dame hatte den Blick von ihm bemerkt, wandte sich dezent lächelnd, ihm kurz zu. Sich sogleich wieder ihrem Tee zuwendend, dachte sie leicht amüsiert: »... hoffentlich fallen dir die Augen nicht aus dem Kopf ... oder brauchst du etwa eine Brille ...«

Das hörte sich ganz drollig an, amüsierte sich Thomas sofort. Mal sehen oder besser gesagt hören, wie es hier weiterging. Könnte unterhaltsam werden. Er lehnte sich entspannt in eine unauffällige Position zurück, um die beiden zu beobachten.

Nach wie vor stierte der Dandy zur Blondine hin und überlegte: »... scheint sich zu langweilen ... mir könnte da schon was einfallen ... brauchst richtigen Mann ...«

Die blonde Frau ließ ihren Blick wie beiläufig durch das Lokal schweifen, auch am Schönling vorbei. »... ein aufdringlicher Gaffer ... soll ich ihm meine Visitenkarte geben ... Foto hab ich grad nicht ...«, dachte sie amüsiert.

»... klassisch blond und doof ... macht aber ganz gute Figur ... könnte sie einladen ... meine Briefmarkensammlung bestaunen ... oder was anderes ...«, ging es dem

Dandy weiter durch den Kopf. Es schien, als ob ihn das Jagdfieber gepackt hätte. Er glaubte vermutlich, eine leichte Beute vor sich zuhaben.

»... hör auf so zu glotzen ... kriegst noch Genickstarre ... wirkst schon überheblich genug ... eitler Geck ...«, nervte sich jetzt die Blondine ein klein wenig.

Der Dandy griff mit gespreiztem kleinen Finger zu seiner Kaffeetasse, dabei überlegend: »... soll ich mich zu ihr setzen ... kleine Showeröffnung ... dann ab ins Körbchen mit ihr ...«

In diesem Augenblick betrat eine große, kräftig wirkende Frau, in Jeans und Hemdbluse gekleidet, das Lokal. Sich kurz umsehend ging sie auf den Tisch der blonden Frau zu. Die Blonde erhob sich mit einem strahlenden Lächeln. Die beiden Frauen umarmten sich innig und begrüßten sich mit einem hingebungsvollen Kuss auf den Mund.

Vom Tisch des Dandys ertönte in diesem Augenblick ein klirrendes Scheppern. Mit einem Fluch auf den Lippen war der Mann vom Stuhl aufgeschossen. Die Tasse mit dem Kaffee war ihm aus der Hand geglitten, seine Hose schien das meiste des heißen Gebräus abbekommen zu haben.

Thomas musste mit Gewalt einen lauten Lacher unterdrücken. Das Gesicht zu einem breiten Grinsen verzogen, wandte er sich zum Fenster ab. Sah gerade noch, wie die blonde Frau mit einem Blick auf den Mann, lachend ihre Hand vor den Mund hielt und sich flüsternd ihrer Partnerin zuwandte.

Thomas hatte noch ein leichtes Schmunzeln im Gesicht, als wenig später Peter hereinkam.

»Hallo Thomas. Nach deinem Gesichtsausdruck zu urteilen, scheinst du es lustig zu haben. Lass mich mitlachen«, forderte er, sich an den Tisch setzend.

Jetzt erzählte ihm Thomas, was sich soeben abgespielt hatte. »Weißt du«, meinte er danach zu Peter, »es gehört sich zwar nicht, fremde Leute zu belauschen, aber bei solchen Situationen kann ich nicht davon lassen. Es ist einfach köstlich, was da manchmal abläuft. Kommt leider viel zu selten vor. Meistens grübeln die Leute über ihre Probleme nach. Sie versinken in trüben oder gar wütenden Gedanken.«

»Na ja, du schadest damit ja niemandem. Dafür hast du mit solchen Episoden wenigstens ein kleines bisschen Spaß.« Die Kellnerin kam an den Tisch und sie bestellten Pizzen.

Peter drehte sich unauffällig, um die zwei sehen zu können, von denen Thomas gerade erzählt hatte. Wieder zu Thomas gewandt meinte er salopp: »Schade eigentlich um die schöne Frau. Aber dem Snob mag ich die Enttäuschung gönnen.« Dann besann er sich auf den Zweck ihres Treffens.

Neugierig konzentrierte er sich auf Thomas: »Aber jetzt erzähl mir von deinem Polizeieinsatz. Wir haben uns ja ewig nicht mehr getroffen, warst beschäftigt und hast sogar unser obligates Tennismatch wegen deinem Polizeidienst abgesagt. Komm, erzähl erst mal von deinem Abend mit Barbara. Wie ich von Christa schon gehört habe, scheint es, dass ihr zwei euch endlich gefunden habt.«

So berichtete ihm Thomas, wie der Abend bei Barbara verlaufen war. Das eine oder andere behielt er allerdings für sich, weil das selbst einem guten Freund gegenüber zu persönlich war. Mit Begeisterung schilderte er, wie sie zueinandergefunden hatten, und schloss: »Wir haben uns ausgesprochen, ich habe ihr alles über meine Eigenschaften erklärt. Jetzt sind wir uns einig, dass wir zusammen sein wollen. Nichts soll uns mehr trennen können. Wir sind unbeschreiblich glücklich.«

Peter klopfte ihm auf die Schultern: »Wenn das mal nicht die beste Nachricht ist, die ich seit Langem von dir gehört habe! Ich freue mich gewaltig für euch zwei. Dann sind wir jetzt ein glückliches Quartett. Genießen wir unsere schöne Zukunft, hin und wieder auch gemeinsam.«

»Aber sicher«, bestätigte Thomas. Doch sein Gesicht nahm sogleich einen sorgenvolleren Ausdruck an. »Aber ich habe da mittlerweile ein gewichtiges Problem, das ich noch lösen muss.«

»Sprich mein Freund, es gibt für alles eine Lösung«, meinte Peter in seiner optimistischen Art.

»Weißt du ...«, begann Thomas zögernd, »mein Leben hat sich in der letzten Zeit mächtig verändert. Ich komme nicht mehr darum herum, mir ernsthaft zu überlegen, wie alles weitergehen soll. Nicht mit Barbara, ich meine mit meinem Arbeitsleben, das ...«

»Macht dir deine Arbeit in der Informatikbranche keinen Spaß mehr? Ich hatte bisher eher gedacht, dass es dir gut gefällt«, unterbrach ihn Peter. – »Allerdings hatte ich mich auch schon gefragt, wie es eigentlich dazu kam, dass ein Bauernbub wie du sich in einer hochtechnischen Welt wohlfühlen kann«, setzte er hinzu.

»Stimmt schon, Landwirtschaft und Computerprogrammierung sind wirklich zwei unterschiedliche Welten. Aber das ist nicht das Problem, denke ich. Was mich unsicher macht, ist die Tatsache, dass es mir immer mehr gefällt, meine besondere Fähigkeit zu nutzen. Seit ich die Bank vor dem Überfall gewarnt hatte, danach der Polizei bei ihrer Suche nach der undichten Stelle erfolgreich behilflich war, überlege ich mir ernsthaft, ob ich nicht meine Fähigkeit als selbstständiger Dienstleister vermarkten sollte. Ich bin privat unabhängig und ohne Verpflichtungen. Wenn es mir zu viel wird, kann ich wieder zurück in den Job.«

Peter betrachtete seinen Freund nachdenklich. »Wenn du die Belastung verträgst ... davon auch leben könntest? Warum nicht, wenn du Aufträge bekommst.«

»Das ist es eben. Diese Bank da, bei der ich den Überfall verhindert hatte, rief mich vor ein paar Tagen an. Sie wollten mich für ein Kundengespräch engagieren. Ich hatte ihnen zugesagt. Gestern Nachmittag war ich dann dort.«

»Und was wollten sie von dir?«, fragte Peter, wieder wie gewohnt ganz der Neugierige.

»Da kam ein Kunde zu einer Besprechung. Die Bank hatte ihn darum ersucht. Sie vermuteten bei ihm Schwarzgeldwäscherei oder irgendetwas in der Art. Jedenfalls vermutete die Bank, dass was nicht so ganz sauber sei. Sie müssten das klären, bevor sie entscheiden könnten. Ich hatte das Ganze aber nicht genau verstanden.«

»Und du musstest diesem Kunden die Gedanken sondieren.«

»Ich sollte als eine Art Assistent eines höheren Bankbeamten dabeisitzen, damit ich die Gedanken des Kunden lesen konnte. War eine komische Situation«, erinnerte sich Thomas amüsiert, »fühlte sich an, als spielte ich in einem Theaterspiel eine Rolle. Hat irgendwie Spaß gemacht.«

»Red nicht drum rum«, drängte Peter ungeduldig. »Wie ging's aus?«

»Der noble Herr wickelt offenbar wirklich unlautere Geschäfte ab. Nach den Gedankensplittern zu schließen, scheinen Drogen und auch Mädchenhandel eine Rolle zu spielen. Nachdem ich die empfangenen Infos dem Banker weitergeben konnte, hat die Bank Klartext mit ihm geredet. Sie haben ihm auf den Kopf hin erklärt, welche Kenntnisse man besitze. Dann hat man ihm das Konto per sofort gesperrt. Ich vergesse den Gesichtsausdruck von diesem Gauner nicht so schnell. Wütend und aggressiv zugleich. Es fehlte eigentlich nur noch, dass er eine Waffe gezogen hat.«

Peter schaute ihn sprachlos an. »Mensch Thomas, du bist ja ein Spitzenagent.«

»Und jetzt hat die Polizei, dieser Hauptkommissar Bechthold, sich wiederum bei mir gemeldet. Sie möchten, dass ich ihnen bei einem weiteren Einsatz behilflich bin. Aber dafür müsste ich wieder freie Tage beim Chef verlangen. Und der ist langsam nicht mehr wirklich zufrieden mit mir. Mit meinen häufiger werdenden kurzfristigen Wünschen für Freizeit kann er sich überhaupt nicht anfreunden. So könne er nicht planen, mich effizient einsetzen und so weiter, hat er gejammert. Hat vermutlich recht damit. Und mir stinkt's langsam aber sicher in dieser Situation. Und es wird allmählich zu einer ganz schönen Belastung für mich, als Diener mehrerer Herren.«

»Das will was heißen, wenn ein Arbeitstier wie du, so was sagt. Aber ... wie steht es denn mit Pinkepinke?«, fragte jetzt Peter und rieb dabei demonstrativ Daumen und Zeigefinger aneinander.

»Eigentlich viel besser, als ich das erwartet hatte. Von der Polizei habe ich die drei Tage sehr gut entschädigt bekommen. Darüber hinaus gab es eine zusätzliche satte Erfolgsprämie. Die Bank hat mir für den verhinderten Überfall gleich ein Konto eingerichtet und ein kräftiges Dankeschön dazu gelegt. Und für die Sache mit dem Schwarzgeldkunden bekomme ich ebenfalls eine Prämie. Aus diesem Winkel betrachtet, ist es mehr als klar. Da ist in den paar Tagen mehr reingekommen, als für mehrere Monate ackern in meinem Job.«

»Gut zu wissen, dass ich einen Freund habe, bei dem ich anklopfen kann, wenn es in meinem Geldbeutel nach Ebbe aussieht. – Und jetzt fragst du dich, wie weiter. Aus dem Job aussteigen, eigenständig als Berater Dienstleistungen anbieten, dafür aber mehr Risiko für dich und dein Einkommen eingehen.«

»Das ist nicht wirklich das Wesentlichste für mich. Mit dem alleine könnte ich leben. Aber es gibt für mich zwei ganz wichtige Punkte, die ich zu wenig einzuschätzen vermag. Erstens die Frage, wie lange ich die Belastung bei intensiverem Einsatz meiner Fähigkeit, durchhalte. Wenn ich an die drei intensiven Tage bei der Polizei zurückdenke, wird mir dabei ganz schwummrig.« Thomas unterbrach sein lautes Nachdenken und trank einen Schluck.

»Aber der schwerwiegendste Punkt scheint mir, ist die Frage, wie zuverlässig lässt sich die Kenntnis über meine telepathischen Kräfte geheim halten. Man versicherte mir zwar, dass man alles in ihrer Macht stehende veranlasse, um Verschwiegenheit zu bewahren. Aber was heißt das schon in Anbetracht der Rücksichtslosigkeit unserer heutigen Medien. Wenn das publik wird, kann ich mein Leben gleich zusammenpacken. Dann wäre ich nur noch ein Spielball für dunkle Machenschaften und für die Medien ein willkommener Quotenbringer. Davor habe ich ganz arge Bedenken.«

Peter hatte ihm aufmerksam zugehört. Jetzt überlegte er laut: »Da hast du sicher recht mit den Bedenken, das Geheimnis bewahren zu können, aber du solltest auch Vertrauen haben zu deinen Auftraggebern. Das sind schließlich nicht irgendwelche erfolgsgerichteten Profitgesellschaften, sondern kontrollierte Organisationen mit hohem Sicherheitsdenken und straffen Schweigepflichten. Denen bist du jetzt bekannt und kannst ihnen trauen, wenn sie noch mehr von dir wollen. Ich meine, ein solches Risiko kannst du eingehen. Wenn es doch zu einer öffentlichen Katastrophe käme, könntest du mithilfe der Behörden sicherlich in deinem Beruf wieder eine Anstellung finden. – Was deine Belastungsgrenze anbetrifft, das ist wirklich ein Punkt, den du genau bedenken musst. Wenn du daran zerbrichst, hättest du alles verloren. Gesundheit, Existenz, ein glückliches Familienleben. Allerdings könntest du als Freischaffender die Häufigkeit deiner Einsätze in einem für dich erträglichen Maße steuern. – Soweit mal das, was mir gerade dazu einfällt. Ist nicht einfach für dich. Da wo ich kann, stehe ich dir natürlich bei.«

»Danke dir mein Freund ... und Lebensberater«, schmunzelte Thomas. Er fühlte sich ein ganzes Stück befreiter, nachdem er das, was ihn dermaßen beschäftigte, mit einer vertrauten Person diskutieren konnte. »Dann jetzt rasch zu unseren Pizzas, die mag ich kalt nämlich gar nicht. Guten Appetit.«

Nach der Pizza lockerten noch einige Schlucke Wein sowie zum Abschluss ein kräftiger Espresso die Diskussion um Vor- und Nachteile bei einem eventuellen Wechsel im Arbeitsleben von Thomas, auf.

Das würde keine leichte Entscheidung für ihn werden, auch dann nicht, wenn ihm seine Freunde und auch Barbara, mit der er die Idee ebenfalls noch besprechen wollte, beistehen würden. Mit diesen sorgenvollen Gedanken verabschiedete sich Thomas von seinem Freund spät abends und machte sich auf den Nachhauseweg.

~ ~ ÷ ~ ~

Ein weiteres Mal hatte Thomas beim Chef um freie Tage bitten müssen. Wie erwartet, wurde der zusehends grantiger, kam aber nicht darum herum, verärgert und mit hochrotem Kopf der Bitte von Thomas zuzustimmen. Schließlich waren es gesetzlich zugesicherte Urlaubstage. Thomas war es nicht leicht gefallen, schon wieder betteln zu müssen, so was war einfach nicht sein Ding. Aber sein neuer Einsatz bei der Polizei erforderte es, dass er flexibel über mehrere Tage zur Verfügung stehen sollte.

Bei diesem Einsatz ging es darum, am internationalen Flughafen ankommende Passagiere zu kontrollieren.

Man hatte Informationen erhalten, dass in den nächsten Tagen ein oder mehrere Kuriere ankommen sollen. Was die ins Land bringen wollten, war nicht ganz klar. Es konnten Drogen, Devisen oder andere illegale Dinge sein. Wann und woher die Schmuggler kommen würden, war noch unklar, ebenso was das für Leute sein würden. Und da lag das große Problem. Thomas sollte die Gedanken der Ankommenden beim Ausgang zur großen Ankunftshalle scannen. Wie er das schaffen soll bei der Menge von Menschen, die da ankamen, wusste Thomas nicht. Nur eins war klar, er konnte lediglich die Gedanken von Deutsch sprechenden und denkenden Personen erkennen. Alle anderen, mit Ausnahme von solchen, die ein deutliches Englisch dachten, empfing er zwar, verstand aber nicht, was die Worte bedeuteten.

Darüber hatte er mit Hauptkommissar Bechthold und Petra Sontheim, die wiederum als Einsatzleiterin fungierte, ausgiebig beraten. Sie mussten ein für Thomas mögliches Vorgehen finden, potenziell verdächtige Personen zu erkennen. Thomas hatte den Vorschlag gemacht, dass er über das Bild der Aura und den Gefühlseindruck versuchen konnte, eine grobe Vorauswahl zu treffen. Er erläuterte den beiden, was er darunter verstand und wie sich das bei ihm manifestierte. Die Problematik bestand jedoch darin, dass mit solch kurzen Empfindungen auch harmlose Personen in den Fokus geraten konnten. Nämlich jene, die lediglich ein in den Ferien gekauftes Schmuckstück oder ein besonderes Souvenir einschmuggeln wollten und deshalb Nervosität und Unruhe ausstrahlten. Aufgrund des Gefühlseindruckes konnte er zumindest auch die fremdsprachig denkenden Personen ganz grob überprüfen und für eine genauere Kontrolle empfehlen.

Schließlich vereinbarten sie, mit ein paar Teststunden vor der heißen Einsatzzeit, Thomas die Möglichkeit zu bieten, sich vorzubereiten. Außerdem konnten damit das Zollpersonal und die zusätzlichen Kriminalbeamten, die zum Einsatz kommen würden, in die besondere Vorgehensweise eingewiesen werden.

Am Samstagnachmittag fuhr Thomas also mit Petra Sontheim zum Flughafen, um ein paar Stunden das Vorgehen auszutesten. Der Hauptkommissar hatte die Einsatzleiterin eingeteilt, damit keine weiteren Personen in das Geheimnis von Thomas eingeweiht werden mussten. Thomas war für diese Rücksichtnahme sehr dankbar. Petra, sie hatten mittlerweile beschlossen, sich einfachheitshalber zu duzen, würde seine direkte Ansprechperson bei dieser Aktion sein. Damit Thomas in der ohnehin für ihn schon zermürbenden Gefühlsüberprüfung nicht mit organisatorischen Abläufen belastet wurde, sollte sie jeweils dafür sorgen, die Informationen und Weisungen weiterzuleiten. Er würde wie eine Art Sensorgerät für sie agieren, überlegte Thomas amüsiert und freute sich auf dieses, wie er es insgeheim nannte, neue Abenteuer.

Im Flughafen angekommen, stellten sie sich allen Beteiligten vor und Thomas wurde als Sonderermittler vorgestellt. Was immer unter dieser Bezeichnung verstanden wurde. Wichtig war für Thomas, dass es niemand weiter hinterfragte. Und erstaunlicherweise fragte wirklich niemand nach, warum zwei Außenstehende den Befehl über die Zollprüfungen übernahmen. Wahrscheinlich hatte Bechthold dafür gesorgt, dass alle mit einer dienstlichen Weisung informiert worden waren. So was gab es nicht zu hinterfragen, mutmaßte Thomas.

Jetzt setzten sich Petra und Thomas im Bereich eines engen Durchganges hinter eine Art Pult und taten so, als ob sie irgendwelche Überwachungsaufgaben durchführen würden. Hier kamen alle Personen, die zuvor ihr Gepäck von den Bändern geholt hatten, zwangsweise hintereinandergehend, vorbei in Richtung der Zolltische. So konnte Thomas einen nach dem anderen konzentriert betrachten. Petra saß vor einem Mikrofon und konnte damit per Tastendruck mit verschiedenen Stellen Kontakt aufnehmen. Außerdem hatten sie beide einen direkten Blick auf die Tische und Kabinen, an denen die Zollbeamten Personen- und Gepäckdurchsuchungen vornahmen. Jetzt waren sie bereit, einen Versuchslauf zu starten.

Thomas begann, die Ausstrahlungen der vorbeigehenden Personen aufzunehmen. Die beginnenden Gedankenströme blendete er sofort aus, indem er den Blick auf die nächste Person richtete. Er hatte das tags zuvor schon mal im Einkaufscenter ausprobiert. Er hatte sich hingesetzt und die vorbeigehenden Leute betrachtet, bis ihm beinahe schwindlig geworden war. Nun kamen ihm diese ersten Erfahrungen zugute. Er besah sich die Aura, und wenn die Personen im lockeren Abstand durchgingen, hatte er genügend Zeit einen kurzen Gedankengang aufzunehmen. Das wäre die effektivste Form. Wenn jedoch in schnellem Schritt ganze Gruppen kamen, wurde seine Kontrolle eher zu einer Stichprobenwahl mit fraglicher Zuverlässigkeit .

Ein herankommender Mann mit blauer Schirmmütze zeigte eine wallende, erregte Aura und dachte: »... noch ein paar Meter ... dann bin ich durch ...« Thomas flüsterte sofort an Petra: »Mann, blaue Schirmmütze.« Sofort gab Petra das per Mikrofon an den Zolltisch weiter. Sie hatten vereinbart, bei einer verdächtigen Person abzuwarten, was sich bei der Zollkontrolle ergab, ehe Thomas die nächste Person prüfen würde. So konnte Thomas beginnen, sich ein Bild davon zu machen, wie zutreffend seine Schnelleinschätzung war. Sie blickten jetzt gespannt dem Mann nach, um zu sehen, was geschah.

Am Zolltisch trat einer der Zollbeamten vor den Tisch und bedeutete dem Mann mit der blauen Schirmmütze, zu ihm zu kommen. Aus der Distanz konnte er noch ein Fragment von dessen Gedanken erkennen: »... scheiße ... Pech gehabt ...«

Das Gepäck des Mannes wurde geöffnet und durchsucht. Etwas blieb auf dem Tisch liegen. Der Mann wurde in eine Kabine gebeten, wo er ebenfalls durchsucht wurde. Nach kurzer Zeit kam eine Meldung zu Petra. Die Person wollte verbotene Tierpräparate einführen. Sehr Gut, Treffer. Richtig empfunden. Und jetzt die nächsten Vorbeigehenden.

Nach zwei Stunden legten sie eine Pause ein. Es war für Thomas erstaunlich gut zu verkraften gewesen, da die Leute meistens in loser Folge daherkamen. Er bekam jedes Mal eine Pause zur Erholung, wenn sie auf das Ergebnis warteten, weil er einen Verdächtigen vermutet hatte. Das Ergebnis konnte sich sehen lassen. Insgeheim hatte Thomas Mitleid mit den Erwischten, die das Pech hatten, ausgerechnet heute vor Thomas durch den Zoll gehen zu müssen. Es waren zwar heute nur kleine Schmuggeleien, aber für Thomas und Petra war es erfreulich zu sehen, dass sie mit dieser Methode eine gute Chance hatten, Schmuggler zu erkennen. Einzig bei einer Frau, die eine extrem aufgeregte Aura hatte, konnte man bei der Kontrolle absolut nichts finden. Sie hatte vielleicht ein besonders raffiniertes Versteck im Koffer oder an sich selbst, oder sie war ganz einfach eine sehr leicht erregbare Person. Besonders stolz war Thomas auf ein Pärchen, aus deren Auren nichts Besonderes zu erkennen gewesen war. Bei denen hatte er aber aus den Gedanken Hinweise bekommen, weil sie just im Moment des Vorbeigehens an das versteckte Schmuggelgut gedacht hatten.

In einer kurzen Zwischenbesprechung vereinbarten sie schließlich, dass man den Strom der Personen unauffällig zusätzlich verzögern wollte, um Petra und Thomas mehr Zeit für die Beobachtung zu geben. Auch in einer zweiten Testphase war das Ergebnis wiederum unglaublich. Alle von Thomas bezeichneten hatten, mit einer Ausnahme, kleines Schmuggelgut dabei. Nur der Mann, bei dem man gleich ein halbes Dutzend echter Perlencolliers, geschätzter Wert um die 30'000 Euro, fand, hatte jetzt ein massiveres Problem.

Sie beschlossen, den Testbetrieb abzubrechen. Sie würden wieder da sein, wenn die vermuteten Kuriere eintreffen sollten. Petra und Thomas verabschiedeten sich, um möglichen verwunderten Bemerkungen über die Treffsicherheit der beiden zu entgehen.

~ ~ ÷ ~ ~

Zwei Tage später erhielt Thomas den erwarteten Anruf von Petra Sontheim. Man hatte weitere Informationen von ausländischen Behörden erhalten. Es würden in den nächsten Stunden und Tagen verschiedene Kuriere eintreffen. So vereinbarten sie einen Treffpunkt und fuhren zusammen zum Flughafen. Es kamen heute zwei Flüge an, die für sie von Interesse waren. Sie wollten sich mit der Überprüfung auf die Zeiträume, in denen die Passagiere dieser Flüge durch den Zoll kommen würden, beschränken.

Am Ende des Einsatzes konnten sie einen ersten Teilerfolg verbuchen. Vom ersten Flug gab es, abgesehen von wiederum ein paar kleinen Schmuggelversuchen, keine Besonderheiten. Aber beim zweiten Flug landeten sie einen Volltreffer. Thomas hatte eine Frau ins Blickfeld genommen und sofort ihre erregte Aura wahrgenommen. Ihre Gedanken kreisten um die Bücher in ihrem Koffer. Thomas gab an Petra weiter: Frau in blauem Hosenanzug, Bücher. Und tatsächlich, die Zöllner fanden mehrere Bücher, originalgetreu in Zellophan eingeschweißt als kämen sie soeben aus einer Buchhandlung. Als man eines davon öffnete, kamen darin kunstvoll verpackte Banknoten von hohem Wert zum Vorschein. Devisenschmuggel. Es soll sich um mehrere hunderttausend Dollar gehandelt haben.

~ ~ ÷ ~ ~

Heute würde es gleich vier Flüge geben, die von Interesse waren, erfuhr Thomas von Petra tags darauf bei der Fahrt zum Flughafen. Das würde ein herausfordernder Tag für ihn werden, dachte Thomas und fragte sich, ob er dies durchzuhalten vermochte.

»Hoffentlich kommen sie nicht unmittelbar nacheinander. Ich brauche nach zwei bis dreihundert Personen eine Erholungspause. Das schlaucht mich ganz schön«, meinte Thomas besorgt.

»Da haben wir Glück. Soviel ich gesehen habe, treffen die vier Flüge verteilt über den ganzen Tag ein. Aber wenn es dir zu viel wird, halte dich einfach ein wenig zurück«, erwiderte Petra mit einem prüfenden Seitenblick auf Thomas. »Ich nehme an, dass die Zöllner über kleine Zwischenpausen ebenfalls erfreut sein werden. Die haben, wenn wir da sind, deutlich mehr Arbeit, als wenn sie frei nach Gutdünken Reisende herauspflücken können«, schmunzelte sie.

»Ich versuche, zwischendurch nur die Gefühlsempfindungen zu betrachten, ohne die Gedanken zu lesen, das ist weniger ermüdend.«

Nach einer Weile des Schweigens ergriff Thomas wieder das Wort. »Langsam habe ich ein wenig Bedenken wegen der Zöllner und Polizeibeamten, die bei unseren Aktionen direkt beteiligt sind. Die wundern sich, habe ich beiläufig festgestellt, teilweise ganz gewaltig über unsere Supernasen. Vielleicht sollte ich dann und wann wahllos einen harmlosen Reisenden an die Kontrolle gehen lassen? Die spüren doch, dass mit dieser absoluten Treffsicherheit etwas nicht normal sein kann.«

»Das ist zu befürchten. Sie erwarten allmählich eine plausible Erklärung für die hohe Erfolgsquote. Ich habe mir schon seit gestern überlegt, mit welchen Andeutungen wir die Aufmerksamkeit der Leute ein wenig eindämmen könnten. Wir erwähnen natürlich nichts von wegen Gedankenlesen.« Petra hing einen Moment ihren Gedanken nach. »Wir könnten ihnen erklären, dass du so was wie ein Medium bist. Ein Mensch der Schwingungen spüren kann oder so. Solcherlei ist allgemein bekannt in der Bevölkerung, nicht so außergewöhnlich, und wird von vielen Menschen ernst genommen. Das wäre obendrein noch nicht mal gelogen. Was meinst du?«

Nach kurzem Nachdenken meinte Thomas: »Das klingt ganz gut. Ja, machen wir das doch. Du könntest anmerken, dass ich ein Sonderling sei, das würde sie vielleicht etwas zurückhalten, mich anzusprechen. – Aber ich möchte nicht zugegen sein, wenn du ihnen das sagst, damit ich nicht neugierige Nachfragen beantworten muss. Und du weißt einfach nichts Genaueres darüber.«

»Ja, das passt, so machen wir's«, sagte Petra und schwenkte in diesem Augenblick auf den internen Parkplatz des Flughafens ein.

Gleich zu Beginn der Anfangsbesprechung mit allen, verließ Thomas die Sitzung mit der Entschuldigung, zur Toilette zu müssen. Als er zehn Minuten später zurück in die Besprechung kam, spürte er sogleich, dass Petra die Zeit genutzt und ihre Info über ihn vorgebracht hatte. Er wurde von allen Seiten jetzt nicht mehr misstrauisch, sondern nur neugierig, von einigen gar respektvoll, betrachtet. Es schien, dass sie mit dem Geflunker von Petra erreicht hatten, was sie wollten. Thomas entspannte sich und sie besprachen alles Organisatorische für den Tag. Thomas gab sich alle Mühe, ein wenig den Sonderling zu spielen, und hatte sogar Spaß dabei.

Der Tag wurde für Thomas wie befürchtet, zu einer wahren Strapaze. Die ersten Stunden, zwei der vier Flüge waren eingetroffen, konnte er gut verkraften, aber um die Mittagszeit kam er an seine Grenzen. Glücklicherweise gab es danach für mehr als drei Stunden Pause, und er hatte damit ausgiebig Gelegenheit, sich wieder zu erholen.

Als sie schließlich spät abends, alle mehr als geschafft vom langen Einsatz, zu einer Schlussbesprechung zusammenkamen, konnten sie absolut zufrieden sein mit dem Erreichten. Neben einer erstaunlichen Menge von Dingen, die von den Reisenden gewollt oder ungewollt vergessen wurde zu deklarieren, die jedoch nicht das Ziel dieser Aktion gewesen waren, konnten zwei Kuriere erwischt werden. Da war vor allem eine Frau, bei der, einfallsreich in mehreren Gepäckstücken versteckt, harte Drogen in einer Menge von über sechs Kilogramm gefunden wurden. Und beim zweiten Kurier fand man, dank den Hinweisen von Thomas, geradezu perfekt im Schalenkoffer eingearbeitet, zwanzig gefälschte Pässe. Alle ausgestellt mit Fotos von lauter jungen, attraktiven Frauen mit osteuropäischen Gesichtszügen. Warum die Papiere auf diesem Wege ins Land kamen und nicht mit den Passbesitzern zusammen, dürfte einiges an zusätzlicher Ermittlungsarbeit kosten.

Müde, aber hochzufrieden über den erfolgreichen

Tag, verabschiedeten sich alle voneinander. Mit Respekt und Bewunderung für die sagenhafte Arbeit von Thomas bedankten sich viele ehrfurchtsvoll. Thomas war froh, dass sein Einsatz nicht allzu hohe Wellen geworfen hatte. Trotzdem war ihm nicht ganz wohl bei dem Gedanken, dass eine Truppe von über einem Dutzend Personen seinen Spürsinn hautnah miterleben konnte. Der eine oder andere würde mit Sicherheit nicht alles für sich behalten können und im Bekanntenkreis darüber prahlen. Damit stieg das Risiko, dass unerwünschte Kreise darauf aufmerksam gemacht wurden.

~ ~ ÷ ~ ~

Sechs

Ein gutes halbes Jahr war mittlerweile vergangen. Für Thomas hatte sich sein Lebensrhythmus massiv verändert. Mit Barbara hatte er ausgiebig über die Idee, sich als Berater selbstständig zu machen, gesprochen. Nach anfänglichen Bedenken ihrerseits, seine Sicherheit und seine Kräfte betreffend, war der Entschluss dann gefallen. Thomas kündigte seinen Informatik-Job, was in Anbetracht des Bestandes an Überstunden und Urlaubstagen rasch umgesetzt war und machte sich mit einer Beratungsfirma selbstständig. Über einen Mangel an Aufträgen konnte er sich nicht beklagen. Nach den Einsätzen im Flughafen hatte das Kommissariat, oder besser gesagt vor allem Hauptkommissar Bechthold, Blut geleckt. Solche Erfolge vorweisen zu können, wurde schließlich von weiter oben in der Hierarchie honoriert. Bechthold drängte ihn, bei weiteren schwierigen Aktionen mitzumachen. Auch die Bank hatte wiederholt um seine Mithilfe gebeten. Alles lief gut an. Er erledigte ein paar Monate in Ruhe die verschiedensten Aufträge, meistens solche für die Polizeibehörde, und sein Bankkonto stieg in erfreulichem Maße an.

Nach den erfolgreichen Einsätzen im Flughafen gab es für Thomas dort noch zwei weitere Kontrollaktionen.

Auch bei diesen konnten dank dem, was Thomas aus den Gedanken las, Drogen- und Geldkuriere gefasst werden.

Eine andere Großaktion, die dann ein zweites Mal durchgeführt wurde, fand auf der Autobahn statt. Während die Polizei große und kleine Lastkraftwagen zur Kontrolle aus dem Verkehr auf einen Rastplatz herausnahm, musste Thomas, wiederum in Begleitung von Petra Sontheim, die jeweiligen Fahrer abhören. Auch dort konnten sie große Erfolge verzeichnen, da die meisten Fahrer früher oder später an die verbotene Ladung dachten, oder sich die Weisungen durch den Kopf gehen ließen, die sie bei der Frachtübernahme erhalten hatten. Drogen, Waffen, Diebesgut und in einem Falle drei junge Frauen fand man bei den Durchsuchungen der Ladungen. Die Polizei konnte sich brüsten über ihre zahlreichen Erfolge.

Für Thomas war es zuerst eine erfreuliche Aufgabe, konnte er doch maßgeblich mithelfen, kriminelle Aktivitäten aufzudecken. Was ihm jedoch zunehmend mehr Kopfzerbrechen machte, war die Tatsache, dass er mehr und mehr Aufmerksamkeit erhielt von all den vielen Beteiligten. Immer mehr ins Rampenlicht gerückt zu werden war eine Entwicklung, die er überhaupt nicht gerne sah. Die Beteiligten zeigten immer deutlicher ihr Erstaunen über seinen Spürsinn. Man hatte ihnen erklärt, der Mann besitze eine ausgeprägte, hellseherische Begabung. So manch einer begann sich jedoch in Anbetracht der hohen Erfolgsquote zu fragen, ob da nicht mehr als ein simpler Spürsinn dahinter steckte. Die Fantasie einiger beteiligten Personen begann, Blüten zu treiben. Thomas hatte immer größere Angst, dass neugierige Journalisten davon erfuhren und sich mit den wundersamen Geschehnissen befassten. Eine unangenehme Richtung nahmen für Thomas auch die zahlreicher werdenden Fragen, denen er lediglich mit wenig handfesten Antworten begegnen konnte. Eine insgesamt unerfreuliche Situation bei solchen Großaktionen.

Die größte Hilfe für die Polizei erbrachte Thomas bei den häufigen Befragungen im Amt. Immer wieder bat ihn der Kommissar zu Verhören mit hartnäckigen Aussageverweigerern. Doch jetzt mehrten sich hier die Probleme ebenfalls. Dieses Mal von einer ganz anderen Seite. Gar manche der zuständigen Untersuchungsbeamten empfanden es nicht als angenehm, wenn ihnen vom Chef eine zusätzliche Person für das Verhör aufgezwungen wurde. Man fühlte sich zurückgesetzt, in der Ehre gekränkt. Thomas wurde daher von vielen nur mit verstecktem oder gar offen artikuliertem Murren akzeptiert. Wenn Thomas die Gedanken eines Befragten las und daraufhin mit seinen Einwänden und Fragen zur erfolgreichen Klärung führen konnte, bewirkte dies häufig zusätzliche neidvolle Reserviertheit des zuständigen Beamten. So wurde Thomas, neben der Tatsache, dass er als rätselhafter Sonderling eingestuft und behandelt wurde, ganz allmählich zum unbeliebtesten Mitarbeiter in der Abteilung von Kommissar Bechthold. Eine mehr als nur unangenehme Situation, mit der er sich abzufinden hatte in der Hoffnung, dass die amtliche Schweigepflicht der Beamten, eine übermäßige Eskalation ihm gegenüber verhinderte.

Diese Belastungen und Sorgen versuchte Thomas,

wenn er auf dem Nachhauseweg durch die Straßen schlenderte, abzubauen. Hier gab es für ihn immer wieder kleine Erlebnisse oder Begebenheiten, die ihn entspannend amüsierten.

So wie jener Bettler zum Beispiel, an dem Thomas häufig auf dem Nachhauseweg vorbeikam. Der alte, leicht verwahrloste Mann saß im Schneidersitz in einer windgeschützten Ecke an der Kirchenmauer. In stoischer Ruhe betrachtete er die vorbeigehenden Passanten scheinbar gleichgültig. Erst wenn man nahe an ihm vorbeikam, war ein Anflug von Interesse auf seinem Gesicht zu erkennen.

»Eine kleine Spende für ein Essen!«, forderte er dann mit schwacher, zitternder Stimme. Dabei zeigte er auf den vor ihm liegenden Stoffhut und blickte den Passanten mit Mitleid heischendem Gesichtsausdruck entgegen. Meistens dachte er nichts Konkretes. Doch wenn Thomas einen kurzen Gedanken erkennen konnte, war der entweder reichlich bösartig oder überraschend belustigt. Bei guter Laune kamen Gedankensplitter wie: »... hallo Storchenstelze ... tolle neue Schuhe ... was übrig für meine Treter? ...«, als da eine junge Frau auf High Heels vorbei trippelte. Als ein andermal ein gut gekleideter Mann in Anzug und Krawatte daherkam, dachte er mürrisch: »... geschniegelter Affe ... hast genug Geld ... gib gefälligst was ab davon ...«, da der Mann ihn nicht beachtet hatte, streckte er ihm kurzerhand die Zunge raus. Worauf diese Gemütsunterschiede zurückzuführen waren, hatte Thomas nicht erkennen können. Er vermutete, dass es wahrscheinlich ein Stück weit mit dem Alkoholpegel des Mannes zusammenhängen könnte.

Thomas legte ihm meistens ein, zwei Euro in den Hut. Mittlerweile kannte ihn der Alte und zeigte schon im Voraus ein freundliches Gesicht sowie auch freundliche Gedanken. »Danke der Herr«, bekam er jeweils mit einem höflichen Nicken zu hören.

Beim letzten Mal hatte ihm Thomas aus einer Laune heraus einen Zwanzigeuroschein in den Hut gelegt und gemeint: »Hier, gönnen Sie sich mal eine kräftige Mahlzeit!« Der Bettler hatte ihn ob der großen Spende erst leicht verblüfft angesehen. Mit einer schnellen Bewegung, die man ihm kaum zugetraut hätte, grapschte er den Geldschein aus dem Hut um ihn sofort in der Manteltasche verschwinden zu lassen. Thomas schmunzelte und dachte beim Weitergehen, dass er den Mann das nächste Mal fragen wollte, wie es geschmeckt hätte.

Als Thomas ihn zwei Tage später fragte: »Na, hat die Mahlzeit geschmeckt?«, sah der Bettler ihn erst erstaunt an, schien sich dann aber an die Spende von Thomas zu erinnern.

»Jaja ... war ganz gut«, meinte er in gespielt interesselosem Ton. Doch Thomas konnte den Gedankengang erkennen, und der lautete ganz anders: »... war guter Wein ... schnell weg ... könnte Nachschub gebrauchen ...«

Thomas schmunzelte innerlich. Das hatte er doch gedacht. Der Mann aß am liebsten in flüssiger Form. Na warte, du Schlawiner. Dich krieg ich noch an den Tisch und legte ihm dieses Mal einen Euro in den Hut. »... hast heute deinen knauserigen Tag ...«, konnte Thomas eben noch aus den Gedanken des Bettlers lesen, ehe er weiterging.

Als Thomas das nächste Mal dem Bettler begegnete, hatte er vorgesorgt. Er trat zu dem Mann und fragte: »Und? Wieder eine Spende für ein gutes Essen gewünscht?«

Der Alte schaute ihn hoffnungsvoll an: »Ja gerne, der Herr«, und dachte dabei: »... komm rüber mit dem Zaster ... hab Durst ...«

»Gut«, antwortete Thomas, zog einen Zettel aus seiner Brieftasche und legte ihn in den Hut. »Diesen Gutschein können Sie in der Küche des Obdachlosenvereines gegen eine Mahlzeit eintauschen. Ich wünsche Ihnen einen guten Appetit.«

»... verdammter Mist ... Schlangenfraß dort ...«, dachte der Bettler enttäuscht und sagte: »Mir wäre Geld lieber, mir bekommt das Essen dort nicht gut.«

»Wenn Sie mir versprechen, nicht alles sogleich in Alkohol umzuwandeln, können wir das nächste Mal darüber reden«, entgegnete ihm Thomas in ernstem Tonfall und ging weiter.

Er traf den alten Mann immer wieder, wechselte ein paar Worte mit ihm und legte ein paar Euro in den Hut. Manchmal brachte er ihm einfach etwas vom Imbissstand mit und konnte mit ansehen, dass der Mann die einfache Mahlzeit genoss. Er hatte ihm mehrmals ins Gewissen geredet, nicht alles in Wein und Schnaps umzuwandeln. Der Alte hatte es ihm versprochen. Thomas wollte es ihm glauben, wenigstens teilweise. Immerhin hatte er ihn schon zufällig an einem Imbissstand stehend essen sehen.

Solche Begebenheiten genoss Thomas, wenn er nach der stressigen Arbeit bei Polizei oder Bank, mit einem

Bummel durch die Stadt seine Freizeit genoss. Es freute ihn und baute ihn auf, wenn er dabei von anderen Menschen als ganz normale Person behandelt wurde. Ein erholsamer Ausgleich zum ausgestellt und beobachtet sein. Das Penetrante kontrolliert werden durch manche Beteiligte bei den Einsätzen, ging ihm immer mehr an die Nerven.

Häufig hatte er freie Stunden mitten am Tag und war dabei allein. All seine Freunde arbeiteten üblicherweise zu diesen Zeiten. Leider selten gab es die Möglichkeit, sich mit Peter oder sogar mit Barbara zu einem Kaffeeplausch zu treffen. Vor Kurzem hatte es Peter wieder einmal richten können, dass sie zusammen eine verlängerte Mittagszeit genießen konnten.

~ ~ ÷ ~ ~

»Schön, dass du es einrichten konntest, Peter. So ein Mittagessen schmeckt gleich doppelt so gut, wenn man nicht allein ist«, meinte Thomas, nachdem er den letzten Bissen verschlungen hatte und sich zurücklehnend den Mund abwischte.

»Kein Problem. Ich hab's auch genossen, draußen in der Sonne sitzend zu essen«, erwiderte Peter und streckte sich ebenfalls genüsslich in seinem Stuhl. Nach einem Moment der wohligen Entspannung nahm er das Gespräch wieder auf. »Und wie steht es bei dir eigentlich vom Finanziellen her gesehen? Kommt genügend rüber für deine sogenannte Hellseherei?«

»Das läuft gut, sehr gut sogar. Meine Spezialdienste sind hochwillkommen, sie verhelfen meinen Kunden zu schnellen, wertvollen Erfolgen. Da ist man nach dem

Erfolg nicht zimperlich, vor allem bei der Bank, und lässt sich das gerne was kosten. Wenn es so weitergeht, könnte ich mich in zehn, fünfzehn Jahren zur Ruhe setzen.«

»Was heißt denn hier 'wenn'? Meinst du, dass das nicht so bleiben wird?«

Thomas machte ein zweifelndes Gesicht. »Ich bin da nicht sicher, habe ein ungutes Gefühl. Die Leute werden immer zahlreicher, die mich bei meiner Tätigkeit kennenlernen. Das hatte ich mir anders vorgestellt. Geheimer, anonymer, abgetrennt von vielen anderen Personen. Aber was solls, es ist jetzt so, da muss ich durch und versuchen damit zu leben.«

Als die Bedienung den Kaffee servierte, fiel Peter auf, dass Thomas die Serviererin aufmerksam anblickte. Nachdem die Frau weg war, meinte Peter: »Hast nicht genug Gedankenlesen gehabt heute? Du scheinst ja mittlerweile gut damit umgehen zu können.«

»Stimmt, es fällt mir zunehmend leichter. Und bei solchen Gelegenheiten wie jetzt hier, genieße ich sogar das heimliche Lauschen. Neben all dem Alltagskram über den nachgedacht wird, gibt es oft lustige oder überraschende Dinge zu hören. Dabei kann ich mich gut entspannen.«

»Na? Hat jetzt die Bedienung gut über dich gedacht?«, fragte Peter neugierig.

»Überhaupt nicht. Aber über dich hat sie sich Gedanken gemacht.«

»Was über mich? Was hat sie denn gedacht?« Peter lehnte sich gespannt vor.

Thomas amüsierte sich sichtlich. Da war er wieder,

sein über alle Maßen neugieriger Freund.

»Sie findet dich attraktiv. Hatte sich überlegt, ob sie dich irgendwie ansprechen könnte. Dann kam aber Enttäuschung bei ihr auf und sie ließ es bleiben.«

»Enttäuschung? Was ..., warum Enttäuschung?« Peters Gesicht war jetzt ein einziges Fragezeichen.

»Sie hatte deinen Verlobungsring entdeckt«, sagte Thomas mit einem breiten Grinsen im Gesicht.

»Ach so«, entspannte sich Peter jetzt und musste ebenfalls grinsen.

»Siehst du, was ich meine, wenn ich sage, dass es gelegentlich ganz unterhaltend ist, ein paar Gedanken zu erfassen.«

Jetzt blickte sich Peter um. »Und wie ist es, empfängst du noch mehr solch unterhaltsame Gedanken bei den Gästen hier?«

Thomas blickte unauffällig um sich. Bei einigen Personen verweilte er länger, andere streifte er ganz kurz. Nach geraumer Zeit meinte er: »Wie schon gesagt, die meisten denken über ganz alltägliche Dinge nach. Diese Frau dort«, Thomas deutete leicht mit dem Kopf in die Richtung, »überlegt krampfhaft und etwas verärgert, was sie alles einkaufen muss. Sie hat den Einkaufszettel zu Hause liegen lassen. Der ältere Herr da hinten ärgert sich ebenfalls. Es wurmt ihn, dass er den schönen Nachmittag zu einem großen Teil versäumt, weil er zu einem öden Besuch auf einem Amt aufgeboten ist. Dabei möchte er viel lieber mit der attraktiven Dame, zwei Tische weiter rechts von ihm, ins Gespräch kommen.« Thomas unterbrach, um einen Schluck Kaffee zu trinken.

»Und? Ist das alles?«, fragte Peter sogleich neugierig

nach.

»Die meisten denken daran, dass sie jetzt wieder zur Arbeit müssen. Was sie dort erwarten wird. Die einen freuen sich darauf, anderen stinkt es ganz gewaltig. Die zwei jungen Frauen da links diskutieren über ihren jeweiligen Freund. Wälzen intensiv ihre Gedanken über ihre Beziehungen. Die eine, die Dunkelhaarige, ist verzweifelt bemüht, ihrer Freundin keine Anhaltspunkte darüber zu liefern, dass sie eigentlich total in deren Freund verschossen ist.«

»Ups, das führt früher oder später zum Zickenkrieg.«

»Ja, wird wohl unvermeidlich sein. – Da, diese zwei jungen, lackierten Affen da vorne, geraten sich vermutlich ebenfalls bald in die Haare. Dann wohl kein Zickenkrieg, sondern eher Gockelkampf. Sie diskutieren über einen Auftrag vom Chef. Jeder soll einen Vorschlag einreichen. Wer den besseren bringt, klettert ein Stückchen die Leiter hoch. Jetzt versucht jeder mit allen Tricks, dem anderen die Würmer aus der Nase zu ziehen.«

»Oh welch schöne heile Arbeitswelt«, kommentierte Peter.

Thomas Blick verweilt jetzt auf einem jungen Paar: »Die junge, schwangere Frau mit ihrem Ehemann dort hinten bietet momentan das negative Highlight.«

»Warum?«, will Peter sofort wissen.

»Er freut sich riesig über seinen Nachwuchs, derweil sie sich Sorgen macht und inbrünstig hofft, dass das Baby in ihrem Bauch hoffentlich ein ganz klein wenig ihrem Ehemann ähnlich sehen wird.«

»Ach du meine Fresse!«, entfährt es Peter. »Das darf ja nicht wahr sein.«

»Die ganz normale, verrückte und skurrile Welt von heute. Dieses Spektrum an Problemen und Schwindeleien kann ich häufig feststellen. Die Ehrlichkeit kommt aus der Mode, läuft Gefahr auszusterben. Die 'Vogelfriss-oder-stirb'-Mentalität steht leider bei vielen ganz im Vordergrund.«

»Da hast du vermutlich recht. Apropos Fressen. Wenn ich von meinem Chef jetzt nicht gefressen werden will, muss ich losfliegen. Tut mir leid, Thomas, ich muss zurück zur Arbeit. Ich hab's nicht so gut und kann mitten am Tag und in der Woche endlos die Zeit im Café verbringen.« Peter zückte seine Geldbörse, doch Thomas winkte ab.

»Lass das. Das übernehme ich, du warst eingeladen. Ich muss ebenfalls gehen. Aber so schön, wie du meinst, hab' ich es nicht. Ich bin selbstständig erwerbend, das heißt: Ich muss selbst ständig und alleine alles erledigen. Und jetzt habe ich noch Papierkram aufzuarbeiten.«

»Ach du armer Mann«, zog Peter ein mitleidiges Gesicht. »So ganz ohne jemand, der dich kontrolliert und der dir befiehlt, was zu tun ist. Was habe ich doch Mitleid mit dir.« Peter stand schmunzelnd auf und verabschiedete sich von seinem Freund herzlich.

~ ~ ÷ ~ ~

Solche Gelegenheiten, sich gemütlich mit den Freunden zu treffen gab es leider viel zu wenig. Zu unterschiedlich verlief meistens sein Tag. Während seine Freunde einer zeitlich geregelten Arbeit nachgingen, ergaben sich die Einsätze für Thomas häufig zu Unzeiten. Nicht selten hatte er Nacht- oder Wochenendeinsätze. So waren die

Möglichkeiten, gemeinsam was zu unternehmen weniger geworden. Davon abgesehen hatte sich Thomas in seiner Selbstständigkeit aber gut eingelebt. Er liebte es, frei und unabhängig arbeiten zu können. Aufträge kamen weiterhin genügend rein, sodass es ihm alles andere als langweilig wurde. Er konnte die Zahl der Einsätze weitgehend selbst bestimmen. Vor allem so, dass für ihn die psychische Belastung verkraftbar blieb. Alles schien bestens zu laufen bis zu jenem Tag, als in einer weitverbreiteten Klatschzeitung ein reißerischer Artikel über ihn erschien. Das war der Super-GAU!

Das Verhängnis geschah vor bald zwei Monaten und veränderte sein Leben auf krasse Weise. Als menschlicher Mutant mit außerirdischen, noch nie da gewesenen Fähigkeiten gesegnetes Individuum, wurde er prahlerisch dargestellt. Er sei ein Mensch, der nicht nur eine große Fähigkeit besaß, Mimik, Gestik und Verhalten eines Menschen zu interpretieren, sondern dass er wirklich die Gedanken im Hirn lesen könne. Die von mehreren Zeitungen nachfolgenden Berichte übertrumpften sich gegenseitig durch immer abwegigere Theorien oder Behauptungen. Seit diesem Zeitpunkt wurde er, neben der ausflippenden Medienwelt, zunehmend bedrängt mit Anfragen verschiedenster Firmen und Organisationen. Da waren einige mehr als seltsame Angebote, die aus gar nicht so lauteren Ecken zu kommen schienen. Man lockte ihn von überallher mit teilweise mehr als fürstlichen Erfolgshonoraren. Die Katastrophe, vor der sich Thomas von Anfang gefürchtet hatte, war trotz aller Vorsichtsmaßnahmen eingetreten. Seine besondere Fähigkeit war aufgedeckt worden, schlug wie eine

Bombe ein. Irgendeinem sensationsgeilen Journalisten war es gelungen, korrupten Geheimnisträgern Informationen abzuringen. Daraufhin hatte der Schreiberling sich einiges zusammengereimt, um danach mit weiteren Recherchen prompt auf den Sonderling Thomas Feldmann zu stoßen. Jetzt waren den Vermutungen Tür und Tor geöffnet. Sogar in Radio und Fernsehen begann man zu spekulieren, was davon wahr sei. Was hinter einem solchen Mann stecken mochte, der es schaffte, mit solchem Erfolg Verbrechen und mafiöse Machenschaften aufzudecken. Die Katastrophe war unwiderruflich eingetreten. Journalisten hatten ihn tagelang belagert, ihn massiv bedrängt, um Interviews gebettelt. Das Unglück war geschehen, Thomas konnte sich kaum noch frei bewegen. Schaffte er es, vermeintlich unbemerkt das Haus zu verlassen, wurde er umgehend angesprochen oder er bemerkte, dass ihm jemand folgte. Er konnte kaum mehr einen Schritt außerhalb seiner Wohnung gehen, ohne dass er nicht alsbald bedrängt wurde.

Mittlerweile saß er allein in einer neuen Wohnung inmitten einer bewachten Wohnanlage. Es war nicht mehr möglich gewesen, in seiner bisherigen Wohnung zu bleiben. Die Polizeibehörde hatte ihm diese Wohnung angeboten, nicht zuletzt deshalb, weil sich herausgestellt hatte, dass die meisten Informationen aus dem Kommissariat stammen mussten. Es wurden Fakten veröffentlicht, die nur in internen Polizeiberichten vermerkt waren. Nach etlichen Ermittlungen konnte man schließlich zwei korrupte Beamte entlarven.

Eigentlich wollte er einfach für einige Zeit zu seinem Freund Peter umsiedeln, um dem Mob zu entgehen.

Doch das wurde ihm von den Sicherheitsspezialisten der Polizei dringend abgeraten, ja beinahe verboten. Das Gegenteil legten sie ihm nahe. Er müsse seine privaten Kontakte vorläufig auf ein absolutes Mindestmaß beschränken. In der augenblicklichen Situation stellten Beziehungen zu Freunden oder Verwandten eine potenzielle Gefahr dar, als mögliches Druckmittel ihm gegenüber verwendet zu werden. Eine Scheißsituation war das. Er kam sich vor wie ein Gefangener. Nach draußen kam er fast nur in Begleitung von Petra Sontheim oder dem Kommissar, wenn es um die Bearbeitung eines weiteren Auftrages ging. Für Alltagsgänge in die Stadt musste er einen Beamten als Begleitung anfordern oder seine Freunde besorgten ihm, was er brauchte. Sein Leben stand Kopf, eine auf Dauer nicht haltbare Situation für ihn.

Ein Lichtpunkt war seine Beziehung mit Barbara. Fast jede freie Minute steckten sie zusammen, unternahmen unter diskreter Polizeibegleitung, gemeinsam etwas oder genossen zusammen mit ihren Freunden Christa und Peter entspannte Stunden. Derzeit fand der tägliche Kontakt mit seiner Babs fast ausschließlich über das Telefon oder per Mail statt. Mit den Freunden praktisch nur per Mail. Ganz selten übers Telefon, da die Gefahr bestand, dass diese vielleicht auch angezapft wurden. So oft es ging, genoss er mit Babs zusammen, ein ganzes Wochenende in der geschützten Wohnung. Bis jetzt hatten sie es geschickt verheimlichen können, dass sie sich insgeheim trafen. Wenn Barbara zu ihm kommen wollte, ging Thomas jeweils für jedermann sichtbar aus dem Haus. Eventuelle Beobachter folgten ihm und bemerkten nicht, dass einige Zeit später Barbara ankam, die unbehelligt vom Bewachungspersonal eingelassen wurde. Man hatte für sie einen Wohnausweis ausgestellt. Etwas später kehrte dann Thomas zurück und die beiden konnten ungestörte Zeit zusammen verbringen. Etwas umständlich, aber sie erhofften damit, dass Barbara nicht als seine Freundin entdeckt wurde, sich dadurch ihrerseits weiter frei bewegen konnte. Die ganze Geschichte war umständlich und mühselig. Thomas glaubte aber fest daran, dass sich diese Widrigkeiten nur über einen beschränkten Zeitraum hinweg erstrecken würden. Dann würde das Interesse zu seiner Person nachlassen, sich auf neue Ereignisse verlagern. So stellte es sich Thomas auf jeden Fall vor.

Eines Tages, als er mit Babs zusammen wieder ein wunderbares Wochenende verbrachte, war der Entschluss bei beiden gereift. Sie wollten heiraten. Davon würde sie die gegenwärtig eingeschränkte Freiheit nicht abhalten können.

Thomas hatte ihr auf den Knien, einen richtig kitschig schönen Antrag gemacht und Barbara hatte, ohne zu zögern, ja gesagt. Sie begannen zu planen, wann sie heiraten könnten, wie sie ihre Flitterwochen verleben wollten. Unmittelbar nach der Hochzeit wollten sie auf Hochzeitsreise gehen. Wohin die Reise gehen soll, darüber waren sie sich rasch einig. Sie hatten herausgefunden, dass sie beide häufig von Australien träumten, beide hatten es aber bisher noch nie dorthin geschafft. Der ferne Kontinent war außerdem ein ideales Reiseziel, die aufsässige Meute von Medienschaffenden sowie vermutlich auch die anderen interessierten Kreise, abzuschütteln. Der Wunschort war ebenfalls bald bestimmt. Die Insel Tasmanien sollte ihr Ziel sein. Daraus ergab sich jetzt der Hochzeitstermin, Mitte Dezember war damit ideal. Ab etwa dieser Zeit begann dort auf der anderen Seite der Erdkugel, der Sommer. Mit dem Thema, wie die Hochzeitsfeier stattfinden soll, kamen sie aber nicht richtig voran. Es brauchte nichts Großartiges zu sein. Und außer Barbaras Eltern, ihrem Bruder sowie natürlich Christa und Peter wollten sie unter der gegebenen Situation, keine weiteren Gäste einladen. So beschlossen sie, diesen Punkt mit ihren Freunden zusammen zu diskutieren.

Thomas musste schmunzeln, als er sich zurückerinnerte, wie sie zusammengesessen waren, den beiden eröffneten, dass sie heiraten wollten und jetzt Ratschläge brauchten, wie sie die Hochzeit feiern könnten. Nach einem ersten, großen Jubelgeschrei nahm Peter, ganz nach seiner Manier, das Zepter in die Hand. Ganz in seinem Element, überschwemmte er alle mit seinen Vorschlägen. Peter ernannte sich kurzerhand zum Hochzeitsorganisator und ließ sich in der Folge nur noch schwer reinreden.

»Ihr braucht euch um nichts weiter zu kümmern. Ich organisiere zusammen mit Christa alles nach euren Wünschen«, ließ er verlauten, um sich unverzüglich ans Werk zu machen.

Die Zeit verging im Fluge. Mittlerweile war es Anfang Dezember und in einer Woche sollte die Hochzeit steigen. Der Heiratstermin beim Amt war auf den kommenden Freitag angesetzt. Die Feier sollte am Samstag steigen und für den darauf folgenden Dienstag lagen die

Flugtickets bereit. Dann würden sie mit gepackten Koffern das Flugzeug in Richtung Australien besteigen. Thomas war völlig aus dem Häuschen. Er heiratete die fantastischste, unglaublichste Frau, um gleich darauf mit ihr ab ins Traumland Australien abzuheben. Wenn sie nach drei Wochen zurückkehrten, dürfte sich hier der Wirbel um ihn beruhigt haben, davon war er überzeugt. Dann konnten sie beginnen, ihr gemeinsames Leben aufzubauen.

Lediglich ein kurzer Einsatz war für Thomas bei der Polizei noch geplant. Danach hatten sie genügend Zeit, die letzten Vorbereitungen für Hochzeit und Reise zu erledigen. Dann war Traumzeit im fernen Downunder für sie beide angesagt.

~ ~ ÷ ~ ~

Unter den gegebenen Umständen war eine übliche Hochzeitsfeier mit einem schönen Essen, Musik und Tanz in einem Restaurant nicht möglich. Da könnten zu viele Paparazzi das Fest der Feste verderben. Alles groß und ausgiebig in den Medien breittreten. Vom Polizeiamt her hatte man ihnen dringend geraten, weiteres Aufsehen unbedingt zu vermeiden. Der entstandene Medienhype um die Person Thomas Feldmann würde mit der Zeit allmählich auslaufen, andere Ereignisse an Aktualität gewinnen, das hoffte auch die Polizei. Wenn sie gleich anschließend für drei Wochen in den Urlaub verschwinden würden, könnten sie berechtigt darauf hoffen, dass sich nach der Rückkehr alles ein gutes Stück beruhigt haben würde.

Die amtliche Trauung war bereits vorüber. Sie kamen

sich dabei etwas seltsam vor, in einem geschlossenen Polizeiwagen mit verdunkelten Fenstern, zum Amt und wieder zurückgebracht zu werden. Einen Umtrunk für alle gab es danach im gemütlichen Gemeinschaftsraum der Wohnanlage, wo als Überraschung auch Petra Sontheim und Kommissar Bechthold mit Geschenken in den Händen, zum Gratulieren erschienen waren. Eine überraschende Ehre für Thomas.

Und in diesem Raum fand auch die Hochzeitsfeier im kleinen Rahmen statt. Nur gerade acht Personen waren sie alle zusammen, aber das störte Barbara und Thomas überhaupt nicht. Neben den Hauptpersonen, dem Brautpaar, standen jetzt ihre Freunde Christa und Peter, Barbaras Eltern sowie der Bruder Barbaras zusammen mit seiner Partnerin, alle mit dem Willkommenstrunk in den Händen zur Feier bereit. Zum Beginn prosteten sich alle gegenseitig kräftig zu.

»Ein herzliches Willkommen an alle Anwesenden«, erhob Peter die Stimme, »Wir sind zwar eine kleine Festgesellschaft, aber umso mehr freuen wir uns alle, dass wir heute Abend mit dem Brautpaar den Jubeltag feiern können. Willkommen im Ehestand liebes Brautpaar!« Alle prosteten dem Brautpaar zu.

Der Braut glühten die Wangen, was nicht die Ursache des Alkohols war. Sie schwebte im siebten Himmel, fühlte sich am Arm von Thomas wie eine Königin. Und wie eine Königin wurde sie auch von Thomas umsorgt. Der konnte kein Auge von seiner Barbara lassen, verschlang mit seinen Augen buchstäblich in ihrem klassischen, spitzenbesetzten weißen Brautkleid. Wunderschön sah sie aus mit dem kleinen Schleier in ihrem dunklen, gewellten Haar. Ihre blauen Augen leuchteten wie zwei strahlende Sterne. Thomas fand keine Worte dafür. Ein Geschenk des Himmels, ein Engel auf Erden, ganz für ihn allein.

Peter erhob wieder die Stimme: »Damit wir nicht bereits in einer Stunde nicht mehr wissen, weshalb wir heute Abend zusammengekommen sind, serviere ich jetzt als Privatkoch des frisch vermählten Ehepaares, ein feines Festessen. Es ist alles vorbereitet. Bitte setzt euch an den Tisch.«

Alle setzten sich an die festlich geschmückte Tafel. Peter trug, unterstützt von Christa, ein köstliches Essen auf. Es wurde ruhig im Raum, als alle zu essen begannen. Jetzt vernahm man auch die leise, romantische Hintergrundmusik aus einer kleinen Musikanlage. Nur gelegentlich war ein Flüstern oder ein leises Lachen zu vernehmen. Eine weiche, von Liebe umhüllte Stimmung machte sich breit, ließ alle augenblicklichen Sorgen vergessen.

Nachdem Vorgericht und Hauptgang verspeist worden waren und bevor ein herrlicher Nachtisch den Abschluss bilden sollte, war es Zeit, ein paar Worte an das Brautpaar zu richten. Als Erster ergriff der Brautvater das Wort mit einem Schmunzeln in den Mundwinkeln. Er wünschte seiner Tochter ein glückliches, erfülltes Leben, dass sie niemals müde werden möge, ihrem Ehemann alle Wünsche von den Augen abzulesen. Mit einer eindeutig zweideutigen Betonung in der Stimme hängte er an, sie möge dafür sorge tragen, dass der Gatte niemals kalte Füße bekäme. Mit diesen Worten übergab er ihr ein paar dicke Filzpantoffeln, die Barbara lachend entgegennahm. Seinen frischgebackenen Schwiegersohn hieß er herzlich in der Familie willkommen. Ihm legte er zuletzt mit Schalk im Gesicht dringend ans Herz, Thomas möge seine Ehefrau lebenslang auf Händen tragen. Er als Brautvater werde ein wachsames Auge auf ihn haben. Er gab ihm zu bedenken, dass bei Nichtbefolgen, er seiner fürchterlichen Vaterrache freien Lauf lassen werde. Dazu übergab er Thomas ein kleines Warndreieckschild mit einem weit aufgerissenen Auge in der Mitte. Mit Gelächter und Applaus wurde die Rede honoriert und wiederum auf das Brautpaar angestoßen.

Nachdem Barbaras Bruder und Christa ebenfalls mit kleinen Glückwunschreden gratuliert hatten, ließ es sich Peter natürlich nicht nehmen, auf seinen Freund und die Braut eine Rede zu halten.

»Liebes Brautpaar, liebe Barbara, lieber Thomas! Als wir zwei, Thomas, uns vor mehr als einem Dutzend Jahren bei einem gemeinsamen Glas Bier, mehr konnten wir uns damals nicht leisten, ewige Freundschaft schworen, war mir noch nicht bewusst gewesen, was für einen besonderen Menschen ich als meinen besten Freund bezeichnen konnte. Schon als Schuljunge, als wir uns bei dir auf dem Bauernhof herumgetrieben haben, warst du ein introvertierter Mensch. Ein junger etwas zurückhaltender Bursche, der nicht so richtig ins übliche Bild eines angehenden jungen Mannes passte. Sehr viel später erst hast du mir gegenüber verraten, warum das so ist. Und dann habe ich erst verstanden, warum dein Verhalten in der Öffentlichkeit so anders ist und sich noch stärker ausgeprägt zeigte, nach deinem Unfall mit dem Skateboardfahrer.«

Peter legte eine kurze Atempause ein, um dann fortzufahren: »Du bist für mich ein sehr guter Freund geworden, eigentlich wie ein Bruder. Ich kann mir mein Leben ohne dich, ohne deine Freundschaft gar nicht vorstellen. Da würde ein wichtiges Stück meines Daseins fehlen. – Ich hatte mir auch Sorgen um dich gemacht, hatte heimlich mehr als einmal versucht, dich mit einer netten Frau zu verkuppeln. Aber deine reservierte Verhaltensart kam eben nicht sonderlich zauberhaft bei den Damen an. So verlief es zwangsläufig immer wieder im Sande, dir eine Freundin unterzujubeln. Ich hatte es schon beinahe aufgegeben, sah mit Trauer in meinem Herzen, dich dereinst als alten, einsamen Greis auf der Parkbank sitzen.« Peter legte wieder eine kurze Sprechpause ein, alle warteten gebannt auf die weiteren Worte.

»Doch dann ging eines Tages wie durch ein Wunder, unerwartet eine strahlende Sonne für dich auf. Eigentlich war es nicht ein Wunder, sondern ganz profan eine alte Freundin meiner Christa gewesen, die im Sturm das Herz meines leicht verklemmten Freundes eroberte. Von da an ging es, zwar zunehmend turbulent, aber immerhin bergauf mit dir. Du begannst endlich, die Schönheiten einer Beziehung kennenzulernen. Und heute sitzen wir hier zusammen, können nach etlichen Irrungen und Wirrungen, sowohl in deinem Berufsleben wie in der Beziehung zu deiner Babs, die Vermählung von euch beiden feiern. Was ich niemals geglaubt hätte, ist Tatsache geworden, du heiratest tatsächlich noch eher als ich. Ich freue mich närrisch für euch beide. Mögen viele, viele glückliche Stunden, Tage und Jahre euer gemeinsames Leben verzaubern. Ich stelle mich schon heute als Patenonkel zur Verfügung. Aus vollem Herzen wünsche ich euch beiden eine unverbrüchliche Liebe mit ganz viel Glück.« Dem Brautpaar zuprostend hob er ihnen das Glas entgegen.

Nachdem auch ein herrlicher Nachtisch vertilgt worden war, saß man noch sehr lange vergnügt beieinander. Viele Erinnerungen über das Brautpaar wurden ausgetauscht. Die Eltern und der Bruder erzählten Anekdoten über Barbara, während Peter mancherlei Begebenheiten aus dem Leben seines Freundes verriet. Gar oft endeten diese Geschichtchen zum allgemeinen Vergnügen in vielen erstaunten Ausrufen, in Gelächter und Gekicher. Die fröhliche Feier der kleinen Gesellschaft nahm unbehelligt ihren Lauf und wurde lediglich durch einen weiteren kurzen Gratulationsbesuch von Hauptkommissar Bechthold ergänzt.

~ ~ ÷ ~ ~

Endlich war es so weit. Sie hatten es geschafft, unerkannt auf den Flughafen zu kommen und befanden sich auf dem Weg nach Australien. Peter hatte es sich nicht nehmen lassen, sie mit dem Wagen unbeobachtet in der Tiefgarage der Wohnsiedlung abzuholen und zum Flughafen zu chauffieren. Christa war ebenfalls mit dabei. Sie hatten schweren Herzens auf eine große Abschiedsbegleitung verzichtet. Um nicht unnötiges Aufsehen zu erregen, hatten sie sich tags zuvor nochmals voneinander verabschiedet. Barbaras Eltern, Kommissar Bechthold und Petra Sontheim waren nochmals gekommen, um herzlich Lebewohl zu sagen. Beim Herausfahren aus der Siedlung hatten sich Thomas und Barbara tief in die

Sitze gepresst, damit man sie auf keinen Fall sehen konnte. Sie kamen sich wie in einen Gangsterfilm vor.

Nun saßen sie bei monotonem, einschläfernden Triebwerksbrummen in ihren Sitzen und flogen dem australischen Kontinent entgegen. Die erste lange Strecke hatten sie bereits hinter sich, hatten in Singapur ausgiebig die Füße vertreten können, um dann erneut in eine Maschine zu steigen, die sie nach Sydney brachte.

Thomas hatte sich vorgenommen, seine Fähigkeit des Gedankenlesens voll zu ignorieren. Die Reise wollten sie losgelöst von allem in vollen Zügen auskosten können. Es war ihm mit Fleiß und Übung im Laufe der letzten Monate immer besser gelungen, die Empfindungsströme bewusst abzublocken. Nach den manchmal nervenaufreibenden Einsätzen in der vergangenen Zeit wollte er es jetzt einfach genießen, sich entspannen. Er wollte sich ganz Barbara und der faszinierenden Welt da unten widmen. Nichts sollte ihre Hochzeitsreise trüben. Abgesehen davon, dass er ohnehin die wenigsten verstehen würde, da dort wahrscheinlich nicht viele Deutsch sprachen und dachten. Und mit Englisch, vor allem wenn es gedacht wurde, hatte er seine liebe Mühe. Also hatte er sich fest vorgenommen, mit Babs Urlaub pur zu genießen. Ihre Hochzeitsreise sollte durch nichts getrübt werden.

Nach dem Umsteigen in Frankfurt, einem zweiten Wechsel einen guten halben Tag später in Singapur, mussten sie jetzt noch etwa acht Stunden ausharren. Schließlich landeten sie am nächsten Morgen gegen sechs Uhr inmitten eines Wolkenbruches in Sydney. Diese lange Reise hatte die beiden ganz schön geschafft.

Jetzt wollten sie nur noch eines, eine Dusche und dann ein Bett. Erschlagen kaperten sie ein Taxi um sich zum gebuchten Motel, unweit der Bondi Beach, bringen zu lassen.

Als der Manager des Motels erfuhr, dass sie auf Hochzeitsreise waren, wechselte er die Reservierung unverzüglich. Kurzerhand teilte er ihnen den den Honeymoonroom zu. Eine schöne Geste von ihm. Wir waren zwar gespannt, was uns erwartete, aber zu müde, um viel Aufmerksamkeit dafür aufzubringen. Ein liebevoll hergerichtetes, mit viel Spitzendecken geschmücktes Zimmer, betraten sie schließlich. Schokoherzchen auf den Kissen, ein Blumensträußchen und eine Schale mit Früchten waren erfreuliche Aufmerksamkeiten. Das Auffälligste war, dass neben dem breiten Kingsizebett noch ein Einzelbett im Raum stand.

Thomas sah belustigt zu Babs. Die meinte lachend: »Ist es hier vielleicht üblich, dass die Schwiegermutter in der Hochzeitsnacht mit dabei ist?«

»Oder ist man so rücksichtsvoll«, erwiderte Thomas ebenfalls lachend, »und bietet dem jungen, scheuen Liebespaar die Möglichkeit, sich erst einmal in gesonderten Betten aneinander zu gewöhnen?«

Wie auch immer, für die beiden war die Verlockung des riesigen Bettes so übergroß, dass sie sich in kürzester Zeit darin gemütlich breitmachten, ganz egal ob es jetzt bald acht Uhr morgens, und der neue Tag soeben angebrochen war.

Nach ein paar Stunden erschöpften Schlafens erwachte Thomas leicht fröstelnd. Barbara hatte ihm im Schlaf die Decke weggezogen. So ganz ohne was drüber wurde es ihm im klimatisierten Raum ganz schön kalt. Thomas stand auf und ging zur Toilette. Als er zurückkam, reckte sich auch Barbara.

»Guten Morgen, oder besser gesagt, schönen Nachmittag mein Schatz«, begrüßte er Barbara mit einem Kuss. »Na, wollen wir aufstehen, uns draußen ein wenig die Füße vertreten? Mal sehen, wo wir eigentlich sind?«

»Ja klar«, meinte sie gähnend und sich streckend, »es wird ja schon langsam Abend. Sonst können wir nachts nicht mehr schlafen. Wir müssen uns doch umstellen. Zehn Stunden Zeitverschiebung sind nicht gerade ohne«, sagte sie aus dem Bett springend.

In Shorts und leichten T-Shirts schlenderten die Zwei alsbald durch palmengesäumte Wege. Herrlich warm blies ein leichter Wind vom nahen Meer herüber. Sie hatten geplant, erst mal Sydney kennenzulernen, um dabei den Jetlag abzubauen. In zwei Tagen würden sie dann weiter nach Süden zur Insel Tasmanien reisen. Also benahmen sie sich ganz einfach wie typische Touristen. So absolvierten sie am ersten Tag eine gemütliche Stadtrundfahrt. Am Zweiten stand dann die große Hafenrundfahrt auf dem Programm. Sie bestaunten das berühmte Opernhaus sowohl vom Land als auch vom Wasser her. Kreuzten mit dem Ausflugsboot unter dem riesigen Bogen der Harbour-Bridge hindurch, um bei einem Zwischenstopp in Darling Harbour, die faszinierende Unterwasserwelt im Meeresaquarium zu besichtigten. Mit einem leichten Sonnenbrand von den Stunden auf dem Aussichtsdeck kehrten sie schließlich zum Motel zurück. Bevor sie sich müde, aber glücklich ins Bett legten, packten sie vorsorglich schon ihre

Siebensachen für den Flug am nächsten Morgen.

Im Vergleich zu der Flugdauer aus Europa war der Flug nach Tasmanien ein kurzer Hopser. Nach knapp zwei Stunden landeten sie in der Hauptstadt Hobart und ließen sich mit einem Shuttlebus zum Hotel fahren. Für die gut zwei Wochen hatten sie bereits von Zuhause aus, eine Rundreise über die Insel mit einem Mietwagen gebucht. Nach dem Zimmerbezug im schönen Wrestpoint-Hotel erkundeten sie die weitläufig verzweigte Anlage, um schließlich im Café am Strand den Blick über den Hafen zur Stadt hin zu genießen. Heute Abend wollten sie sich etwas Besonderes gönnen. Ein Abendessen im Drehrestaurant des obersten Stockwerks im Hotel.

Und das wurde etwas Besonderes. Vom Kellner verwöhnt, drehten sie fast drei Stunden lang, genüsslich essend, dabei den tollen Rundblick genießend, ganz langsam im Kreise. Satt und zufrieden fuhren sie hinunter zum Zimmer im fünften Stock, wo sie sich beim zu Bett gehen, auf den Beginn ihrer Inselerkundung am nächsten Tag freuten.

Versehen mit allen Unterlagen, die im Hotel hinterlegt worden waren, holten sie nach dem Frühstück das Mietfahrzeug ab. Voller Neugier fuhren sie in Richtung des ersten Tageszieles davon. Zunächst noch in zurückhaltendem Tempo begann sich Thomas, mit dem Linksverkehr vertraut zu machen. Auch wenn immer wieder statt dem Blinker der Scheibenwischer zu laufen begann, weil auch das verkehrt rum angebracht war, bekam er das Lenken immer besser in den Griff. Als sie schließlich 200 Kilometer später am Tagesziel in Bicheno ankamen, war

Thomas stolz, alles ohne Beule geschafft zu haben. So würde es nun die nächsten knapp zwei Wochen laufen. Jeden Tag unterwegs, dazwischen gestreut wieder Tage, um Interessantes zu besichtigen. So verlebten die Zwei zusammen herrliche Tage, an denen sie durch üppigen Urwald wanderten, vom hohen Aussichtspunkt aus, den Blick auf die Wineglass-Bay genossen, die tasmanischen Teufel in einer Hegestation bestaunten. Sie stiegen in Kristallhöhlen herum, degustierten im Bistro einer Käserei den selbst hergestellten Käse, versuchten, in den Cradle Mountains Forellen zu fangen, um sich dann an das warme Kaminfeuer in ihrem Zimmer zu verziehen, weil ein tüchtiger Regen mit kalten Temperaturen sie aus der urtümlichen Natur mit Kängurus und Opossums vertrieb. Für Thomas wurde es zu einer richtig entspannten Reise. Wenig Menschen, viel Natur, nur Barbara und er, ließen ihn seine besondere Fähigkeit beinahe vergessen.

Nachdem im Westküstenstädtchen Strahan wieder ein kalter Regen niederging, hielten sie sich dort nicht länger als notwendig auf. Als letzte Station auf ihrer Runde vor der Rückkehr zum Startpunkt Hobart verblieb das einsam gelegene Dorf Hamilton. Hier sollten sie gemäß den Unterlagen auf einer Schaffarm übernachten. Neugierig darauf, was sie erwarten würde, erreichten sie das Farmhaus. Doch niemand öffnete. Keine Menschenseele war zu sehen. Wo waren die Besitzer?

»Vielleicht sind sie irgendwo draußen, beim Schafe zählen eingeschlafen«, witzelte Barbara gut gelaunt.

Nach gut einer Stunde fuhr endlich ein Kombiwagen am Farmhaus vor, eine Frau stieg aus und betrachtete die zwei Wartenden verwundert. Thomas konnte gerade noch der Versuchung, die erschreckten Gedanken der Frau zu lesen, widerstehen. Nachdem sie sich bekannt gemacht hatten, ihr erklärten, warum sie hier waren, kam ein erschreckter Laut aus ihrem offenen Mund. Die simple Erklärung, Jane, so hieß die Farmersfrau, hatte sie ganz einfach vergessen. Aber nach dem kurzen Schreck hatte Jane sofort alles wieder unter Kontrolle und richtete sofort alles her, während sie bei einem Kaffee warteten. Es dauerte nicht lange und sie folgten dem Wagen von Jane quer ins weite Farmland hinein. Nach etwa drei Kilometern tauchte vor ihnen ein hübscher Bungalow auf. Mitten im Grünen, soweit das Auge reichte keine Gebäude, nur Natur. In der Senke unterhalb spiegelte sich ein kleiner See in der Sonne. Jane öffnete die Tür, übergab ihnen den Schlüssel sowie einen riesigen Korb voller Köstlichkeiten für Abendessen und Frühstück. Sie würden weder verhungern noch verdursten müssen in Anbetracht des riesigen Fresskorbes. Ihnen einen entspannten Abend wünschend, ließ sie die beiden schließlich, in der vollkommenen Einsamkeit, nur von so weit das Auge reichte, Schafsweiden umgeben, zurück.

Obwohl der kleine Bungalow weitab in völliger Einsamkeit stand, fanden sie in ihm mehr, als was sie bis am nächsten Morgen je brauchen würden. Modern und komfortabel war er eingerichtet. Der ganze, große Raum war in Weiss oder hellen Beigetönen gehalten. Wieder eine Honeymoonunterkunft. Neben dem großen Doppelbett, einer kompletten Kücheneinrichtung mit gefülltem Kühlschrank und einer gefüllten Getränkebox, dominierte eine beinahe ein Drittel des Raumes einnehmende, riesige Doppelbadewanne mit Massagedüsen, den Raum.

Nach den beiden letzten, eher kalten Tagen schien heute die Sonne sehr angenehm. Sie würden diese Wanne heute Abend auf keinen Fall unbenutzt lassen und die im Kühlschrank stehende Sektflasche würde dabei die Stunden noch romantischer werden lassen.

Im warmen, sprudelnden Bad rekelten sich Barbara und Thomas schon bald ausgiebig, schlürften Sekt, knabberten Chips und Nüsschen und guckten, von feuchten Küssen unterbrochen, durch das Panoramafenster in die weite menschenleere Natur. Erst als es dunkel zu werden begann, stieg Thomas aus der Wanne und zog alle Vorhänge zu. Alles Weitere war nicht mehr für die Öffentlichkeit, auch nicht für die Schafe, bestimmt.

Tags darauf, zurück im Hotel in Hobart schwebten die beiden im siebten Himmel, glücklich über die Erinnerungen aus den vielen Erlebnissen der Rundreise. Alles hatte gestimmt, außer vielleicht der etwas häufige Regen. Sie waren beide noch völlig gebannt von dem Gesehenen, hätten am liebsten einige Tage angehängt. Doch morgen ging es unwiderruflich im Flug zurück nach Sydney. Immerhin, so vermochten sie sich zu trösten, hatten sie dort nochmals drei Tage um die große Stadt weiter zu erkunden. Erst danach würde es endgültig wieder auf die lange Rückreise zurück ins kalte, winterliche Europa gehen.

Zurück zum Start in ihr künftiges gemeinsames Leben. Auch wenn sie gerne noch ein paar Tage länger geblieben wären, zog es sie doch auch mit aller Macht nach Hause, voller Vorfreude auf ihre schöne Zukunft als junges Ehepaar. Ein gemeinsames Heim aufzubauen, um zusammen in Glück und Liebe darin zu leben.

~ ~ ÷ ~ ~

Zur selben Zeit auf der nördlichen Seite der Erdkugel, im winterlichen Deutschland, lief der Hausherr gereizt im Kaminzimmer der pompösen Villa am Stadtrand auf und ab. Die drei Männer in den Sesseln am Klubtisch drehten verlegen ihre Whiskey-Gläser in den Händen. Getrauten sich kaum, ihren Chef richtig anzusehen.

»Das darf doch nicht wahr sein!«, schrie der Hausherr die Männer an und stellte sich, die Arme in die Seiten gestemmt, breitbeinig vor die drei. »Ihr wollt mir nicht wirklich weismachen, diesen Feldmann aus den Augen verloren zu haben.«

»Leider doch, Chef«, antwortete einer der drei mit bedrückter Stimme. »Seit fast drei Wochen konnten wir ihn nicht mehr orten. Er scheint, wie vom Erdboden verschluckt. Keine Spur von ihm. Vermutlich haben die Bullen ihn irgendwo versteckt.«

»Ach was. Hör mir auf mit faulen Ausreden, Dieter. Statt aufzupassen, seid ihr träge in den Kneipen rumgehangen. Derweil hat Feldmann die Gelegenheit genutzt, sich klammheimlich zu verdrücken. Ich frage mich ernsthaft, für was ich euch eigentlich bezahle«, tobte der Chef mit rot angelaufenem Gesicht. Er hatte sich kaum mehr in der Gewalt.

»Echt Boss, wir haben überall die Fühler ausgestreckt, aber niemand weiß was. Das Letzte, was wir erfahren haben, ist, dass er eine Feier in dieser Wohnanlage veranstaltet hat. Dann wurde er wieder von dieser Polizistenbraut für ein paar Stunden abgeholt. Das war das letzte Mal, dass wir ihn zu Gesicht bekommen haben«, versuchte nun Dieter, den Zorn des Chefs zu dämpfen.

»Was seid ihr bloß für Anfänger? Noch nicht mal eine einfache Überwachung kriegt ihr auf die Reihe. Ich muss diesen Mann unbedingt haben. Der ist allein weit mehr wert als ihr alle drei zusammen, ihr Hohlköpfe.«

»Aber Boss«, versuchte sich Dieter, zu rechtfertigen, »mit dieser blöden bewachten Wohnanlage ist das nicht so einfach. Da müssten rundherum dauernd Leute stehen. Jedes Auto müsste gefilzt werden, um sicher zu sein, wann er rein und raus geht. Das können wir nicht überblicken, wir sind nur drei Mann.«

»Ach papperlapapp, ich will keine fadenscheinigen Ausreden hören. Ich will, dass ihr euch jetzt endlich den Arsch aufreißt, und herausfindet, wo dieser Feldmann rumhängt, klar?«, schrie der Chef wütend.

Komplett eingeschüchtert drückten sich die drei Männer in ihre Sessel und blickten ratlos vor sich auf den Boden. Dann fasste sich der Dieter wieder ein Herz und begann: »Aber Boss ..., wie sollen wir das denn ...«

»Lasst euch was einfallen«, fiel ihm der Boss ins Wort. »Dafür bezahle ich euch. Und wenn ihr ihn gefunden habt, greift ihr ihn und bringt ihn her! Klar?«

»Das ist aber eine gefährliche Sache. Der Kerl kann doch Gedankenlesen. Wenn der unsere Gedanken liest, weiß er doch gleich alles über unsere Organisation. Dann wäre es aus mit uns allen!«, gab ihm Dieter zu bedenken. Die zwei Kumpane bestätigten eifrig nickend seine Worte.

»Dass ich nicht lache, Gedankenlesen.« Der Boss warf seine Arme in die Luft und lief durchs Zimmer. »Das gibt es nicht. Ist nur so ein Hirngespinst von einigen Reportern, die mit solchem Müll hohe Tantiemen abkassieren und damit den Zeitungen ihre Auflagen erhöhen wollen.« Er stellte sich wieder vor die drei. »Und ihr glaubt solchen Mist, ich fass es nicht. Wie dämlich seid ihr eigentlich?«

»Aber es wird in mehreren Zeitungen darüber geschrieben. Auch im Fernsehen kam was über ihn. Dann muss doch was dran sein«, blieb Dieter hartnäckig.

»Ich will euch mal was sagen«, donnerte jetzt der Chef und setzte sich schwer atmend in seinen Sessel. »Dieses Gedankenlesen, oder Telepathie wie man das nennt, so was gibt es nur in so spinnerten Geschichten, die von noch spinnerteren Schreibern hingeschmiert worden sind. Mit solchem Mist verdienen die sogar noch ordentlich Piepen. Nein, nein. Ich sage euch, dieser Feldmann ist einfach ein ganz ausgebuffter Typ, der schnell erkennt, wo's lang geht. Der hat ein ganz helles und fixes Köpfchen, das ist alles. Und den brauchen wir bei uns, lieber schon gestern als erst morgen. Und jetzt macht euch endlich auf die Socken und bringt mir den Mann her.«

Ratlos dreinblickend, standen die Drei auf. Dieter wurde von seinen Kumpanen jetzt auffordernd angestiert.

Dieter nickte verstehend: »Könnten wir etwas Kohle haben, wir sind ziemlich blank«, bat er zum Chef gewandt.

»Ja geht's denn noch? Nichts da! Haut schon ab, erst

die Ware liefern, dann gibt's die Kohle«, verscheuchte sie der Boss mit einer wütenden Handbewegung. »Bevor ihr nicht mindestens wisst, wo der sich rumtreibt, braucht ihr gar nicht erst bei mir aufzukreuzen. Und über Kohle reden wir erst, wenn ihr ihn mir gebracht habt. Klar!«

~ ~ ÷ ~ ~

Zwei Tage waren vergangen, als sich Dieter wieder bei seinem Chef meldete. Selbstbewusst, mit den Händen in den Taschen, stellte er sich stolz und mit wichtigtuerischem Gesicht vor den im Sessel sitzenden Boss hin.

»Ich kann nur hoffen, du bringst mir gute Nachrichten, Dieter! Sonst geht es euch drei Hohlköpfen schlecht«, blaffte ihn der Chef unbeeindruckt an.

»Jawohl Boss, gute Message. Wir haben alle Hebel in Bewegung gesetzt. Wir sind jetzt um sieben Ecken herum darauf gestoßen, wo sich dieser Wunderknabe gerade rumtreibt. War keine einfache Angelegenheit, hat uns eine Menge Mühe und Zaster gekostet«, vermeldete Dieter mit Stolz, die Erfolgsmeldung berichten zu können.

»Red nicht lange um den Brei! Wo ist er? Warum habt ihr ihn mir nicht gleich mitgebracht?«, fragte der Chef ungeduldig.

»Weil wir ihn erst in zwei Tagen greifen können. Vor ein paar Stunden ist er, wie wir erfahren haben, in Australien in den Flieger gestiegen.«

»Was, in Australien ist der?«, wunderte sich der Chef.

»Ja, er hat, wie wir rausgefunden haben, geheiratet. Danach ist er mit seiner Herzallerliebsten auf Hochzeitsreise geflogen.«

»Und das hat der alles, so schnell mal an euren genia-
len Spürnasen vorbei, vollbracht?«, verhöhnte ihn jetzt
der Boss.

»Wir haben noch ausgekundschaftet, dass die zwei
Turteltauben wirklich am Zurückfliegen sind. Über-
morgen werden sie hier auf dem Flughafen ankommen.
Da könnten wir ihn gleich in Empfang nehmen.«

»Gut. Aber dann hör mir jetzt ganz genau zu. Ich
erkläre dir exakt, wie ihr diesen Empfang abwickeln
sollt, sonst versaut ihr Pappnasen mir das womöglich
noch mal.«

~ ~ ÷ ~ ~

Sieben

An einem frostigen Morgen gegen Mitte Januar landeten Barbara und Thomas wieder in Deutschland. Peter würde sie abholen, hatte der versprochen. Müde von der langen Reise holten sie ihr Handgepäck aus dem Ablagefach über ihnen, stellten sich in die Schlange der Wartenden, um endlich das Flugzeug verlassen zu können.

Nach dem Gang durch die Korridore standen wartend vor dem Gepäckband, dass es zu Laufen anfinge und ihre Koffer bald daher kamen. Sie freuten sich darauf, von Peter abgeholt zu werden und dann endlich wieder in ihre Betten fallen zu können. Durch die große Glasscheibe zur Ankunftshalle versuchten sie zu erkennen, ob Peter schon irgendwo wartete. Aber von ihm war nirgends etwas zu sehen.

Endlich begann das Band zu laufen, die ersten Koffer fielen aus der Öffnung auf das Band. Nur kurze Zeit mussten sie sich gedulden, bis ihre Koffer auftauchten. Sie packten alles auf einen Gepäckwagen und liefen los. Thomas den Wagen schiebend, Barbara mit ihrem Handgepäck in der Hand neben ihm. So gingen sie langsam dem Zollbereich entgegen. Thomas hoffte, dass keiner der Zöllner ihn noch vom Flughafeneinsatz her erkannte.

Sie hatten zwar nichts zu befürchten, aber nach den Aktionen vor ein paar Monaten, war er bei denen eine viel beachtete Person gewesen. Sie hatten Glück und konnten unbehelligt an den Zöllnern vorbei, hinaus in die Ankunftshalle gehen.

In der Halle angekommen, blieben sie stehen, um sich langsam in der Runde umzusehen. Wo Peter nur stand? Aber er war nirgends zu entdecken. Er hatte sie nicht etwa vergessen? In diesem Augenblick erfolgte eine Durchsage über die Lautsprecher.

»Achtung, Achtung! Eine Durchsage: Frau Barbara Feldmann wird gebeten, sich an der Information zu melden. Frau Barbara Feldmann, melden Sie sich bitte an der Information.«

Thomas und Barbara sahen sich verdutzt an, blickten suchend nach dem Informationsstand.

»Wer will was von mir?«, fragte Barbara ganz erstaunt. »Ist das Peter, der ausrichten lässt, dass er nicht kommen kann? Aber der hätte doch dich ausrufen lassen.«

»Würde ich auch meinen«, erwiderte Thomas verwundert. »Aber geh mal zur Information, dort hinten scheint sie zu sein«, und zeigte nach rechts hinten. »Ich warte hier, falls Peter auftaucht.«

Barbara lief los in Richtung Informationsstand. Thomas blickte ihr kurz nach, um sofort wieder mit der Suche nach Peter fortzufahren. Bei den vielen Menschen, die da warteten, sich begrüßten, umarmten, durcheinander rannten, war es nicht einfach, jemanden zu finden. Gemächlich ließ Thomas den Blick immer wieder rundherum schweifen. Peter hatte sich vielleicht verspätet oder war in einem Stau hängen geblieben, oder noch beim Parkplatz suchen, aber er würde schon kommen, denn Peter war zuverlässig. Jetzt spielten ein paar Minuten keine Rolle mehr bei der Reisezeit von beinahe dreißig Stunden, die sie hinter sich hatten.

Wo Barbara nur blieb? Thomas wartete schon bald zehn Minuten auf sie. Thomas versuchte, in der Richtung zur Information Barbara zu erkennen, aber sie war nirgends auszumachen in dieser Menschenmenge. Er begann, sich Sorgen zu machen. Gab es irgendwelche Probleme? Er drehte sich mit seinem Gepäckwagen um, wollte in Richtung der Information loslaufen, als sich plötzlich von jeder Seite ein Arm um seine Schultern legte. Zwei bullige Männer grinsten ihn von beiden Seiten her dämlich an, um sich dann sofort schräg hinter ihn zu stellen.

»Herr Feldmann, schieben Sie Ihre Koffer in diese Richtung zum Ausgang«, sprach ihn leise aber energisch der rechts hinter ihm stehende an.

Thomas wollte auf den Sprecher blicken, doch der drängte ihn vorwärts. »Wa... was soll das? Schickt Sie Peter?«, fragte Thomas überrascht.

»Weitergehen bitte, nicht dumm fragen«, kam es sofort, dieses Mal von der linken Seite. Beide schoben ihn vorwärts und er konnte nicht anders, als weiter zu laufen. Thomas gelang es nicht, auf ihre Köpfe zu schauen, konnte damit auch nicht ihre Gedanken erkennen.

»Das ist eine sonderbare Art, empfangen zu werden. Wir müssen meine Frau noch holen, sie ist dort an der Information«, sagte Thomas verwirrt und wollte mit dem Gepäckwagen zum Infostand hin abdrehen. Doch die zwei kräftigen Männer ließen das nicht zu. Energisch drängten sie ihn weiter in Richtung Ausgang.

»Deine Braut wartet schon ungeduldig im Auto auf dich. Wenn du jetzt nicht vorwärtsmachst, müssten wir dich etwas weniger sanft dazu bringen. Und keine Mätzchen, ich warne dich, sonst könnte es deinem Püppchen ganz schön schlecht ergehen«, betonte jetzt der Bullige rechts hinter ihm. Jetzt gingen Thomas die Augen endlich auf. Das waren keine von Peter beauftragten Leute. Und von der Polizei konnten die ebenfalls nicht sein, die hatten nicht solche Manieren, redeten eine andere Sprache. Es sah ganz so aus, als ob man ihn soeben entführen würde! Verflixt, was wollten die von ihm, versuchte Thomas, kühl zu überlegen, um die aufkommende Angst niederzuringen.

»Was wollen Sie von mir? Lassen Sie meine Frau in Ruhe!«, stieß Thomas mit Panik in der Stimme hervor.

»Einfach brav mitkommen, dann geschieht dir und deinem Häschen nichts. Unser Boss will dich sprechen, ihr seid herzlich eingeladen«, sagte der Kerl rechts hinter Thomas. Energisch, aber unauffällig wurde er weiter vorwärts geschoben. Es schien Thomas, als wüssten die beiden von seiner Fähigkeit, denn sie vermieden es peinlichst genau, dass er sie länger anblicken konnte.

Nun traten sie aus der Halle heraus zu den Abholerparkplätzen. Thomas wurde nach links, an einer langen Schlange wartender Fahrzeuge vorbei, zu einer lang gestreckten Limousine mit abgedunkelten Fensterscheiben dirigiert. Davor angekommen blieb der eine, den Arm noch immer in freundschaftlicher Art über Thomas Schultern gelegt, bei ihm stehen, während der zweite ihm den Gepäckwagen entriss, und damit begann, die Gepäckstücke im Laderaum der Limousine zu verstauen.

Thomas wollte sich umsehen, doch sofort wurde er zurechtgewiesen: »Schön brav sein, hier einsteigen«, wurde er von seinem Bewacher energisch angewiesen. Der Kerl öffnete, ohne ihn loszulassen, die Wagentür. Thomas nutzte den Moment, um aus den Augenwinkeln ganz schnell um sich zu schauen.

»Rein mit dir!«, forderte ihn der Mann auf. Thomas erblickte mit Erleichterung, dass Barbara im Wagen saß. Aber was war das grad eben gewesen? War es nur Einbildung gewesen, oder hatte er in einiger Entfernung Peter gesehen, der bewegungslos zu ihm herüber starrte? Sein Blick war zu kurz gewesen, um sicher zu sein. Der zweite Mann, vom Verladen am Heck zurück, drückte ihm kurzerhand den Kopf herunter und schob ihn ins Auto.

Thomas rutschte zu Barbara hinüber, um sie in den Arm zu nehmen. Ihr Gesicht drückte Angst und Unsicherheit aus. Thomas musste sich zusammenreißen, ihr die eigene Angst nicht offen zu zeigen, sondern ein möglichst zuversichtliches Gesicht zu mimen. Er blickte aus dem Rückfenster in der Hoffnung, Peter irgendwo zu erkennen, aber er sah ihn nicht. Er musste sich getäuscht haben.

Inzwischen waren auch die beiden Männer eingestiegen, hatten auf der Sitzbank hinter ihnen Platz genommen. »Einfach nach vorne schauen«, wies ihn einer der beiden sofort zurecht. Dann rief er nach vorne: »Kannst abzischen, zum Boss«, und lehnte sich in die

Polster zurück.

»Wo bringt ihr uns hin?«, fragte Thomas und wollte sich nach hinten zu den beiden drehen.

Sofort wurde sein Kopf gewaltsam nach vorne gedreht. »Zum Boss, der will mit euch reden, hab ich doch schon gesagt. Und jetzt Klappe halten, nach vorne gaffen. Wir haben keine Lust mit euch zu schwafeln«, meinte der eine barsch. Thomas fiel auf, wie die beiden sich immer möglichst direkt hinter ihm platzierten, damit er sie nicht sehen konnte. Sie schienen wirklich was zu wissen von seiner Fähigkeit, so wie sie bemüht waren, nicht in sein Blickfeld zu gelangen. Da schien jemand ihn mit seinen Fähigkeiten doch nicht vergessen zu haben. Die Zeitdauer seiner Abwesenheit war offensichtlich zu kurz gewesen, ging es Thomas mit einem Schock durch den Kopf.

~ ~ ÷ ~ ~

»Verdammter Scheißverkehr! Heute treibt sich wieder der Hinterste und letzte auf den Straßen rum«, schimpfte Peter laut vor sich hin und fuhr den Wagen auf ein soeben frei gewordenes Parkfeld vor der Ankunftshalle am Flughafen. Mit Schwung stieg er aus, wollte auf das Eingangstor zulaufen, als dieses sich öffnete und zwei große, kräftige Männer heraustraten. Zwischen ihnen, Schulter an Schulter gedrängt, trat mit verwirrtem Gesicht Thomas, den Gepäckwagen vor sich herschiebend, heraus. Peter erkannte sofort, dass da etwas überhaupt nicht stimmte. Das waren keine Kollegen oder Polizisten die Thomas jetzt zur Seite abdrängten, ihn schiebend an der Reihe wartender Wagen entlang dirigierten. Im ersten Augenblick hatte ihm Peter zurufen wollen, hatte schon die Hand erhoben, ließ sie jedoch gleich wieder sinken. Die zwei, die Thomas in ihrer Mitte führten, sahen nicht aus, als ob sie viel Spaß verstünden. Zögernd folgte Peter, mit langsamen Schritten auf Distanz bleibend, den dreien. Jetzt blieben sie vor einer großen Limousine stehen und verstauten das Gepäck im Wagen. Thomas hatte sich aufgeregt umgesehen, hatte auch kurz in seine Richtung geschaut. Aber es ging alles viel zu schnell, als dass er ihn hätte erkennen können. Thomas wurde ungeduldig in den Wagen gedrängt, und die zwei Männer schwangen sich hastig ebenfalls ins Auto.

Peter blickte konzentriert auf den Wagen, um das Nummernschild erkennen zu können, riss ein dünnes Büchlein aus der Kitteltasche und schrieb sich das Kennzeichen auf. Dann drehte er um und lief zu seinem Auto zurück. Sein Handy hervorholend begann er eine Nummer anzuwählen, hielt das Telefon an sein Ohr und setzte sich in den Wagen. Durch den Rückspiegel sah Peter, wie die große Limousine langsam aus dem Parkplatz fuhr und sich beschleunigend in den Verkehr einreihte. Als sie an ihm vorbeifuhr, startete Peter seinen Wagen und folgte der Limousine. Im Telefon war der Rufton zu hören, dann knackte es.

»Kriminalkommissariat, Bechthold am Apparat«, meldete sich eine energische Stimme.

»Hallo Herr Bechthold! Hier spricht Peter Winkler. Ich bin der Freund von Thomas Feldmann. Hilfe! Er ist entführt worden! Sie müssen sofort was tun!«, rief Peter aufgeregt ins Telefon. Angespannt starrte er dabei nach vorne zur großen Limousine, um im dichten Verkehr den Anschluss nicht zu verpassen.

»Guten Tag Herr Winkler, ich erinnere mich an Sie. Beruhigen Sie sich, erzählen Sie der Reihe nach«, ertönte die nervig ruhige Stimme des Kommissars.

»Ja, es eilt aber! Thomas Feldmann und seine Frau sind vor einer halben Stunde am Flughafen angekommen. Ich wollte sie abholen, habe mich aber wegen des starken Verkehrs verspätet. Da habe ich gesehen, wie Thomas von zwei bulligen Männern in die Mitte genommen, zu einer Limousine gedrängt wurde. Das hat eindeutig nach Zwang ausgesehen, der Thomas hat ein ganz verstörtes Gesicht gezogen. Sie haben ihn in den Wagen gestoßen und sind losgefahren. Ich verfolge sie jetzt, um zu sehen, wo sie hinfahren!«, berichtete ihm Peter mit aufgeregter Stimme.

»Ich wusste nicht, dass die beiden heute zurückkommen würden. Und die Frau von Herrn Feldmann? Wo war sie?«, fragte der Kommissar nach.

»Doch sie sind zurück! Thomas ist da, aber Barbara, seine Frau, habe ich nicht gesehen, sie ist vielleicht noch im Gebäude.«

»Haben Sie sich das Nummernschild merken können?«, fragte der Kommissar weiter.

»Ja, hab ich«, sagte Peter und diktierte es ihm sofort.

»Und Sie sind ganz sicher, dass es eine Entführung ist?«, fragte jetzt der Kommissar nochmals nach.

»Hundert prozentig. Das habe ich deutlich sehen können, dass er nicht freiwillig mitgegangen ist. Und ich kenne keine Bekannten von Thomas, die eine solche Protzenkarre haben, eine Art Stretchlimousine. Außerdem sollte ich die beiden doch abholen. Da ist was ganz oberfaul, glauben Sie mir.«

»Gut, Herr Winkler. Ich treffe schon mal Vorbereitungen für einen Einsatz. Seien Sie vorsichtig bei der Verfolgung, riskieren Sie nichts. Rufen Sie mich wieder an, wenn Sie wissen, wohin die Fahrt gegangen ist oder wenn Sie den Wagen aus den Augen verloren haben. Bis Später!« Es knackte, der Kommissar hatte aufgelegt.

Peter liefen vor Aufregung Schweißtropfen übers Gesicht, obwohl es alles andere als warm war an diesem Wintertag. Konzentriert verfolgte er die Limousine, die jetzt drei Wagen vor ihm fuhr. Das eine oder andere Mal war er gezwungen, waghalsige Manöver zu vollführen, doch er schaffte es, dran zu bleiben.

Nach etwa zwanzig Minuten waren sie mittlerweile in eine ruhigere Villengegend gekommen. Peter musste auf mehr Distanz gehen, um nicht aufzufallen. Jetzt drehte die Limousine in eine breite Einfahrt zu einem großen Haus ein. Peter fuhr daran vorbei und stoppte dann. Sofort aus dem Wagen springend schlich er zurück, um zu versuchen, einen Blick auf das Haus zu bekommen. Durch die Ligusterhecke konnte er erkennen, dass der Wagen vor dem Eingang angehalten hatte. Die Männer stiegen soeben aus und öffneten die mittleren Türen. Jetzt stieg Thomas aus, auf der anderen Wagenseite stieg Barbara aus. Beide führte man sofort ins Haus. Also war Barbara ebenfalls gekidnappt worden.

Peter lief zu seinem Auto zurück, um den Kommissar anzurufen.

»Bechthold!«, meldete der sich sofort. Er schien auf den Anruf gewartet zu haben.

»Hier ist Winkler. Sie sind in eine große Villa gebracht worden. Barbara, Frau Feldmann, ist ebenfalls dabei. Sie war bereits im Auto, bevor sie mit Thomas dazu kamen.« Peter gab dem Kommissar die Adresse durch.

Der bestätigte und meinte: »Die Überprüfung des Nummernschildes hat bei uns die gleiche Adresse ergeben, dem Hausbesitzer gehört auch der Wagen. Eine Person, die bei uns aktenkundig ist. Hätte ich gewusst, dass die Feldmann's heute zurückkommen, hätte ich jemanden zur Sicherheit hingeschickt.«

»Aber meine Partnerin, Frau Christa Reinert, hatte es doch dem Mann mitgeteilt, der in Ihrem Auftrag bei uns angerufen hat.«

»Was für ein Anruf? Ich hatte niemanden beauftragt, bei Ihnen nachzufragen.« Man hörte einen überraschten Pfiff, »das klingt gar nicht gut.«

»Scheiße, die verdammten Gauner«, entfuhr es Peter. »Was soll ich jetzt machen?«

»Sie tun gar nichts, das wäre viel zu gefährlich. Halten Sie sich auf Distanz, damit Sie nicht auffallen. Beobachten Sie aus dem Wagen. Wenn die Limousine wegfährt oder sich sonst was ergeben sollte, rufen Sie mich sofort an. Wir sind startbereit, hatten nur noch auf ihren Anruf gewartet. Wir fahren sofort los«, informierte ihn der Kommissar und legte auf.

Peter fuhr ein Stück weiter, dreht auf die andere Straßenseite und fuhr wieder zurück, bis er freie Sicht auf die Villenzufahrt bekam. Dann rutschte er im Sitz so weit wie möglich runter. Mit zittrigen Händen sich am Steuerrad festhaltend, beobachtete er konzentriert den Zugang. Hoffentlich beeilte sich die Polizei. Diese

Gauner sahen nicht danach aus, als ob sie lange fackeln würden.

~ ~ ÷ ~ ~

Im Kaminzimmer der Villa saß der Hausherr in eine Zeitung vertieft, als es an die Tür klopfte.

»Ja!«, rief er, ohne das Lesen zu unterbrechen. Die Tür öffnete sich. Barbara und Thomas wurden von den zwei Kidnappern in den Raum geschoben.

»Da haben wir den vermissten Herrn Feldmann, mit seiner Frau«, meldete der eine.

Der Hausherr sah auf, legte die Zeitung weg und erhob sich: »Schön, Sie zu sehen, Herr Feldmann. Ich hatte Sie leider aus den Augen verloren«, begrüßte er Thomas, ohne näherzukommen oder die Hand zum Gruße auszustrecken. Barbara beachtete er überhaupt nicht. Die Gedanken, die Thomas vernahm, waren nicht besonders freundliche: »... na endlich ... haben wir das Wunderkind ... die Garantie für loyale Mitarbeit ist auch dabei ...«

»Das ist eine Frechheit«, blaffte ihn Thomas entrüstet an, »was erlauben Sie sich, uns einfach zu entführen! Lassen Sie uns sofort gehen, wir haben nichts miteinander zu tun! Das ist Freiheitsberaubung, was Sie mit uns anstellen!« Seine Stimme überschlug sich vor Empörung.

»Regen Sie sich nicht so auf. Betrachten Sie sich als Gäste in meinem Hause«, erwiderte der Hausherr unbeeindruckt.

»Als Gäste? Wohl eher als Gefangene. Und überhaupt, wir kommen von einer anstrengenden Reise zurück. Hundemüde möchten wir nichts anderes, als nach Hause zu kommen. Und ich brauche dringend eine Toilette«, ergänzte Thomas.

»Und ich muss mich dringend mit Ihnen unterhalten. Ich will einen für uns beide nützlichen Deal besprechen«, erwiderte der Hausherr ungerührt. »Aber ich bin kein Unmensch. Sie können sich erst etwas erfrischen. Dieter, bringt Sie auf Ihr Zimmer. Danach müssen wir reden.« Der Boss gab dem neben der Tür wartenden Mann ein Handzeichen.

Die beiden wurden aus dem Zimmer geschoben und einen Stock höher in ein Schlafzimmer gewiesen. Hier stand schon ihr ganzes Reisegepäck.

»Da links ist das Badezimmer. In einer halben Stunde hole ich euch wieder ab«, herrschte der Dieter sie an, um sogleich wieder aus dem Zimmer zu verschwinden. Die Tür wurde von außen verschlossen.

Sofort lief Thomas zum Fenster, um eine mögliche Fluchtgelegenheit zu erkunden. Aber mit wenigen Blicken war zu erkennen, dass sie hier keine Chance hatten. Vor dem Fenster waren stabile Gitter. Der Sitzplatz da draußen, zwei Stockwerke unter ihnen, von einer hohen massiven Umzäunung eingefasst. Hier waren sie tatsächlich in einem Gefängnis gelandet.

Barbara und Thomas nahmen sich in die Arme. Beide zitterten vor Angst. Dann löste sich Thomas von Barbara und fragte: »Was war da los am Flughafen? Haben sie dir was angetan?«

»Nein, man hat mir nichts getan. Als ich zum Infostand kam, hat mich die Dame dort an zwei Männer verwiesen, die an der Seite herumstanden. Diese zwei Männer waren es, die uns hergebracht haben. Sie nahmen mich in die Mitte, sind mit mir hinaus zum Auto gelaufen und haben mich hineingedrängt. Dann sind sie wieder weggegangen, dich zu holen. Der Fahrer hat sofort die Türen verschlossen und mich über den Rückspiegel nicht aus den Augen gelassen.«

»Ja, sie sind zu mir gekommen, haben das gleiche Spielchen mit mir gemacht. 'Schön brav mitkommen, sonst ergeht es ihrer Frau schlecht', drohten sie mir.«

»Bei mir haben sie genauso gedroht, wenn ich schreien sollte. – Was machen wir jetzt?«

»Ich weiß es nicht. Erst einmal versuchen, Zeit zu gewinnen, um überlegen zu können. Und ich brauche jetzt unbedingt eine Toilette«, wandte sich Thomas mit verzweifeltem Gesicht ab, um ins Bad zu gehen. Barbara setzte sich aufs Bett. Ratlos blickte sie durch das Zimmer. Mit Tränen in den Augen sah sie auf, als Thomas wieder aus dem Bad kam.

»Ich bin mir nicht ganz sicher, aber ich glaube, ich habe Peter von Weitem gesehen, als die mich ins Auto geschoben haben. Und es sah aus, als ob Peter mich ebenfalls gesehen hätte, für einen ganz kurzen Augenblick. Vielleicht hat er bemerkt, dass man uns entführt hat«, meinte Thomas nachdenklich.

»Vielleicht«, meinte sie wenig überzeugt, aber mit einem kleinen bisschen Hoffnung. »Machen wir uns ein wenig frisch. Sie wollen uns bald wieder holen«, meinte Barbara mit matter Stimme und ging ihrerseits ins Bad.

Nach einer halben Stunde wurde der Schlüssel im Schloss gedreht. Sie hatten noch keinerlei Idee, was sie tun könnten. Thomas war der Meinung, dass sie sich als Erstes anhören sollten, was dieser Hausherr von ihnen wollte. Dann würde man vielleicht klarer sehen. Der konnte sie ja nicht auf Dauer gefangenhalten. Dieter trat jetzt, ohne anzuklopfen, ins Zimmer.

»Herr Feldmann, mitkommen!«, befahl Dieter. Dabei schob er Barbara, die ebenfalls aufgestanden war, energisch zurück. »Sie bleiben hier. Der Chef will nur ihn sehen.«

Widerwillig, von Dieter ruppig gedrängt, verließ Thomas das Zimmer. Beim Blick zurück zu Barbara hatte er ihr erschrecktes, ängstliches Gesicht gesehen. Er hatte versucht, ihr aufmunternd zu zuzwinkern. Draußen auf dem Korridor verschloss Dieter das Zimmer. Thomas bemerkte nebenbei, dass er den Schlüssel im Schloss stecken ließ.

~ ~ ÷ ~ ~

»Nehmen Sie bitte Platz!«, forderte der Hausherr mit kalter Höflichkeit auf den Sessel ihm gegenüber zeigend, Thomas auf.

»Bevor ich mit Ihnen rede, will ich erst wissen, wer Sie sind!«, blieb Thomas bockig stehen und blickte mit trotzigem Gesichtsausdruck auf den Mann.

»... aha, einer der alles Wissen will ... ist ja ein Analytiker ... ein heller Kopf ...«, empfing Thomas dessen Gedanken.

»Mein Name ist Marek Wozniak. Ich bin selbstständiger Unternehmer.«

»Und was unternehmen Sie? Entführungen?«, warf Thomas störrisch hin und las den nächsten Gedanken von diesem Wozniak: »... hehe, du helles Köpfchen ... nicht so bockig ... muss dich zu deinem Glück zwingen

...«.

»Aber nicht doch. Personalvermittlungen, Import/ Export und so weiter«, ging Wozniak ungerührt darauf ein. »Ich muss dringend mit ihnen reden, doch waren Sie unglücklicherweise lange Zeit unerreichbar. Deshalb habe ich Sie bitten lassen, nach Ihrer Ankunft, sofort bei mir vorbei zu kommen. Ich hoffe, meine Männer haben Sie anständig behandelt, sonst müsste ich mich bei Ihnen entschuldigen. Die haben leider gelegentlich eine etwas raue Art«, versuchte Wozniak eine halbherzige Recht-fertigung.

Thomas setzte sich jetzt in den Sessel, blieb aber auf-gerichtet sitzen und erwiderte: »Sie sind zwar anständig mit mir umgegangen, aber das Bitten haben sie unmiss-verständlich interpretiert. Wie ein Verhafteter bin ich mir vorgekommen. So fühle ich mich auch jetzt.«

»Das tut mir leid, wenn Sie einen solchen Eindruck bekommen haben«, kam die schleimige Antwort von Wozniak. »Sie sind, zusammen mit Ihrer Frau, selbstver-ständlich mein Gast.« Dann schlug sein Ton schlagartig in eine härtere Tonart um: »Das biete ich Ihnen so lange, bis wir uns einig geworden sind.« Dabei dachte er: »... du wirst schon spuren ... schon von wegen deines Frau-chens ...«

Thomas sah von Wozniak weg. Die Gedanken von diesem Mann verwirrten ihn, sie klangen schroff und bedrohlich. Was wollte der eigentlich? Nach dessen Denken zu schließen, schien er nicht zu wissen, dass er Gedanken erkennen konnte. Der war überzeugt davon, dass er einfach ein schlauer Bursche sei. Vermutlich wollte der ihn für irgendwas anstellen, aber sicher nicht für was Legales, sonst käme er nicht in dieser Art daher. Auf jeden Fall wollte Thomas ihm seine Fähigkeiten nicht verraten, sonst käme er vermutlich nie mehr aus dessen Fängen heraus.

»Über was sollen wir uns einigen? Gleich vorneweg, ich bin nicht für illegale Dinge zu haben. Das können Sie glatt vergessen«, versuchte Thomas, seinen Willen deutlich zu zeigen.

»Es ist nicht illegal, wenn man die Absichten eines anderen erkennen will, um daraus für sich einen geschäftlichen Vorteil herauszuholen. Nach allem was ich gehört habe, besitzen Sie die Begabung, sehr gut ein schätzen zu können, was jemand beabsichtigt. Männer mit einem siebten Sinn, wie Sie ihn haben, sind dünn gesät. Deshalb möchte ich Sie gerne als meinen persönlichen Assistenten anstellen.«

Der wusste tatsächlich nichts von seiner Gedankenleserei, ging es Thomas durch den Kopf, denn die Gedanken von Wozniak sagten nichts anderes. »Und was erwarten Sie da genauer von mir?«

»Sie müssen einfach bei all meinen Besprechungen dabeisitzen und mir anschließend Ihre Meinung zu dem, was der Gesprächspartner geäußert hat, mitteilen. Mehr nicht. So in etwa stelle ich mir unsere Zusammenarbeit vor.«

Gedämpft war jetzt von draußen das Motorengeräusch mehrerer Wagen zu hören, die am Haus vorfuhren. Wozniak drehte kurz den Kopf zum Fenster, um sich sogleich wieder Thomas zuzuwenden. »Mich interessiert einfach alles, was Ihr analytischer Verstand bei meinen Gesprächspartnern erkennen konnte.«

»Und wenn ich Ihnen nicht alles weitergeben würde, weil es mir vielleicht nicht legal erscheint? Sie können das nicht kontrollieren«, warf Thomas ein.

»Der Erfolg des Geschäftes wird mir die Antwort geben. Wenn ich erkennen müsste, dass Sie mich hinters Licht führen, würde Ihnen das schlecht bekommen – und Ihrer Frau ebenfalls«, gab Wozniak kalt zurück.

»Lassen Sie gefälligst meine Frau aus dem Spiel, sie hat damit nichts zu tun«, reagierte Thomas sofort heftig und blickte Wozniak scharf an. Aus dessen Gedanken erfuhr er jetzt: »... aber sicher doch ... sie ist Versicherung ... dass du tust, was ich will ...«

Thomas war schockiert. Er hatte jetzt verstanden, dass dieser Gauner ihn knallhart erpressen wollte. »Niemals erledige ich für Sie schmutzige Sachen. Vergessen Sie das!«

Wozniak blickte mit arrogantem Gesichtsausdruck auf Thomas. »Lassen Sie es mich ganz klar ausdrücken. Ich denke, dass Ihnen Ihre junge Frau etwas mehr Wert ist, als Ihr übertriebener Fimmel für Loyalität und Gerechtigkeit ...«

Ein heftiges Klopfen an der Tür unterbrach Wozniak. »Was ist?«, brüllte er. Die Tür wurde aufgestoßen und Dieter kam herein.

»Unten ist die Polizei, man will Sie sprechen. Sofort«, stieß Dieter mit leicht verängstigter Miene hervor.

»Okay, ich komme. Du bleibst bei unserem Gast!«, wies er Dieter an, stand auf und verließ den Raum.

~ ~ ÷ ~ ~

Nachdem Wozniak den Raum verlassen hatte, stellte

sich Dieter mit verschränkten Armen breitbeinig vor die Tür. Lass dir nichts Dummes einfallen, schien er demonstrieren zu wollen. Für eine Weile war es still im Raum. Thomas überlegte fieberhaft, suchte nach einer Möglichkeit, auf sich aufmerksam zu machen. Dass die Polizei gerade jetzt hierher kam, war sicher kein Zufall. Bestimmt hatte Peter ihn doch bemerkt, richtig kombiniert und Alarm geschlagen? Ja das musste so sein, alles andere wäre viel zu viel Zufall. Aber wie könnte er sich jetzt bemerkbar machen, um Barbara und sich aus dieser Zwangslage heraus zu bringen? Vielleicht war jetzt die Gelegenheit da, etwas zu versuchen. Sein Herz klopfte bis zum Halse vor Aufregung. Was konnte dieser doofe Dieter schon machen, außer ihn festzuhalten.

Thomas stand entschlossen vom Sessel auf, lief nach vorne zum Fenster, um hinauszublicken.

Dieter reagierte sofort: »Weg vom Fenster!«, schrie er ihm zu. Thomas reagierte nicht darauf, blickte aus dem Fenster nach unten. Da war Hauptkommissar Bechthold mit weiteren Leuten, die da mit Wozniak zu sprechen begannen. Und da hinten gegen die Straße hin, stand Peter zusammen mit zwei Männern. Also hatte er es richtig vermutet, Peter hatte es bemerkt und die Polizei alarmiert. Bevor er sich jedoch bemerkbar machen konnte, stand schon Dieter hinter ihm. Mit brutalem Griff riss der ihn vom Fenster weg.

»Ich habe gesagt, weg vom Fenster, verstanden!« Ein derber Stoß in den Rücken ließ Thomas in den Raum zurücktaumeln.

Langsam ein paar Schritte weiter in den Raum Richtung Tür gehend, drehte sich Thomas zu Dieter um. Der blickte ihm einen Augenblick grollend entgegen, um sich anschließend neugierig dem Fenster zuzuwenden. Das war die Gelegenheit, hier raus zu kommen, schoss es Thomas durch den Kopf. Ganz leise, jegliches Geräusch vermeidend, schlich Thomas jetzt in Richtung der Tür. Nach einer gefühlt, langen Ewigkeit, in der er kaum zu atmen wagte, hatte er sie schließlich erreicht. Mit einem Seitenblick sah er, dass Dieter immer noch wie gebannt aus dem Fenster spähte. Vorsichtig drückte er die Klinke herunter. Nur kein Geräusch verursachen. Jetzt die Tür aufziehen. Sie klemmte ein wenig und öffnete sich mit einem leisen Knirschen. Mist. Dieter hatte es gehört, fuhr sofort herum.

»Halt! Hiergeblieben!«, schrie er gedämpft und setzte sich mit einem Schwung Richtung Thomas in Bewegung.

Doch Thomas hatte jetzt nur noch eines im Sinne. Er wollte Barbara aus dem verschlossenen Zimmer holen. Er hatte ja gesehen, dass Dieter den Schlüssel stecken gelassen hatte.

Er sprang durch die Tür, warf sie hinter sich zu und rannte los, durch den kurzen Korridor zur Treppe. Dieter kam aus dem Zimmer, lief schreiend hinter ihm her. Am Ende des Korridors, erinnerte sich Thomas, ging es geradeaus nach unten ins Parterre, nach rechts hinauf in die oberen Stockwerke. Er rannte um die rechte Ecke, zur Treppe nach oben. Doch da stand Dieters Kollege breitbeinig und fing ihn ab. Drückte ihn zurück. Thomas wehrte sich mit aller Kraft, aber dem stämmigen Mann hatte er nichts entgegenzusetzen. Was sollte er tun? Dieter kam herangeschossen, konnte nicht früh genug abbremsen und prallte voll auf ihn drauf. Thomas wurde mit Wucht die Treppe runter gestoßen. Wie am Spieß schreiend, mit den Armen nach einem Halt suchend, verlor er das Gleichgewicht und kollerte, sich überschlagend, die lange Treppe hinab. Schon auf der Hälfte der Treppe verstummte sein Schreien schlagartig. Scheinbar bewusstlos rumpelte er die weiteren Stufen nach unten, bis er am Treppenende bewegungslos liegen blieb.

Die zwei Männer oben am Treppenanfang starrten sprachlos auf den reglos liegenden Thomas.

Vom Hauseingang her erklang ein lauter werdendes Stimmengewirr. Die Polizei hatte offenbar das Poltern und Schreien von drinnen gehört. Auch vom oberen Stockwerk hörte man jetzt das gedämpfte Schreien von Barbara. Unter dem lauten Protest von Wozniak kamen Polizisten vom Eingang her hereingestürzt und sahen den bewusstlos am Boden liegenden Mann.

~ ~ ÷ ~ ~

Acht

Piep, piep, piep ... Was war das denn? Was piepste hier so? Wo war er? Die Gedanken wirbelten im Kopf von Thomas. Er öffnete zaghaft die Augen, blickte sich langsam in einem düsteren Raum um. Das kam ihm irgendwie bekannt vor. Sah aus wie in einem Krankenhaus. Jetzt setzte seine Erinnerung wieder ein. Ja wie war das gleich? Was war geschehen? Er wollte Barbara befreien. Da hatten ihn diese zwei Ganoven die Treppe runter gestoßen. Er erinnerte sich aber nicht mehr, wohin er gestürzt war. Irgendwann hatte er mit seinem Kopf hart aufgeschlagen, sah nur noch Sterne, dann nichts mehr. Seit dem Zeitpunkt hatte er keine Erinnerung mehr an das, was geschehen war, da gab's nur noch lautloses Schwarz. Er schien tatsächlich in einem Krankenhaus zu sein, schon wieder. Dann wurde alles dunkel um ihn.

Die Zimmertür wurde leise geöffnet und jemand trat ein. In Thomas wurde es wieder klarer und er bemerkte das Geräusch, drehte den Kopf langsam dahin. Eine Krankenschwester und hinter ihr ein Arzt, kamen schnell aber leise herein. Die beiden kannte er doch.

»Tut mir leid ..., dass ich ... Sie schon wieder belästige«, lallte Thomas mit verkniffenem Gesicht. Schwester Beate kümmerte sich sofort um die Geräte, während der

Arzt zu Thomas ans Bett trat.

»Offenbar hat es Ihnen das letzte Mal bei uns so gut gefallen, dass Sie uns schon wieder beehren, Herr Feldmann«, meinte der Arzt mit einem leichten Lächeln, wurde aber dann sofort ernst. »Aber Spaß beiseite. Dieses Mal sind Sie nicht lange bewusstlos geblieben. Dafür haben Sie einen gebrochenen linken Arm sowie zahlreiche Prellungen am ganzen Körper. Sie sind eine Treppe herunter gestürzt, hat man mir berichtet. Wie fühlen Sie sich?«

Thomas gab keine Antwort, sondern fragte sofort: »Wissen Sie, wie es meiner Frau geht? Ist Sie auch hier?«

»Ich weiß nichts von Ihrer Frau, aber ich frage nachher nach. Ich verspreche es Ihnen. Aber jetzt zu Ihnen. Haben Sie Schmerzen?«

Thomas versuchte, seine Arme und Beine zu bewegen. Mit dem linken Arm ging nichts, der schmerzte und war, eingegipst. An verschiedenen Stellen am Körper spürte er leichte Schmerzen und berichtete alles dem Arzt. »Und mein Kopf schmerzt und brummt, den habe ich offenbar wieder angeschlagen«, meinte er, während er mit der rechten Hand an den Kopf tastete.

Der Arzt ergriff sachte die Hand und legte Thomas Arm auf die Bettdecke zurück. »Ich untersuche Sie jetzt noch genauer und anschließend muss Ihr gebrochener Arm nochmals versorgt werden. Danach geht's ab ins CT. Spüren Sie im Kopf oder im Körper drinnen schmerzen?«, fragte der Arzt. Er begann, Thomas am ganzen Körper systematisch abzutasten.

Drei Stunden später war Thomas durch verschiedene

Untersuchungszimmer gerollt und von Kopf bis Fuß untersucht und versorgt worden. Vor wenigen Minuten hatten sie ihn in sein Zimmer zurückgefahren. Der Arzt kam herein, einige Papiere in der Hand haltend und trat an das Bett.

»Und Herr Feldmann, wie geht es Ihnen jetzt?«

Das ist komisch, dachte Thomas. Ich empfinde nichts, wenn ich den Arzt anblicke. Rein gar nichts. Ich sehe nichts von einer Aura und es kommen auch keine Gedanken herüber. Noch nicht mal Wortfetzen oder emotionale Gefühle. Das hatte er schon vorher im Gipszimmer bemerkt, als er den Mann betrachtete, der ihm den Arm nochmals in Gips legte. Hatte er seine Fähigkeit verloren oder war das nur ein vorübergehender Aussetzer, ausgelöst durch den Treppensturz?

»Herr Feldmann! – Geht es Ihnen gut?«, wiederholte der Arzt etwas eindringlicher, da Thomas keine Antwort gegeben hatte.

»Entschuldigung«, schrak Thomas aus den Überlegungen hoch. »Ich fühle mich ziemlich erschlagen. Haben Sie in meinem Kopf was gefunden?«

Der Arzt sah auf die Papiere herunter, blätterte sie durch und meinte: »Soweit ich aus den Befunden ersehe, sind, außer dem Armbruch keine weiteren gravierenden Verletzungen festgestellt worden. Weder im Brust-/Bauchbereich noch im Kopf. Sie haben Glück im Unglück gehabt. Ihr Sturz hätte weit schlimmere Folgen haben können.«

»Haben Sie was über meine Frau erfahren können?«

»Ach ja. Ihrer Frau geht es physisch gut. Sie sitzt seit einiger Zeit draußen und wartet darauf, Sie besuchen zu können. Ein Freund ist ebenfalls da.«

»Oh, wie schön ..., Babs geht's gut.«

»Aber als Erstes möchte ein Polizeikommissar mit Ihnen reden. Es sei sehr wichtig. Fühlen Sie sich stark genug dazu?«

»Ja, das wird schon gehen. Herein mit ihm« bejahte Thomas. Glücklich darüber, dass seine Frau befreit, und ihr nichts geschehen war.

»Aber zuerst bin ich dran. Herr Feldmann, wir müssen Sie für ein paar Tage genau beobachten. Sie müssen, einmal mehr wegen eines Kopfschlages, vor allem absolute Ruhe halten. Dann sehen wir in, sagen wir mal, einer Woche, wie es mit Ihnen weitergeht. Besuche sind erlaubt, aber jeweils nur kurze, mit Pausen dazwischen. Sie müssen sich rigoros schonen. Ich meine das absolut ernst.«

»Ist gut, Herr Doktor, ich werde ganz brav sein. Ich fühle mich auch alles andere als fit, eher wie durch eine Mühle gedreht.«

»Das ist nicht verwunderlich. Dann richte ich jetzt dem Kommissar aus, dass er kurz, wirklich nur ganz kurz, mit Ihnen reden kann.«

~ ~ ÷ ~ ~

Thomas döste vor sich hin und wäre beinahe eingeschlafen, als der Kommissar endlich das Zimmer betrat. Er vermutete, dass der Arzt bewusst für diese Pause gesorgt hatte.

»Ich hatte mir unser Wiedersehen nach Ihren Ferien ein wenig anders vorgestellt, Herr Feldmann«, begrüßte ihn der Kommissar mit besorgtem Gesicht und einem schiefen Lächeln.

»Ich mir auch. Das können Sie mir glauben«, antwortete Thomas müde.

»Der Arzt meinte, dass ich Sie nur ganz kurz belasten darf, darum komme ich gleich zur Sache. Außerdem bin ich ohnehin unter Zeitdruck, wie Sie sich vorstellen können. Die Verhöre müssen stattfinden, aber dazu muss ich zuerst mit Ihnen über das, was in der Villa geschehen ist, reden. Von Ihrer Frau habe ich schon einiges erfahren, aber sie wusste nicht, warum Sie eigentlich entführt wurden.« Der Kommissar setzte sich auf einen Stuhl neben dem Bett.

»Also kurz aus dem was ich bisher erfahren habe zusammengefasst: Ihr Freund, Peter Winkler, hat mich vom Flughafen aus angerufen, dass Sie angekommen und von zwei Männern auffällig weggeführt worden seien. Ich war überrascht, ich wusste nicht, wann Sie genau zurückkommen. Herr Winkler hat den Entführerwagen verfolgen können bis zum Zielort. Dann hat er mir gemeldet, wohin man Sie gebracht hatte. Ich habe mich sofort mit einer Mannschaft dahin begeben. Während des Gespräches an der Tür der Villa vernahmen wir dann das Poltern und Ihre Hilfeschreie aus dem Haus, woraufhin wir eingedrungen sind. Da haben wir Sie bewusstlos am Fuß der Treppe gefunden. Auch Ihre im Zimmer eingeschlossene Frau haben wir dann befreit. Die Herrschaften haben wir alle vorsorglich in Haft genommen. Allerdings scheint gemäß Aussage Ihrer Frau, einer zu fehlen. Ein Dietmar oder Dieter, wie sie meint.«

»Stimmt, der Wortführer der Männer, die uns entführten, hieß Dieter«, bestätigte Thomas.

»Der Form halber jetzt: Sie bestätigen mir, dass Sie gegen Ihren Willen vom Flughafen abgeholt worden sind?«

»Ja. Die haben mir gedroht, dass es meiner Frau schlecht ergehen würde, wenn ich mich nicht ruhig verhalte.«

»Wurden Sie tätlich angegangen? Erzählen Sie mir bitte alles, wie es sich abgespielt hat«, bat ihn der Hauptkommissar.

So erzählte also Thomas das Erlebte bis hin zu seinem Sturz über die Treppe. Der Hauptkommissar machte sich fleißig Notizen und stellte zwischendurch Fragen. Als Thomas geendet hatte, blickte der Kommissar nach kurzem Nachdenken von den Notizen auf, meinte dann: »Wenn ich das richtig sehe, wollte dieser Wozniak Sie als Werkzeug benutzen, um seine illegalen Geschäfte möglichst erfolgreich zu tätigen. Und ihre Frau wäre das Druckmittel gewesen, um Sie gefügig zu halten, ihm wirklich alles, was seine Geschäftspartner denken, weiterzugeben.«

»So hat es sich angehört. Er hat es sogar deutlich in dieser Art formuliert, ganz kurz bevor Sie an der Villa erschienen.«

»Zusammen mit den Aussagen von Ihrer Frau und Ihrem Freund habe ich jetzt ein umfassendes Bild des Geschehens. Dann will ich mich nun um diese Herrschaften kümmern. Wäre sehr hilfreich gewesen, wenn Sie hätten dabei sein können. Aber ich kriege die schon in die Zange.«

»Im Augenblick wäre ich Ihnen keine große Hilfe. Seit

dem Treppensturz konnte ich keine Empfindungen oder Gedankenströme mehr empfangen. Ich weiß nicht, ob es der augenblickliche Schock oder die Medikamente sind, zurzeit geht einfach rein gar nichts. Und ich bin grauenhaft müde.«

»Na, warten wir ab. Sie müssen jetzt erst wieder zu Kräften kommen. Das braucht seine Zeit.« Nach einer kurzen Pause des Nachdenkens fuhr der Hauptkommissar fort: »Da Sie mit Ihrer Frau, wie wir jetzt feststellen mussten, stark gefährdet sind, habe ich eine Wache vor Ihr Zimmer gesetzt. Ihre Frau bringen wir anschließend zu Ihrer Wohnung in der bewachten Wohnanlage. Ich nehme an, Sie sind einverstanden damit.« Thomas nickte und der Kommissar redete weiter: »Ihren Freund, den Herrn Winkler, muss ich ab sofort ebenfalls überwachen lassen. Durch diesen, vermeintlich aus unserem Amt kommenden Anruf betreffend ihrer Ankunft, ist klar geworden, dass er und seine Partnerin bei diesen Gaunern jetzt ebenfalls bekannt sind. Wir beschatten Herr Winkler unauffällig, zumindest so lange, bis wir diesen flüchtigen Dieter ebenfalls dingfest gemacht haben.«

»Das ist ein riesiger Aufwand. Ich danke Ihnen, vor allem, dass Sie ein Auge auf meine Frau richten, bis ich wieder auf dem Damm bin.«

»Kein Problem. Der Zeugenschutz gehört zu unseren Alltäglichkeiten. Außerdem haben wir Ihnen auch einiges zu verdanken. Aber wir müssen uns was einfallen lassen, wie wir Ihr Leben wieder in normale Bahnen lenken können. Aber eins nach dem andern.«

Der Kommissar stand auf und streckte ihm die Hand

entgegen: »Jetzt wünsche ich Ihnen eine gute Genesung. Ich werde Sie auf dem Laufenden halten.« Sie schüttelten sich die Hände: »Ich schicke Ihnen jetzt ihre Frau und den Freund herein. Aber kurz halten, hat der Arzt angeordnet, Sie wissen ja.« Und zeigte ihm schmunzelnd den Mahnfinger. An der Tür stoppte er, blickte nochmals zurück: »Ich wäre wirklich froh, wenn Sie kurz machen könnten, ich warte draußen um die zwei gleich mitzunehmen!«. Damit verließ er schnellen Schrittes das Krankenzimmer.

~ ~ ÷ ~ ~

Ermattet fiel Thomas in die Kissen zurück. Eine bleierne Müdigkeit überfiel ihn. Seine Gedanken arbeiteten nur langsam und kraftlos. Was war das für ein Katastrophales nach Hausekommen gewesen für Babs und ihn. Mehr als vierundzwanzig Stunden unterwegs, kaum wirklich zum Schlafen gekommen. Dann sogleich von Entführern in die Mangel genommen zu werden, die Treppe herunter zu stürzen, einen Blackout einzufangen, das war alles nicht gerade ein Zuckerschlecken gewesen. Dabei hatten sie es sich so schön vorgestellt, wie sie von ihren Freunden empfangen würden. Sie freuten sich schon riesig darauf, zu beginnen, ihr gemeinsames Leben aufzubauen. Und jetzt dieses Chaos. Im Augenblick sah Thomas keinen Weg, aus diesem Dilemma herauszukommen. Sie konnten aber doch nicht auf ewig wie Gefangene bewacht, herumlaufen? Thomas war nahe daran hinüberzudämmern, als die Zimmertür sich öffnete. Barbara und Peter traten vorsichtig ins Zimmer.

Barbara kam sofort zu Thomas ans Bett, während

Peter an der Tür stehen blieb. »Mein armer Thomas!« Barbara beugte sich zu ihm nieder, nahm ihn vorsichtig in die Arme und küsste ihn zärtlich.

»Hallo, mein Schatz. Schön, dich gesund zu sehen«, erwiderte Thomas ihr müde murmelnd.

»Der Arzt hat uns draußen informiert über deinen Zustand. Außer dem Armbruch scheint alles in Ordnung zu sein. Bin ich froh!«

»Ja, Gott sei Dank. Aber was machen wir jetzt? Wie kann das weitergehen? Diese Gauner schrecken vor nichts zurück.« Thomas drehte den Kopf unruhig, blickte dann mit sorgenvollem Gesicht auf Barbara: »Wir müssen uns trennen. Du musst auf deine Sicherheit achten. Ich will auf keinen Fall, dass dir etwas zustößt. Um mich herum ist es viel zu gefährlich.«

»Das kommt überhaupt nicht infrage«, entgegnete Barbara sofort entschlossen. »Ich bleibe bei dir. Bin immer für dich da, komme da, was wolle. Du bist schließlich meine große Liebe, mein Mann! Schon vergessen: 'In guten wie in schlechten Zeiten'!«

»Aber das sind brutale Leute, die gehen über Leichen. Ich will nicht, dass du mit hinein gezogen wirst. Und für dich, Peter, gilt das Gleiche. Jetzt kommst du wegen mir auch in Gefahr. Das geht nicht.« Thomas, der jetzt ziemlich am Ende seiner Kräfte angelangt war, erfasste panische Angst in seiner gegenwärtigen Wehrlosigkeit. »Ihr müsst auf Distanz gehen zu mir, eurer eigenen Sicherheit zu liebe.«

Peter trat ans Bett. »Ach komm schon, wir lassen uns nicht einfach vergraulen, mein Freund. Wir bleiben in deiner Nähe und stehen dir bei. So schnell wird nicht klein beigegeben. Was glaubst du denn, wer wir sind?«, entgegnete er mit Bestimmtheit, keinen Widerspruch duldend.

»Wir finden einen Weg«, versuchte Barbara ihren Thomas zu beruhigen. »Der Kommissar ist ebenfalls der Meinung, wenn von dieser Gangstertruppe alle verhaftet sind, werden wir langsam wieder zu einem normalen Leben zurückkehren können. In der Zwischenzeit schützt uns die Polizei.«

Nach kurzem Schweigen, bei dem man sah, wie Thomas darum kämpfte, wach zu bleiben, murmelte er: »Entschuldigt bitte, aber ich schaffe es nicht mehr, weiter zu diskutieren. Ich bin kaputt, ich möchte nur schlafen. Bitte verzeiht mir. Kommt morgen wieder.«

»Natürlich, wir gehen jetzt. Ich fühle mich auch tüchtig geschlaucht. Ich will nur ein Bett sehen, alles andere kann warten«, meinte Barbara. Sie strich ihm sanft über die Wangen und küsste ihn voller Liebe. »Mach dir keine Gedanken. Schlaf jetzt tüchtig, damit du dich erholen kannst. Wir wollten dich nur kurz sehen. Der Kommissar wartet ohnehin draußen auf uns.«

»Halt die Ohren steif, wir sind auf jeden Fall bei dir, Kumpel. Morgen sieht die Sache schon wieder viel besser aus«, verabschiedete sich auch Peter. Beide verließen das Zimmer leise, während bei Thomas umgehend die Augen zufielen und sein Kopf sich zur Seite neigte. Mit einem leisen Seufzer fiel Thomas in einen tiefen Schlaf.

~ ~ ÷ ~ ~

Das Telefon auf dem Schreibtisch begann zu läuten und

unterbrach damit die Besprechung von Hauptkommissar Bechthold mit seiner Einsatzleiterin Petra Sontheim.

»Bechthold!«, meldete er sich kurz und lauschte aufmerksam. »Moment Berger!« Bechthold deutete für Petra Sontheim auf das Telefon, drückte einen Knopf am Apparat. »Gut. Frau Sontheim hört jetzt mit. Sie überwachen wie abgesprochen den Peter Winkler. Nochmals von vorne, was gibt es Neues?«

Durch den Lautsprecher am Telefon war die Stimme des Überwachungsmannes zu hören: »Ja, es ist so: Peter Winkler ist vor einer halben Stunde nach Hause gekommen. Ich ging wie üblich auf der Straße schräg gegenüber im Auto auf Beobachtungsposten. Kurze Zeit später kam ein Wagen vorgefahren, ein großer Mann stieg aus und ging ins Haus vom Winkler. Nach einigen Minuten kam Winkler heraus, hinter ihm dieser große Mann. Nun konnte ich den Mann von vorne sehen. Ich bin der Meinung, es war dieser Gesuchte, dieser Dieter. Winkler wurde von dem Mann ins Auto gedrängt. Sah nach verdeckter Schusswaffe aus. Der Fahrer des Wagens, ein kleiner schlanker Typ war ausgestiegen und hatte die Tür hinten aufgehalten. Dann sind sie eilig weggefahren. Ich verfolge sie jetzt seit fünf Minuten.«

»Sehr gut. Bleiben Sie dran. Wir stellen sofort eine Einsatzgruppe zusammen. Melden Sie sich sofort, wenn sich etwas Neues ergibt. Bis später«, ordnete der Kommissar an und legte auf.

»Unsere Befürchtung bewahrheitet sich, wie Sie gehört haben. Peter Winkler wurde gerade entführt«, fasste er gegenüber Petra Sontheim zusammen. »Stellen

Sie bitte sofort eine Einsatztruppe zusammen, Frau Sontheim. Dann warten Sie auf den Einsatzbefehl. Wir haben es mit mindestens zwei Mann zu tun. Ich bleibe am Telefon«, ordnete der Kommissar an. Petra Sontheim stand auf und ging wortlos nickend eilig hinaus.

Nachdem der Kommissar einige Notizen gemacht hatte, brauchte er nicht lange zu warten. Das Telefon begann zu läuten.

Er griff sofort zum Telefon: »Bechthold!«

»Hier spricht Christa Reinert. Spreche ich mit Hauptkommissar Bechthold?«, meldete sich eine aufgeregte Frauenstimme aus dem noch eingeschalteten Lautsprecher.

»Das bin ich. Was haben Sie für ein Anliegen?«, fragte der Kommissar leicht verwundert zurück. Er hatte eigentlich den Überwachungsmann Berger erwartet.

»Ich bin die Partnerin von Peter Winkler. Sie überwachen doch Herr Winkler? Haben Sie ihn vor gut zehn Minuten abgeholt?«

»Ach, Frau Reinert ja«, erinnerte Bechthold sich jetzt an sie. »Nein, wir haben ihn nicht abgeholt, aber ich habe soeben die Nachricht erhalten, dass er entführt wurde. Wir verfolgen ihn. Ihnen geht es so weit gut?«

»Ja, ich bin in Ordnung. Dachte ich mir's doch, dass da etwas nicht stimmt. Ich war in der Küche beschäftigt, als es an der Wohnungstür läutete. Peter ist hingegangen. Ich habe nur gehört, wie er mit einem Mann redete. Dann wurde die Tür geschlossen. Als Peter nicht zurückkam, habe ich nachgesehen, dann aus dem Fenster geschaut und gesehen, wie er von einem Mann in ein Auto geschoben wurde. Was geschieht jetzt? Was wollen die von Peter, ich habe Angst um ihn? Eine Erpressung?«

»Wir sind soeben dabei eine Einsatztruppe zusammenzustellen. Sobald wir den Ort kennen, an den man Herrn Winkler bringt, greifen wir ein. Bleiben Sie in der Wohnung. Ich melde mich wieder bei Ihnen, wenn wir mehr wissen.«

Sie verabschiedeten sich und der Kommissar legte auf. Etwas nervös mit den Fingern auf die Tischplatte trommelnd wartete er unruhiger werdend darauf, dass sich der Bewachungsbeamte wieder meldete. Langsam, zäh fließend vergingen die Minuten. Die Tür öffnete sich, Petra Sontheim kam herein.

»Der Einsatztrupp ist in wenigen Minuten startbereit. Gibt es schon Neuigkeiten?«, fragte sie beim Absitzen.

»Die Partnerin von Peter Winkler, Frau Reinert, hat angerufen«, erwiderte der Kommissar und erzählte, was er von ihr erfahren hatte. »Jetzt hoffe ich, dass Berger das Fahrzeug mit den Entführern nicht aus den Augen verliert.«

»Die Mannschaft ist schon gebrieft über die augenblickliche Situation. Über alles Weitere informiere ich beim Hinfahren. Zwölf Mann, zwei Hunde, drei Fahrzeuge, das sollte vorerst genügen.« Das Telefon begann, in diesem Augenblick zu läuten. Der Kommissar griff sofort danach.

»Bechthold!«, meldete er sich knapp.

»Hier ist Berger. Die Typen haben angehalten, sind ausgestiegen und mit Winkler in einem Mietshaus verschwunden«, informierte er und gab die Adresse durch. Petra Sontheim notierte die Angaben. An einem an der

Wand hängenden Stadtplan begann sie, sich zu orientieren.

»Konnten Sie erkennen, in welche Wohnung sie gegangen sind?«, fragte der Kommissar am Telefon.

»Nein nicht, aber ich versuche, bis ihr hier seid, die Lage genauer zu sondieren.«

»Sehr gut, Berger. Die Einsatzleiterin Sontheim fährt jetzt mit der Truppe los und wird sich bei Ihnen melden«, entgegnete der Kommissar kurz und beendete das Gespräch.

Petra Sontheim wandte sich vom Stadtplan ab: »Treffer! Das ist das Haus gegenüber der Zufahrt zur bewachten Überbauung, in dem unser Thomas Feldmann untergebracht ist. Hatten wir nicht festgestellt, dass Wozniak in dem Wohnhaus dort eine kleine Wohnung angemietet hat?«

»Richtig.« Bechthold blätterte in den Papieren vor ihm und hob ein Blatt hoch: »Hier, da haben wir's. Die Wohnung im zweiten Stock rechts. Ich informiere den Berger sofort. Und jetzt ab mit Ihnen. Holen Sie mir den Winkler raus und bringen Sie die Ganoven ins Kittchen.«

Petra Sontheim stand auf, nahm ihre Unterlagen und lief los. Das Telefon läutete wieder. Sie blieb stehen, während der Kommissar den Hörer abhob.

»Bechthold!«

»Sind Sie der Typ, der unseren Chef Wozniak verhaftet hat?«, erklang es arrogant aus dem Hörer. Bechthold und Sontheim blickten sich überrascht an.

»Ja, der bin ich. Wer sind Sie?«, fragte der Kommissar.

»Spielt keine Rolle. Ich verlange von Ihnen, dass Sie

umgehend Wozniak freilassen, sonst wird es Peter Winkler sehr schlecht ergehen. Ihnen ist der Winkler doch bekannt?«

»Ja, natürlich. Ist er bei Ihnen? Wie geht es ihm?«, wollte der Kommissar wissen.

»Dem geht es vorläufig noch gut, hängt aber ganz von Ihnen ab, wie lange noch. Komm Winkler, sag dem Herrn Kommissar, dass es dir gut geht!«, hörte man aus dem Lautsprecher. Gleich darauf vernahmen die Kommissare die Stimme Winklers aus dem Hintergrund: »Hilfe, die haben mich gekidnappt, wir sind ...« Die Stimme brach ab, man hatte ihn offensichtlich zum Schweigen gebracht. Der Entführer war jetzt wieder am Telefon: »Also, kein langes Drumherum, lassen Sie Wozniak frei und wir lassen Winkler laufen. Einverstanden?«

»Ja, einverstanden, aber das geht nicht so rasch. Ich muss Einwilligungen einholen, ehe man ihn freilässt. Das kann schon ein bis zwei Stunden dauern«, versuchte der Kommissar, Zeit zu schinden. Er deckte schnell den Hörer mit der Hand ab und flüsterte leise zu der danebenstehenden Sontheim: »Sofort losfahren, ich versuche, ihn hinzuhalten!« Sontheim verließ eiligen Schrittes den Raum.

»Veranstalten Sie hier keine faulen Touren. Ich gebe Ihnen eine halbe Stunde, das muss genügen, sonst können Sie Winkler in der Kiste abholen«, kam schroff die Stimme des Erpressers.

»Das ist viel zu kurz, das kriege ich in dieser Zeit niemals hin. Ich brauche mindestens eine Stunde«, begann der Kommissar zu handeln.

»Also gut, dann in einer Stunde, allerhöchstens. Ich

rufe wieder an und gebe Ihnen den Treffpunkt bekannt«, kam kalt und entschlossen die Forderung. Der Anruf wurde abgebrochen, bevor der Kommissar noch irgendwas erwidern konnte.

Nachdem der Kommissar daraufhin den Überwacher Berger und die Einsatzleiterin Sontheim nochmals informiert hatte, konnte er nichts weiter mehr tun, als abzuwarten und zu hoffen, dass seine Leute die Entführer stoppen würden.

~ ~ ÷ ~ ~

Am Fenster des Krankenzimmers saß Thomas, Zeitung lesend in einem bequemen Sessel. Der Kommissar hatte ihn heute Morgen in der Früh angerufen und ihm kurz berichtet, dass gestern Peter entführt worden sei, sie ihn jedoch schnell wieder befreien und den Rest der Bande verhaften konnten. Ein Bericht zum Entführungsfall Peter Winkler sei in der heutigen Tageszeitung veröffentlicht worden. Das sei leider nicht zu verhindern gewesen, aber man hätte die Identität von Peter geheim halten können. Außerdem wollte der Kommissar an diesem Vormittag vorbeikommen, um mit ihm die nächsten Schutzvorkehrungen zu besprechen.

Verdammt noch mal, ärgerte sich Thomas. Diese Saubande hatte tatsächlich die Frechheit gehabt, seinen Freund zu kidnappen, um so diesen Wozniak freizupressen. Aber der Bechthold, oder besser gesagt die toughe Petra Sontheim mit ihrer Truppe, hatte diesen Dumpfbacken das Vorhaben gründlich vermasselt. Peter hatte unbeschadet befreit werden können. Die beiden Ganoven, dieser Dieter und der Fahrer des Wagens, konnten verhaftet werden. Das sah schon besser aus, wenn nun vermutlich die ganze Bande hinter Schloss und Riegel saß. Hoffentlich würden sie möglichst lange in den Kerker wandern. So wäre die Gefahr vorerst gebannt.

An der Zimmertür wurde angeklopft. In der Tür erschien Hauptkommissar Bechthold und fragte, ob er störe. Thomas stand sofort auf aus seinem Sessel.

»Bleiben Sie sitzen. Guten Tag Herr Feldmann, störe ich Sie?«, grüßte der Kommissar und ging auf Thomas zu, um ihm die Hand zu schütteln.

»Aber nein. Ich hatte soeben den Bericht über die Entführung fertig gelesen. Schon eine brutale Bande, diese Leute.«

»Das kann man sagen. Die scheuen vor nichts zurück. Aber vorerst sind die jetzt alle sicher versorgt. Nun werden sie ausreichend Zeit haben, über ihr Tun und Handeln nachzudenken. Aber jetzt zu Ihnen. Wie geht es Ihnen?«

»Danke, eigentlich schon gut, außer dass es mühsam ist, wenn man einen Arm nicht benutzen kann.«

»Das kann ich mir vorstellen, aber das ist zum Glück nur vorübergehend.«

»Was meinen Sie, haben Sie jetzt alle von der Bande gefasst?«, fragte Thomas neugierig.

Der Kommissar zog ein leicht skeptisches Gesicht. »Von der Gruppe um diesen Wozniak herum schon, denke ich, ja. Allerdings ist, und das ist das Problem, diese Gruppe in ihren Aktivitäten stark mit anderen Organisationen verbunden. Die bisherigen Untersuchungen lassen noch keine schlüssigen Einschätzungen zu, wie stark diese Vernetzungen sind. Leider kann ich genau deshalb, zumindest für Sie und Ihre Frau, keine Entwarnung geben. Wir müssen Sie weiterhin unter vollem Schutz behalten.«

»Verdammte Sch...«, entfuhr es Thomas. »Entschuldigung, aber es nervt mich schon gewaltig, dass wir uns nicht mehr frei bewegen können. Wir müssen beinahe wie Gefangene leben«, schimpfte Thomas mutlos.

»Das tut mir leid, ich verstehe Sie, aber Sie müssen sich Ihrer Sicherheit zuliebe vorläufig damit abfinden. Wir versuchen natürlich, das ganze Netzwerk auszuheben. Nicht nur wir, auch weitere Polizeikorps in Deutschland und in den angrenzenden östlichen Ländern, arbeiten daran, den Ring zu knacken, sogar Interpol ist eingeschaltet. Solange wir nicht mehr wissen, sind Sie und Ihre Frau also wirklich als sehr gefährdet einzustufen. Für Ihren Freund dürfte die Gefahr vermutlich bald vorbei sein. Das war eine offensichtlich persönliche Aktion von diesem Dieter. Dieses Vorgehen hatte, soweit sind wir uns schon sicher, keine direkten Beziehungen nach draußen zu weiteren Personen, außer dem beteiligten Fahrer.«

»Aber wie soll das jetzt mit uns weitergehen? Meine Frau und ich können keinen einzigen unbewachten Schritt mehr außerhalb unserer Wohnung machen?«, fragte Thomas niedergeschlagen und setzte sich wieder in den Stuhl.

Der Kommissar zog einen zweiten Stuhl herbei und setzte sich Thomas gegenüber an den Tisch am Fenster. »Um das mit Ihnen zu beraten, bin ich hergekommen. – Ich habe, bevor ich zu Ihnen kam, mit Ihrem Arzt gesprochen, um zu erfahren, wie die Behandlung von Ihnen weitergehen soll. Ich glaube, Sie wissen schon von ihm, dass Sie im Anschluss an Ihren Krankenhausaufenthalt, eine mehrwöchige Kur antreten sollen.«

»Ja, das hat der Arzt mir schon empfohlen. Ich finde das ein wenig übertrieben. Aber er ist der Meinung, dass in Anbetracht meiner mehrfachen Hirnerschütterungen innerhalb eines Jahres, es unumgänglich sei, wenn ich nicht bleibende Schäden für mein ganzes weiteres Leben riskieren wolle.«

»Ich bin kein Arzt, aber ich denke, da hat er sicherlich recht. Im Rahmen eines Zeugenschutzprogrammes kann ich Sie, nicht nur finanziell, voll unterstützen. Ich habe dem Arzt zwei Adressen von Kurhäusern gegeben, mit denen wir häufig in solchen Fällen eng zusammenarbeiten. Das sind Orte, wo Sie bestens rehabilitieren können und an denen wir in der Lage sind, Ihnen eine optimale Sicherheit zu gewährleisten. Sie liegen beide weiter entfernt, was nur gut ist, wenn wir Sie aus der Schusslinie bringen wollen.«

Thomas fühlt sich ein wenig überrumpelt. »Zeugenschutzprogramm? Das klingt, als ob so was für Sie zum Alltag gehöre. Und was ist mit meiner Frau?«

»Das ist in der Tat nicht selten, dass wir im Rahmen des Zeugenschutzes, solche Maßnahmen ergreifen müssen. Was Ihre Frau betrifft, kann ich nur empfehlen, dass sie mit Ihnen zusammen in die Kurklinik geht. Für uns wäre das wegen der Überwachung, von großem Vorteil.«

»Aber sie hat einen Job hier in der Stadt. Den sollte sie irgendwann wieder aufnehmen können, sonst wird sie am Ende entlassen«, entgegnete Thomas.

»Das wird vorerst nicht möglich sein, dass sie wieder zur Arbeit geht. Wir können die Sicherheit am Arbeitsplatz Ihrer Frau nicht gewährleisten. Wenn sie nicht mit Ihnen zum Kuraufenthalt kommen möchte, müsste sie zu Hause in der bewachten Wohnanlage verbleiben. Die Anlage könnte sie nur in Begleitung einer Bewachungsperson verlassen. Sie kennen das ja schon aus der vergangenen Zeit.«

Thomas blickte den Kommissar sprachlos an. Langsam wurde ihm die ganze Tragweite bewusst. Wenn die Einschätzung des Kommissars richtig war, und davon musste er vermutlich ausgehen, dann würden Barbara und er, wenn sie künftig ein Leben in Freiheit führen wollten, massive Änderungen in Kauf nehmen müssen. War das überhaupt möglich und wenn ja, wie?

Der Kommissar begann jetzt eindringlich, Thomas mit Fakten zu überzeugen. »Das Interesse der Medien und einiger dubioser Organisationen ist, seit Sie in die Ferien geflogen waren, leider nicht kleiner geworden. Im Gegenteil, Ihre Entführung sowie jetzt auch die Ihres Freundes, haben für noch größeres Aufsehen gesorgt. Ein viel zu Großes. Das wird sich nicht so schnell ändern, wenn diese Mafiagruppen weiterhin ein Interesse an Ihren Fähigkeiten haben. Und ich befürchte, wie es aussieht, haben sie das. Entschuldigen Sie, wenn ich es direkt ausspreche, aber unter den gegenwärtigen Umständen können Sie und Ihre Frau nicht mehr in der jetzigen Form weiterleben.«

Thomas war erschlagen von dem, was der Kommissar da sagte. »Aber ..., ich habe ja diese Fähigkeit nicht mehr, auf jeden Fall ist sie seit dem Treppensturz nicht mehr da. Dann bin ich doch nicht mehr von Interesse?«

»Wo denken Sie hin, Herr Feldmann. Diese Leute würden uns eine solche Erklärung, dass Sie die telephatische Fähigkeit verloren hätten, selbst wenn sie wahr sein sollte, niemals glauben. Nein, die würden sofort annehmen, dass wir Sie einfach aus dem Schussfeld nehmen und alle für dumm verkaufen wollen. Man wird versuchen, Ihrer habhaft zu werden, auch wenn es letztlich nur zum Zweck wäre, selber festzustellen, was für Fähigkeiten Sie wirklich haben.«

»Aber ..., das würde bedeuten, dass ich und meine Frau eine neue Identität, oder wie man das nennt, annehmen müssten«, überlegte Thomas betroffen.

»Das bedeutet es nicht nur, das ist leider so.« Der Kommissar blickte mit sehr ernstem Gesichtsausdruck auf Thomas. »Herr Feldmann, ich muss Sie dringend darum bitten, dass Sie mit Ihrer Frau so schnell wie möglich reden und auch darüber Gedanken machen, wo, wie und womit Sie eine völlig neue Existenz aufbauen könnten. Ideal wäre, wenn wir bis zum Ende ihrer Rehazeit das Wesentlichste regeln könnten. Das wäre im kürzesten Fall schätzungsweise in rund vier Wochen. Ich bin mir bewusst, das ist extrem wenig Zeit. Es geht aber nicht nur darum, ob Sie eine Identitätsänderung vollziehen wollen oder nicht, sondern wie Sie sich diese vorstellen können. Also kurz gesagt nicht ob, sondern wie. Ich gehe davon aus, dass Sie mit unserem Angebot, Sie beide in ein vollständiges Zeugenschutzprogramm aufzunehmen, einverstanden sind. Sie haben leider keine wirklichen Alternativen.«

Jetzt war Thomas völlig erschlagen von dem, was da über ihn und Barbara hereinbrach. Er versuchte, seine überstürzenden Gedanken zu ordnen. »Aber ..., aber das heißt doch, wir müssten unter einem neuen Namen ..., an einem anderen Ort ein komplett neues Leben aufbauen? Richtig?«

»Richtig. In den nächsten Tagen wird ein Kollege, der sich ausschließlich mit solchen Themen befasst, Sie für eine Beratung aufsuchen. Sie bekommen natürlich jegliche Unterstützung von uns – sowohl finanzielle als auch psychologische. Der Kollege wird Sie wahrscheinlich erst in der Kurklinik besuchen. Nach Meinung Ihres Arztes kann eine Verlegung in die Kurklinik in vier bis fünf Tagen erfolgen. Das hängt vor allem davon ab, ob es freie Betten gibt in den Kliniken, die wir ihm vorgeschlagen haben.«

Fassungslos fuhr Thomas mit der einen Hand immer wieder über seinen Kopf. »Sie sehen mich völlig fertig, Herr Bechthold. Da bricht ein Orkan über meine Frau und mich herein. Wir sind zwar keine komplizierten Menschen, aber was jetzt von uns abverlangt wird, ist gelinde bezeichnet, ganz brutal folgenschwer.«

»Das ist es, Herr Feldmann, ich kann Sie gut verstehen.« Der Kommissar stand auf. »Ja ..., das war's für den Augenblick, was ich Ihnen verständlich machen musste. Dann lasse ich Sie jetzt alleine, damit Sie in Ruhe zusammen mit Ihrer Frau alles Beraten und genau überlegen können. Vergessen Sie nicht, Sie können mich jederzeit kontaktieren, wenn es Fragen gibt. Ich stehe Ihnen voll zur Verfügung. Das tut mir alles sehr leid. Grüßen Sie ihre Frau von mir.« Nachdem der Kommissar das Zimmer verlassen hatte, musste Thomas erst einmal ausgiebig durchatmen. Längere Zeit lief er unruhig im Zimmer auf und ab, um seine wirbelnden Gedanken ordnen zu können. Also, wie war das jetzt? In wenigen Tagen wurde er in eine Kurklinik verlegt, und Barbara könnte dorthin mitkommen. – Warum eigentlich nicht? Wenn sie schon nicht mehr zur Arbeit durfte, konnten sie wenigstens die nächsten drei bis vier Wochen zusammen eine Art Zusatzferien zusammen verbringen. Allerdings mit der Pflichtaufgabe, dass sie so ganz nebenbei ihr gesamtes bisheriges Leben über den Haufen werfen, und ein vollständig Neues aus dem Hut zaubern sollten. Immerhin hätten sie wenigstens ungestört und ausgiebig Zeit, miteinander zu diskutieren, wie sie ihre Zukunft neu gestalten könnten.

Realistisch betrachtet, ging es ihm weiter durch den Kopf, schien es für Barbara und ihn tatsächlich keinen anderen Weg als den zu geben, ihr gesamtes Lebensumfeld von Grund auf umzukrempeln. Sie beide standen durch die Heirat ohnehin an einem markanten Wendepunkt in ihrem Leben. Also würde dieser jetzt um einiges prägnanter ausfallen als geplant, dachte er fatalistisch. Gut, dass Barbara heute Nachmittag zu ihm kam, da würden sie also einiges besprechen und überlegen müssen. Wäre vielleicht gut, wenn ich sie jetzt anrufe, und sie über das alles, was der Kommissar vorgebracht hatte, informiere. Dann kann sie über diese verrückte Situation bis zum Nachmittag bereits schon ein wenig nachdenken.

~ ~ ÷ ~ ~

Thomas saß wiederum im Sessel am Fenster, als Barbara nach einem kurzen Anklopfen, ins Krankenzimmer trat.

»Hallo, mein Thomas! Wie geht es dir heute mit deinen Blessuren?«, kam sie auf ihn zu und nahm den aufstehenden Thomas in die Arme. Eine ganze Zeit hielten sich die beiden fest umschlungen und küssten sich innig. Als sie sich endlich trennten, betrachtete Barbara ihren Mann eingehend. »Du bewegst dich schon gut, nur dein Gesicht sieht nicht so entkrampft aus.«

»Ich habe kaum mehr Schmerzen, aber den gebrochenen Unterarm spüre ich noch stark. Das ist unangenehm, macht alles so kompliziert. Versuch dich mal anzuziehen, mit nur einem Arm. Gar nicht einfach. Wenn die Schwestern nicht wären ...«, meinte Thomas.

»Und in den nächsten Wochen hast du mich«, ergänzte Barbara.

»Das ist im Augenblick die schönste Aussicht für mich. Komm, setzen wir uns ans Fenster. Möchtest du einen Tee? Ich habe einen ganzen Krug bekommen.« Während Barbara nickte, holte Thomas eine zweite Tasse vom Nachttisch und goss ihr ein. »Und, wie fühlst du dich so allein in der Wohnung, oder beim Ausgehen nur mit einem Bodyguard?«, fragte Thomas, während er die beiden Tassen auffüllte.

»Schon ein wenig einsam, immer allein und die ständige Begleitung ist auch sehr gewöhnungsbedürftig. Das hatte ich in ähnlicher Art das letzte Mal in meiner frühen Kindheit. Damals fühlte ich mich aufgehoben, mit jemand anderem unterwegs sein zu können. Jetzt fühlt es sich eher wie ein Gefängnis, wie überwacht, gefangen sein, an. Aber solange das vorübergehend ist, kann ich mich damit abfinden.«

»Du hast dir jetzt sicher auch Gedanken gemacht zu dem, was da vor uns liegt. Ich habe den Eindruck, dass du das ziemlich locker nimmst.«

»Also locker nicht, eher pragmatisch. Ich bin eher die praktisch Veranlagte. Ich versuche, aus einer nicht zu ändernden Situation das Beste herauszuholen. Und jetzt stehen wir nicht nur vor unserem Eheleben, das neu ist, sondern es kommt zusätzlich ein ordentlicher Brocken dazu.«

Das Gesicht von Thomas hellte sich auf. »Ich bin froh, dass du das ganze Dilemma so geradewegs betrachtest. Viele andere Menschen werfen in einer solchen Situation ratlos die Hände in die Luft oder stecken den Kopf verzweifelt in den Sand. Du bringst uns mit deinem Verhalten die Zuversicht, die wir brauchen, um unseren Weg zu finden.« Thomas beugte sich zu Barbara hinüber und küsste sie innig.

»Wir finden einen Weg«, meinte Barbara überzeugt. »Wir sind unabhängig, können ohnehin tun und lassen, was wir wollen. Sicher, mir ist schon eher unbehaglich beim Gedanken, dass wir unter einem neuen Namen an einem fremden Ort, an dem man niemanden kennt, leben sollen. Und wir werden mit anderen noch nicht einmal über unsere wahre Vergangenheit reden können. Wir müssen teilweise ein Stück unserer Vergangenheit erfinden und diese anderen vorflunkern. Das wird sicher kein leichter Anfang, vor allem der Umstand, von unseren besten Freunden, den einzigen, mit denen wir offen reden könnten, getrennt zu sein.«

»Dann müssen wir uns jetzt überlegen wie wir ...«,

Thomas unterbrach, da mit einem kurzen Klopfen gleichzeitig die Tür geöffnet wurde und der Arzt raschen Schrittes hereinkam.

»Entschuldigen Sie die Störung. Ich habe gesehen, dass Frau Feldmann gekommen ist. Da wollte ich die Gelegenheit nutzen, Ihnen die Kurklinik vorzustellen, an die ich Sie gerne schicken möchte«, begrüßte er die beiden und legte ihnen einen Prospektausdruck vor. »Dies ist, soweit ich es aufgrund der eingeholten Auskünfte beurteilen kann, eine ausgesprochen gute Klinik. Sehr gut geeignet für die Erholung nach neurovegetativen Störungen, also für die Nachbehandlung von Symptomen wie die bei Ihnen, Herr Feldmann. Sie ist eine von den empfohlenen Kliniken von Kommissar Bechthold, also bezüglich Ihrer Sicherheit, ebenfalls gut geeignet.«

»Sieht einsam in den Bergen gelegen aus«, meinte Thomas, den Prospekt betrachtend. »Wenn Sie das empfehlen, soll es mir recht sein. Was meinst du Barbara? Wäre schön, wenn du mitkommst.« Zum Arzt gewandt ergänzte er: »Wir hatten noch keine Gelegenheit, über alles zu reden.«

»Sieht sehr schön aus, gefällt mir gut«, meinte Barbara nach kurzer Betrachtung. »Da wäre auch für mich, trotz unserer gegenwärtig widrigen Umstände, Erholung pur angesagt.«

»Dann werden Sie, Frau Feldmann, Ihren Gatten begleiten? Sie hätten dort ab kommendem Wochenende ein Zimmer für ein Ehepaar frei und ich habe es schon provisorisch reservieren lassen.«

Barbara und Thomas schauten sich kurz an. Barbara

nickte. »Abgemacht, wir gehen zusammen dahin«, bestätigte Thomas erfreut.

»Sehr gut. Das wird den Erfolg der Rehabilitation zusätzlich fördern. Dann will ich das jetzt sofort definitiv fixieren lassen. Ich denke, wir melden Sie auf den nächsten Samstag an. Also ab heute in einer Woche. Geht das für Sie in Ordnung?«

»Sollte kein Problem sein. Aber was meinen Sie, Herr Doktor, wie lange sollen wir dortbleiben?«, fragte jetzt Thomas.

»Drei Wochen ist das absolute Minimum für eine wirksame, vollständige Erholung. Ich empfehle aber, dass Sie vier Wochen bleiben sollten. Soweit ich aus den Informationen, die mich der Kommissar wissen ließ, beurteilen kann, brauchen Sie diese Zeit ohnehin, um ihre Zukunft planen und vorbereiten zu können.«

»Ja stimmt, wir haben tatsächlich vieles an Denk- und Planungsarbeit vor uns. Dann also vier Wochen. Wie ist das, meinen Bruch betreffend? Kann ich davon ausgehen, dass bis zum Ende der Kur mein Arm wieder einsatzfähig ist?«, wollte Thomas jetzt wissen.

»Das sollte etwa hinkommen. Wenn Sie gut auf ihn achten und nicht überfordern, werden Sie die Kurklinik mit Ihrer Frau auf den Armen und ohne Gips verlassen können«, schmunzelte der Arzt und schickte sich an, das Zimmer zu verlassen. Vor der Tür drehte er sich nochmals um: »Ich unterrichte den Kommissar über Ihre Entscheidung. Er hatte mich darum gebeten, sobald die Kur festgelegt sei. Wie ich hörte, wird er persönlich Ihre Verlegung überwachen.« Damit verließ er das Zimmer und überließ das junge Ehepaar ihren großen Planungsproblemen.

Den beiden sah man die Erleichterung an. Die nächsten Wochen waren schon mal geregelt. Sie konnten sich jetzt auf die wichtigen Fragen zu ihrer Zukunft konzentrieren. Sie würden sehr viel Zeit haben, über alles ausgiebig nachzudenken und auszudiskutieren. Nachdem die beiden besprochen hatten, was bis zum Samstag alles vorzubereiten war, verabschiedete sich Barbara. Thomas legte sich müde, jedoch mit deutlich mehr Zuversicht als noch am Morgen, auf das Bett und schlief alsbald ein.

~ ~ ÷ ~ ~

Neun

Im Zimmer des Kurhotels spielte eine leichte Brise durch das geöffnete Fenster mit dem Vorhang. Draußen schien die Frühlingssonne bereits mit erstaunlicher Wärme. Auf dem Bett ausgestreckt, erholte sich Thomas von der anstrengenden Therapiestunde. Er hätte niemals gedacht, dass mentale Therapiestunden derart ermüdend sein konnten.

Jetzt öffnete sich leise die Tür. Barbara kam herein.

»Und, wie geht es dir? Ausgeruht genug um ein paar Schritte draußen, an der herrlich frischen Luft zu machen?«, fragte sie ihn küssend.

»Gute Idee. Gehen wir raus. Ein Spaziergang ist jetzt das Richtige. Nutzen wir das verfrühte Frühlingswetter, es wird kaum die nächsten Wochen weiter so anhalten. Aber in einer guten Stunde müssen wir zurück sein. Dieser Berater für Zeugenschutz soll heute kommen. Bin gespannt, was er zu unseren Vorstellungen meint. Aber schon ein wenig befremdend, dass man sein höchstpersönliches Leben mit einem unbekannten Menschen besprechen muss.«

»Aber vielleicht besser, als wenn man mit nahe stehenden Personen über das künftige Leben ohne sie diskutieren müsste«, meinte Barbara nachdenklich.

»Da ist was dran. Es wird hart genug werden, wenn der Tag gekommen ist, wo wir alles, was uns bisher lieb und teuer war, hinter uns lassen müssen«, sinnierte Thomas.

Mein Gott, wie intensiv hatten sie die ersten fünf Tage, seit sie sich in der Kurklinik aufhielten, über all die Möglichkeiten diskutiert. Wie sie ihr Leben in der Zukunft gestalten wollten oder könnten. Jede freie Stunde die Thomas hatte, nutzten sie, um alle möglichen Perspektiven zu durchleuchten. Abzuwägen, was möglich wäre und für sie auch vorstellbar war. Es war nicht so, dass sie sich nicht einig werden konnten, aber die Vielfalt an Möglichkeiten, die für sie beide offen standen, überforderte sie. Sie wollten ernsthaft alle Varianten durchsprechen. Letztendlich ging es um nichts Geringeres als um ihr künftiges gemeinsames Leben.

Für Thomas bekam die Sicht auf das kommende Leben einen zusehends schöneren Glanz. Er spürte bis heute keinerlei Anzeichen davon, dass er die Emotionen oder die Gedanken anderer Menschen wieder empfangen konnte. Er neigte immer mehr dahin, zu glauben, dass er diese Fähigkeiten tatsächlich verloren hatte. Das machte für ihn das Leben im Umgang mit Menschen in einer bisher nie gekannten Form leicht und wohltuend. Mittlerweile betete er heimlich, dass es so bleiben würde, er endlich ein ganz normales Leben wie jeder andere Mensch führen könnte. Auf diesen Zeitpunkt hatte er schon seit seiner Kindheit gewartet.

»Hallo Thomas! Bist du fertig mit Träumen? Können wir aufbrechen?«, riss ihn Barbara aus seinen Gedanken.

»Ay ay, Kapitän, ich komme!«, antwortete Thomas.

Schwang sich vom Bett und verschwand im Bad. »Bin sofort bereit zum Auslaufen.«

~ ~ ÷ ~ ~

Als die beiden nach einem erfrischenden Spaziergang durch den Kurpark zurückkamen, wartete im Empfangsbereich bereits der angekündigte Besuch auf sie.

»Mein Name ist Gerhard Signer. Hauptkommissar Bechthold hat mich, soviel mir bekannt ist, bei Ihnen angekündigt«, stellte er sich vor und streckte ihnen einen Ausweis entgegen.

»Ja, das hat er. Ich bin Thomas Feldmann und das hier ist meine Frau Barbara«, begrüßte ihn Thomas, ohne lange auf den Ausweis zu blicken. »Ich schlage vor, wir gehen auf unser Zimmer. Da können wir ungestört sprechen«, mit einer Handbewegung bat er ihn, zu folgen.

Im Zimmer angekommen, setzten sie sich an den Tisch und Barbara servierte ein Wasser aus der Zimmerbar. »Falls Sie lieber was anderes möchten, einen Kaffee oder sonst was, kann ich Ihnen das gerne holen«, sprach sie den Berater an.

»Nein, keine Umstände. Ein Wasser genügt, danke«, wehrte Gerhard Signer ab.

»Wir bedanken uns, dass Sie sich zu uns bemüht haben«, eröffnete Thomas das Gespräch mit einer höflichen Floskel.

»Kein Problem. Das gehört zu meinen üblichen Aufgaben. Wie Sie sich vielleicht vorstellen können, sind die meisten meiner zu betreuenden Personen nicht gerade vor der Haustür zu finden.« Nach einem kurzen Räuspern kam Signer rasch zum Thema. »Hauptkommissar

Bechthold hat Ihnen erklärt, warum ich hier bin?« Die beiden nickten bestätigend.

»Ihnen beiden wird im Rahmen Ihres Zeugenschutzprogrammes dringend empfohlen, Ihren Namen, den Wohnort und falls notwendig Ihre Tätigkeiten zu verändern. Das alles zusammen ist kein leichtes Unterfangen. Das erfordert von Ihnen viel Flexibilität und Veränderungswillen sowie die Bereitschaft, sich von Vergangenem zu lösen, das bisherige endgültig hinter Ihnen zu lassen. Um Sie bei dieser schwierigen Umsetzung zu unterstützen, dafür stehe ich zur Verfügung. Ich kann Ihnen nicht die Entscheidungen abnehmen, aber ich bin dazu da, Sie nach Bedarf zu beraten und alle anfallenden amtlichen und organisatorischen Arbeiten für Sie zu erledigen. Haben Sie bereits eine Vorstellung oder eine grobe Idee, wie Ihre neue Zukunft aussehen könnte?«

»Wir haben zu der für uns sehr schwerwiegenden Entscheidung, noch nicht genug Zeit gehabt, über alles Wesentliche nachzudenken und zu beraten. Einige wenige Tage für ein ganzes Leben sind nicht gerade viel. Es geht schließlich nicht um eine profane Geschäftsentscheidung, sondern darum, wo und wie wir unser ganzes künftiges Leben verbringen wollen. Wir brauchen noch etwas mehr Zeit«, resümierte Thomas jetzt.

»Das schätzen Sie absolut richtig ein, aber angesichts der Dringlichkeit in ihrem Falle, bleibt uns leider nicht endlos Zeit. Ich muss alles auf teilweise reichlich bürokratischen Wegen anfordern und abwickeln. Auch wenn wir von unserem Amt her einiges an Gewicht haben, braucht es trotzdem viel Zeit durch die Mühlen der Verwaltungen«, versuchte sich Signer, zu rechtfertigen.

»Das kann ich mir gut vorstellen. Was Sie einfordern müssen, ist vermutlich nicht gerade das normal übliche Alltagsgeschäft«, bemerkte Barbara verständnisvoll.

»So ist es. Aber jetzt nochmals die Frage: Haben Sie sich schon konkreter überlegen können, wie Sie Ihr neues Leben gestalten könnten?«, beharrte der Berater auf der Kernfrage.

Thomas setzte sich ganz aufgeregt auf seinem Stuhl zurecht. »Ja, wir haben in den letzten Tagen, wie Sie sich wohl denken können, kaum was anderes gemacht, als über unsere Zukunft geredet und nachgedacht. Überhaupt keine einfache Sache, es soll, wie schon erwähnt, schließlich für ein ganzes Leben genügen. Letztendlich soll die Zukunft für uns beide gleichermaßen Freude, Zufriedenheit und Sicherheit bringen. Dies nicht zuletzt auch im Hinblick auf unsere Familienplanung.«

»Ich merke, Sie gehen da offensichtlich umsichtig ans Werk. Das scheint mir verantwortungsvoll gedacht von Ihnen. Und was ist Ihre Idee?«

»Es klingt etwas verrückt, aber wir möchten Deutschland verlassen. Auswandern nach Australien und dort versuchen, eine Farm zu betreiben. Wir sind beide keine Stadtmenschen und fühlen uns vor allem auf dem Lande, in der Natur, erst so richtig wohl. Und Australien ist für uns beide das Traumland schlechthin. Ich selbst bin auf einem Bauernhof aufgewachsen, bis meine Eltern Land und Hof verkauften, weil die Stadt sich immer mehr ausbreitete. Ich kenne das Handwerk eines Landwirtes gut. Schließlich habe ich zu Hause bis in meine Lehrzeit hinein, aktiv auf dem Hof mitarbeiten müssen. Hätte sich die Stadt damals nicht so rasant ausgebreitet, würde ich wahrscheinlich heute als zufriedener Landwirt dort leben.«

»Auch für mich ist das Leben auf dem Lande nichts Unbekanntes«, äußerte sich jetzt Barbara ihrerseits. »Ich bin in einem kleinen Bauerndorf aufgewachsen und habe in der Jugendzeit ebenfalls viel Zeit bei Freundinnen auf den Bauernhöfen verbracht. Dieser Punkt ist für uns beide eigentlich klar, eine Farm in Australien wäre ein Traum für uns.«

Jetzt kam Thomas richtig in Fahrt, derweil Barbara dazu häufig zustimmend nickte. »Wir könnten uns vorstellen, dass wir in Deutschland noch eine Art Ausbildung auf einem Landwirtschaftsbetrieb machen, um damit ein notwendiges minimales Rüstzeug zu bekommen für die Einwanderung in Australien. Menschen, die in der Landwirtschaft arbeiten wollen, sind dort noch immer stark gesucht«, ereiferte er sich weiter.

Einen Augenblick blieb es jetzt ruhig im Raum, während der Berater auf seine Notizen schauend, offenbar über das Gehörte nachdachte. »Das klingt soweit ganz gut, aber bedenken Sie, dass eine Farm vermutlich ganz schön was kosten dürfte. Derart hohe Kosten deckt das Zeugenschutzprogramm nicht ab. Wie haben Sie sich eine Finanzierung vorgestellt?«

»Was diesen Punkt anbetrifft«, ergriff Thomas wieder das Wort, »so verfüge ich glücklicherweise, neben einem gut gefüllten Konto durch meine Auftragsarbeiten der vergangenen Monate, noch über einen größeren Betrag aus der Erbschaft, meiner Eltern, die leider viel zu früh verstarben. Außerdem könnte, bei einem unerwarteten Engpass, meine Frau auf ein vorgezogenes Erbe aus dem

Vermögen ihrer Eltern zählen. Wir sind der Meinung, dass wir in finanzieller Hinsicht unsere Vorstellungen verwirklichen könnten.«

Für einen weiteren Augenblick blieb es ganz still. Gespannt warteten Barbara und Thomas auf die Reaktion des Beraters. »Wenn ich Ihre Überlegungen betrachte, muss ich sagen: Das klingt alles sehr gut angedacht und unter den gegebenen finanziellen Möglichkeiten offensichtlich auch realistisch. Sicher, es ist trotz allem ein Vorhaben, das nicht ohne Risiko wäre, aber jeder Aufbau einer neuen Existenz ist schließlich mit einem gewissen Maß an Wagnis verbunden.«

»Das sind wir bereit einzugehen«, meinte Thomas. »Allerdings, was unserer Meinung nach eine wichtige Voraussetzung wäre: Könnten wir vorher in Deutschland noch eine landwirtschaftliche Ausbildung bekommen. Irgendwo an einem Ort, an dem unsere Sicherheit einigermaßen gewährleistet wäre? Was denken Sie?«, fragte jetzt Thomas und lehnte sich interessiert vor.

»Das ist ein Punkt, den ich erst abklären muss, darüber kann ich nichts aus dem Stand sagen. Eine komplette Lehre zum Landwirt geht, nehme ich an, über mehrere Jahre. Das wollen Sie nicht, wenn ich Sie richtig verstehe.« Thomas nickte bejahend. »Also müsste es eine Art Kurzausbildung, eine gezielte Ausbildung, sein. In welcher Richtung müsste diese sein? Da gibt es sicher viele verschiedene Möglichkeiten.«

»Ich stelle mir konkret Viehwirtschaft vor. Rinderzucht, Fleischproduktion. Das ist eine weitverbreitete Produktionsform in vielen Farmbetrieben dort unten.

Außerdem wäre das ein Betrieb, der zum Großteil, ohne viele Angestellte zu bewerkstelligen wäre.«

»Gut, das klingt überlegt.« Signer hatte sich weitere Notizen gemacht und blickte jetzt auf: »Dann weiß ich für den Augenblick genügend und kann jetzt alles Erforderliche abklären und für Sie zusammenstellen. Aber Sie beide sind jetzt überzeugt, diesen Weg gehen zu wollen, oder brauchen Sie noch zwei, drei Tage für eine endgültige Entscheidung? So viel Zeit haben wir noch.«

Thomas und Barbara schauten sich gegenseitig an und nickten dann bejahend. »Wenn das Ganze aus Ihrer Sicht in dieser Art möglich ist, sind wir entschlossen, diesen Weg zu gehen. Aber wie schon betont, brauchen wir dazu noch fachliches Rüstzeug«, bestätigte Thomas. Dann fuhr er fort: »Die weiteren Kenntnisse möchten wir uns als Angestellte auf Farmen in Australien aneignen. Die Art einer Farmführung dort unterscheidet sich, so viel ist mir bekannt, stark von dem, wie ein Bauernhof hier geführt wird.«

»Sehr gut. Dann stoße ich jetzt die Abklärungen an, damit so bald als möglich die verschiedenen amtlichen Bearbeitungen in Gang gebracht werden können. Haben Sie einen speziellen Wunsch, was Ihre Namensänderung anbetrifft? Ich denke, Sie sollten demzufolge am besten englische Namen überlegen.«

»Wenn das möglich ist, warum nicht. Wenn es schon ein neuer Name sein muss, kann es auch ein Englischer sein.«

»Ist möglich. Überlegen Sie, was für Namen Sie sich vorstellen könnten. – Das wäre jetzt von meiner Seite im

Augenblick alles. Wenn Sie momentan keine weiteren Fragen mehr haben, kann ich mich verabschieden.« Signer zückte eine Visitenkarte aus dem Kittel und gab sie Thomas. »Wenn Fragen aufkommen, rufen Sie mich an. Ich melde mich auf jeden Fall bei Ihnen, um Sie auf dem Laufenden zu halten.« Signer stand auf und verabschiedete sich mit Händedruck von den beiden.

»Erholen Sie sich gut. Erschrecken Sie nicht, wenn es rasch vorangehen sollte. Ich versuche als erstes, Sie gleich im Anschluss an diesen Kuraufenthalt, irgendwo unterzubringen. Wir möchten am liebsten, dass Sie nicht mehr zurück in die Stadt kommen müssen. Wir lassen Sie für die Neugierigen jetzt einfach dauerhaft verschwinden.« Damit wandte er sich der Tür zu.

»Ach, das hätte ich beinahe vergessen«, drehte er sich vor der Tür nochmals um und kam ein paar Schritte zurück. »Sie haben von Kommissar Bechthold bereits ein spezielles Handy bekommen. Wir stellen Ihren beiden Freunden ebenfalls eines zur Verfügung, um die Möglichkeiten einer Entdeckung einzuschränken. Benutzen Sie bitte ausschließlich dieses Gerät, um mit uns oder ihren Freunden Kontakt aufzunehmen. Ich lege Ihnen dringend ans Herz, Kommissar Bechthold hatte Sie sicher ebenfalls schon darauf hingewiesen, Telefonate, die von der Zentrale dieser Klinik oder direkt auf Ihrem Festnetzanschluss ankommen, niemals anzunehmen. Solche Wege werden gerne versucht. Das wäre fatal, wenn man auf diese Weise Ihren Aufenthalt hier herausfände. Wir werden Sie ausschließlich auf Ihrem speziellen Handy anrufen.«

»Machen wir, versprochen. Auf Wiedersehen Herr

Signer und vielen Dank für Ihre Unterstützung. Danke schön«, verabschiedeten sich die beiden vom Berater.

Als Signer gegangen war, setzten sich beide, tief aufatmend, an den Tisch und hielten sich ganz aufgeregt an den Händen. »Dann beginnt jetzt ein neues Leben«, meinte nach einiger Zeit Thomas.

»Ja, wir starten in ein vollständig neues Leben. Es tut weh, alles zurückzulassen, vor allem unsere Freunde und die Familie«, sagte Barbara mit einem traurigen Ausdruck im Gesicht. Doch im nächsten Augenblick setzte sich ihre optimistische Einstellung wieder durch: »Aber wir zwei bauen uns jetzt zusammen ein wunderschönes, neues Leben auf. Hallo Zukunft, wir kommen!«, deklamierte Barbara zuletzt laut und küsste ihren Mann.

~ ~ ÷ ~ ~

Die vier Wochen in der Rehabilitation waren für Barbara und Thomas wie im Fluge verlaufen. Schon bald hatte man Thomas linken Arm vom Gips befreit und er bekam dafür eine aufbauende Therapie. Am Ende der Reha konnte er den gebrochenen Arm schon wieder ganz gut gebrauchen. Zwar reichte es nicht dazu, wie dies der Arzt im Krankenhaus schmunzelnd bemerkt hatte, dass er Barbara auf Händen aus dem Haus tragen konnte. Bis die volle Kraft wieder da war, würde es noch ein paar Wochen dauern.

Wobei es ihm jetzt deutlich besser ging, war der Umstand, dass er seine Zweifel und heimlichen Ängste weitgehend verloren hatte. An deren Stelle hatten sich Zuversicht und Lebensfreude breitgemacht. Da hatte sich nicht zuletzt das intensive Zusammensein mit Barbara positiv ausgewirkt. Dass seine Fähigkeit der Gedankenempfindung sich bis heute nicht mehr eingestellt hatte, gab ihm obendrein einen großen Auftrieb. Zum ersten Mal in seinem Leben fühlte er sich wie ein ganz normaler Mensch. Er brauchte nicht mehr wegzublicken, wenn er mit anderen Menschen redete, konnte sie ansehen, ohne von deren Gedanken überflutet zu werden. Er genoss das freie Gefühl, hoffte sehnlichst, dass es so bleiben möge.

Sie waren von Gerhard Signer aus der Kurklinik abgeholt worden. Er hatte tatsächlich einen Ausbildungsplatz auf einem geeigneten Hof für sie beide gefunden. Dahin fuhr er jetzt mit ihnen, fernab ins fränkische Land hinein. Es war Signer gelungen, einen Ort zu finden, an dem sie ab sofort für längere Zeit für eine spezielle Ausbildung verbleiben konnten, ohne dass sie nochmals zurück in die Stadt mussten. Damit konnte vermieden werden, dass sie unnötig Gefahr liefen, ins Blickfeld der Öffentlichkeit zu geraten.

Vor einer Viertelstunde war ihnen unten in einem abgelegenen, kleinen Tal die Zufahrt in eine enge Straße freigegeben worden. Seitdem ging es durch einen Wald steil bergauf. Signer hatte erläutert, dass dieses Sträßchen nur auf Voranmeldung befahrbar sei, da es unterwegs bis hinauf zum Hof keine Möglichkeit eines Kreuzens gab. Es sei übrigens die einzige Zufahrt dort hinauf und das Ganze sei ausdrücklich als privates Areal gekennzeichnet. So sei auch weitgehend gewährleistet, dass sich kaum jemand auf die Hochebene, auf der der Hof lag, verirrte. Hier sei die Gefahr, dass man sie entdecken könnte, sehr gering. Dort seien sie in Sicherheit, meinte Signer überzeugt.

Ganz plötzlich fuhren sie aus dem dunklen Wald heraus auf eine sonnenbeschienene beinahe ebene Wiesenfläche und erkannten in einiger Entfernung die Gebäude eines Bauernhofes. Als sie dem Wohnhaus entgegenfuhren, ging dort eine Tür auf. Als sie beim Haus ankamen, trat ein Paar heraus, um sie zu begrüßen.

»Ich habe uns bei den Hofbesitzern angemeldet. Das sind Martha und Herbert Fenninger, die uns begrüßen«, informierte jetzt Signer, während sie vor dem Haus anhielten. »Wir haben Sie, soweit notwendig, einweihen müssen über Ihre Situation. Wir arbeiten seit Jahren eng mit diesen zwei zusammen. Beide sind hoch ausgebildete Personen - nicht nur im landwirtschaftlichen Bereich. Die wissen, nicht nur landwirtschaftlich gesehen, was zu tun ist. Sie werden mehr als ein wachsames Auge darauf halten, dass Sie sich hier oben unbeschwert bewegen können. Mit einem Aufenthalt hier sind schon einige Personen erfolgreich aus dem Blickfeld der Medienwelt genommen worden.«

»Herzlich willkommen auf dem Hochfeldhof«, begrüßte die Bäuerin sie.

»Kommt herein in die gute Stube«, forderte Herbert Fenninger sie auf, »da können wir bereden, was es zu bereden gibt.« Alle traten ein, setzten sich an einen Tisch auf dem bereits eine Kanne Kaffee und Gebäck bereitstanden.

Während die Bäuerin den Kaffee einschenkte, ergriff Signer das Wort.

»Ich bringe Ihnen hier wie abgesprochen, Barbara und

Thomas Feldmann. Sie stehen unter dem absoluten Schutz der Polizeibehörde. Sie sollen bei Ihnen in Vorbereitung auf ihr künftiges Leben das Handwerk eines Landwirtepaares erlernen. Wir haben eine Zeitdauer von einem Jahr vereinbart. Das wird zwar nicht für eine Vollausbildung reichen, aber für den geplanten Start in das spätere Umfeld der beiden, sollte es genügen.«

»Wir haben die Gelegenheit, an unserem neuen Lebensort noch mindestens für ein weiteres Jahr auf Farmbetrieben unsere Kenntnisse zu erweitern«, warf Thomas ein.

»Sie können mit den Fenningers offen reden, sie stehen ebenfalls unter Schweigepflicht«, meinte Signer. »Sie kennen zwar nicht Ihre Vorgeschichte, aber das, was Sie in der Zukunft vorhaben, ist ihnen in groben Zügen bekannt.«

»Ja, und wir sind die Besitzer von diesem Hof«, meldete sich der Bauer Fenninger zum Wort. »Wir haben immer ein paar Leute zur Ausbildung da, hin und wieder solche wie ihr zwei. Aber die meisten sind einfach junge Bauersleute, die sich weiterbilden wollen. Machen wir es uns einfach.« Er streckte seine Hand aus: »Wir sagen hier oben du zueinander. Das ist die Martha und ich bin der Herbert.«

»Ich bin die Barbara und das ist mein Mann Thomas. Wir sind froh, bei euch unterkommen zu können«, bedankte sich Barbara sogleich und Herbert fuhr mit der Begrüßung fort.

»Dann nutzen wir die Zeit gut und versuchen, euch beiden so viel als möglich beizubringen. Was ihr vor allem lernen wollt, darüber müssen wir später noch reden. Erst einmal zu unserem Betrieb: Wir betreiben vor allem Viehzucht, auch ein wenig Getreidebau sowie Forstwirtschaft. Zurzeit sind vier weitere Leute zur Ausbildung da. Also sind wir ab heute zu acht.«

Jetzt legte Signer ein Blatt auf den Tisch. »Ich habe einen kleinen Lebenslauf verfasst, mit dem Sie sich bei diesen vier anderen bekannt machen könnt. Sie sind ein junges Bauernpaar, das in den nächsten Jahren einen Hof übernehmen soll. Dafür wollt ihr jetzt bei den Fenningers euch ausbilden lassen. Ich habe ein paar wenige Daten zusammengestellt, diese Angaben sollten Sie vier aus Sicherheitsgründen auswendig lernen und ausschließlich verwenden.«

»Dass wir einen Hof übernehmen wollen, ist nicht einmal gelogen«, meinte Thomas daraufhin.

»Wir stellen euch heute beim Abendbrot den anderen vor, wenn alle da sind, vor«, sagte jetzt Martha. »Bis dahin könnt ihr euer Zimmer beziehen. Anschließend zeige ich euch Haus und Hof.«

»Und ich kann mich damit verabschieden«, meinte Signer und wandte sich Barbara und Thomas zu, »seien Sie vorsichtig mit dem, was Sie anderen gegenüber erwähnen und genießen Sie die Zeit hier oben. Ich verabschiede mich von Ihnen und melde mich wieder wegen der weiteren Vorbereitungen.«

Nachdem Gerhard Signer gegangen war, führte Martha die Neuankömmlinge auf ein gemütlich eingerichtetes Zimmer, das für das nächste Jahr ihr kleines Heim sein würde.

~ ~ ÷ ~ ~

Barbara und Thomas saßen auf einer Holzbank am Hang oberhalb des Gutshofes. Stumm genossen die beiden den Blick über die Felder rund um die Hofgebäude auf dieser weit abgelegenen Hochebene. Einsam war es hier, sehr einsam. In den bald drei Monaten, die sie jetzt schon hier lebten, hatten sie sich gut an die Abgeschiedenheit gewöhnt. Nützlicherweise mussten sie sich ohnehin an solch einsame Plätze gewöhnen. Eine Farm in Australien würde mit Sicherheit bedeuten, dass die nächsten Nachbarn mindesten ein paar Kilometer weit entfernt lebten. Im Übrigen hatten sie bisher, wie Signer bei der Ankunft schon bemerkt hatte, keine Fremden gesehen, die sich bis hier hinauf verirrt hatten. Ein wahrhaft einsamer, aber idyllischer Ort.

Ihnen gefiel der Aufenthalt ausgesprochen gut. Allerdings gab es mittlerweile eine gravierende Veränderung in ihrem Leben. Diese Veränderung war immer deutlicher zu erkennen. Und dies auch äußerlich bei Barabara. In etwa fünf Monaten würden sie zu dritt sein. Das unbestimmte Gefühl, das sich bei Barbara anfänglich eingestellt hatte, bestätigte sich mit einem Besuch beim Frauenarzt . Sie erwarteten ein Kind. Im ersten Augenblick waren die beiden leicht erschrocken. Sie freuten sich zwar ungemein darüber, aber die Fragen, wie sich jetzt das Auswandern nach Australien bewältigen ließe, was für Änderungen in der Planung gemacht werden mussten, beschäftigten sie sehr. Denn vor allem die erste Zeit in Australien wollten sie auf verschiedenen Farmen noch Erfahrungen sammeln. Wie ließe sich das Bewerkstelligen mit einem Neugeborenen im Gepäck? Nach reiflichen Überlegungen und Diskussionen waren sie letztlich zu der Überzeugung gelangt, dass dies, wenn zwar erschwerend, aber doch möglich sein würde. Das Kind würde bei der Auswanderung erst wenige Monate alt sein, aber die ersten Monate, in denen sie dort ohnehin wie Urlauber im Land umherreisen wollten, würden sie mehr als genügend Zeit für ihr Kind haben. So würde es dann etwa ein Jahr alt sein, wenn sie die ersten Anstellungen auf Farmen antreten würden. Das werde sich machen lassen, waren die beiden überzeugt.

An diesem Wochenende hatten sie beide freibekommen. Das erste Mal, seit sie hier oben wohnten, erwarteten sie wieder Besuch vom Berater Signer. Worauf sie sich jedoch ganz besonders freuten, war, dass er ihre Freunde Peter und Christa mitbrachte. Als ob man sie gerufen hätte, erschien in diesem Moment unten aus dem Wald heraus ein Fahrzeug. Barbara und Thomas erhoben sich sofort und liefen den Weg hinunter zum Gutshaus.

Ein lautes, freudiges Hallo gab es, als die vier Freunde sich lachend in die Arme fielen. Man hatte sich seit Monaten nicht mehr gesehen, sich gegenseitig sehr vermisst. Die gelegentlichen telefonischen Kontakte waren auf Dauer kein Ersatz, aber sie mussten sich angesichts ihrer Auswanderung, an einen solchen Zustand gewöhnen. Fast hätten sie ob der großen Wiedersehensfreude vergessen, den etwas verloren dastehenden Berater zu begrüßen.

»Guten Tag, Herr Signer«, begrüßten Thomas und Barbara jetzt auch ihn. »Willkommen alle, auf dem Hochfeldhof«, hieß Thomas alle drei willkommen.

Signer ergriff sofort das Wort. »Ich möchte Ihr Treffen

nicht stören. Daher schlage ich vor, dass ich mit Ihnen, Herr und Frau Feldmann, kurz ein paar wichtige Dinge bespreche. Danach fahre ich zurück und komme morgen gegen Abend wieder, um Ihre Gäste zurückzuholen. Einverstanden?«

»Aber natürlich«, erwiderte Thomas und führte die drei ins Haus.

Nachdem sie ihre Freunde zu ihrem Zimmer geführt hatten, setzten sie sich in ihrem Wohnraum mit dem Berater zusammen. Der entnahm seiner Mappe einige Papiere und blickte auf die beiden.

Mit einem leichten Schmunzeln begann er: »Ich begrüße Sie in Ihrer neuen Welt, Tom und Bea Field.« Dabei überreichte er ihnen druckfrische Personalausweise.

Ein wenig zögernd griffen die beiden danach, um ihre neue Identität beinahe misstrauisch zu betrachteten. Ein seltsames Gefühl, einfach von einer Minute zur anderen jemand anders zu sein, obwohl man dieselbe Person blieb, ging es Thomas durch den Kopf.

Derweil versuchte Barbara, mit Humor die Situation zu überbrücken, indem sie mehr zu sich selbst sagte: »Guten Tag Bea Field, herzlich willkommen auf der Welt. Gratulation zu Ihrer Geburt.«

»Sie gehören ab sofort zu den wenigen privilegierten Personen, die gleichzeitig ganz offiziell zwei Identitäten besitzen. Die neue hier dürfen Sie allerdings erst ab Ihrer Abreise verwenden. Aber wir brauchen sie jetzt schon für alle weiteren Vorbereitungen, Anträge, Gesuche und Änderungen. Bis zu ihrem Abflug gilt weiterhin Ihre bisherige Identität. Sie sollten Ihre neuen Namen noch niemandem verraten, auch Ihren Freunden gegenüber nicht. Erst bei der Abreise.«

»Also, wir sind weiterhin für alle die Barbara und der Thomas Feldmann, solange wir uns hier oben aufhalten«, konstatierte Thomas.

»Ja, Sie sollen sich hier auf Ihr kommendes Leben in der Ferne vorbereiten. Dazu haben Sie nicht eben viel Zeit. Englisch müssen Sie noch pauken, das wird von den australischen Einreisebehörden verlangt. Übrigens möchte ich Ihnen vorschlagen, dass Sie in Anbetracht des zu erwartenden Nachwuchses ab jetzt gerechnet, noch für ein volles Jahr hier oben bleiben, also drei Monate mehr als ursprünglich geplant. Ich finde, das ist angebracht im Hinblick auf die Herausforderungen, die Sie erwarten. So wird Ihr Kind bei der Ausreise immerhin schon mehr als ein halbes Jahr alt sein. Was meinen Sie? Ich finde, auf zwei, drei Monate mehr kommt es nicht an, aber der Nutzen wäre für alle groß.«

»Mir ist das eigentlich nur Recht«, sagte Barbara sofort. »Was meinst du Thomas? Hier oben geht es uns doch gut«.

Thomas nickte nach kurzem Nachdenken. Dann meinte er: »Ich finde das eine gute Idee, wenn es aus Ihrer Sicht und für die Fenningers machbar ist. Dass wir noch mehr Vorbereitungszeit bekommen, ist nur von Vorteil, denke ich.«

»Gut, dann verlängern wir also. Ich spreche das nachher gleich mit den Fenningers ab. So können wir den Papierkram entsprechend anpassen und einreichen.« Der Berater zog einige Formulare hervor, die er auf dem Tisch ausbreitete. »Wir müssen die ganzen Formalitäten für den Einwanderungsantrag zusammenstellen. Das Verfahren dauert einige Zeit. Sehen Sie sich alles genau durch, ob keine Fehler dabei sind. Wenn Sie mir diese Papiere unterschreiben, muss ich sie nur noch mit dem Einreisetermin ergänzen. Dann könnte ich das Ganze nächste Woche einreichen.«

Fast eine volle Stunde waren Sie damit beschäftigt, den ganzen Papierkram zu erledigen sowie die aufkommenden Fragen zu klären. Danach begleiteten sie Signer hinaus und verabschiedeten sich dankend.

»So, Frau Field«, schmunzelte Thomas, »jetzt beginnt der vergnügte Teil des Wochenendes. Jetzt holen wir unsere Freunde zu einem gemütlichen Spaziergang bei diesem schönen Wetter. Dabei können wir ihnen ein wenig unsere augenblickliche Heimat zeigen.«

»Sehr gerne, lieber Tom. Mein erstes Date mit meinem neuen Mann. Mal sehen, wie er sich macht«, scherzte Barbara und lief ins Haus.

Als die vier Freunde nach dem Abendessen müde aber glücklich zusammensaßen, unterhielten sie sich über alles, was in den letzten Monaten geschehen war sowie vor allem darüber, was in der kommenden Zeit auf sie zukommen würde. Für Thomas und Barbara waren jetzt für ein ganzes Jahr weiterhin Theorie und praktische Arbeiten auf dem Bauernhof angesagt. Außerdem würde in einem knappen halben Jahr die Geburt des Kindes im Vordergrund stehen.

Dem Peter war empfohlen worden, seine bisherige Wohnung zu verlassen. Er wurde von einigen Reportern noch immer häufig belästigt. Es hatte sich bisher kaum eine Beruhigung in den Medien eingestellt. Es schien, als ob eine ganze Anzahl von Journalisten mit allen Mitteln versuchte, eine vermeintliche Sensation ausgraben zu können. Man hatte Peter die Wohnung in der bewachten Wohnanlage, in der Thomas bisher gelebt hatte, angeboten. Christa würde sinnvollerweise auch dorthin zu Peter umziehen.

Je später der Abend wurde, umso deutlicher breitete sich bei den vier Freunden eine leichte Melancholie aus. Ausgerechnet der sonst immer optimistisch denkende Peter war es schließlich, der das traurige Gefühl ansprach.

»Wie viele solche schöne Abende können wir vier noch zusammen erleben?«, fragte er betrübt in die Runde. Man hätte die berühmte Stecknadel fallen gehört, eine solche Stille trat daraufhin ein. Alle hingen jetzt der Frage nach, wie viel Zeit noch blieb, in der sie ihre Freundschaft gemeinsam, von Angesicht zu Angesicht, würden genießen können.

»Ach, macht euch nicht jetzt schon damit verrückt«, versuchte Thomas, die Stimmung wieder zu heben. Erstaunlich, aber für einmal war es Thomas, der sich auf dem optimistischen Pfad bewegte. »Es bleibt uns ja noch ein ganzes Jahr, in dem wir uns oft sehen können. Leider müsst ihr halt immer zu uns kommen, aber es ist doch ganz schön hier oben, oder?«

»Ja Thomas hat recht, wir sollten uns nicht unnötig verrückt machen. Wir treffen uns so oft wie möglich. Und außerdem gibt es Telefone und Mails«, unterstützte Barbara ihren Mann.

»Stimmt, wir halten engen Kontakt«, pflichtete jetzt Christa der optimistischen Sichtweise der beiden bei.

»Außerdem können Peter und ich euch ja auch in Australien besuchen. Was meinst du Peter?«

»Ja, ihr habt doch recht. Versinken wir nicht in Trübsal«, lenkte Peter ein. »Wir besuchen euch da unten ganz sicher. Und in wenigen Jahren ist es wahrscheinlich ohnehin so weit, dass ihr zwei auch wieder eine Ferienreise zu uns nach Deutschland machen könnt. Nachdem viel Zeit vergangen ist und ihr mit neuen Namen anreist, sollte dann kaum mehr eine Gefährdung bestehen.«

»Aber ...«, seien wir auch realistisch«, redete Thomas jetzt leicht skeptisch weiter, »es wäre möglich, dass wir mit unserem Vorhaben Schiffbruch erleiden. Nach zwei, drei Jahren zurückkehren müssen. Ich hoffe zwar nicht, aber völlig auszuschließen ist es nicht.«

»Jetzt hör schon auf, schwarzzumalen. So was dürft ihr gar nicht erst denken«, tadelte jetzt Peter, wieder in seine positive Denkweise zurückgekehrt, seinen Freund.

Während Thomas sich erhob, lenkte er mit wenig überzeugtem Gesichtsausdruck auf das Gesagte ein: »Hast wahrscheinlich recht. Nicht an Schwarzes, aber an etwas Goldbraunes denke ich jetzt, als Abschluss vor dem zu Bett gehen. Einen feinen Pflaumenbrand aus dem Eichenfass können wir kredenzen. Den gibt es jetzt für alle als Schlaftrunk, außer für dich Barbara«, und verschwand nach draußen.

»Kein Problem, mir genügt der Süßmost«, bemerkte diese. So verlief dieser Tag wie eine ganze Reihe weiterer, an denen im Laufe der kommenden Monate, Peter und Christa wiederholt zu Besuch kamen, in entspannter, herzlicher Atmosphäre. Und selbstverständlich kamen sie zusammen, als Barbara einen gesunden Sohn zur Welt brachte. Und natürlich die kleine Feier kurz danach nicht zu vergessen, bei welcher Peter und Christa als Taufpaten, den kleinen David begrüßen konnten.

~ ~ ÷ ~ ~

Wie auf heißen Kohlen saßen Barbara und Thomas auf der Bank vor dem Gutshaus, zwischen ihnen schlief der kleine David in der Babytasche. Viel Gepäck stand neben ihnen. Ungeduldig warteten sie auf das Fahrzeug, das sie direkt zum Flughafen bringen sollte. Doch das wusste, außer dem Gutsbesitzerpaar, niemand. Man glaubte, dass sie jetzt auf ihren eigenen Hof umziehen würden.

Was war das vergangene Jahr doch für eine intensive Zeit gewesen, ging es Thomas durch den Kopf. Das Erlernen des Handwerks eines Landwirtes hatte dominant im Vordergrund gestanden. Sie hatten viel über die Arbeit eines Landwirts gelernt. Und natürlich war die Schwangerschaft und die Geburt ihres Sohnes das alles beherrschende Thema. Nicht zu vergessen, die ganze Bürokratie für die Übersiedlung in ihr neues Leben und das Lernen der englischen Sprache. Aber letztendlich prägte seit einem halben Jahr, der kleine David ganz deutlich das tägliche Leben seiner Eltern.

Nun war es soweit, der ganz große Exodus, wie Barbara ihren Start in ein neues Leben nannte, konnte beginnen. Der Berater Gerhard Signer würde sie abholen, und mit ihnen direkt zum Flughafen in Frankfurt fahren. Auf der Fahrt dorthin, darauf freuten sich die beiden ganz besonders, hatten sie die Gelegenheit, zusammen mit Peter und Christa ein letztes Mittagessen einzunehmen. Sozusagen ein Goodbye-Essen.

Die Haustür öffnete sich. Die Hofbesitzer Martha und Herbert traten heraus.

»Na,«, meinte Herbert, »alles eingepackt, nichts vergessen?«

»Wir glauben schon. Falls was fehlt, wird es halt in unserem neuen Leben beschafft«, meinte Thomas aufstehend. »Wir möchten uns nochmals ganz herzlich für alles bedanken. Wir haben viel gelernt bei euch. Wir sind zuversichtlich, dass wir damit den Einstieg in der neuen Heimat schaffen werden.«

Barbara, die ebenfalls aufgestanden war, ergänzte: »Und wir werden uns sicher des Öfteren an euch und eure wertvollen Ratschläge erinnern. Und danke auch dafür, dass ihr immer ein offenes Ohr hattet, wenn es uns drängte, mit jemandem über unsere Lebenssituation zu reden. Unsere Zweifel damit zerstreuen zu können.« Die vier schüttelten sich nochmals herzlich die Hände.

»Es wäre schön, wenn wir was hören von euch dreien. Was ihr treibt, wie es euch ergeht da unten. Mal einen Brief oder eine E-Mail-Nachricht, täte uns sehr freuen. Wir möchten gerne ein klein wenig an eurem Abenteuer teilhaben. Euch die Daumen drücken für das, was ihr gerade vorhabt«, bat Martha.

»Wird gemacht, wir melden uns auf jeden Fall, nicht zuletzt, um auch zu hören, wie es in der alten Heimat läuft«, sagte Barbara sofort zu.

In diesem Augenblick fuhr ein Fahrzeug aus dem Wald heraus auf den Hof zu, wo es schließlich vor ihnen anhielt. Die Beifahrertür öffnete sich. Zur großen Überraschung der beiden stieg Hauptkommissar Bechthold aus dem Wagen.

»Ich wollte es mir nicht nehmen lassen, Sie beide heute nochmals zu sehen. Mich persönlich von Ihnen zu verabschieden, bevor Sie in ein neues Leben verschwinden«, begrüßte er Barbara und Thomas herzlich. Auch der Berater, Gerhard Signer, stieg aus dem Fahrzeug. Alle begrüßten sich, ohne zu vergessen, dem schlafenden David einen Gruß zuzuflüstern.

»Jetzt ist es also so weit«, meinte Signer mit Blick auf die reisebereite Kleinfamilie. »Ich schlage vor, wir fahren gleich los, damit Sie genügend Zeit haben, sich von Ihren Freunden zu verabschieden.« Er ergriff die ersten Gepäckstücke, um sie ins Auto zu laden.

So begann unweigerlich das erste Abschied nehmen. Immerhin hatten sie gute fünfzehn Monate auf diesem Gut gelebt. Die Hofbesitzer als einzige Vertraute, waren ihnen in dieser Zeit ganz schön ans Herz gewachsen. Mit feuchten Augen setzten sich Thomas und Barbara mit ihrem David ins Auto. Beim Wegfahren winkten sie, bis sie das Ehepaar nicht mehr sehen konnten.

»Bei Ihnen auf der Rückbank sehen Sie eine kleine Mappe«, sagte Signer. »Sie können sich schon mal mit dem Inhalt vertraut machen. Es sind die letzten wichtigen Formalitäten.«

Thomas öffnete die Mappe und betrachtete mit Barbara zusammen den Inhalt. Ganz obenauf lagen die Flugtickets, ausgestellt auf Tom und Bea Field. Sogar eine Flugbestätigung für den kleinen David Field lag da. Und ebenfalls auf die neuen Namen ausgestellte Kreditkarten, sowie ein Briefumschlag bestückt mit australischen Dollarnoten, ihrer neuen Heimatwährung. Dann folgte ein ganzes Päckchen von Dokumenten, von den Reisepässen über die Einreisepapiere bis hin zu den Reisebeschreibungen war alles da.

»Nehmen Sie alles an sich. Legen Sie bitte all ihre alten Ausweise, Karten oder sonstigen Legitimationen in die Mappe. Sie sind ab jetzt ungültig.«

Wieder ein seltsamer Moment für Barbara und Thomas. Ein paar Papiere weglegen, das alte Leben ist Geschichte. Die neuen Papiere aufnehmen, schon befindet man sich in einem völlig neuen Umfeld. Die beiden sahen sich einen Augenblick ziemlich verloren an.

Nach einem kurzen Augenblick redete Signer weiter: »Hiermit begrüße ich Sie, Misses und Mister Field, in Ihrem neuen Leben. Herzlich willkommen, ich wünsche Ihnen beiden nur das Beste auf Ihrem neuen Lebensweg.«

»Da möchte ich mich mit allen guten Wünschen ebenfalls von Herzen anschließen«, ergänzte Kommissar Bechthold sofort.

»Wir bedanken uns für Ihre Glückwünsche und für die kräftige Unterstützung, die wir erhalten durften. Wir wissen nicht, was mit uns passiert wäre, wenn Sie uns nicht in das Zeugenschutzprogramm aufgenommen hätten«, gab Thomas den Dank zurück.

Der Kommissar drehte sich nun auf dem Vordersitz halb um, blickte zu den beiden auf dem Rücksitz. »Das ist lediglich unsere Pflicht und Schuldigkeit für das, was Sie Herr Feldmann, Entschuldigung, Mister Field, über mehr als ein Jahr hinweg für uns geleistet haben. Mit

Ihrer Fähigkeit haben Sie uns letztendlich zahlreiche Aufklärungen ermöglicht, für die wir sonst Jahre gebraucht oder sie überhaupt nie zustande gebracht hätten.«

Nach diesem Dankeschön des Kommissars begann eine Diskussion, aus der Thomas und Barbara viele Informationen zur aktuellen Lage bei den Ermittlungen über die vernetzten Mafiagruppen erhielten. Alle Mitglieder der regionalen Gruppe saßen in Haft. Einige davon warteten noch auf schwerwiegende Anklagen. Das dürfte Jahre dauern, bis die ersten Nebenfiguren wieder in Freiheit kamen. Im Beziehungsnetz ins nahe Ausland gab es noch immer neue Verhaftungen. Welche Gefährdung für Thomas und seine Frau aktuell bestand, konnte niemand wirklich beurteilen. Aber die Medien waren mittlerweile zu diesem Thema um einiges ruhiger geworden. Neues hatte endlich den Platz der Aktualität eingenommen.

Als sie nach drei Stunden die Autobahnraststätte erreichten, war es höchste Zeit. Der kleine David war zusehends unruhiger geworden. Der Hunger hatte sich bei ihm gemeldet, im Windelpack fühlte er sich, wie man mittlerweile unschwer riechen konnte, offensichtlich auch nicht mehr ganz so wohl. Kaum hatten sie den Parkplatz erreicht, verschwand Barbara mit dem Kleinen im Toilettenbereich.

Hier würden sie von Peter und Christa bei einem letzten gemeinsamen Essen Abschied nehmen. Noch einmal zusammen plaudern, sich gegenseitig genießen. Wer konnte schon sagen, wann, oder ob es überhaupt ein nächstes Mal geben wird. Ein eigentlich eher beklemmendes Treffen stand bevor.

Nachdem David versorgt war und nun wieder friedlich schlief, gingen alle ins Restaurant. Nach kurzem Suchen entdeckten sie Christa und Peter. Nach dem großen Begrüßungsprozedere setzten sie sich zusammen an den Tisch. Der Kommissar und der Berater hielten sich zuvorkommend im Hintergrund. Sie suchten sich einen gesonderten Tisch in einiger Entfernung, von wo sie die fünf im Auge behalten konnten. Sie wollten das letzte Zusammensein der Freunde nicht stören.

Gute zwei Stunden hätten sie Zeit, dann müssten sie sich auf den Weg zum Flughafen machen, hatte ihnen Signer mit Blick auf seine Uhr mitgeteilt. Nicht gerade viel, wenn sie bedachten, dass es eine Trennung auf unbestimmte Zeit sein wird.

»Dann lasst uns was essen und die letzten Plauderstunden genießen. In Zukunft geht das leider nur noch über E-Mail oder Telefon«, begann Peter das letzte Zusammensein. Sogleich wogte das Gespräch zwischen den vier Freunden hin und her. Man spürte, dass jedes Paar noch so viel wie möglich vom anderen aufnehmen wollte. Man teilte einander mit, was in den letzten Wochen alles Geschehen war. Wollte wissen, wie es den anderen ergangen war, was es Neues gab. Der kleine, schlafende David war dabei ein besonderes Thema.

»Jetzt muss David, gerade erst ein gutes halbes Jahr alt, schon eine solche Riesenreise über sich ergehen lassen. Wie er das verkraften wird? Und ihr werdet auch nicht all zu viel Schlaf bekommen«, machte sich Christa Sorgen.

»Das werden wir schon überstehen«, meinte Barbara.

»David ist Gott sei Dank ein pflegeleichtes Kind. Meistens schläft er und wenn er mal schreit, lässt er sich rasch wieder beruhigen. Ich denke, wir drei bewältigen das gut.«

»Wir dürften gerädert sein, wenn wir nach dreißig Stunden Reisezeit in Sydney landen. Aber dort erwarten uns ein Zimmer und eine ganze Woche, in der wir den Schlaf nachholen können. Wenn wir uns dann an die Zeitverschiebung und das Klima angewöhnt haben, geht es weiter«, sagte Thomas mit Begeisterung.

»Und danach? Habt ihr endlich festgelegt, wie es weitergeht?«, fragte Peter.

»Ja, haben wir«, gab Thomas zur Antwort. »Danach sehen wir uns erst einmal ausgiebig das große Land an. Wir versuchen, ein günstiges Wohnmobil zu kaufen oder zu mieten. Auf diese Weise besichtigen wir die verschiedenen Regionen, die für eine Farm nach unseren Vorstellungen infrage kommen könnten. Dafür nehmen wir uns ein paar Monate Zeit. Danach versuchen wir, als Farmgehilfen an zwei, drei Orten unterzukommen. So lernen wir am besten, was für das Führen eines Farmbetriebes da unten wirklich wichtig ist. Gleichzeitig strecken wir eifrig die Fühler aus nach Farmen, die zum Verkauf stehen. Ich denke, dass wir im besten Falle in ein bis eineinhalb Jahren auf unserer eigenen Farm angekommen sein könnten.«

Peter war beeindruckt. »Wau, das klingt richtig nach Abenteuer. Und das mit einem Kleinkind im Gepäck. Ich muss schon sagen, ihr seid ganz schön mutig. Wir drücken euch die Daumen, dass alles gelingen möge, wie ihr es euch jetzt vorstellt. Und vergesst uns auf keinen Fall unser Patenkind. Wir möchten es irgendwann mal, vermutlich wird es dann schon flott reden, besuchen kommen.«

Sie schwatzten jetzt plötzlich alle ganz aufgeregt durcheinander. Die Zeit verging wie im Fluge und dann wurde es auch schon Zeit, aufzubrechen.

Schweren Herzens sagten sie sich schon mal Adieu. Peter und Christa folgten ihnen in ihrem eigenen Wagen. Sie würden sich am Flughafen endgültig verabschieden.

Dort angekommen ging plötzlich alles sehr schnell. Mit Unterstützung der Vier checkten sich Barbara und Thomas als Tom und Bea Field ein. Sie standen jetzt, mit verzagten Gesichtern, wie verloren da, mit ihrem Handgepäck und dem kleinen David in seinem Reisebettchen. Als nächstes würde es jetzt durch die Sicherheitskontrolle gehen. Die letzte Schranke, durch die sie endgültig ihre Heimat, ihre Freunde, vielleicht für immer verlassen würden.

Mit großer Traurigkeit in den Herzen und Tränen in den Augen ging es jetzt ans Abschied nehmen. Die beiden Polizeibeamten machten den Anfang. Sie verabschiedeten die Auswanderer mit den allerbesten Wünschen für eine glückliche Zukunft. Danach traten sie diskret in den Hintergrund, um Peter und Christa den Platz zu überlassen. Die vier umarmten, küssten und drückten sich nun weinend, immer wieder gute Wünsche stotternd. Nach Minuten des emotionalen Abschiednehmens ließen sie schließlich voneinander. Jeder wischte sich schnell über die tränennassen Wangen, trat einen Schritt zurück und begann den Freunden die letzten Male zuzuwinken.

David zwischen sich tragend, sich immer wieder umdrehend und zurückwinkend, entfernten sich Thomas und Barbara schweren Schrittes in Richtung der Kontrollbänder. Ein letzter Blick, ein letztes Winken. Auf ein hoffentlich glückliches Wiedersehen irgendwann in der Zukunft, geliebte Freunde.

Als eine Stunde später das Flugzeug mit dröhnenden Triebwerken von der Startbahn abhob, war die allerletzte Verbindung zur Heimat abgebrochen. Tom und Bea Field hielten sich krampfhaft an den Händen, die zweite Hand auf den Rand von Davids Bettchen vor ihnen gelegt. Der Start in ein neues Leben war vollzogen. Zukunft, wir kommen, ging es Thomas durch den Kopf. Wir hoffen, dass du viel Gutes und Schönes für uns bereithältst.

~ ~ ÷ ~ ~

Zehn

Endlos erstreckte sich das leicht gewellte Land, so weit das Auge reichte. Nur ganz in der Ferne konnte man, bei klarer Sicht wie heute, den Hügelzug der Warrumbungles erkennen. Rund um eine flache Ebene herum verlief das Gelände stets leicht auf- und absteigend, bis einige Kilometer weiter hinten, dunkle Wälder den weiteren Blick in die Ferne verbargen. Nur auf einer Seite fielen die Wiesen kurzzeitig etwas steiler ab in einen kleinen Geländeeinschnitt, durch den ein Bach lief. Genau genommen sah man hier nur ganz selten im Jahr einen Bach. Jetzt gab es dort wie meistens über das ganze Jahr hinweg, außer zwei, drei brackigen Wassertümpeln, kaum Wasser zu sehen.

Weiter hinten kurz vor dem Wald war eine kleine Gruppe Kängurus, auf der Suche nach Fressbarem herumhüpfend, zu erkennen. Unweit, auf einer flachen Hügelkuppe standen inmitten einer Gruppe großer Eukalyptusbäume, mehrere Farmgebäude. Mitten in der flachen Mulde davor stand ein großer, offener Geräteschuppen. Daran anschließend ragten fünf hohe Getreidesilos in die Höhe. Auf der Weide daneben graste friedlich eine große Herde schwarzer Kühe. Es waren etwa hundert Muttertiere, jede mit ihrem Kalb daneben.

Einige standen am großen Wasserloch, um den Durst zu stillen. Zwei standen sogar im Wasser, um sich ihre Bäuche zu kühlen bei der flirrenden Hitze. Hinter den Silos in einem Gürtel von Bäumen und Sträuchern konnte man in deren Schatten wilde Kaninchen herumhoppeln sehen. Sie störten sich nicht am Motorengeräusch eines mächtigen Traktors in einiger Entfernung. Dem einzigen nicht natürlichen Geräusch, das über viele Kilometer hinweg zu vernehmen war. Ansonsten war es sehr still, nur gelegentlich unterbrochen vom Geschrei auffliegender Schwärme von Kakadus oder dem Schreien eines Magpie, einer australischen Elster.

Der Mann, hoch oben auf dem schweren Traktor sitzend, blickte konzentriert nach hinten auf das Monstrum einer kombinierten Pflüg- und Sämaschine. Auf elf Metern breite wurde damit der harte Boden gleichzeitig von vielen kleinen Pflugscharen aufgerissen. Dahinter fiel aus zahlreichen, am Ende von Schläuchen befestigten Trichtern, das Saatgut und Dünger in die Furche, die gleich darauf von den dahinterliegenden Schaufeln wieder zugedeckt wurden.

Langsam fuhr der Farmer mit dem Riesengerät über die große Ebene, hinter sich eine rötlich braune Staubwolke aufwirbelnd. Von Zeit zu Zeit stoppte er, stieg auf die Sämaschine, um einige der darauf gestapelten Säcke, gefüllt mit Saatgut oder Dünger, in die Blechbehälter der Maschine zu füllen. Gelegentlich kroch er unter das wie eine riesige Spinne aussehende Ackergerät, um verklemmte Steine oder Äste herauszulösen. Nach ein paar Schlucken aus der Wasserflasche stieg er wieder auf den Traktor, und es ging weiter mit der Säarbeit.

Seit mehreren Stunden war er schon dabei, das große Ackerfeld zu bearbeiten. Vor einer Stunde hatte ihm die Farmersfrau, einen kleinen Jungen vor sich auf dem Sitz des Fourwheelers, auf einem Anhänger eine neue Ladung von Säcken gebracht. Eine Weile hatten sie miteinander gesprochen, dann die Säcke umgeladen. Danach fuhr die Frau mit ihrem Kind wieder zurück Richtung Farmhaus, während der Farmer auf seinen Traktor stieg und das Besäen des großen Feldes fortsetzte.

Mit einem lauten Krächzen meldete sich einige Zeit später das Funkgerät auf dem Traktor. Der Mann drückte auf den Knopf am Gerät: »Jaaa!«

»Wie lange brauchst du noch, Tom?«, erklang die Stimme seiner Frau aus dem Lautsprecher. »Es ist bald ein Uhr, das Mittagessen wäre bereit.«

»Ich brauche noch etwa eine halbe Stunde, dann habe ich das ganze Stück fertig.«

»Unser großer Besuch wird auch bald kommen. Sie haben soeben angerufen, wollten genauer wissen, wie sie uns finden«, krächzte die Stimme der Farmersfrau aus dem Funk.

»Aaah schön, unsere Freunde sind tatsächlich auf dem Weg hierher? Ich komme so schnell wie möglich. Bis später, ich beeile mich.« Das Funkgerät piepste wieder und blieb dann stumm.

Jetzt konnte es der Farmer nicht mehr länger aushalten und gab etwas mehr Gas, auch wenn das gefährlich werden konnte. Er freute sich riesig auf den Besuch der Freunde. Seit einer halben Ewigkeit hatten sie sich nicht mehr gesehen. Das waren jetzt doch bald vier Jahre her, seit sie hier in Australien angekommen waren.

Jetzt noch einmal der Länge nach durch die Acker-fläche, das musste genügen für heute. Nach zwanzig Minuten war er endlich durch. Nachdem er die große Sämaschine abgekoppelt hatte, fuhr er mit dem Traktor den leicht ansteigenden Hang zum Farmhaus hinauf. Schon von Weitem sah er seinen kleinen Sohn David am Zugangstor zum Farmhausareal stehen. Mit beiden Ärmchen winkte er wie wild. Natürlich will er wie immer die letzten Meter bis zum Schuppen, stolz hoch oben beim Papa auf dem Traktor sitzend, mitfahren.

~ ~ ÷ ~ ~

Hinter dem flach gebauten Farmhaus mitten auf dem kleinen Hügel, im kühlen Schatten der großen Euka-lyptusbäume, deckte die Farmersfrau den großen Tisch an der Hausfront direkt gegenüber dem Grillplatz. Die Glut unter dem Grillrost war perfekt. Wenn Tom kam, konnten sie essen. Der kleine David saß seit einiger Zeit ungeduldig auf dem weißen Gartenzaun, der das Farm-haus umgab, und schaute angestrengt in die Ferne, wo der Traktor langsam näherkam. Neben ihm, unten im kühlen Gras lag Blue, der Farmhund. Der Junge und der australische Schäferhund waren ein unzertrennliches Duo.

Plötzlich riss der Junge die Arme in die Luft und schrie: »Papa kommt, Papa, Papa!« Vom Zaun springend lief er, so schnell er konnte, zum großen Tor am Feld-weg, der zum Schuppen führte. Blue wie der Blitz hinter ihm her. Mit der ganzen Kraft eines fast fünfjährigen Jungen gelang es ihm tatsächlich, den Riegel zu lösen und das große Tor ganz aufzustoßen. Jetzt stellte er sich mitten auf den Weg und begann mit beiden Armen dem noch weit entfernten Traktor zuzuwinken. Blue hatte sich neben ihn gesetzt, begann freudig zu bellen.

Aha, Tom, mein Thomas, ist am Kommen, ging es Bea durch den Kopf. Schnell das Fleisch auf den Grill, den Salat und das Getränk aus dem Kühlschrank holen, dann konnte man Essen. Bea setzte sich auf die Bank, um mit glücklichem Ausdruck im Gesicht zu beobachten, wie der Traktor langsam näherkam. David wurde nicht müde zu winken, schwang seine Arme noch wilder, als beim Näherkommen der Vater zurückzuwinken begann. Am Tor angekommen, kam der Traktor zum Stehen, der Vater stieg herunter, nahm den Jungen auf den Arm und stieg mit ihm wieder hoch zum Fahrersitz. Bis zum Führersitz hinauf klettern konnte der kleine David noch nicht, lag doch die erste Tritthilfe schon beinahe so hoch oben, wie David groß war. Nun, stolz oben auf den Knien des Vaters sitzend, und jauchzend der Mutter zuwinkend, fuhren die Zwei gemeinsam die letzten fünfzig Meter zum Schuppen. Blue, der Hund rannte bellend nebenher.

Als Tom kurze Zeit später, mit David auf den Schultern, um die Ecke kam, stand Bea auf, küsste ihren Mann und hob David von dessen Schultern.

»An den Tisch, Männer, es gibt Essen«, bat Bea die beiden zum Tisch.

»Sollten wir nicht warten, bis Christa und Peter da sind?«, fragte Tom.

»Nein, das dauert noch eine Weile. Sie haben von unterwegs angerufen, um nach dem genauen Weg hierher zu fragen. Ich denke, sie brauchen noch ein bis zwei Stunden, sie hatten von Coolah aus angerufen.« Bea und Tom setzten sich an den Tisch.

»Okay, dann essen wir«, meinte Tom und wandte sich ab, um das Fleisch vom Grill zu holen. »Ich freue mich wie wahnsinnig, unsere Freunde endlich, endlich wieder einmal zu sehen.«

»Ich auch. Das Zimmer ist bereit für die beiden. Schön, dass sie einige Tage bei uns bleiben wollen. Aber hoffentlich ist es ihnen nicht zu langweilig hier«, sinnierte Bea.

»Ich glaube nicht. Die zwei sind doch keine hektischen Partyspringer. Jedenfalls haben wir sie vor Jahren nicht als solche verlassen. – Wir haben uns auch viel zu erzählen. Wie lange ist das eigentlich her, seit wir uns das letzte Mal gesehen haben? Drei, nein fast vier Jahre?«, überlegte Tom.

»Ja, vor dreieinhalb Jahren sind wir hier in Australien angekommen«, rechnete Bea zurück.

Bea versuchte, sich zurückzuerinnern. Sie hatten sich des Öfteren getroffen, als Tom in der Rehabilitation war und auch später auf dem Gutshof, während des Landwirtschaftsjahres im Fränkischen. Danach trafen sie sich ein letztes Mal am Tag ihrer Abreise. Doch seit damals hatten sie nur noch Kontakt per E-Mail oder ganz selten per Telefon gehabt. Jetzt hatten die zwei Freunde beschlossen, eine Ferienreise nach Australien zu unternehmen, natürlich vor allem, um hierher zu ihnen zu kommen.

»Du könntest am Freitag Christa mitnehmen, wenn du nach Coonabarabran zum Einkaufen fährst, dann hat sie ein wenig Abwechslung. Und Peter kommt mit mir auf dem Traktor aufs Feld, das wird ihm sicher gefallen. Dafür war er früher auf dem Hof meiner Eltern gerne zu haben gewesen. Er hatte ja damals, als wir noch in der Ausbildung steckten, immer gerne die Freizeit auf unserem Bauernhof verbracht.«

»Mache ich auf jeden Fall. Zusammen wieder mal auf Shoppingtour, nach Aussie-Art«, freute sich Bea. »Da kann ich sie endlich allen Freundinnen im Café vorstellen. Die haben von mir schon mehr als genug über sie gehört und werden staunen, diese Frau jetzt in echt kennenzulernen.«

~ ~ ÷ ~ ~

Angestrengt aus dem Auto blickend, versuchten Christa und Peter, den Weg zur Farm Terrawinda zu finden. Schon seit einer Stunde waren sie jetzt auf der hoffentlich richtigen Straße, von der die Abzweigung nach links zur Farm abgehen soll. Lauter ausgedehnte Wälder, große Weiden mit grasenden Kühen, aber keine Häuser weit und breit. Nach den Angaben von Barbara sollten sich sie jetzt in der Nähe der Abzweigung befinden, über die sie zur Farm gelangen würden. Sie waren schon an zwei drei vorbeigefahren, die ihrer Meinung nach noch nicht die Richtigen gewesen waren. Jedenfalls war dort nichts Näheres angeschrieben gewesen.

»Da vorne rechts kommen ein paar Häuser«, rief Peter, nach vorne zeigend. »Wie heißt dieser Weiler?« Er fuhr langsamer, bis er die Tafel lesen konnte. »Pur... , Purlewaugh.«

»Halt stopp, jetzt sind wir zu weit!«, rief Christa. »Barbara hat gesagt, falls wir zu ein paar Häusern kämen, seien wir zu weit gefahren. Die Abzweigung sei kurz vorher auf der linken Seite.«

Peter bremste ab, drehte mitten auf der Straße um. Das war kein Problem auf den einsamen Straßen dieser Gegend. Einerseits war die Straße großzügig breit, andererseits war ihnen seit einer Stunde gerade mal ein Fahrzeug entgegengekommen.

Jetzt fuhr er langsamer, sich konzentriert umblickend, die Straße wieder zurück.

»Aber fahr bitte auf der linken Seite, auch wenn es keinen Verkehr gibt«, mahnte Christa, da Peter ganz automatisch auf der rechten Straßenseite zurückfuhr.

»Mist, diese Gewohnheit«, schimpfte Peter mit sich selbst und lenkte auf die linke Seite hinüber.

Jetzt müsste diese verflixte Abzweigung aber kommen, jetzt nach rechts abgehend, da sie ja gewendet hatten. Und siehe da, nach etwa einem Kilometer tauchte die Einmündung einer Straße auf. Sie stoppten. Peter versuchte zu erkennen, was da auf dem halb hinter einem Busch verborgenen Schild stand? »Maranoa-Road?«

»Wie heißt die Farm gleich noch mal? Doch nicht Maranoa, oder?«, fragte Christa zurück. »Aber sie hatte so was wie Marana oder Maranta erwähnt ...«

»So heißt diese Straße, nicht die Farm. Die Farm heißt ..., äh ... Te ... Terrawinda glaube ich«, meinte Peter zweifelnd. – »Fahren wir da hinein, irgendwohin führt sie ja«, entschied Peter und bog in die Seitenstraße ein. Nach knapp einem Kilometer endete die befestigte Straße. Sie fuhren jetzt auf einer, immer löchriger werdenden Naturstraße weiter, eine gewaltige Staubfahne hinter sich aufwirbelnd. Peter verlangsamte die Fahrt, um nicht die ganze Gegend einzustauben. Auf den angrenzenden Wiesen erkannte man jedoch an der grauen Patina, dass es hier üblich oder unumgänglich war, staub aufzuwirbeln. Das schien normal zu sein. Es war aber auch notwendig, langsamer zu fahren, denn jetzt kamen Löcher in der Fahrbahn, die man kurvenreich umfahren musste, wollte man nicht einen Radbruch riskieren.

Eigentlich gab es ein Verbot vom Autovermieter. Mit einem normalen Personenwagen durfte nicht auf unbefestigten Straßen gefahren werden. Dieser Fahrweg hier glich aber schon eher einer Outbackpiste. Waren sie wirklich auf der richtigen Straße? Jetzt kamen alle paar Kilometer links oder rechts Abzweiger. Da standen immerhin Namen angeschrieben an meistens fantasievoll erstellten Briefkästen. So wie es aussah, waren dies Farmnamen. Und endlich stand da links an der Straße auf einem dicken Pfahl, ein schön bemaltes Fässchen, liebevoll angeschrieben mit 'Terrawinda'. Gleich links daneben gab es ein Zauntor. Sie hielten davor, stiegen aus und besahen das Fässchen, das sich als Briefkasten entpuppte. Auf der Briefklappe stand: 'Bea und Tom Field'.

»Bingo, wir haben sie gefunden, die Feldmann-Fields. Aber wo ist das Haus?« Peter trat bis an den Zaun heran, um am Gebüsch vorbei spähen zu können. Hinter dem Zauntor führte ein grasbewachsener Feldweg entlang einer Weide, bog weit hinten nach rechts ab, um sich schließlich im leicht ansteigenden Gelände zu verlieren.

Peter folgte der imaginären Richtung mit den Augen. Fast einen Kilometer weiter rechts auf einem flachen Hügel erkannte er jetzt, beinahe vollständig verdeckt von großen Bäumen, ein paar Gebäude.

»Das da oben muss es sein«, zeigte er in die Ferne. »Nichts wie los.« Er öffnete das Tor und fuhr mit dem Wagen durch. Christa, die draußen geblieben war, schloss das Tor hinter dem Auto, stieg ein und Peter lenkte den Wagen langsam schaukelnd, über den Feldweg den Gebäuden auf dem Hügel entgegen.

»Ganz schön weit, um mal kurz den Briefkasten zu leeren. Schätze das auf fast zwei Kilometer. Damit ist der morgendliche Fitnesslauf gleich absolviert«, meinte Peter staunend und amüsiert.

~ ~ ÷ ~ ~

»Tom, ich glaube, sie kommen!«, rief Bea durch das Küchenfenster blickend. Tom sprang auf vom Diwan in der Wohnstube, wo er sich ein wenig entspannt hatte. Die beiden liefen aus dem Haus bis vor zur Gartentür. Das Fahrzeug kam ganz langsam dem Haus entgegen, man sah, dass der Fahrer solche Wege zu fahren, nicht gewohnt war. Noch den letzten kleinen Anstieg, dann kam der Wagen mit einem Hupkonzert vor dem Garten zum Stehen. Mit lautem Hallo sprangen Peter und Christa aus dem Wagen. Alle vier liefen aufeinander zu und fielen sich in die Arme. Alle redeten wild durcheinander, bis Christa den kleinen Jungen, der offensichtlich verschüchtert ob der großen Aufregung, auf der Terrasse stehen geblieben war, erblickte.

»Hey hallo, wer ist denn dieser kleine Mann?«, rief sie

entzückt.

Bea ging zu David und führte den scheu blickenden Jungen heran: »Darf ich vorstellen? Das ist David, ihr kennt ihn doch. Allerdings war er damals noch ein richtiges Baby.« Jetzt wurde der Scheue, leicht ängstlich dastehende David von Christa und Peter herzlich begrüßt und bestaunt.

»Als ich dich das letzte Mal gesehen habe, warst du noch ein so kleines Baby«, sagte Christa sich zu David niederbückend. Dabei bog sie ihre beiden Arme hoch, als ob sie ein Kind darin halten würde. »Und jetzt bist du schon ein richtiger Junge. Ich bin deine Patentante Christa und das hier«, auf Peter zeigend, »dein Patenonkel Peter.« Da David sie nur verlegen anblickte, aber keinen laut von sich gab, fragte Christa erschrocken: »Versteht er kein Deutsch?«

»Doch natürlich, aber er ist fremde Leute nicht gewohnt. Er braucht etwas Zeit, dann wird er schon auftauen«, sagte Bea, die jetzt David beruhigend an die Hand nahm.

»Herzlich willkommen auf Terrawinda«, sagte Tom und bat mit einer Armbewegung: »Kommt, setzen wir uns doch zu einem Begrüßungsschluck auf die Terrasse.«

Ganz aufgeregt, nicht der Wärme wegen mit geröteten Gesichtern, konnten die vier Freunde endlich nach langer Zeit wieder beisammensitzen, um sich gegenseitig von den letzten Jahren zu erzählen. Feststellen, wie jeder in den Vergangenen mehr als drei Jahren sich verändert hatte. Doch man fand ganz schnell wieder in die vertraute Atmosphäre, wie man sie vor dem Abschied aus der Heimat gekannt und genossen hatte.

Der Rest des Nachmittags verlief im Fluge, bis es Zeit war, das Abendessen zu richten. Die beiden Frauen verschwanden in der Küche, während Tom mit Peter auf die andere Hausseite ging, um ihm zu zeigen, welche Felder, soweit sie von hier zu sehen waren, zur Farm gehörten. Peter kam nicht aus dem Staunen heraus. Soweit man sehen konnte, nichts als Äcker und Weiden, oftmals unterbrochen von kleineren oder größeren Wasserlöchern. Auf zwei Feldern weideten große Kuhherden.

»Und das gehört alles zu eurer Farm?« Peter blieb vor Staunen der Mund offen.

»Ja. Es gibt noch einige Felder mehr da hinter dem Baumgürtel, die man von hier aus nicht sehen kann. Dort weiden noch zwei weitere Herden.«

»Unglaublich, diese Größe«, kam Peter nicht aus dem Staunen heraus.

»Wir zeigen euch morgen alles, heute ist es dafür zu spät«, meinte Tom und legte Peter den Arm auf die Schultern. »Einfach herrlich, endlich wieder mit dir zusammen sein zu können. Du bist genau genommen das Einzige, was ich hier wirklich vermisse«, freute sich Tom mit leicht feuchten Augen, die nicht vom leichten Windhauch, der über das Land strich, verursacht wurde. Die beiden Freunde schwatzten jetzt drauflos, als müssten sie die ganzen vergangenen Jahre in einer Viertelstunde nachholen.

»Das Essen ist bereit!«, unterbrach Christa um die Hausecke kommend das Gespräch der Männer.

Die Sonne sank dem Horizont entgegen, färbte den

Abendhimmel im kitschigsten gelborange, als sie sich auf der Terrasse an den Tisch setzten, um mit dem Abendessen zu beginnen. Auf den hohen Eukalyptusbäumen vor dem Haus landeten krächzend Dutzende von Galah's. Die Rosakakadus veranstalteten wie jeden Abend für kurze Zeit ein lautes Konzert. Mit Beginn der Dunkelheit verschwanden sie wieder und es wurde still. Absolut nichts mehr war dann zu hören, außer einem gelegentlichen Quaken von Fröschen aus dem nahen Wasserloch unterhalb des Farmhauses.

Entspannt saßen die vier Freunde nach dem Essen im Kerzenlicht bei einem Glas Wein. Sich gegenseitig ihre erste Neugier stillend, erzählten sie alles, was sich in den vergangenen Jahren ereignet hatte. Man wusste zwar durch Mail oder Telefon schon vom einen oder anderen, aber dies waren meistens nur kurze Bruchstücke gewesen.

»Jetzt aber los, erzählt uns, wie es euch in der Einsamkeit des Farmlebens so ergeht«, wollte es Peter genauer wissen.

»Uns geht es ganz einfach fantastisch«, antwortete Tom und Bea nickte bestätigend. »Wir haben uns supergut eingelebt. Wir sind unsere eigenen Herren, niemandem Rechenschaft schuldig. Wir genießen unsere Freiheit. Gehen unseren Arbeiten nach, was gerade so ansteht. Kein Stress, kein Gehetze. Das Wetter und die Natur bestimmen weitgehend, was wir wann tun oder lassen.«

»Ist das nicht langweilig auf die Dauer? So abgeschieden in der Einsamkeit, wie ihr hier lebt«, fragte Christa.

»Überhaupt nicht«, antwortete Tom. »Eigentlich

haben wir täglich Kontakt per Funk oder Telefon mit all unseren Nachbarn. Die meisten sind wie wir Farmer, im Umkreis von zwanzig, dreißig Kilometern. Einige noch etwas weiter weg. Wir tauschen uns aus, fachsimpeln, helfen einander gegenseitig bei besonderen Arbeiten. Wir sitzen immer wieder zu einem gemütlichen Schwatz zusammen, orientieren uns über den neusten Klatsch aus der Region. Das gegenseitige aufeinander Achten und Unterstützen, ohne aufdringlich zu sein, ist ein Muss beim Leben in der einsamen Weite dieses Landes.«

Bea ergänzte: »In Coonabarabran, unserem regionalen Hauptort, gut dreißig Kilometer von hier, leben eine ganze Reihe weitere gute Bekannte. Bei unserem wöchentlichen Einkauf, den wir häufig gemeinsam machen, trifft man sich, um Neuigkeiten auszutauschen. Und für das, was da in der weiten verrückten Welt so alles geschieht, haben wir Fernsehen und Radio.«

»Und was es täglich auf der Farm alles zu erleben gibt, ist ebenfalls nicht ohne«, ergänzte Tom weiter. »Da sind erst mal die über achthundert Kühe, Kälber und Bullen, die versorgt sein müssen. Und die ganze wilde Tierwelt, die es hier gibt, ist immer spannend zu beobachten. Für manche ist das vielleicht ein bisschen wenig, aber hier lernt man schnell, Augen und Ohren zu öffnen, um das Leben wahrzunehmen. Das ist allemal weit schöner, als jeden Tag in einem tristen Büro zu hocken oder in einer lärmerfüllten Werkstatt an der Maschine zu stehen.«

»Außerdem haben wir genügend Zeit für unseren kleinen David und er lernt die Natur unmittelbar kennen und verstehen«, ergänzte Bea .

»Was, über achthundert Tiere habt ihr auf der Farm? Alle eure?«, staunte Peter.

»Ja. Und als zweites Standbein bauen wir auf etwa einem Viertel des Geländes noch Getreide, vor allem Weizen, an«, sagte Tom stolz.

»Das sieht nach echt viel Arbeit und Gebundenheit aus, bleibt da noch etwas Freizeit über?«, fragte jetzt Christa.

»Aber sicher, alles eine Frage der Organisation«, meinte darauf Tom. »Und jahreszeitlich gibt es auch deutliche Unterschiede. Wenn Erntezeit ist oder vierhundert Kühe gleichzeitig am Kalben sind, dann ist es natürlich arbeitsintensiv. Aber dann folgen auch Zeiten, wo wir es ruhiger angehen können, uns um kleine Nebensächlichkeiten kümmern können oder für ein paar Tage eine Auszeit nehmen. Da gibt es nämlich noch den Mick, den Mechaniker. Der kommt dreimal die Woche zu uns, kümmert sich um all die Reparaturen, die notwendig sind, oder hält Aufsicht über die Tiere, wenn wir gelegentlich für ein paar Tage weg sind . Das entlastet ganz schön.«

Christa und Peter schwiegen einen Augenblick beeindruckt, bis Peter meinte: »Dann lebt ihr jetzt in einer völlig anderen Welt, in einem anderen Rhythmus, als früher. Vermisst ihr nicht manchmal das ehemalige Leben? Eure Berufe von früher?«

»Außer euch beiden vermissen wir eigentlich nichts«, erwiderte daraufhin Tom. »Im ersten Jahr, als wir noch als Helfer auf verschiedenen Farmen angestellt waren, um unser Handwerk richtig kennenzulernen, war es nicht leicht. Alles hinter uns abgebrochen, keine Freunde in der Nähe, kein eigenes Zuhause, nicht wissend, was alles auf uns zukommen wird. Das war schon eine Lebenserfahrung der härteren Art.«

»Und unser David war noch sehr klein. Er brauchte unsere volle Aufmerksamkeit, was unter den damaligen Umständen überhaupt nicht einfach zu bewerkstelligen war«, erinnerte sich Bea.

»Aber schließlich hatten wir das Glück, diese Farm zu finden und übernehmen zu können. Es macht unglaublich viel Freude, alles aufzubauen, miterleben zu können, wie alles zusehends mehr zu dem wird, wie wir uns das beim Auswandern vorgestellt hatten. Jetzt sind wir schon im dritten Jahr da. Die Farm beginnt, guten Ertrag abzuwerfen, sodass wir unsere Schulden langsam ab tragen können. Wir sind in der neuen Heimat angekommen und sehr zufrieden«, zog Tom, heimlich hinter der vorgehaltenen Hand gähnend, ein kleines Fazit.

»So, jetzt erzählt aber ihr, wie es bei euch beiden steht«, drehte Bea jetzt das Gespräch um. »Wie geht es euch beiden. Ihr seid weggezogen in den Süden Deutschlands. Gefällt es euch dort? Habt ihr euch gut eingelebt?«

»Ja, nachdem wir, wie ihr wisst, erst einige Zeit in dieser bewachten Wohnanlage gelebt hatten, wurde es uns auf Dauer dort zu eng«, gab Christa zur Antwort. »Und ein freies Bewegen ohne Angst war auch nach längerer Zeit noch immer nicht möglich. Darum entschieden wir, uns einige hundert Kilometer weiter in Richtung Süden nach Arbeit umzusehen. Das hat auch sehr gut geklappt. Jetzt sind wir dort heimisch geworden. Können ungehindert tun und lassen, was wir wollen.« Christa blickte mit fragendem Blick kurz zu Peter. Der nickte ihr, sofort verstehend, zu.

Nach einem hastigen Durchatmen ergänzte Christa mit Aufregung im Gesicht: »Nun wollen wir zwei dort endgültig sesshaft werden. – Wir beginnen jetzt, unsere Hochzeit zu planen.«

»Bravo, Spitze«, kamen sofort begeisterte Ausrufe von Bea und Tom. »Habt ihr schon einen Termin?«, wollte Tom sofort wissen.

»Nein, noch nicht«, meinte Peter, »wir sind noch ganz am Anfang unserer Planung.«

»Wenn ihr es nicht brandeilig habt, könnten wir es uns vielleicht einrichten, zu eurer Hochzeit zu kommen. Vorausgesetzt, dass man uns nicht mehr aktiv sucht in Deutschland«, überlegte Tom laut.

»Wenn ihr kommt, dann richten wir uns mit dem Termin nach euch, damit ihr dabei sein könnt«, machte Peter sofort deutlich. »Das ist klar. Was deine Gefährdung anbetrifft, weiß ich zwar nichts Genaueres, aber ich denke, das könnte man bei Kommissar Bechthold in Erfahrung bringen. Das wäre der Hammer, wenn das klappen könnte.«

»Dann informieren wir uns bei Bechthold«, meinte Tom, der jetzt ein Gähnen nicht mehr verheimlichen konnte.

Trotz der Aufregung über das Wiedersehen, machte sich Müdigkeit breit. Alle begannen, sich ermattet zu strecken und auf den Stühlen herum zu rutschen. Mitgenommen von der Arbeit oder der Reise, jedoch glücklich, die Freunde nach Jahren endlich wieder getroffen zu haben, beendeten sie den bewegten Abend.

Jetzt, spät am Abend war es absolut dunkel geworden, weil so weit das Auge reichte, keine einzige Lichtquelle außer den Kerzen auf ihrem Tisch zu sehen war. Bevor sie ins Haus gingen, führte Tom die Freunde auf den Rasen vor das Haus, um ihnen den klaren Sternenhimmel zu zeigen. Die Sterne, selbst die kleinen schwachen, sah man hell und deutlich. Die Milchstraße spannte sich als breites Band in einer leuchtenden Fülle quer über den Zenit hinweg. In einem funkelnden Glanz, wie das Peter und Christa noch niemals in dieser Klarheit gesehen hatten.

Mit einem beinahe ehrfürchtigen Empfinden bei der Betrachtung des gewaltigen Firmamentes ging man schließlich zu Bett. In den nächsten Tagen würde man noch genügend Zeit haben, sich gegenseitig alles zu erzählen.

~ ~ ÷ ~ ~

Auf dem vierradgetriebenen Gefährt, dem Fourwheeler sitzend, fuhr Tom, einen großen Heuballen im Anhänger schleppend, quer über die Weide der Herde entgegen.

Er hatte mit Bea zusammen ein frühes, kleines Frühstück eingenommen. Von den Freunden war noch nichts zu hören gewesen, sie waren vermutlich von der Reise und der Zeitumstellung noch geschafft. Schienen tief zu schlafen. Dann war er losgefahren, um der einen Herde heute einen großen Ballen Heu auf die Weide zu bringen. Er würde in einer Stunde wieder zurück im Farmhaus sein, um mit den Freunden zusammen ein zweites Frühstück zu genießen.

Zurzeit gab es nur wenig Gras, da seit zwei Monaten kein Tropfen Regen gefallen war. Da das Gras nicht mehr nachwuchs, musste das Vieh jetzt zusätzlich gefüttert werden. Das war in dieser Region nicht ungewöhnlich. Immer wieder gab es solche längeren Trockenperioden.

Als er auf die Weide hinaus fuhr, wurden die Kühe aufmerksam, blickten scheu, aber interessiert dem Gefährt entgegen. Da sie ihr ganzes Leben alleine auf dem Feld lebten, lernten sie keinen nahen Kontakt mit Menschen und blieben deshalb immer auf Distanz zu ihnen. Sie wussten aber, dass es jetzt Futter gab. Ungeduldig stapften sie langsam näher heran zum jetzt stillstehenden Anhänger. Sie hatten Hunger, doch das, was da auf dem Anhänger hoch aufragte, war ihnen bekannt und äußerst willkommen.

Tom stieg vom Fahrzeug, löste die hintere Lade am Anhänger. Dann sah er, sich langsam rund um seine Achse drehend, eingehend um. Niemand war zu sehen, außer der Herde langsam näherkommender Kühe. Warum sollte es auch anders sein, gab es doch, so weit das Auge reichte, nur Wiesen und Felder. Auf einen Quadratkilometer kam statistisch gesehen noch nicht mal ein Mensch. Ganz wie Tom es liebte, er war allein, frei und unbedroht. Aber sicher war sicher, dachte er, er wollte sich nicht unnötig nachlässig verhalten.

Jetzt ging er ein paar Schritte bis vor den Anhänger, stellte sich breitbeinig hin. Er richtete den Blick zum großen zwei Meter durchmessenden, runden Heuballen. Einen kurzen Augenblick schien alles völlig still, sogar die Kühe mit ihren Kälbern standen bewegungslos in einigem Abstand da, als ob sie das Befremdliche spüren würden. Nun begann sich der Ballen zu bewegen, erst leicht schaukelnd, dann kam er langsam ins Rollen, um schließlich hinten vom Anhänger auf die Wiese zu fallen, wo er schwankend aufrecht stehen blieb.

Tom ging zum Heuballen hin, schnitt mit einem Messer die Schnüre, die den Ballen zusammenhielten, durch. Das erste Stück aufgerollten Heus fiel herunter. Tom starrte konzentriert auf den Ballen. Dieser bewegte sich jetzt ausrollend erst langsam, dann immer schneller werdend. Als die letzte Lage in mehr als dreißig Meter Entfernung ausrollte und in sich zusammenfiel, lag das Heu in einer langen Kette am Boden. Jetzt stapften die Kühe, vom Hunger getrieben, rasch näher und begannen zu fressen.

Tom klappte die Lade am Anhänger hoch, setzte sich auf den Fourwheeler. Ein paar Meter fuhr er nun weg, damit die scheuen Kühe überall an das Futter herankamen. Dann drehte er sich zu den Kühen um, die sich jetzt alle schnell auf beiden Seiten des ausgerollten Heus verteilten, und gierig zu fressen begannen.

Er beobachtet sie, eine nach der anderen. Es war wichtig, zu erkennen, ob sie krank, verletzt oder von Parasiten befallen waren. Schließlich lebten sie das ganze Jahr draußen auf der Weide. Es schien allen gut zu sein. Tom konnte bei keinem Tier etwas Besonderes feststellen. Schließlich zählte er sie durch. Es kam schon mal vor, dass ein Tier fehlte, zum Glück sehr selten. Es gab manche Gefahren für die Kühe. Ob das nun Beinbrüche, verursacht durch Wildkaninchenhöhlen oder Giftschlangenbisse waren. Dann musste gesucht werden, wo das

Tier sich aufhielt, ob man ihm noch helfen konnte. Bei dieser Herde stimmte heute alles. Tom war sehr zufrieden.

Die Freude übermannte ihn. In Gedanken klopfte er der nächststehenden Kuh aufs Hinterteil. Mit einem erschreckten Satz schwang sich die Kuh herum, starrte ins Leere. Tom lachte laut auf. Was er da soeben gemacht hatte, war zwar nicht gerade fair, aber gelegentlich konnte er einfach nicht anders vor lauter Glück. Die Kuh stand verwirrt da, glotzte ihn verständnislos an . Tom griff ihr per Gedanken in die Locken auf ihrem Kopf und kraulte sie. Ihren Kopf in die Luft werfend, vollführte die Kuh einen plumpen Satz und schüttelte sich. Tom lachte wieder über die Drolligkeit des Tieres. Doch jetzt Schluss mit Spaß, das musste genügen, rief er sich zur Ordnung. Sie sollen sich in Ruhe satt fressen können. Vor allem die erwachsenen Tiere brauchten viel Nahrung, um genügend Milch für ihre Kälber zu haben.

Zufrieden setzte sich Tom auf dem Fourwheeler zurecht und fuhr, in Gedanken versunken, langsam aus der Weide heraus auf den Weg, zurück zum fernen Farmhaus. Mittlerweile dürften die Freunde aufgestanden sein. Er freute sich, mit ihnen zusammen ein zweites Frühstück zu genießen.

Ja, so war es also, erinnerte er sich ein weiteres Mal daran, dass er vor Jahren die Fähigkeit des Gedankenlesens verloren hatte. Dies hatte seinem Leben eine bisher nie gekannte, unbeschwerte Schönheit gegeben. In voller Freiheit war ihm seither der Umgang mit seiner Familie und allen Freunden und Bekannten gegönnt. Der Verlust war für ihn zu einem großen Segen geworden. Eine Riesenlast war von ihm gefallen.

Dass er stattdessen eine andere, neue Besonderheit an sich entdeckte, wurde ihm erst viel später, ganz allmählich, bewusst. Er vermied es strikt, darüber auch nur die geringste Andeutung zu machen, auch nicht gegenüber seiner Frau oder seinem besten Freund. Der ganze Zirkus würde sonst mit Sicherheit erneut losgehen. Die Einzigen, die wieder zu leiden hätten, wären er, seine Familie und womöglich seine Freunde. Mit der neuen Fähigkeit, Dinge mithilfe seiner Gedanken bewegen zu können, man nannte es Telekinese, konnte er allemal stressfrei leben. Die belastete ihn überhaupt nicht. Im Gegenteil, bei seiner manchmal harten körperlichen Arbeit auf der Farm, war sie ihm oft ganz dienstbar. Und wann immer er unbeobachtet war, nutzte er sie. Er führte ein wunderbar entspanntes, friedliches Leben mit seiner geliebten Familie und den Aufgaben auf dieser schönen Farm.

Was wollte er noch mehr, dachte er übermütig. Im Vorbeifahren zupfte er mithilfe seiner Gedanken vergnügt am Stummelschwänzchen eines vor ihm fliehenden Wildkaninchens. Mit einem entsetzten Luftsprung verschwand das Tier im nahen Buschwerk und Toms laut schallendes Lachen hallte lange über das weite Feld.

*** Ende ***

Wali Farmer
Gewinnender Verlierer

Andreas liebt seine Arbeit und einen verständnisvollen Umgang mit Menschen. Für seine Familie, vor allem seine Tochter tut er alles. Den Forderungen seiner Frau gibt er meist, dem Frieden zu liebe, klein bei. Doch sie will mehr und so sieht er sich unversehens konfrontiert mit markanten Veränderungen. Als auch noch Probleme beim Job aufkommen und seine Tante stirbt, ist es vorbei mit seinem friedlichen, geruhsamen Alltag. Ob er die Probleme meistert und dazu auf Hilfe aus seiner Umgebung zählen kann, ist mehr als fraglich. Einschneidend sind die Veränderungen auf seinem Lebensweg. Doch ein guter Freund aus jungen Jahren steht ihm bei, die Stolpersteine zu meistern.

344 Seiten. ISBN 978-3-7481-3733-7
Auch als E-Book erhältlich

BoD – Books on Demand, Norderstedt